# 길 위의
# 팡세

# 길 위의 팡세

지성을 찾아 떠나는 유럽 인문 오디세이

**초 판 1쇄** 2025년 01월 23일

**지은이** 강재승
**펴낸이** 류종렬

**펴낸곳** 미다스북스
**본부장** 임종익
**편집장** 이다경, 김가영
**디자인** 임인영, 윤가희
**책임진행** 이예나, 김요섭, 안채원, 김은진, 장민주

**등록** 2001년 3월 21일 제2001-000040호
**주소** 서울시 마포구 양화로 133 서교타워 711호
**전화** 02) 322-7802~3
**팩스** 02) 6007-1845
**블로그** http://blog.naver.com/midasbooks
**전자주소** midasbooks@hanmail.net
**페이스북** https://www.facebook.com/midasbooks425
**인스타그램** https://www.instagram.com/midasbooks



**ISBN** 979-11-6910-973-4 03810

값 27,000원

# 길 위의
# 팡세

지성을 찾아 떠나는
유럽 인문 오디세이

**강재승** 지음

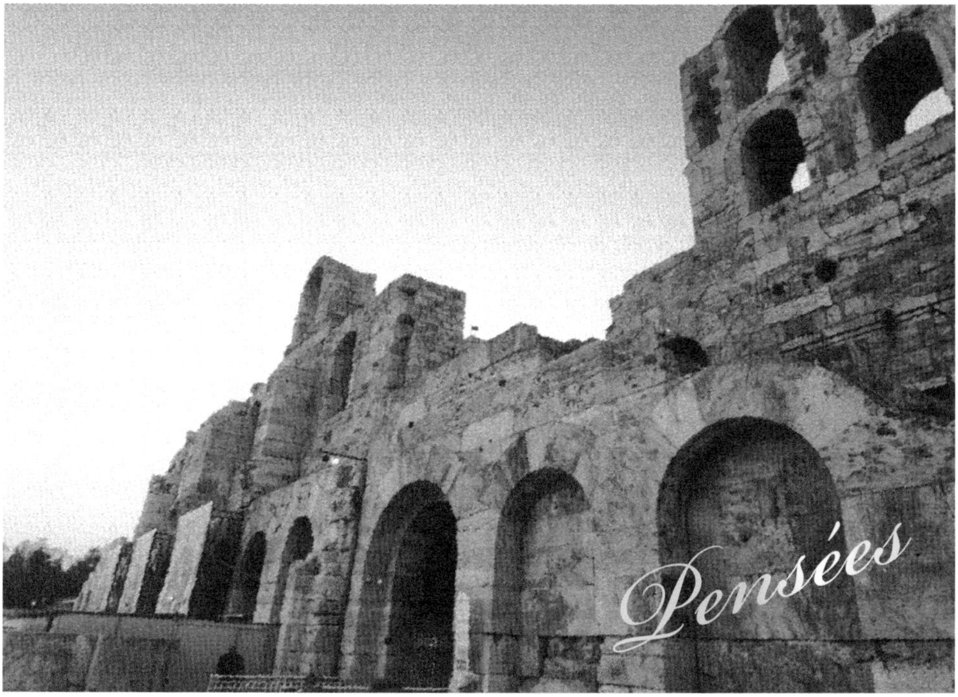


미다스북스

**프롤로그** 어쩌다 보니, 알리바이, 지성, 중얼거림 8

Chapitre 1 **생의 알리바이를 찾아** : 포르투갈

낡은 트렌치코트의 감성 포르투 15
강물의 생애 도루강 외 20
대항해의 돛 리스본 25
대항해(大航海) - 운명에 대항(對抗)해 발견 기념비 31
리스본 대지진, 당신은 어디에 상 도밍고 성당 35
상처 - 받으면 비극, 안으면 예술 알파마 지구 39

Chapitre 2 **프로메테우스의 선물** : 그리스

인간적인 신, 비인간적인 인간 아레오파고스 언덕 외 49
아주 오래된 질문 소크라테스 감옥 53
저 찬란한 덧없음 속에 파르테논 신전 60
기차는 8시에 떠나네 아크로폴리스 70
올리브 나무 아래 에레크테이온 신전 76
신들의 불장난 헤파이스토스 신전 81
대화 : 정보, 지식, 지혜, 지성 아고라 88
더 빨리, 더 높이, 더 강하게 근대 올림픽 경기장 외 105
신전의 잠언 델포이 신전1 111
신탁 이야기 델포이 신전2 117
남자의 첫사랑 델포이 박물관 124

종교의 힘 메테오라 133
도망친 철학자 아리스토텔레스 광장 136
황제의 회심곡 로툰다 외 141
신을 참칭한 인간 알렉산드로스 기마상 146

## *Chapter3* 그들이 왔을 때 : 북마케도니아 / 알바니아 / 오스트리아

북마케도니아

문제적 인간 알렉산드로스 마케도니아 광장 157
미술관 옆 박물관 국립 미술관, 투쟁 박물관 161
어느 19세 가장의 죽음 고고학 박물관 166
그녀 이름은 마더 테레사 기념관 171
호숫가 교회 오흐리드 호수 178

알바니아

검은 독수리 모자이크 스칸데르베그 공원 183
벙커와 베사 벙커아트 외 189
세상이 외면할 때 그들은 홀로코스트 기념관 195

오스트리아

비엔나의 1악장은 알레그로 훈데르트바서 하우스 202
도나우강은 왈츠로 흐른다 도나우강 206
가문의 영광 쇤부른 궁전1 210
봄날은 가네, 데크라센도로 쇤부른 궁전2 217
그림이 된 그리움, 클림트 벨베데레 궁전 미술관 222

## Chapitre 4 지성의 역정 : 체코 / 독일 / 폴란드


체코

"깨어나라 조국이여!" 바츨라프 광장 231

시간의 거처 구청사 천문 시계탑 237

불안의 경로, k의 경우 카프카 박물관1 243

사랑, 그 깊은 미로 속 검은 갈망 카프카 박물관2 249

독일

천 년의 눈물 평화의 소녀상 258

절망의 높이 3.6미터 베를린 장벽 265

기억의 숲, 질문의 숲 홀로코스트 메모리얼 272

지성의 길: 혁명과 굴절의 경계 브란덴부르크 문 281

폴란드

폴스카: 저항의 땅 바르샤바 봉기박물관 291

젊은 지성인들의 초상 쇼팽 박물관 가는 길 298

낭만복원 프로젝트 바르샤바 구시가지 305


## Chapitre 5 오디세이 지성 : 헝가리 / 세르비아 / 튀르키예


헝가리

농담 같은 야경 어부의 요새 317

그리고 신발만 남았다 다뉴브강의 신발 326

소통과 연대의 문화 속으로 그랜드 마켓홀 335

세르비아

칼과 비둘기 칼레메그단 공원과 요새 341
신성을 향한 첨탑 성 사바 성당 349
커피 한 잔 스카다를리야 카페거리 355

튀르키예

신들의 지성 아야 소피아 성당 361
광장 - 그 텅 빈 충만 탁심 광장 366
숟가락 세 개 톱카프 궁전 372

**에필로그** 공(空) 너머 색(色)을 향한 지성의 돛 378
참고문헌 383

프롤로그

# 어쩌다 보니, 알리바이, 지성, 중얼거림

서른 살은 어떻게 오는가.

'이렇게 살 수도 없고, 이렇게 죽을 수도 없을 때 서른 살은 온다.'라고 시인 최승자는 말했다.

육십 살은 어떻게 오는가.

'이승에서 버틸 수도 없고, 저승으로 먹튀할 수도 없을 때 육십 살은 온다.'

오랫동안 내가 이 세상에 존재하는지 심각하게 의심했다. 데카르트는 의심을 통해 존재를 확인했는데 나는 존재를 확인할 존재 자체를 믿기 어려웠다.

배낭을 꾸렸다.

2022년 5월 프랑스 파리로 갔다. 총 3개월 중 한 달은 산티아고 순례길에 쓰고 남은 두 달은 유럽종주 하는 데 쓴다는 밑그림만 가져갔다.

순례길을 마치고 귀국 항공권을 구입하자 통장잔고는 300만 원이 채 되지 않았다. 그래도 해야 했다. 후회하기 싫었기 때문이다. 돌이켜보면 내 인생의 시작과 전개도 이런 식이었던 것 같다. 후회하기 싫어서.

'어쩌다 보니' 300만 원으로 한 달 가까이 유럽 11개국을 누볐다. 이 책은 그 한 달 간의 오디세이이자 내 생애 전반의 팡세(Pensée)다.

나는 문단 말석에 이름만 올려놓은 3류 문사다. 그러나 3류 인생을 살지는 않았기에 나의 삶과 사유를 통해 나오는 글과 말 역시 3류는 아닐 것이다. 에토스(Ethos) 즉, 그가 살아온 삶의 궤적이 설득력을 결정한다는 아리스토텔레스의 말을 나는 믿는다.

이 책에는 내가 이 세계와 문명과 인간을 어떻게 바라보고, 어떻게 해석하며, 어떻게 전망하고 있는지가 담겨 있다. 그것은 내밀한 자기 고백이기도 하다. 이 책이 나의 알리바이인 이유이다. 이 알리바이에 대한 정당성을 독자들에게 묻는다.

포르투에서 이스탄불까지 총연장 11,000킬로미터 기행을 통해 만난 것은 지성(知性)이었다. 나에게도, 인류에게도 구원은 지성에 있다는 확신을 얻었다. 지성이 부재한 집단은 역사를 어지럽히고, 지성이 없는 인간은 세상을 더럽힌다는 사실도 확인했다. 이 책을 통해 독자들도 함께 확인해 주시기 바란다.

걸음걸이 외에는 나의 모든 것을 가르쳐 준 일설(一雪) 형, 형이 태워 준 목말 정말 최고였습니다. 이 책도 그 목말이 보내 왔어요.

베토벤을 비롯한 음악과 관련하여 큰 도움을 준 오랜 지기 경주고등학교 백수운 선생에게도 깊은 감사를 전한다.

끝으로 나의 존재증명에 도움을 준 여러 조력자들, 심지어 안타고니스트(Antagonist)를 포함한 여러 증인들에게도 고마움을 전한다. 여러분 덕분에 오늘의 내가 있습니다.

어찌 할꼬, 이 겨울 코스모스가 보고 싶어지면.

2024.12.
'추억의' 비상계엄이 선포되던 날 밤
저자 강재승 골방에 갇혀 중얼거리다.

# Chapitre 1

# 생의 알리바이를 찾아

포르투갈

나는 삶에 동의하지 않는다.

나는 그 점이 자랑스럽다.

<본문 P41 중>

## 낡은 트렌치코트의 감성

포르투

대항해 시대를 열어젖힌 포르투갈이 이번 기행의 출발지가 된 것은 우연이었을까, 운명 같은 것이었을까.

유럽의 소국 포르투갈이 한 때 세상을 호령하며 남아메리카, 아프리카와 아시아까지 세력을 뻗쳤던 것은 대항해시대를 주도한 덕분이었다. 그들이 주도한 대항해시대는 서구열강들의 식민지 야욕을 자극했다는 점에서 역사의 비극이다. 그러나 새로운 세계, 더 큰 세계를 향한 도전과 열망에 영감을 주었다는 점은 높게 평가 받아 마땅하다.

국호 포르투갈의 유래가 되었다는 이 나라 두 번째 큰 도시 포르투는 생각보다 근사하다. 800킬로미터 가까이 스페인과 포르투갈을 넘나들며 소리 없이 흘러온 도루강은 적당히 고고하면서도 차분했다.

붉은 지붕이 켜켜이 쌓인 산동네의 모습은 우리네 부산의 영도나 영주동을 떠올리게 한다. 밋밋한 평지에 싱겁게 자리 잡은 집들보다 저 언덕배기나 산비탈에 다닥다닥 붙은 집들은 살아 있는 생명력과 치열함이 꿈틀대는 듯하다.

새침한 듯 깔끔한 현대식 건물들과, 시간의 숨결이 깃든 도자기 같은 옛 건물들이 놀랍도록 조화롭다. 옛 건물들이 워낙 세련된 탓일까, 아니면 새 건물들이 어깨의 힘을 빼서일까. 세대차가 거의 느껴지지 않는다. 얼핏 보면 좀 올드해 보이고, 다시 보면 고상해 보인다. 이 도시를 인격화한다면 살짝 낡은 트렌치코트를 세련되게 차려입은 중년남성이 되지 않을까. 그의 오래된 트렌치코트에는 도루강에서 불어오는 산들바람과 항구의 짠내가 스며 있을 것이다.

포르투에 도착한 것은 어제 늦은 저녁이었다. 산티아고 순례길을 마치고 스페인 피스테라에서 오랜 여운을 즐기다가 산티아고 역에서 포르투행 열차를 탔다. 더 저렴한 버스를 두고 열차를 선택한 이유는 단 50분이라도 빨리 이 도시를 보고 싶었기 때문이다.

비고 구이사르에서 환승한 후 총 5시간 만에 포르투에 도착했다. 알베르게(여행자 숙소) 출입구를 찾지 못해 같은 곳을 수차례 오가다가 음식점 주인에게 주소를 보여주자 이 건물 2층이라며 작은 출입문을 알려준다.

호스트가 내가 예약한 닭장 같은 6인실 문을 열었다가 다시 닫고는 옆방으로 안내한다. 비어 있는 2인실이다. 도시세 2유로만 더 내고 이 방을 쓰란다. 뜻밖에 찾아온 작은 행운이 반갑다.

"오브리가도!(감사합니다!)"

2인실에서 독방의 자유를 누리는 중 투숙객 하나가 들어온다. 아르헨티나에서 온 청년인데 영어를 곧잘 한다. 청년에게 내일 도루강 유람선을 타고 싶으니 앱에 매표소 위치를 좀 찍어달라고 부탁했다. 청년이 흔쾌히 응해준다.

다음날, 그러니까 오늘 늦은 아침 일어나자마자 서둘러 배낭을 꾸렸다.

유람선 탑승 시각이 촉박했다. 출근시간대라 간신히 택시를 붙들었다. 앱을 보여주자 10여 분 만에 대형건물 앞에 내려준다. 도루강과는 멀지 않은 곳이지만 도착과 동시에 뭔가 잘 못 됐다는 생각이 든다. 아무리 주변을 돌아보아도 유람선 탑승권 판매하는 곳이 보이지 않는다. 어디서 잘못된 것일까. 아르헨티나 청년의 실수라기보다는 아마도 앱의 오류였을 것이다. 혹은 내가 지나치게 조바심을 냈기 때문일지도 모른다. 잠시 당혹스러웠지만 조금 다른 시선으로 이 상황을 바라보기로 했다. 굳이 유람선을 타지 않아도 포르투는 도루강을 따라 걸으며 온전히 느낄 수 있는 곳 아닌가.

유람선 탑승을 포기하고 일단 강 쪽으로 내려갔다. 도루강을 따라 걸으며 이번 여행의 첫 출발지인 포르투를 천천히 감상하고 싶었다. 쓸데없는 시간은 최대한 아껴야 하지만 여행의 본질에는 충실해야 한다. 실용적이고 효율적인 선택과 집중이 중요하다.

여행에서나 인생에서나 시간이 많지 않을 때는 불필요한 체력적, 감정적 소모를 줄여야 한다. 젊을 때야 이런 일 저런 일 다 겪어봐야 하고, 이런 사람, 저런 사람 다 접촉하며 살아야 하지만 60쯤 되면 선택과 집중을 해야 한다. 손절이란 불필요한 인간관계의 가지치기를 말한다. 천천히 오해도 풀고 어쩌고 하는 것은 시간부자인 젊은이들에게나 해당되는 일이고 나이 60쯤 되면 굳이 그럴 필요도 없다. 그럴 시간에 과감하게 가지치기를 한 후 자신에게 집중하는 것이 현명하다.

천천히 강변을 걸으며 예상치 못한 상황을 받아들이는 방법을 다시 생각해 보았다. 낯선 곳에서 이따금 맞닥뜨리는 혼란은 여행의 일부이자 일상의 축소판이다. 모든 것이 계획대로 진행되기를 바라는 마음이야 인지상정이지만 불현듯 맞닥뜨리는 예측 불가의 사건들은 또 다른 기대와 설렘을 안겨주기도 한다. 대항해 시대의 선원들도 미지의 바다를 항해하며 불가측성에 대한 두려움과 설렘을 함께 느꼈을 것이다. 어쩌면 여행도, 인생도 불완전함과 불가측성 속에 비의(秘義)가 숨어 있는지도 모를 일이다.

부드러운 강바람이 마치 이 도시에 담긴 오래된 이야기들을 들려주는 듯 귓전을 어루만진다. 계획대로 가지 않아도 괜찮다며, 도루강의 물결은 자신처럼 자연스럽게 흘러가 보라며 속삭이는 듯했다. 유람선을 타는 대신 천천히 걸으며 포르투의 감성을 탐닉했다.

저 앞에 은하철도처럼 아찔한 높이에서 이쪽과 저쪽을 잇고 있는 동 루이스 1세 다리가 위용을 드러낸다. 포르투를 이야기할 때 빼놓을 수 없는 것

동 루이스1세 다리

들이 있다. 풍부한 과일 향과 달콤한 맛으로 사랑받는 포트와인, 해상제국 시대를 연 엔리케 왕자의 기마상이 있는 포르투 대성당, 연인과 함께 대서양 너머로 지는 일몰을 감상하기 좋은 모루공원까지.

그중에서도 파리 에펠탑의 설계자 구스타브 에펠의 제자로 알려진 테오필 세이리그가 설계한 동 루이스 1세 다리는 포르투 최고의 명물이라 할 만하다. 폭 8미터, 높이 85미터의 이 복층 다리는 마치 번지점프대 같은 아찔한 삭막함을 준다. 철제로 이루어진 구조물의 차가움에도 불구하고, 포르투의 풍부한 햇살 아래에서는 이 도시의 오래된 정취와 묘하게 어우러져 그림엽서 같은 풍경을 만들어낸다.

## 강물의 생애

도루강 외

동 루이스 1세 다리의 아래층은 차량과 보행자가 다니고 위층은 전철과 보행자들이 다닌다. 핸드백, 모자 등 와인 마개재료인 코르크로 만든 다양한 특산품을 판매하는 노점상들을 지나 다리 위층으로 올라간다.

주변을 돌아보니 그 자체로 훌륭한 전망대다. 강 건너편은 포트와인 지하 저장고 와이너리 시설이 많은 빌라노바 데 가이아, 강 이쪽은 중세풍 건물이 많아 빈티지한 분위기를 풍기는 포르투다. 사실 빌라노바 데 가이아 입장에서는 포르투라는 이름에 묻혀버린 '언성 히어로' 기분이 들 것 같다. 사람들은 포르투가 아름답다고 말할 뿐 빌라노바 데 가이아가 아름답다고 하지는 않기 때문이다. 그러거나 말거나 동 루이스 1세는 이 다리에 자신의 이름을 붙여준 것에 아주 흡족해할 것 같다. 1886년 개통된 이 다리는 포르투의 아이콘이 되었으니까.

강 하구로 갈수록 이 그림엽서는 겸손을 모른다. 형형색색의 돛을 올린 요트와 소형보트들, 관광객들을 태운 유람선이 느리게 물살을 가르는 모습을 보는 것만으로도 마음의 음계가 낮아진다.

저 많은 카페와 레스토랑의 야외 테이블에서 와인 잔을 기울이는 사람들, 강가에 앉아 밀어를 주고받는 연인들, 그들의 배경에서 감미로운 선율을 연주하는 버스커들의 마음까지 어루만지며 도루강은 흐른다. 나도 강물 따라 흐른다.

긴 여정의 끝에서 대서양과 조우한 도루강은 한갓지고 여유롭다. 때로는 거칠게, 때로는 조급하게 달려왔을 강물은 이제 지난 시간을 되돌아보며 주섬주섬 생애를 거두어들이고 있다. 이제 애써 흐르지 않아도 썩지 않고, 애써 휘돌아가며 그리워하지 않아도 될 새로운 세상에 이르렀으니 장하다, 생을 마치는 모든 강물은.

하류로 갈수록 강물이 느려지는 까닭은 고단했던 생애가 어쩌면 가장 아름다운 시간들이었음을 뒤늦게 각성한 탓일까. 그래서 아쉬움에 걸음을 늦추는 것일까. 바다가 저렇게 밤낮으로 쉬지 않고 몸을 뒤채는 것은 더 이상 갈 곳이 없기 때문이며, 그러지 않으면 썩어가기 때문임을 뒤늦게 알았기 때문일까.

강가에 늘어선 음식점과 카페를 차지하고 앉은 사람들도, 오가는 시민들이나 관광객들도, 심지어 기념품을 파는 노점상들도 소란한 듯하면서도 시끄럽지는 않다. 모두가 도루강을 닮았다.

그렇다고 도루강이 고요하고 평화롭기만 한 강은 아니다. 19세기 초 나폴레옹이 포르투갈을 침략했을 당시 이 지역 사람들이 도루강을 건너던 중에 프랑스 군의 공격을 받아 수천 명이 숨진 비극의 강이기도 하다. 2001년 봄에는 우리의 성수대교 붕괴와 같은 불행한 사고도 겪었다.

평화와 아름다움은 거저 오는 것이 아니다. 그것은 오랜 고난과 고통의 열매이며, 그 고난과 고통의 시간이 오랫동안 숙성되었을 때 맛볼 수 있는 달콤함일 것이다. 마치 포르투의 포트와인처럼.

도루강 풍경

포르투와 도루강의 아름다움을 완성시켜 주는 것은 노을이다. 포르투 하늘의 금빛 에어쇼는 긴 인고의 시간을 견디고 마침내 더 큰 세계에 이른 도루강에 바치는 헌사이다. 만약 포르투를 오감으로 느끼고 싶다면 모루공원에서 와인 잔을 기울이며 도루강의 일몰을 바라보는 것을 권한다. 어쩌면 등 뒤에서 어쿠스틱 기타와 만돌린, 아코디언이 빚어내는 감미로운 음률이 들려올지 모른다. 그때 당신은 자신도 모르게 기도하게 될 것이다. 내 생의 언저리에도 저 같은 금빛축복이 소리 없이 내려앉기를.

다시 숙소를 찾아갔다. 아침에 서두르느라 조끼를 두고 나온 탓이다. 숙소로 가는 길에 우연히 고풍스런 건물을 만났다. 많은 사람들이 드나든다. 호기심에 건물 안으로 들어선다. 사방 벽에 푸른 타일 그림이 붙어있다.

푸른 타일 그림은 포르투갈 고유의 독특한 타일장식 아줄레주(Azulejo)다. 미술관인가? 알고 보니 뜻밖에도 이곳은 포르투의 랜드마크 중 하나인 상 벤투역이다. 잊고 나온 조끼 덕분에 얻은 또 하나의 행운이었다. 기차역이 도심 한 가운데 마치 전통 있는 백화점 차림으로 서 있을 수도 있구나, 새삼 낯선 유럽문화에 고개를 주억거리게 된다.

포르투 교외를 오가는 단거리 열차들의 종착역인 상 벤투 역은 예술과 역사가 어우러진 공간으로 사랑받고 있다. 1905년부터 1916년까지 조르즈 콜라소가 설계한 약 2만여 장의 아줄레주 타일로 장식된 내부는 이곳을 궁전이나 미술관처럼 느끼게 한다. 벽면을 가득 메운 타일들은 레온 왕국의 독립전쟁과 항해왕 엔리케 왕자의 전투 장면 등 포르투갈의 역사적 사건들을 생생히 묘사하고 있다. 뿐만 아니라 왕국의 주요 역사적 장면들과 농업 생활의 평화로운 풍경까지 세밀하게 살려내며 포르투갈의 전통과 문화를 한눈에 보여준다.

외관 또한 고전적 대칭과 화려한 장식이 특징인 보자르(Beaux-Arts) 양식의 건축미를 보여준다. 웅장하면서도 섬세한 디자인 덕분에 상 벤투 역은 '유럽에서 가장 아름다운 기차역'이라는 찬사를 받고 있다.

이곳은 본래 16세기에 세워진 상 벤투 수도원의 자리였다. 19세기 말 포르투의 급격한 산업화와 도시 확장으로 수도원은 철거 위기에 몰렸고, 결국 상 벤투 역에 자리를 내어주고 말았다.

역의 개관 초기에는 수도원 철거를 둘러싼 논쟁이 뜨거웠다. 일부 시민들은 기차역이 수도원 자리를 차지하는 것을 두고 "속도의 시대가 영혼의 시대를 집어 삼켰다."라며 비판하기도 했다. 하지만 역은 점차 포르투갈의 새 시대의 표징으로 인식되기 시작했고 지금은 도시와 세계를 잇는 관문이 되었다.

리스본에 도착했으나 숙소를 찾아가는 일이 남았다. 유럽의 게스트 하우스는 대부분 간판을 달지 않는다. 포르투에서처럼 한참 오락가락하다 겨우 찾고 보니 처음 그 건물 바로 옆에 작은 샛문이 숙소 입구였다. 늘 이런 식이다. 인생에서 큰 오류는 드물다. 오히려 '간발의 차이'에서 오는 작은 오류들이 삶의 명과 암, 성과 패를 가른다. 어디 그뿐인가. 명품과 짝퉁, 사랑과 미움의 거리도 언제나 간발이다.

도루강이 대서양에 이르기까지 수없이 굽이치며 방향을 틀었던 것처럼 우리의 삶도 간발의 차이로 길을 바꾸곤 한다. 상 벤투 역의 타일에 새겨진 전쟁과 평화, 승리와 패배의 장면들처럼 간발의 차이는 삶의 결정적 순간을 만들어낸다. 도루강이 흐름 속에서 새로운 세계를 발견하듯 간발의 차이는 우리를 삶의 비밀통로로 인도할지도 모른다.

## 대항해의 돛

리스본

중세 건물의 낡은 분위기를 풍기는 좁은 계단을 올라가는데 흐릿한 센스등이 겨우 발밑을 비춰준다. 힘겹게 5층으로 올라가 문을 두드리자 리셉션이 열리고, 그제야 별천지 같은 숙소 내부가 드러난다.

옆 침대에 자리 잡은 50대쯤으로 보이는 아프리카계 남자가 반겨준다. 서울에도 가 봤다는 스페인 국적의 도밍고 메시는 아프리카에서 금광사업을 한다고 자신을 소개한다. 휴대전화기를 열어 사업장 영상을 보여준다. 열 명 가량의 깡마른 아이들이 웃통을 벗고 열심히 땅을 파 물로 흙을 씻으며 사금을 채취하고 있다. 저렇게 일해서 하루 일당 1,2달러를 받아 쥘 아이들의 간절한 손놀림이 애처롭다.

메시는 자랑스럽게 자신의 사업장을 보여주었지만 나는 영상을 오래 볼 수 없었다. 나뭇가지를 씹기도 하고 흙을 반죽해 쿠키처럼 구워 먹으며 허기를 속이는 아이들에게 저 터무니없는 일당조차 목숨 같은 돈일 것이다.

아이들은 그 돈으로 시장에서 몇 줌의 옥수수 가루와 배추 한 덩이를 사들고 집으로 갈 것이다. 온 식구가 둘러앉아 옥수수 빵을 뜯어 먹고 고단한 몸을 뉠 때쯤이면 허기는 파리 떼처럼 달려들 것이다.

아이들이 채굴한 금은 부유한 나라의 아기들 돌 반지로, 연인들의 결혼 반지와 목걸이로 가공되어 가늘고 흰 손가락과 목을 장식하게 될 것이다. 때로는 라테와 빙수, 참치와 베이글에 뿌려져 사람들의 입으로 들어가게 될 터이다.

아이들은 이 사금이 어떤 과정을 거쳐 어떤 사람에게로 가서 어떤 기능을 하게 되는지 알 수도 없고 궁금하지도 않다. 금반지, 금목걸이를 한 부자나라 사람들 역시 금라떼와 금베이글을 먹을 때 이 금이 어떻게 채굴되어 어떤 과정을 거쳐 내게 들어왔는지 알 수도 없고 궁금하지도 않다. 그저 금은 누군가에게는 절박한 목숨이고 누군가에게는 사소한 장식일 뿐이다. 그 금은 대항해 시대의 향신료와도 닮았다. 포르투갈의 탐험가들은 미지의 바다를 넘어 아프리카, 아시아, 아메리카 대륙으로 나아가며 새로운 자원을 발견했다. 그 자원은 유럽의 부와 문화의 토대가 되었지만 탐험의 뒤편에는 늘 착취가 따라붙었다. 오늘날 금광에서의 노동은 대항해 시대의 탐험이 남긴 유산처럼 보인다. 자원을 향한 인간의 끝없는 열망은 시간이 지나도 여전히 같은 질문을 던진다. 우리는 무엇을 추구하며, 누구의 희생 위에 그것을 추구하고 있는가.

메시의 전화기를 돌려주며 애써 미소 지었지만 마음 한쪽이 무거웠다. 그의 금광 사업은 현대의 대항해일지도 모른다. 과거의 탐험가들이 새로운 세계를 발견하며 이룬 성취가 빛났던 만큼 그 뒤에는 수많은 이의 보이지 않는 희생이 있었다.

그날 밤 메시의 사업장에서 땅을 파던 아이들과 대항해 시대의 바다를 건넜던 선원들의 모습이 겹쳐졌다. 그들의 손길과 발걸음은 모두 자원을 향한 인간의 열망을 대변한다. 그러나 탐험과 개발의 역사는 언제나 희생과 고통을 동반했다. 금광에서의 노동과 대항해 시대의 탐험이 결국 같은 맥락에서 만난다는 사실은 인간 욕망의 끝없는 순환을 보여준다.

에드아르두 7세 공원으로 갔다. 시야가 탁 트여 시내가 한 눈에 들어온다. 1755년 리스본 대지진을 영웅적으로 수습한 폼발 후작이 사자와 함께 서 있는 동상 너머로 멀리 테주강도 보인다.

지붕 없는 붉은 투어버스의 2층에 앉아 리스본 시내 투어를 시작했다. 버스는 코메르시우 광장을 거쳐 시내를 구석구석 돌았다. 버스가 테주강을 따라 형성된 벨렘 지구에 들어섰다. 벨렘지구는 대항해 시대의 관문으로 세계 각지의 진귀한 물건들이 모여들던 지역이다.

건축예술의 정수 제로니무스 수도원

버스가 범상치 않은 한 건물 근처에 섰다. 화려하고 섬세한 외관이 남다르다. 포르투갈 건축예술의 절정으로 꼽히는 제로니무스 수도원이다. 2층으로 된 이 건물의 길이는 300미터에 이른다. 제로니무스 수도원은 16세기에 세워진 마누엘 양식의 대표적 건축물이다. 마누엘 양식이란 전통적인 고딕양식에 이탈리아, 스페인, 플랑드르 양식을 두루 병합한 건축양식의 걸작으로 통한다. 1983년 유네스코 세계문화유산으로 등재된 이 수도원은 대항해 시대의 영광을 기리는 건축물로 여겨진다. 건축 자금은 1496년부터 포르투갈이 동인도에서 가져와 판매한 향신료 수익으로 충당했다. 이는 대항해 시대의 경제적 성공과 그로부터 탄생한 문화적 업적을 보여주는 중요한 증거로 평가된다.

대항해 시대의 탐험가 바스쿠 다 가마가 역사적인 출정 전야에 이곳에서 기도를 한 것으로 알려져 있다. 바스쿠 다 가마는 스페인과의 대항해 경쟁이 극심했을 무렵 아프리카 최남단 희망봉을 돌아 인도항로를 개척한 포르투갈의 영웅이다.

건물 내부에는 예배당과 수도원, 바스쿠 다 가마의 묘를 비롯한 많은 묘들이 있다. 왕들의 묘는 물론 바스쿠 다 가마의 영웅적인 탐험을 대 서사시로 찬양한 시인 루이스 드 카몽이스의 묘도 있다. 리스본 출신의 카몽이스는 바스쿠 다 가마의 탐험이야기와 포르투갈의 역사와 신화를 노래한 대서사시 「우스 루지아다스」로 국민시인의 반열에 오른 인물이다.

이곳에는 또 한 사람의 묘가 있다. 우리에게는 『불안의 서』로 널리 알려진 천재 시인 페르난두 페소아의 묘다. 카몽이스와 함께 포르투갈 최고의 시인으로 꼽히는 그는 한 때 포르투갈의 100에스쿠도 지폐의 인물이기도 했다. 리스본에서 태어난 그는 생전에 크게 평가받지 못하다가 사후에 여러 유작들이 발견되면서 큰 명성을 얻었다.

리스본의 트램



페르난두 페소아는 리스본의 풍경과 사람들 속에서 얻은 영감으로 수많은 글을 남겼다. 남아공에서 보낸 어린 시절을 제외하면 리스본을 벗어나본 적 없었지만 그의 글은 리스본을 세계로 확장시켰다. 좁은 골목길에서 포착한 고독과 결핍의 정서는 인간 존재에 대한 탐구로 이어졌다. 문학 비평가 조지 스타이너는 이를 두고 "페소아는 리스본을 제임스 조이스의 더블린, 카프카의 프라하처럼 만들었다"고 평가했다.

페소아의 문학적 탐험은 대항해 시대와 닮았다. 바스쿠 다 가마가 희망봉을 넘어 물리적 세계의 경계를 넓혔다면, 페소아는 글을 통해 인간 내면의 경계를 탐구했다. 정박한 채로 항해한 그의 역정은 인간 존재의 본질로 향하는 정신적 항로였다. 벨렘 지구의 제로니무스 수도원에서 세계로 나아간 탐험가들과 달리, 페소아는 리스본에 머물며 내면의 항로를 개척했다. 지금 바스쿠 다 가마와 카몽이스 곁에 잠들어 있는 페소아는 47년 생애의 대항해를 어떻게 회고하고 있을까.

## 대항해大航海 – 운명에 대항對抗해

발견 기념비

페소아는 『불안의 서』에서 "마치 어떤 사람이 마음이 악해서가 아니라 단지 외투의 단추를 풀고 지갑을 꺼내기 귀찮아서 거지에게 적선을 베풀지 않는 것처럼, 삶은 나를 대했다."라며 매몰찬 삶에 눈을 흘겼다. 47년간의 짧은 인생항해 동안 그를 관통했던 것은 존재론적 불안이었다.

리스본에서 열네 번의 이사와 스무 번의 이직을 거듭했던 그는 사교의 압박감보다는 고독에 파괴당하기를 원했다. 어떤 사람도 사랑해 본 적이 없다는 그는 그래서 스스로를 행복하다고 여겼다. 사랑하는 사람이 없어서 행복하다는 그의 진술은 역설이 아니다. 역설이라면 그런 그를 많은 후세 사람들이 사랑한다는 점이다.

제로니무스 수도원 옆에 있는 에그타르트(계란빵)의 원조 빵집도 리스본의 명물 중 하나다. 수도원에서 다량으로 나오는 계란 노른자를 이용해 만든 나타(에그타르트의 포르투갈 식 이름)는 소수의 관계자 외에는 누구에게도 비법을 공개하지 않는 것으로도 유명하다. 겉은 바삭하고 속은 촉촉한 이른바 '겉바속촉'의 이 노릇한 에그타르트는 리스본을 찾는 젊은이들에게 특히 인기 있는 식품이다.

버스는 오던 길을 되돌아가기 시작한다. 테주강변에 범선 모양의 대형 조형물이 눈에 띈다. 발견기념비다. 높이 52미터의 이 기념비는 대항해 시대를 열었던 용맹한 선원들을 기리기 위해 20세기 중반에 세워졌다. 바스쿠 다 가마가 항해를 시작한 바로 그 자리에 세워진 기념비에는 대항해와 관련 있는 수많은 인물 조각상이 있다.

뱃머리 맨 앞에 서 있는 이는 해상왕 엔리케 왕자이다. 포르투의 상 벤투 역 벽면의 대형 아줄레주 속에 나오던 그 인물이다. 배의 동쪽 부분과 서쪽 부분에는 서로 다른 인물들이 조성되어 있다.

동쪽에는 바스쿠 다 가마와 마젤란을 비롯한 탐험가, 선교사, 작가 등이, 서쪽에는 왕비와 왕자, 선교사, 화가, 수학자, 바스쿠 다 가마의 대항해를 찬양한 시인 루이스 드 카몽이스 등이 서 있다. 누가 누군지는 알래야 알 수가 없다. 또 저 인물들이 모두 직접 항해를 한 사람들은 아니다. 생존했던 시대도 조금씩 다르다. 대항해 시대에 큰 영향을 미친 사람들을 한 자리에 기리기 위해서 조성했을 것이다.

문득 포르투갈 사람들은 마젤란을 어떻게 생각할까 궁금해진다. 그는 포르투갈 태생이면서 스페인에 귀화해 지구가 둥글다는 것을 직접 체험으로 입증한 최초의 인물이다. 대항해 시대의 라이벌이었던 양국의 관계를 감안하면 마젤란은 포르투갈 국민들에게 애증의 대상이었을 가능성이 높다.

마젤란의 스페인 귀화 이유는 대항해와 관련해서 당시 포르투갈 국왕에게 대들어 갈등을 빚었기 때문으로 알려져 있다. 그러나 이건 어디까지나 표면적인 이유에 불과할지도 모른다. 마젤란이 바스쿠 다 가마와의 경쟁 구도 속에서 자신의 입지를 고민했을 가능성도 배제할 수 없다. 당대 포르투갈에서 대항해의 주역으로 자리 잡는 것이 쉽지 않았던 그는 자신만의 항로를 개척하고자 스페인을 기회의 땅으로 선택했을지도 모른다.

바스쿠 다 가마는 동쪽으로 항해하여 희망봉을 돌아 인도로 향했고, 마젤란은 서쪽으로 출발해 지구를 일주하며 동인도에 도달하려 했다. 두 사람의 항로는 서로 다른 방향에서 시작되었지만 결국 같은 목표를 향하고 있었다. 어쩐지 둘 사이에는 알려지지 않은 극적인 서사가 숨겨져 있을 것만 같다.

포르투갈은 발견기념비 조각상 조성 대상에 마젤란을 포함하느냐 마느냐로 고민 꽤나 했을 것 같다. 마젤란의 위업에 비해서는 다소 아쉬운 업적을 남긴 바스쿠 다 가마와 함께 마젤란을 조성한 그들의 마음이 전해져 오는 듯하다.

항해를 앞둔 사람들은 두려움과 불안에 맞닥뜨렸을 것이다. 지구가 둥글다는 사실이 입증되기 전이었으니 그들에게 항해의 시작은 죽음을 향한 출발처럼 여겨지기도 했을 것이다. 지금에 비하면 턱없이 조악했을 당시의 선박으로 미지의 세계를 향해 발을 내밀기 위해서는 얼마만큼의 용기가 필요했을까. 그때 그들도 간발의 차이였을까. 바스쿠 다 가마가 제로니무스 수도원에서 어떤 기도를 올렸을지 상상해 본다.

1497년 4척의 배와 170명의 탑승자로 출발한 그들이 2년 후 리스본으로 돌아왔을 때는 2척의 배에 50여 명만 생존해 있었다고 한다. 4만 2천여 킬로미터를 돌아온 항해가 얼마나 험난했는지를 이 숫자가 말해 주고 있다.

500여 년 전 자신의 존재 이유, 생의 알리바이를 위해 목숨을 건 항해를 떠났다가 돌아오지 못한 120여 명의 선원들을 생각해 본다. 더 나은 자신을 위해 일상의 평온을 포기하고 험난한 항해에 나섰던 그들의 장렬함과 치열함에 가슴이 뜨거워져 온다. 유럽항해를 시작한 내게 그들은 말해 주는 듯하다. "더 나은 당신은 내일에 있지 않고, 당신이 가는 그곳에 있다." 라고. 그 말에 용기를 내어 500여 년 전 그들에 이어 오늘 내가 여기서 대항해의 돛을 높이 올린다.

발견기념비와 인접한 곳에 아랫도리를 바닷물에 담근 건축물 하나가 눈에 들어온다. 다양한 건축양식이 혼합된 벨렝탑이다. 조금 전 보았던 제로니무스 수도원과 함께 1983년 유네스코 문화유산으로 등재된 건축물이다.

16세기 초 리스본 방어를 목적으로 세운 이 탑은 나폴레옹이 지배하던 시절 애국지사들의 감옥으로 활용된 적도 있다고 한다. 일설에는 이 건물 지하층에 사람들을 수용해 매일 죽음의 공포에 떨게 했다고 한다. 대서양이 만조가 되면서 강물이 불어 지하 감옥의 창으로 강물이 밀려들어 왔기 때문이다. 물이 차오르면 수감자들은 창살을 붙들고 수면 위로 코를 내밀어 간신히 숨을 쉴 수 있었다고 하니 이게 사실이라면 나폴레옹군은 일본군이나 나치군 못지않게 잔인했다는 얘기다.

조난당한 사람들은 구조에 대한 희망이라도 있건만 제 나라를 지키고자 저항하다 갇힌 그들에게는 어떤 희망이 있었을까. 겨울에는 차가운 강물 속에서 서로를 부둥켜안고 서로에게 무슨 말을 주고받았을까.

행여 누구도 대항해가 시작된 역사적인 곳에서 멈춘 그들의 짧은 항해를 동정하지 마라. 다만 침략자들에 저항한 그들의 신념과 용기 앞에 두 손 모을 것.

## 리스본 대지진, 당신은 어디에

상 도밍고 성당

정오 무렵 버스가 출발했던 에드아르두 7세 공원으로 돌아왔다. 출발 전에 뒷모습만 보았던 폼발 후작 동상으로 갔다. 폼발 후작은 1755년 리스본 대지진 후 시민들을 위로하고 사고수습을 진두지휘해 오늘날 리스본의 초석을 놓은 정치인이다.

아줄레주로 장식된 넓은 인도를 걸어 호시우 광장 쪽을 향해 걸었다. 호시우 광장은 13세기부터 여러 공식행사가 열렸던 리스본의 중심지다. 호시우 역을 오가는 기차, 다양한 노선의 버스와 트램, 카페, 레스토랑들이 즐비해 만남의 광장으로 각광받는 곳이기도 하다. 넓은 광장 바닥 전체가 '칼사다 포르투게사(Calçada Portuguesa)'로 장식되어 있다. 포르투갈 전통 문양인 '칼사다 포르투게사'는 검은 현무암과 흰 석회암을 교차로 배열한 물결무늬의 모자이크 양식이다. 대항해 시대의 바다를 형상화한 문양이다. 시내 곳곳 인도에서 수시로 만나게 되는 포르투갈의 시그니처다.

바이샤 지구(구시가지)의 상 도밍고 성당은 호시우 광장에서 5분 거리에 있다. 이 성당의 외관은 아주 특별하다. 건축미가 뛰어나다는 의미가 아니다. 가운데 큰 출입구와 좌우의 작은 출입구가 검게 그슬려 있다. 리스본 대지진 당시 발생한 화재의 흔적이다. 건물의 그슬린 흉터를 보는 순간 먼 과거의 사건이 눈앞에서 펼쳐지는 듯했다.

1755년 11월 1일 만성절 축일 미사를 시작하기 직전 리스본에는 전대미문의 대지진이 발생한다. 리히터 규모 9.0에 가까운 이 지진은 덴마크, 오스트리아 등 전 유럽에서 느낄 수 있을 정도였다고 한다.

리스본 시민 수만 명이 사망하고 건물 85%가 파괴되었다. 당시 리스본 인구가 20만 명이었다고 하니 피해를 입지 않은 사람이 없었다고 봐야 한다. 도시는 일주일간 불탔고 약탈과 살육이 자행되었다. 살아남은 사람들도 대부분 다치거나 가족과 재산을 잃었다. 수많은 문화재와 예술품들도 파손되고 유실됐다. 바스쿠 다 가마 등 대항해 시대 탐험가들의 사료들도 이때 대부분 사라져버렸다고 한다.

성당 내부로 들어서자 또 한 번 놀라움에 눈이 휘둥그레진다. 밖에서 볼 때와는 달리 내부가 상상 외로 웅장하다. 압도적인 높이의 천장 벽면을 장식한 아치형 구조물과 그 구조물마다 예수를 비롯한 성인들의 작은 조각상들이 서 있다. 구조물들도 검게 그슬려 있다. 건물의 안팎에 선명하게 남아 있는 화재의 흔적은 리스본 대지진이 아직도 역사속 이야기가 아님을 말해 주는 것 같다.

미사를 시작하기 전 성당에는 수많은 촛불이 밝혀졌을 것이다. 사람들은 곧 시작될 미사를 기다리며 두 손 모아 신에게 기도를 하거나 함께 간 가족끼리 가벼운 대화를 나누었을 것이다. 그 때 갑자기 온몸과 함께 성당이 요동치면서 아비규환은 시작되었을 것이다. 미사를 위해 높은 촛대위에 밝혀둔 촛불은 바닥으로 나뒹굴었을 것이고, 촛불이 옮겨 붙어 근처에 있는 사물들을 태우기 시작했을 것이다. 성물들이 나뒹굴고 사람들도 넘어지고 뒤엉키며 비극은 시작되었을 것이다. 그날의 비극을 잊지 않기 위해 불에 그슬린 흔적을 그대로 유지하고 있는 성당 측의 의도가 전해져 온다.

신에게 기도를 올리려 성당을 찾은 사람들이 죽어가면서 어떤 생각을 했을까. 죽은 가족과 이웃을 보면서 살아남은 사람들은 무슨 생각을 했을까. 신은 지금 어디에 있는가? 있다면 이것은 무엇인가? 신이 노해서 우리를 심판하는 것인가? 리스본의 대지진은 그들의 굳은 종교적 신념체계도 뒤흔들어 놓았을 것이다.

신이 노했다면 누구에게 노했을까. 당시 리스본은 식민정책과 노예무역으로 막대한 부를 쌓은 도시였다. 신권과 왕권, 귀족과 평민, 부자와 빈자의 균형추는 급격하게 한쪽으로 기울었다. 성당은 부와 권력을 한 손에 쥐었다. 리스본은 성당과 수도원을 세계에서 가장 많이 가지고 있었다. 신권에 도전하는 왕은 언제 제거 당할지 몰랐고, 유대인과 인본주의자, 이교도는 종교재판을 받고 화형에 처해졌다.

만성절 축일에 무너져 내린 성당과 수도원을 보고도 사제들은 다음 미사에서 더 목소리 높여 회개하라며 애먼 신도들을 다그쳤을 것이다. 종교는 종종 그랬다. 강자는 왕왕 그랬다.

리스본 대지진은 신과 인간, 그리고 이성에 대한 근본적인 질문을 던지며 당시 사람들의 철학적 지평을 새롭게 열어젖힌 사건이었다.

프랑스 철학자 볼테르는 『캉디드』를 통해 당시 낙관주의 철학을 풍자하며 '이 세상은 최선의 세상'이라는 믿음을 조롱했다. 또한 이마누엘 칸트는 리스본 대지진을 신학적 해석에서 벗어나 자연 현상으로 바라보며 지진학의 초기 연구를 이끌었다.

폼발 후작은 대지진 이후 교회의 권위가 약화된 틈을 타 왕권을 강화하고 계몽주의적 개혁을 추진했다. 그는 도시 재건을 지휘하며 내진 설계와 방화 계획을 포함한 새로운 도시 계획을 도입했다. 리스본의 새로운 모습은 그가 남긴 혁신적 유산이었다.

아줄레주로 꾸며진 칼사다 포르투게사는 대지진의 잔해 위에 새롭게 그려진 리스본의 문장(紋章)이 되었다. 리스본 대지진이 남긴 상처는 단지 과거의 일이 아니다. 그것은 재난을 기억하며, 잿더미 위에서 새로운 길을 찾아 나선 리스본 시민정신의 흔적이다.

500년 전 먼 바다로 떠난 선원들과 대지진의 폐허 속에서 도시를 재건한 시민들. 시대는 달랐지만 그들 모두 더 나은 미래와 더 나은 자신을 위해 앞을 향해 나아갔다.

대항해 시대의 선원들은 미지의 세계로 항해하며 인류의 경계를 넓혔고, 대지진의 참상을 겪은 시민들은 파괴된 삶의 터전 위에 새로운 도시를 세웠다. 그들의 도전과 회복의 이야기는 그저 옛 이야기가 아니라 오늘날 리스본의 정신을 형성하는 뿌리가 되었다.

## 상처 – 받으면 비극, 안으면 예술

알파마 지구

알파마 지구로 갔다. 이곳은 리스본이 처음으로 도시의 형태를 갖추기 시작한 지역이다. 그래선지 이곳 사람들은 리스본에 산다고 하지 않고 알파마에 산다고 할 만큼 자부심이 대단하다.

리스본은 평지가 별로 없이 7개의 언덕으로 이루어진 도시다. 무지막지한 산이 아니라 오르막도 크게 부담스럽지 않다. 덕분에 사람 사는 정취가 더 잘 느껴진다. 실개울처럼 돌아가는 좁은 골목길, 서로의 어깨를 부비며 다닥다닥 붙은 집들이 정겹다. 웬만한 좁은 골목에도 오래된 수동식 트램이 지나다녀 고풍스런 도시의 정취를 더해준다.

무거우면서도 어둡지 않고, 아름다우면서도 화려하지 않으며, 기품 있으면서도 도도하지 않은 이 곳을 사람들은 낭만의 도시라고 한다. 바다와 강, 고풍스런 건물들이 즐비한 골목길과 그 골목길을 오가는 트램, 클럽과 바에서 흘러나오는 포르투갈 전통음악 파두의 애조 띤 선율, 감미로운 포트와인과 몽환적인 일몰은 리스본을 낭만의 도시로 명명하는 데 토를 달 수 없게 한다.

골목길을 걷다 보면 『불안의 서』를 남긴 페르난두 페소아(1888~1935)를 마주치게 될 것 같다. 그가 살았던 집도 여기서 멀지않을 것이다. 페소아는 매일 이 골목을 걸으며 고뇌하고 사색했을 것이다. 작고 깡마르고 병약했

리스본의 골목길

던 페소아는 평생 우울과 불안, 고독, 불행 속에서 살면서 끊임없이 자신이 누구인지를 탐색했다. 그의 글 몇 몇 대목만 봐도 알 수 있다.

– 나에게 행복하냐고 묻는다면 나는 대답하리라, 아니라고.

– 절망에 잠긴 내 방에서 슬픔으로 나는 글을 쓴다. 항상 그랬듯이 나는 혼자이며, 앞으로도 항상 혼자일 것이다.

– 나는 삶에 동의하지 않는다. 나는 그 점이 자랑스럽다.

– 나는 내가 가둔 자이며, 나를 가둔 자다. 나는 나의 영원한 숙적이다.

– 가에이루를 만나기 전까지 나는 하나의 불안한 기계였다.

가에이루는 그의 친구나 연인이 아니다. 가에이루는 그의 헤테로니모이, 즉 페르소나이다. 생전의 그는 100여 개의 이명(異名)을 사용했다. 하나로 정의할 수 없는 자신의 정체성에 대한 혼란의 부산물이었다.

– 나는 생각하고 느끼지만 그가 누구인지 모른다. 나는 단지 사람들이 생각하고 느끼는 장소일 뿐이다.

그가 말하는 장소가 바로 헤테로니모이(Heteronymoi)이다. 헤테로니모이는 상대적인 것, 이분법적인 것, 사회적인 규범 등을 벗어난 특별한 공간이다. 페소아는 자신의 말처럼 하나의 불안한 기계이기도 했지만 그는 하나의 공간이기도 했다. 음울하고, 고독하고, 불안한 공간이자 환상적이고 절대적인 공간이었다.

– 나와 인생 사이에는 아주 얇은 유리 한 장이 있다. 또렷하게 바라보며 인생을 이해한다 해도 결코 만질 수는 없다.

그의 탄식이 들려오는 듯해서 가슴이 시려 온다. 지금도 그가 여기 골목길을 서성이고 있는 것 같다. 그를 만나면 이렇게 말해 주고 싶어진다.
"생을 만지려고 애쓰지 마세요. 유리 너머로 바라보는 생도 볼만하니까요!"

포르투갈 민요 파두의 어머니 마리아 세베라가 살던 마을 모라리아는 누추하지 않을 정도로 소박했다. 빈민촌이라 해도 크게 틀려 보이지 않았다.

가난한 무어인(아프리카 무슬림)들이 모여 살던 이곳에서 세베라는 1820년 태어났다. 태어나 보니 아버지는 집시였고 어머니는 매춘부였다. 선택의 여지없이 세베라는 매춘부가 되었다. 아마 그녀는 자신의 삶이 어떻게 일그러져 있는지 알지도 못했을 것이다.

집시 아버지의 DNA를 물려받은 그녀는 열두 줄의 포르투갈 기타 기따라를 연주하며 슬픈 노래를 불렀다. 파두였다. 파두는 한국의 '한'처럼 번역 불가능한 '사우다데(닿을 수 없는 것에 대한 애타는 갈망)'라고 하는 민족적 정서가 배어 있어 매우 애조 띤 음악이다. 당시의 파두는 바다로 나갔다가 돌아오지 않는 뱃사람에 대한 그리움, 뱃사람들의 외로움과 향수를 달래는 내용이 주류를 이루었다. 파두는 2011년 유네스코 무형문화유산으로 등재되었다.

어느 날 문득 자신의 삶이 유리 너머로 보이기 시작했을 때 페소아처럼 그녀도 유리 너머 삶을 만지고 싶었을 것이다. 명백한 자신의 삶이건만 만질 수 없다는 것을 알게 된 그녀는 자신의 삶을 이해할 수나 있었을까, 페소아처럼.

유리 너머 닿을 수 없는 삶을 향한 애타는 갈망은 그녀의 노래를 더욱 매혹적으로 만들었을 것이다. 세베라의 짙은 사우다데는 파두를 다른 차원으로 이끌었을 것이다.

뛰어난 가창력과 흉내 낼 수 없는 사우다데를 담은 세베라의 파두는 리스본 전체로 퍼져 나갔다. 이국적이면서 우수어린 외모까지 갖추었던 세베라는 귀족들의 눈과 귀를 사로잡았다. 세베라는 귀족들의 사교장인 살롱에 진출함으로써 파두의 저변을 확대하는 지대한 공헌을 했다.

그러다 한 백작을 만나게 된 세베라. 부유한 귀족출신 백작은 세베라의 재능과 미모에 매료되어 진심으로 그녀를 사랑했지만 둘 사이에도 얇은 유리 한 장이 있었다. 어린 나이 때부터 매춘부로, 선술집의 파두 가수로 살아온 그녀에게 백작과의 사랑은 영원히 가 닿을 수 없는 신기루였다. 게다가 그녀에게는 또 하나의 장애가 있었다. 폐결핵이었다. 스물여섯. 하늘은 그녀에게 파두에 대한 재능과 미모만 주었을 뿐, 청춘의 사랑도, 평범한 삶도, 충분한 시간도 허락하지 않았다. 세베라는 그렇게 한 많은 26년을 일기로 세상을 떠났다.

세베라 탄생 100주년이던 1920년 알파마 거리의 한 가난한 악사는 예쁜 딸을 얻었다. 아말리아 호드리게스. 그녀는 리스본 부두에서 오렌지를 팔다 선술집에서 파두를 부르기 시작한다. 아버지의 영향이었다. 아말리아는 뛰어난 미모와 천부적인 음악성으로 파두의 새로운 장을 연다. 포르투갈을 넘어 전 유럽과 남아메리카까지 파두를 전파한다. 전통민요 파두를 현대적으로 재해석한 그녀는 파두의 세계화에 크게 이바지한다. 세베라가 파두를 중흥시켰다면 아말리아는 파두를 세계적인 음악으로 성장시켰다. 1999년 그녀가 79세로 사망하자 스페인은 3일간의 국장으로 그녀를 예우했다.

상상력에 날개를 달아본다. 아말리아는 생각할수록 세베라의 환생 같다. 파두를 사랑했던 세베라는 평범한 삶을 사는 파두 가수에 대한 한(사우다데)을 남기고 짧은 생을 마감했다. 그 한이 다시 알파마에서 태어나 파두 가수를 하게 한 것은 아닐까. 26세에 요절했던 그녀가 아말리아로 환생해 79년을 살면서 사람들의 사랑을 한 몸에 받으며 파두의 여왕 칭호를 얻은 것이라면, 매춘부로 산 전생의 한이 어느 정도는 풀리지 않았을까.

질곡의 고통 속에서 살다 간 페르난두 페소아와 마리아 세베라. 하지만 그들은 고통과 상처를 끌어안고 마침내 위대한 예술가로 성장했으니 그들

아말리아 로드리게스

의 영혼만은 충만하리라. 상처는, 받으면 비극이 되고, 안으면 예술이 된다.

Chapitre 2

# 프로메테우스의 선물

그리스

'얼굴도 모르는

한 명의 매몰 광부를 구조하기 위해

열 명의 구조대가 목숨을 걸고 갱도로 들어가는 것'은

지혜가 아닌 지성의 영역입니다,

지혜가 뇌의 영역이라면

지성은 가슴의 영역입니다.

인공지능이 인간의 뇌를 모방할 수는 있어도

인간의 가슴은 모방하지 못합니다.

<본문 P94 중>

## 인간적인 신, 비인간적인 인간

아레오파고스 언덕 외

아테네 최초의 법정이었던 아레오파고스 언덕은 아크로폴리스 북서쪽에 있는 나지막한 바위언덕이었다. 아레오파고스는 아레스 산의 바위라는 의미대로 울퉁불퉁한 암석들로 이루어져 있다. 평지도 많은데 굳이 이런 장소에서 재판을 했던 이유는 무엇이었을까. 신들의 공간인 아크로폴리스와 인간들의 공간인 아고라를 연결하는 중간지점이었기 때문일 것이다. 재판관은 신들이 추구하는 정의와 인간의 수준을 감안해서 중용에 입각한 판결을 내리고자 했을 것이다. 그런 상징적인 의미로 이 중간지대에 법정을 두었을 것이다.

제우스와 헤라의 사이에서 난 전쟁의 신 아레스가 이곳에서 재판을 받았다고 한다. 바다의 신 포세이돈의 아들을 죽인 혐의였다. 포세이돈은 제우스의 형이었다. 그렇다면 아레스에게 포세이돈은 백부요 피살자는 아레스와 사촌지간이 된다. 신들도 화를 참지 못하고 혈육 간에 살인 사건을 일으키는 모습을 통해 그리스 신화는 신들의 '인간적인' 모습을 보여준다.

신들도 범죄를 저지르면 법에 의해 심판받고 벌을 받아야 한다는 민주주의와 법치주의의 원칙을 보여준다는 점에서 이 재판의 의미는 각별하다. 그러니까 아레오파고스는 신들의 법정이었다가 인간의 법정이 된 것이다.

사촌을 죽인 아레스의 재판결과는 무죄였다. 신화에는 그의 변론 내용이 기록되어 있지 않지만 아레스는 포세이돈의 아들이 자신의 딸을 강간하려 하자 어쩔 수 없이 그를 죽였다며 정당방위를 주장했을 것이다.

목격자도, 증인도 없었던 이 사건에 대해 아테나를 비롯한 5명의 여신들은 아레스의 주장을 받아들였다. 여신들은 아레스의 행위가 신들의 윤리를 어기지 않았다고 판단했다. 아레스의 딸에게 감정이입이 된 여신들과 몇몇 남신의 도움으로 아레스는 무죄판결을 받을 수 있었다.

그리스 신화 속의 신들은 인간적이고, 인간들은 신들을 닮았음에도 신적이지 않다. 신이 신적이지 않으니 인간도 인간적이지 않은 것일까.

아레오파고스는 검사나 변호인 없이 당사자들이 제소하고 변증한 후 배심원의 판정을 받는 열린 법정이었다. 아테네의 중요한 정치제도 중 하나인 아레오파고스회가 유래한 곳이다.

이곳은 사도 바울이 아테네 시민들에게 그리스도의 가르침을 설파한 장소로도 알려져 있다. 플루타르코스의 『영웅전』에 따르면 마케도니아의 필리포스 2세가 아테네를 공격하자 아테네의 시민들이 포키온 장군에게 정치를 맡겨야 한다며 눈물로 호소한 곳도 이곳이다. 아크로폴리스 오른쪽 저 아래 제우스의 '못생긴' 맏아들이자 미의 여신 아프로디테의 남편 헤파이스토스 신전이 내려다 보인다.

직접 민주주의의 발상지 프닉스 언덕은 완만하게 경사진 평지였다. 높은 쪽은 사람 키보다 훨씬 높은 암석이 병풍처럼 길게 늘어서 있다. 원래 저렇게 돌들로 뒤덮인 언덕을 일부만 남기고 이렇게 평지로 다듬었을 것이다.

프닉스 언덕은 불완전한 형태긴 해도 아테네의 입법부, 사법부, 행정부의 기능을 했다. 아테네 시민들은 여기서 민회를 열고 타국에 대한 선전포고, 병사동원 및 전쟁의 지속 여부를 결정했다. 손에 잡힐 듯 보이는 아크로폴리스의 건립도 여기서 결정했을 것이다. 바로 이 언덕이 고대 아테네 민주주의의 요람이었던 셈이다.

아테네의 황금시대를 연 정치인이자 장군이었던 페리클레스는 철학과, 문학과, 예술을 사랑했다. 그는 파르테논 신전 건축을 비롯한 아크로폴리스 조성을 주도했다. 에레크테이온 신전을 제외한 아크로폴리스에 현재 잔존하는 대부분의 건축물들이 그의 30년 재위 기간에 지어졌다.

그는 귀족들의 반대를 무릅쓰고 민주주의를 적극적으로 육성했다. 페리클레스는 시민들에게 민주주의에 대해 이렇게 역설했다.

민주주의의 요람 프닉스 언덕

"소수가 아닌 다수의 이익을 추구하는 정치가 민주주의입니다. 법 앞에 만인은 평등합니다. 주요공직은 개인의 능력이 결정합니다. 비록 가난하더라도 능력만 있다면 공직에서 배제되는 일은 없습니다. 우리 아테나이 사람들은 정치에 참여하지 않는 사람들을 무용지물 취급합니다. 또한 우리들만이 정책을 직접 비준하거나 토의합니다."

무려 2,500년 전 이런 정치관을 가진 사람을 배출해 낸 아테네 사회의 수준이 경이롭다. 물론 여성과 노예의 권리는 보장받지 못하는 한계는 있었으나 당시로서는 놀라울 정도의 급진적 정치이념이 아닐 수 없다. 당연히 그는 귀족들로부터 극단적인 포퓰리스트로 비난받았다.

페리클레스가 스파르타와의 펠로폰네소스 전쟁을 독려하는 명연설을 한 장소도 이곳이다. 저기 그리 높지 않은 세 개의 돌계단 위에 서서 그는 아테네 시민들의 뜻을 모으기 위해 열변을 토했을 것이다.

아마 군중 속에는 소크라테스도 있었을 것이다. 그는 30대 후반에 보병으로 종군해 세 번의 큰 전투를 치렀다. 그는 스파르타군의 공격에 밀려 후퇴하는 부대의 맨 뒤에서 전우들을 보살피며 가장 늦게 빠져나오는 의기를 보여준 것으로 유명하다.

그는 전투 시에 두려움이 없었을 뿐만 아니라 병영에서 배고픔, 갈증, 추위 등에도 전혀 흔들리지 않는 강인한 정신력을 보였다고 한다.

## 아주 오래된 질문

소크라테스 감옥

소크라테스의 감옥은 아크로폴리스 서남쪽 필로파포스 언덕에 있었다. 이름만 언덕일 뿐 넓은 평지에 올리브 나무 몇 그루와 이름을 알 수 없는 나무들이 허술하게 서 있었다. 세월에 언덕이 깎여나간 것일지도 모른다. 감옥은 5미터 정도 높이에 가로로 긴 바위굴이었다. 바위는 누가 봐도 늙었다. 이 정도라면 계란으로 바위치기도 해 볼만 하다 싶을 만큼 세월이 느껴진다.

2미터 정도 높이의 쇠창살문이 달려 있고 쇠사슬로 채워져 있다. 당시에는 엉성한 나무문이었다고 한다. 쇠창살문은 세 개였다. 내부를 들여다보니 세 개의 바위굴이 서로 작은 통로로 이어져 있다. 소크라테스가 이 세 개를 다 사용했는지 다른 수형자들과 나누어 썼는지는 모르겠다. 바위굴은 깊지 않았다. 좌우 두 개의 굴은 사각으로 작은 방의 형태를 띠고 있었으나 가운데 굴은 방 같지는 않았다. 우측의 방은 안으로 들어갈 수 있는 작은 구멍이 하나 보였다. 아무리 2,500년 전 감옥이라지만 71세의 노 철학자가 이런 곳에서 생애 마지막을 보냈다는 게 믿기지 않는다.

소크라테스 감옥

그는 국가 지정 공식 신을 믿지 않은 신성모독죄와 청년들을 선동하고 타락시킨 혐의로 고발당했다. 그것은 표면적 이유였고 실은 정치적인 이유였다. 민주주의의 맹점을 비판하고 선동하는 그가 기성 정치인들과 기득권층에는 눈엣가시였다. "인간은 만물의 척도"라며 진리의 상대주의를 주창했던 프로타고라스 등 소피스트들도 기득권층 중의 하나였다. 명목상의 고발인들은 시인, 정치인, 작가 등 세 명이었다.

기원전 399년 어느 나른한 봄날 유무죄를 가리는 1차 투표가 행해졌다. 500명의 배심원단은 유죄 280표, 무죄 220표로 소크라테스에게 유죄평결을 내렸다. 하지만 의외로 표차가 크지 않아 그의 변론에 따라 2차 투표에서 표심이 크게 요동칠 가능성은 충분했다. 2차 투표는 사형이냐 벌금형이냐를 결정하게 된다.

그러나 변론이 시작되자 그는 이해하기 어려운 태도를 보인다. 뜻밖에도 배심원단의 심기까지 건드려가며 자신의 주장을 강하게 펼치기 시작한 것이다.

그의 애제자 플라톤이 남긴 『소크라테스의 변명』에 따르면 그는 전혀 배심원단의 자비를 구걸하지 않았던 것으로 보인다. 오히려 소피스트들과 당대의 현자, 논객들을 차례로 논박하며 '도장 깨기'식 대화를 통해 '아테네의 등애'로 불리는 등 그들의 반감을 사 자신이 고발당했다는 논지를 펼쳤다. 심지어 그는 호메로스의 서사시 「일리아스」의 주인공 중 하나인 아킬레우스를 거론하며 자신은 "그와 같이 비겁하게 살고 싶지 않다."라는 말까지 한다.

"죽을 처지에 몰려서도 뜻을 꺾지 않는다며 나를 비난하는 사람들은 죽음이 좋은 것인지 나쁜 것인지도 모르면서 마치 그것을 아는 지혜로운 사람인 척 하는 것에 불과한 것이오. 나는 죽음보다 부끄럽게 사는 것이 더 두렵소. 나는 죽음이 좋은 것인지 나쁜 것인지 모른다는 사실을 알고 있기에 죽음을 두려워하지 않소."

그는 끝까지 무지에 대한 지의 중요성을 포기하지 않았다. 그는 자신에 관한 델피 신전의 신탁에 관한 얘기도 꺼낸다. 그의 친구 카이레폰이 델피 신전에 "소크라테스보다 지혜로운 사람이 있는가?"라는 신탁을 넣자 돌아온 대답은 "없다."였다.

소크라테스는 무지한 자신이 어떻게 가장 지혜로운 사람이라는 것인지 신탁을 이해하기 어려웠다. 신탁을 반증하기 위해 현명하다는 정치인, 시인, 장인들을 만나 깊은 대화를 나누어 보았다. 하지만 그때마다 그들이 알지도 못하면서 아는 체하고 있음을 알게 될 뿐이었다. 마침내 그는 아무것도 알고 있지 않다는 사실조차도 모르는 사람들에 비해 자신은 아무 것도 알지 못한다는 사실만은 알고 있으므로 그들보다는 상대적으로 더 현명하다는 사실을 깨닫게 되었다. 결국 신탁이 옳았던 것이다.

그는 "아테네 시민법정의 판결보다 신탁이 더 우위에 있으므로 내가 풀려나게 된다면 신의 명령에 따라 계속해서 무지에 대한 자각을 설파할 것." 이라고 선언한다.

사실 이 한마디는 이 재판이 소크라테스의 일방적인 승리로 귀결될 수 밖에 없는 결정적인 진술이다. 왜냐하면 신을 믿지 않는다는 신성모독죄는 신탁을 존중하는 그의 자세를 통해 결백이 입증된 것이며, 신탁의 내용대로 그가 가장 지혜로운 자라면 그가 아테네 젊은이들을 타락시켰다는 주장은 설득력을 잃는다. 어리석은 사람들이 지혜로운 사람의 행위를 함부로 단정할 수 없는 일이기 때문이다.

만약 그에게 유죄판결을 내린다면 그들이야말로 신탁을 부정하는 셈이 되고 만다. 신탁이 공증한 가장 지혜로운 자를 사형시킴으로써 결과적으로 신을 부정하게 되고 자신들이 더없이 어리석다는 것을 입증하는 셈이 되고 마는 것이다.

2차 투표결과가 나왔다. 360표 대 140표. 소크라테스 사형. 법정은 술렁였고 소크라테스는 담담했다.

만약 그가 "약간의 오해가 있는 것 같다."라고 둘러대며 배심원단의 동정심을 자극하는 연기라도 했다면 어땠을까. 아니면 모자와 마스크를 쓴 채 휠체어를 타고 출두하든지. 그랬다면 충분히 이런 판결을 이끌어낼 수 있지 않았을까.

“주문. 피고 소크라테스는 아내 크산티페와 부부싸움 후 술에 취한 심신미약 상태에서 신을 모독하고 청년들을 자극하는 발언을 하였으나, 고의성이 부족하고 전과가 없는 초범인 점, 71세의 고령으로 만성 질환을 앓고 있어 건강 상태가 좋지 않은 점, 청년들과의 합의 및 피해 보상에 노력할 것을 약속한 점, 깊이 반성하고 재범 가능성이 현저히 낮은 점 등을 참작하여 300만 원의 벌금형에 처한다.”

하지만 소크라테스는 그리스인답게 무릎 꿇고 사느니 서서 죽겠다는 태도를 끝까지 고수했다. 배심원단은 그런 그에게 서서 죽든, 앉아서 죽든 알아서 하라는 듯이 독배를 건네기로 결정했다.

당시의 시민법정에 판사와 검사, 변호인은 없었다. 소크라테스가 그토록 강조했던 지혜도 없었다. 우중의 분노만 있었다. 민주주의의 출발은 이렇게 불완전했고, 지금도 여전히 그런 위험을 안고 있다. 소크라테스가 민주주의를 비판한 지점도 바로 이 지점이다. 윈스턴 처칠의 말처럼 민주주의는 가장 좋은 제도가 아니라 가장 덜 나쁜 제도에 불과한지도 모른다. 그러나 가장 ‘덜 나쁜 제도’라고 하는 민주주의 발상지인 아테네 시민들은 가장 ‘나쁜 판결’을 내리고 말았다.

소크라테스는 판결을 선선히 받아들인다. 그는 좌중을 향해 작별인사를 건넨다.

“자 이제 우리가 헤어질 시간이오. 당신들은 삶의 길로, 나는 죽음의 길로. 어느 쪽이 나은 길인지는 오직 신만이 아실 테지.”

암굴감옥을 들여다 보다 등을 돌려 뒤를 돌아본다. 나무들 사이로 1킬로미터 정도 거리에 있는 아크로폴리스 일부가 보인다. 하얀 대리석 신전이

기울어가는 햇빛에 눈부시다. 죽음의 신 타나토스를 기다리는 노 철학자에게도 저 대리석 신전들은 눈부셨을 것이다.

아크로폴리스는 가장 높은 곳이라는 의미의 아크론과 도시국가라는 의미의 폴리스의 합성어이다. 아테네 시내보다 70여 미터 높은 지대에 형성되어 있어 사방 어디에서도 아크로폴리스가 보인다. 고대 그리스에서 아크로폴리스는 폴리스마다 존재한 방어 거점이었다. 높은 지대에 위치해 도시에 대한 방어 기능과 종교적 기능을 담당했다. 아테네의 아크로폴리스가 특히 유명한 이유는 다른 폴리스들에 비해 규모나 중요성, 미학적 가치가 특히 뛰어나기 때문이다.

죽음을 앞둔 노 철학자의 눈으로 바라보는 아크로폴리스는 수많은 상념을 불러일으킨다. 그의 원래 직업은 석공이었다. 아버지의 직업을 물려받았다. 기록에 따르면 그가 철학에 관심을 가지기 시작한 것은 40세 무렵이라고 한다. 그 무렵이라면 그가 스파르타와의 펠로폰네소스 전쟁에 참전했던 시기와 겹친다. 참전은 그의 삶에 극적인 변화를 불러왔을 것이다. 상대를 죽여야 자신이 사는 전장에서 그는 깊은 생각에 빠졌을 것이다. 인간이란 무엇인가? 삶이란 무엇이고 죽음이란 무엇인가? 절대적인 진리, 보편적인 진리는 무엇인가? 그는 끊임없이 회의하고 질문했을 것이다. 삶과 죽음이 교차하는 전장에서 그는 이미 생사에 대한 자기입장을 공고히 했을 것이다.

석공으로 살면서 돌을 자르고 깎고 다듬으며 원하는 모양을 찾아내었듯이 그는 자신의 사유를 자르고 깎고 다듬으며 구체화 했을 것이다. 그렇게 해서 저 눈부신 신전을 받치고 서 있는 튼실한 기둥처럼 그의 철학과 사상이 인류의 정신문명을 2,500년간 떠받칠 수 있게 되었을 것이다.

영어의 몸이 된 소크라테스를 면회하고 돌아서는 마음이 복잡하다. 차라리 간수를 매수해 탈옥시키려는 재벌 친구 크리톤의 뜻을 못이기는 채 받아들이고 후일을 도모하지. 어차피 본인이 그토록 우려했던 대중의 직접 민주주의라는 제도의 모순과 한계가 드러났으니 충분한 명분도 있지 않은가. 굳이 이렇게 죽음을 자초하고 직접 민주주의의 희생양이 되어 사라진다는 건 패배주의 아닌가. 아직까지도 "소크라테스가 악법도 법이라고 했다."라는 가짜뉴스를 사실처럼 믿고 있는 사람들이 많은 것도 따지고 보면 그가 순순히 독 사발을 들이킨 것이 원인 아닌가.

"악법도 법"이라는 한 마디는 언제나 권력자, 기득권층의 '필살기'였다. 그것도 무려 소크라테스가 말했다 하니 약자로서는 속수무책이었다. 그 한 마디는 지금도 시퍼렇게 살아서 약자와 정의를 핍박하는 '조자룡의 헌 칼'로 소비되고 있다.

그래도 그가 친구 크리톤에게 "탈옥은 나의 피의사실을 인정하는 꼴"이라며 "여기서 죽는 것이 내 이성의 명령이네."라고 한 말까지 하나하나가 역시 소크라테스답다는 것은 인정해야 할 듯하다.

## 저 찬란한 덧없음 속에

파르테논 신전

아크로폴리스로 오르는 중에 오른쪽 아래로 헤로데스 아티쿠스 음악당이 보인다. 고대 로마의 전형적인 오데온(소규모 공연장) 양식을 본뜬 이 건축물은 AD 161년 로마에서 귀화한 헤로데스 아티쿠스가 죽은 아내에게 지어 바쳤다가 아테네 시민들에게 기증했다. 당시에는 지붕도 있었다는 얘기도 있다. 공연장 정면이자 무대 뒤편으로는 높은 벽면이 병풍처럼 펼쳐져 있다. 로마 콜로세움의 벽면과 유사한 양식의 벽면 중앙 상단은 일부 파손되었으나 좌우에는 여전히 높이 솟은 채 당시의 위용을 짐작하게 한다. 남아 있는 벽체는 풍화되어 거북이 등처럼 투박한 반면 복원의 흔적이 역력한 객석은 지나치게 가볍고 매끈하다.

뮤지션들에게 이 공연장은 꿈의 무대라고 한다. 왜 안 그렇겠는가. 이런 곳에서 뮤지컬을 감상하거나 연주를 들으면 얼마나 근사할지 생각만 해도 심금이 울리는 듯하다. 오늘도 연주회가 있는지 10여 명의 사람들이 무대 준비에 한창이다.

아크로폴리스 서쪽에 있는 입구 프로필라이아(그리스어로 신전의 입구라는 뜻) 앞에서 신계에 오르기 전 인간계를 돌아본다. 가까이로는 아까 들렀던 프닉스 언덕, 어제 찾았던 아레오파고스 언덕 일대가 보인다. 멀리 야트막한 산 너머로는 우리의 명량해전 같은 살라미스 해전으로 유명한 살라미스 섬도 보인다.

경사로에 우뚝 솟은 프로필라이아문의 기둥들이 압도적 웅장함으로 다가온다. 심플하면서도 웅장하고 강건한 느낌을 주는 도리아식 기둥의 특징이 잘 드러나 있다. 특유의 세로로 난 긴 홈과 주름도 시선을 끈다.

사실 이 관문은 미완성 상태라고 한다. 기원전 499년 발발한 페르시아 전쟁 때 아크로폴리스는 크게 파괴되었다. 파르테논 신전도 완전히 내려앉았다. 기원전 447년 파르테논부터 재건에 들어갔다. 프로필라이아는 기원전 437년에 세우기 시작했다. 기원전 431년 이번에는 펠로폰네소스 전쟁이 일어났다. 이로 인해 프로필라이아문은 영원한 미완성으로 남게 되었다.

프로필라이아문 아래에 있는 또 다른 문은 블레문이다. 블레문은 서기 267년 그리스를 정복한 로마가 외세로부터 아크로폴리스를 보호하기 위해 세운 것이라 한다. 무력으로 정복한 남의 나라의 신전을 보호하려한 로마인들의 이런 행위를 어떻게 보아야 할까. 그들의 높은 안목과 품격을 칭찬해야 할지, 신을 숭배하면서도 타국민을 지배하고 핍박한 그들의 몽매함을 비난해야 할지 모르겠다.

고대 그리스 문화는 이미 남부 이탈리아의 그리스 식민지를 통해 로마에 전해져 있었다. 지리적으로 가까웠던 두 문명은 서로 많은 영향을 주고받았다. 특히 로마는 그리스의 예술, 철학, 과학 등을 존중하고 흡수하는 데 적극적이었다. 로마는 그리스 선진문화를 탐내 그리스 전쟁포로들을 로마 건설의 노예로 동원하기도 했다. 어쩌면 로마는 그리스 국토를 정복했으나 그리스는 로마의 정신을 정복했던 것인지도 모른다.

가까이에서 본 기둥들은 토막토막을 이어 붙였으나 맞물림이 정교해서 무심코 보면 하나의 돌기둥으로 보일 정도다. 더러는 미세하게 가로로 금이 간 기둥들이 보여 안타까움을 자아낸다. 드문드문 귀퉁이가 깨어져 나간 곳도 보인다.

입구를 들어서자 정면 오른쪽으로 파르테논 신전이, 왼쪽으로 에레크테이온 신전이 보인다. 프로필라이아문 오른쪽에는 승리의 여신 니케 신전이 자리 잡고 있다. 흔히 나이키로 알려진 니케의 신전은 프로필라이아문 오른쪽 맨 앞에 툭 튀어 나와 있어서 작지만 밖에서 봤을 때 가장 눈에 띄는 건축물이기도 하다.

아크로폴리스는 동서로 약 270미터, 남북으로 약 150미터의 물고기 형상 바위산 위에 들어서 있다. 서쪽의 관문을 제외한 모든 곳은 가파른 절벽으로 둘러싸여 있다. 유사시에는 아테네 시민들이 피난처가 되기도 했으니 신전이면서 성이기도 했던 곳이다.

관람객 통행로 외의 빈터에는 울퉁불퉁 솟아 있는 바닥의 돌들 위로 어디서 떨어져 나온 것들인지 수많은 돌덩이가 여기저기 흩어져 있다. 기원전 499년부터 450년까지 이어졌던 페르시아 전쟁 때 파괴된 구(舊) 파르테논 신전의 잔해들인지도 모른다. 어쩌면 17세기 베네치아군의 포격으로 무너진 현 파르테논 신전에서 떨어져 나온 살점들인지도 모른다.

지금은 갈 곳 몰라 하는 저것들도 한 때는 어느 신전을 떠받치며 제 역할을 다하던 화려한 '리즈시절'이 있었을 것이다. 시대의 한 귀퉁이를 떠받치며 살던 사람도 세월이 가면 저렇게 속절없이 스러져 간다. 그 눈부신 시간들, 영원할 것만 같았던 시간들이 꿈결처럼 지나고 나면 저렇게 아무도 기억해 주지 않고, 아무도 시선을 주지 않는 시간들이 찾아온다. 어쩌면 저 찬란한 속절없음 속에, 저 충만한 덧없음 속에 우리들 존재의 본질이 들어 있을지도 모른다.

수많은 관람객들의 발치에 누워 그들의 등과 신전을 올려다보는 저 기둥들. 어디서 떨어져 나왔는지도 모르는 저 아름드리 돌들의 허허로운 추억.

파르테논 신전 앞에 서자 뜬금없게도 내가 보인다. 앞에 거울이 있는 것도 아닌데 60을 넘겨서 홀로 여기 선 자신이 보인 것이다. 그것은 낯설고 비현실적이었다. 늘 꿈꾸었던 장면을 접하는 순간의 생경함이 오히려 나를 낯설게 한다. 오랫동안 그려왔던 순간에 익숙함이나 자연스러움이 아닌 당혹감이라니. 어쩌면 그토록 염원하면서도 저 깊은 내면에서는 "결코 그런 날은 오지 않을 거야."라고 소리치기라도 했던 것일까. 아니면 원래 오랫동안 꿈꾸던 일이 실현되면 여전히 비현실적으로 느껴지는 것일까. 육신은 현실 속에 있는데 의식은 여전히 상상 속에 있는 탓에 오는 해리성 위화감일까.

2,500년 전 그리스인들의 정수를 모아 아테나 여신에게 봉헌한 이 건물은 세상 누구에게도 단순한 건물이 아니다. 왜냐하면 그것이 파르테논 신전이기 때문이다. 인간의 손으로 만든 건축물이 수천 년을 저렇게 서 있다는 것, 그것도 숱한 건축학적, 인문학적 영감의 원천으로 자리 잡고 있다는 것 자체만으로도 이 건축물은 경이롭고 신성하다.

페르시아와의 전쟁에서 승리한 아테네는 페르시아에 의해 파괴당한 구 파르테논 자리에 새로운 파르테논을 세우기로 했다. 당대 최고의 건축가 익티노스와 조각가 페이디아스에 의해 이 신전이 세상에 나왔다.

기원전 447년부터 기원전 432년까지 16년간에 걸쳐 새롭게 완공된 파르테논 신전은 오랫동안 서구 건축의 전범이었다. 가로 31미터, 세로 70미터의 이 범상치 않은 신전은 인간의 착시까지 감안했다. 이른바 옵티컬 일루전(Optical Illusion)기법이다. 직선으로 보이는 곡선, 평면으로 보이는 곡면으로 이루어진 파르테논 신전은 완벽한 수학적 정확성까지 갖췄다. 전문가들은 건물의 미학적 탁월성은 황금비율에 있다고 분석한다. 과연 이 신전은 '아름다움은 수학적 완성도의 부산물'이라는 사실을 제대로 입증하고 있는 것이다.

아테네의 탄생은 아테나 여신과 깊은 관련이 있다. 지혜와 전략의 신이자 직물과 요리, 도시의 신이기도 했던 그녀는 아테네의 수호신이 되고 싶어했다.

아테나는 총명하고 순결했으며 인간을 사랑하는 여신이었다. 신들의 왕 제우스의 딸이었던 아테나에게는 큰아버지 포세이돈이 있었다. 그는 바다와 지진과 폭풍우의 신이었다. 그도 아테나처럼 아테네를 탐냈다. 아테네를 놓고 백부와 조카가 갈등을 일으켰다.

끝이 보이지 않는 분쟁을 조정하기 위해 올림포스 12신의 연석회의가 열렸다. 그들은 "인간에게 가장 유용한 것을 주는 쪽이 수호신이 될 자격이 있다."고 정리했다.

두 신은 무엇이 인간에게 가장 유용한 것인지 고민했다. 포세이돈은 트리아이나(삼지창)로 땅을 갈라 물을 뿜어 올렸다. 변변한 강 하나 없는 척박한 땅의 아테네인들에게 물은 최고의 선물이다. 포세이돈의 선택은 현명해 보였다.

아테나는 땅을 내리쳐 척박한 언덕에 올리브 나무 하나를 솟아오르게 했다. 순식간에 올리브 열매가 열렸다.

이제 인간의 선택만이 남았다. 사람들은 포세이돈이 만든 샘물을 마셔 보았다. 바닷물이라 너무 짰다. 사람들은 시원한 그늘과 건강한 기름을 제공하는 올리브 나무를 선택했다. 두 신들의 전쟁은 아테나의 승리로 끝났고 이 지역은 마침내 아테나이(Athēnai)라는 이름을 얻었다.

인간에 의해 신이 선택되었다는 이 신화는 장차 아테네에서 태동할 민주주의에 대한 복선이 아니었을까. 인간이 신을 선택했듯 시민이 지도자를 선택하는 이 방식은 신박하고 우아하다. 아테네에서 민주주의가 탄생한 것은 필연이었던 셈이다.

신전에 수난도 많았다. 기원전에는 대형 화재를 겪기도 했으며 해적들에 의해 무차별 약탈과 파괴를 당하기도 했다. 기원후에는 동로마 제국이 신전을 폐쇄하기도 했으며 신전의 보물과 유물들을 약탈해 가기도 했다.

17세기 후반 베네치아 원정대는 아크로폴리스를 점령하고자 했다. 그들은 파르테논 신전을 향해 집중 포격했다. 당시 그리스를 지배하고 있던 오스만 제국은 아크로폴리스를 요새화하고 파르테논 신전을 화약고로 사용했다. 베네치아군은 소크라테스의 감옥이 있는 필로파포스 언덕에서 포격을 가했다. 신전은 속절없이 무너져 내렸다.

만약 베네치아군의 포격만 없었어도 지금보다 훨씬 원형에 가까운 아크로폴리스를 볼 수 있었을 것이다. '지구 최고의 기념물'이라는 찬사를 받는 파르테논 신전이 지붕까지 완벽히 보존된 모습을 상상해 보면, 그 모습이 오히려 낯설게 다가온다.

신들은 자기들의 분쟁만으로도 바람 잘 날 없었을 텐데 인간들의 등살에는 또 얼마나 고달팠을까.

신들의 수난은 신전의 파괴만으로 그치지 않았다. 로마 제국시대에는 성모 마리아에 봉헌된 가톨릭교회로, 오스만 제국시대에는 모스크로 이용되기도 했다. 인간 못지않게 사나운 신들의 운명이 애달프다.

1832년 그리스가 오스만 제국의 지배에서 벗어난 후 아크로폴리스는 마침내 이슬람의 흔적을 모두 걷어냈다. 뼈가 부러지고 살점이 떨어져 나간 모습일지언정 온전한 제 모습을 찾은 것이다. 그 후 아크로폴리스는 수많은 관광객을 부르는 명소가 되었다.

특히 파르테논 신전은 인류의 가장 위대한 건축물로 인정받았다. 유네스코는 파르테논을 1987년 첫 번째 세계문화유산으로 선정해 인류사적 가치를 인정했다. 유네스코의 엠블럼도 파르테논 신전을 형상화한 것이다.

아크로폴리스와 헤로데스 아티쿠스 음악당

아크로폴리스 전망대 쪽에서 바라본 파르테논 신전

2,500년의 세월을 견뎌온 신전도, 이런 건축물을 세상에 내어 놓은 당시의 장인들도 예우 받아야 하지만 당시 그리스인들의 미적 감각과 과학적 안목과 인문학적 상상력은 찬사를 받아 마땅하다.

파르테논 신전의 지붕은 원래 맞배지붕이었다. 수많은 고난 속에서 지붕은 사라지고 그 흔적만 있다. 2미터 가량의 지붕 끄트머리가 양쪽에 간신히 남아 있다. 육중한 대리석 지붕의 잔해들은 대영박물관에 있다고 한다. 대영박물관에는 그 외에도 다양한 조각상과 유물들이 억류 중이라고 한다. 그리스 정부는 영국에 지속적으로 반환을 요구하고 있으나 대개 이런 경우는 백년하청이다. 일본이나 프랑스 등 각국에 강제 나포된 우리 문화재들이 여전히 불법구금당하고 있는 것을 보라. 저 씁쓸한, 사랑을 참칭한 문명에 대한 야만적 폭거.

맞배지붕이 형성한 삼각공간인 페디먼트(pediment, 박공)에는 여러 신들의 인물상이 정교하게 조각되어 있었으나 지금은 지붕과 함께 떨어져 나가버리고 일부만 남았다. 그나마 완벽한 복원도가 있어 원형회복의 가능성은 있다. 지금도 프로필라이아문과 파르테논 신전의 서쪽 부위는 복원작업이 진행 중이다.

이 건축물의 압권은 열주들이다. 바깥쪽 3면의 열주들은 온전하고 다른 1면의 열주들은 파손 정도가 심하다. 열주는 바깥에 46개, 내부에 23개, 모두 69개라고 한다. 기둥의 높이는 10.4미터, 직경은 1.9미터이다.

잘 알려져 있다시피 열주들은 엔타시스(Entasis) 양식을 적용했다. 엔타시스 양식이란 우리의 부석사 무량수전 기둥이 보여주는 배흘림 방식과 유사하다. 기둥의 중하단 부분이 가장 굵고 위로 갈수록 조금씩 가늘어진다. 맨 아래쪽은 가장 굵고, 중간 부위는 미세하게 부풀어 있으며, 맨 윗부분은 더 가늘어지는 형태다. 기둥의 중간 부위가 가늘어 보이는 광학적 착시현상을 보정할 수 있다는 점이 이 방식의 대표적인 장점이다.

양쪽 끝의 기둥은 다른 기둥들보다 약간 굵다. 기둥들이 안쪽을 향해 미세하게 기울어져 있어서 1,500미터 하늘 위로 이어보면 모든 기둥들이 만난다고 한다.

신전의 바닥인 스타일로베이트는 가운데 부분이 높고 양끝으로 갈수록 낮아지는데, 이는 빗물을 흘려보내기 위한 실용적 설계이자 착시를 보정하기 위한 의도적 구조다. 내부에는 금과 상아로 만든 높이 12미터의 거대한 아테나 여신상이 서 있었다고 전해진다. 신전 외부 기둥의 높이는 10.4

미터지만, 이는 외부 구조의 높이일 뿐 내부 공간의 천장은 그보다 훨씬 높아 여신상이 충분히 자리할 수 있도록 설계된 덕분이었다. 여신상은 신전의 중앙 공간을 거의 가득 채우며 아테나 여신의 위엄과 신성함을 극대화했다.

16킬로미터 떨어진 산에서 채굴해 온 흰 대리석으로 조성된 여신상은 오색찬란했다고 한다. 힌두교 비슈누 여신이나 시바 여신도 아니고 '컬러풀 아테나'라니 어째 좀 뜨악하다.

하지만 그리스 조각은 순백의 대리석이라는 생각은 이미 선입견에 불과하다는 것이 밝혀졌다. 30여 년 전 서양 고고학계와 미술계는 고대 그리스와 로마 조각상은 유채색이었음을 공식화했다.

그리스인들은 조각상의 피부, 모발, 의복, 장신구 등에 화려한 채색을 했다. 그들은 심지어 흰 얼굴도 선호하지 않았던 것으로 보인다. 고대 그리스인들은 흰색을 죽음의 색으로 인식했다는 점을 생각해 보면 흰 조각상이야말로 뜨악하다고 해야 한다.

그럼에도 인지부조화 탓에 '컬러풀 아테나'는 통 상상이 되지 않는다.

## 기차는 8시에 떠나네

아크로폴리스

파르테논 신전을 지나 아크로폴리스 맨 안쪽이자 동쪽 전망대로 간다. 아테네 시내를 등지고 기념촬영 하는 관광객들의 머리 위로 그리스 국기 대형 갈라놀레프키가 바람에 휘날리고 있다. 갈라놀레프키는 파랑과 하양이라는 의미이다. 왼쪽 상단에 하얀 십자가가 있고 나머지 부분은 파란 가로줄과 바탕인 흰색 줄로 이루어져 있다. 하얀 십자가는 동방정교를, 파란색은 하늘과 바다를 의미한다. 파란 가로줄과 흰 바탕 줄은 그리스의 국가 슬로건 '자유가 아니면 죽음을' 이라는 뜻이다.

목숨보다 자유를 더 사랑하는 그리스인들에게 목숨과 자유를 놓고 선택해야하는 불행한 사건이 찾아온 것은 1941년 5월이었다. 2차 세계대전 당시 독일, 이탈리아, 불가리아 등이 그리스를 점령했다. 1944년 12월 해방될 때까지 수 십 만 명의 그리스인들이 아사하거나 학살당했다. 서구문명을 주도해오던 천하의 그리스는 국가존망의 위기에 처했다.

1941년 나치독일이 그리스를 완전히 점령하기 한 달 전 일군의 나치병사들이 아크로폴리스를 장악했다. 그들은 신속하게 근위병들을 제압한 다음 전망대에 게양된 갈라놀레프키를 제거하고 나치의 깃발 하켄크로이츠를 게양하라고 명령했다.

독일군 장교의 명령을 받은 아크로폴리스의 근위병 콘스탄티노스 코우키디스가 거부하자 독일 장교 하나가 총을 들이대며 재차 명령했다. 코우키디스는 자신의 손으로 조국 그리스의 국기를 떼어내는 것에 심한 충격과 자괴감을 느껴야 했다.

그는 천천히 지상으로 내려오는 갈라놀레프키를 보며 조국의 운명을 예감했다. 그리고 자신의 운명도 함께 예감했다. 소리 없이 그의 눈에서 외줄기 눈물이 흘러 내렸다.

이제 나치 독일의 깃발 하켄크로이츠를 그 자리에 게양해야 할 차례가 되었다. 어린 청년으로서는 감당하기 어려운 순간이었다. 그 때였다. 코우키디스가 갈라놀레프키를 온몸에 두르고 아크로폴리스 절벽 아래로 몸을 던졌다. 허공에 던져진 청년의 몸이 수직으로 낙하했다. 그가 허공에서 외친 한 마디는 "엘렙테리아 이 타나토스!"였다. 바로 갈라놀레프키의 파란 줄과 하얀 줄이 상징하는 그리스의 국가 표어 "자유가 아니면 죽음을!"이라는 말이었다.

전망대에서 벼랑 아래를 내려다본다. 7월의 그리스 태양이 쏟아낸 햇살이 내려앉아 있다. 한 청년이 국기를 몸에 감고 저 아득한 곳으로 몸을 던져야 했던 그 봄날도 햇살은 꽃가루처럼 향기롭게 내려앉았을 것이다. 조국의 상징 푸른 갈라놀레프키를 몸에 감은 채 벼랑 아래 고요히 잠든 청년의 피투성이 육신위로 내려앉은 햇살도 저리 고왔을 것이다.

나라를 통째로 타국에 바치고도 가책을 느끼지 않는 사람들도 있건만, 내 나라 국기를 떼어내고 기껏 전범들의 천 조각 하나를 게양하는 것이 무슨 그리 대수였던 것일까. 남에게 나라를 바치는 사람과 청년의 차이는 무엇일까. 그것은 곧 삶을 대하는 태도와 가치를 선택하는 방식의 차이이며, 나아가 사고, 판단, 행동, 그리고 성찰이라는 내적 기제가 얼마나 긴밀히 작동했는가에 달려 있을 것이다.

신들의 공간이자 아테네 시민들의 요새 아크로폴리스 근위병의 죽음은 그리스인들의 심장을 불타오르게 했다. 자유를 사랑했고, 조국 그리스를 사랑했던 청년은 죽어 그리스인들의 영웅으로 불렸다.

청년의 죽음으로도 아크로폴리스에 하켄크로이츠의 게양을 막을 수는 없었다. 아테네 전역을 내려다보며 펄럭이는 나치 깃발을 바라보는 아테네 시민들의 가슴은 무너졌다.

그러나 근위병 코우키디스는 죽어도 죽지 않았다.

한 달 후 어느 날 새벽. 크레타 섬이 함락되었다는 비보를 접한 스무 살의 그리스 청년 둘이 아크로폴리스 벼랑을 담쟁이 풀처럼 기어올랐다. 그들은 나치 병사들의 눈을 피해 전범기 하켄크로이츠를 끌어내렸다. 청년들은 나치 깃발을 불태워버린 후 감쪽같이 사라졌다. 점령군들은 궐석재판으로 청년들에게 사형을 선고했다.

이 이야기는 그리스 전역으로 퍼져나갔다. 그들의 가슴은 다시 뛰기 시작했고, 조직적인 저항운동의 서막이 열렸다. 이 무렵이 바로 그리스의 대표적인 작곡가 미키스 테오도라키스의 〈기차는 8시에 떠나네〉의 시대적 배경이다.

지중해의 예쁜 섬에서 함께 살기 위해 8시 기차를 타기로 한 두 남녀. 여자는 기차역에서 남자를 기다리지만 8시가 되어도 남자는 나타나지 않는다. 기차가 출발하자 여자는 절통한 마음을 안고 홀로 기차에 오른다. 기울어 가는 조국의 운명을 보고만 있을 수 없어 레지스탕스에 가담했던 남자는 멀리서 여자의 뒷모습만 바라본다….

다음은 소프라노 조수미 버전 이 노래 가사의 대략이다.

"카테리니행 기차는 8시에 떠나네…. 함께 한 시간들은 밀물처럼 멀어지고 이제는 밤이 되어도 당신은 오지 못하리. 당신은 오지 못하리. 비밀을 품은 당신은 영원히 오지 못하리…."

8시에 떠난 그 기차는 영원히 카테리니에 가 닿지 못했을 것이다. 여자는 기차에서 내리지 못했을 것이고, 남자는 역을 떠나지 못했을 것이다.

해방된 조국에서 한 청년은 기자로, 작가로, 사회운동가로 활발한 활동을 했다. 그리스 금융위기 때는 가혹한 긴축경제에 반대하는 시위를 주도한 그는 2020년 사망했다.

다른 한 청년도 정치인이 되어 노동자들의 권리와 복지를 위해 일생을 바쳤다. 그의 활동은 그리스 정치와 사회에 많은 영향을 미쳤다.

그리스의 근현대사는 대한민국과 참 많이 닮았다. 외세의 침략과 끊임없는 저항, 이념갈등에 의한 내전, 군부 독재 정권의 집권, 그리고 최근의 외환위기까지. 또 놀라울 정도의 회복탄력성까지.

아크로폴리스 남쪽 절벽 아래 경사면에 기원전 6세기에 조성된 디오니소스 극장이 보인다. 아크로폴리스 입구를 들어서기 전 오른쪽 아래로 내려다보던 헤로데스 아티쿠스 음악당보다 500년 이상 나이를 더 먹어서인지 가까스로 그 형태만 유지하고 있다. 반원형의 무대와 경사진 반원형의 관람석이 극장의 전모다. 매끄러운 대리석의 행색으로 보아 최근 복원의 결과인 듯하다.

그래도 극예술의 발상지가 흔적이라도 남아 있다는 것이 그저 고맙다. 아테나가 수호신의 역할을 여전히 잊지 않고 잘 수행하고 있는 덕분일지도 모르겠다. 수호하려거든 진작 신전에 대한 포격이라도 막아 주지. 절벽을 뛰어내린 앳된 청년의 슬픈 육신이라도 받아 주지. 그 많은 신들은 왜 그리스인들의 고난 앞에서 침묵하기만 했을까. 자기네들의 알력과 갈등 탓에 인간세상을 거들떠볼 겨를이 없었던 것일까.

제우스의 아들 디오니소스는 연극과 술의 신이다. 또한 광란, 황홀경, 도취, 쾌락의 신이기도 하다. 로마 신화에서는 바쿠스로 불린다. 프리기아의 미다스 왕에게 만지는 모든 것을 황금으로 바꾸는 능력을 부여했지만, 그로 인해 왕의 딸과 주변이 황금으로 변하는 비극을 맞자, 이를 다시 풀어주기도 한 장본인이다.

그리스 신화 속 디오니소스는 '경계를 초월하는 신', 이성과 광기, 현실과 허구를 오가는 인물로 묘사된다. 예술을 사랑하면서도 질서와 조화를 상징하는 형 아폴론이 로고스적인 인물이라면 술을 좋아하고 도취와 혼돈을 상징하는 동생 디오니소스는 파토스적 캐릭터다. 한 때 치기어린 예술가들을 말할 때 디오니소스가 클리셰로 동원되기도 했던 이유다.

디오니소스 극장에는 서양 연극의 창시자로 알려진 극작가들의 작품들이 올라갔다. 아테네 시민들은 여기서 아이스킬로스의 『아가멤논』, 소포클레스의 『오이디푸스 왕』 등의 공연을 보며 웃고 울었다.

2,500년 전 그리스 사람들은 도대체 어떤 계기로 이렇게 풍요로운 문화를 누리게 되었을까. 도대체 언제부터 그들은 이렇게 우아한 삶을 향유하기 시작했을까.

아직까지도 정치, 문학, 철학, 물리학, 연극, 음악, 미술, 건축 어느 하나 2,500년 전 그들로부터 영감과 영향을 받지 않는 분야가 없다. 당시의 그리스인들은 모두 신이기라도 했던 것일까.

그리스의 많은 신들은 인간과의 사이에서 자식들을 낳았다. 당장 디오니소스만 해도 제우스와 인간여인 세메라 사이에서 났다. 제우스는 그 외에도 걸핏하면 인간여인과 사랑에 빠져 많은 혼외 자식들을 두었다. 아폴론, 포세이돈도 인간과 사랑에 빠져 자식을 두었다. 그러니 신화적 상상력에 기반 해서 보면 그리스인들은 신들의 자손이다.

화이트헤드의 "현대철학은 플라톤의 각주"라는 말을 조금 확대하면 "현대문명은 그리스의 각주"인 셈이다.

디오니소스 극장 너머로 아크로폴리스 박물관이 보인다. 이곳 아크로폴리스와 그 주변에서 나온 4천여 점의 유물들을 모아 놓은 곳이다. 멀리서 봐도 상당한 규모다.

디오니소스 극장 오른쪽 바로 옆에는 아스클레피온 유적이 있다. 당시의 종합병원이자 의술의 신 아스클레피오스의 신전이기도 한 이곳은 발굴 중이다. 아스클레오피스는 소크라테스의 유언에 등장하는 인물이다.

"여보게 크리톤, 내가 예전에 아스클레오피스에게 닭 한 마리를 빚졌으니 자네가 대신 좀 갚아 주게."

유언만 놓고 보면 소크라테스가 닭백숙이 먹고 싶어 친구에게 닭을 빌렸던 것처럼 여겨지기도 하지만 아스클레피오스는 엄연한 신이다. 그는 아폴론과 인간여인 사이에서 났다.

당시 그리스인들은 병이 나으면 의술의 신 아스클레피오스에게 보은의 의미로 닭을 바치는 풍습이 있었다. 소크라테스는 그때 무슨 병이 들었다가 나았던 것일까. 아내 크산티페와의 불화로 술병을 얻었던 것일까. 아니면 자신들의 무지를 모르는 사람들의 병을 고쳐 주려다 속병이라도 들었던 것일까.

## 올리브 나무 아래

에레크테이온 신전

파르테논 신전 바로 앞에 있는 에레크테이온 신전은 신화 속에 나오는 아테네의 전설적인 왕 에렉테우스와 아테나, 포세이돈 세 신에게 봉헌된 신전이다. 기원전 406년 완공되었으니 파르테논 신전보다 26년 뒤에 완공된 건축물이다. 웅장하고 남성적인 도리아식 기둥의 파르테논 신전과는 달리 여성적인 이오니아식 기둥이 특징적이다.

한눈에도 느껴지는 특징은 이 건축물이 비대칭적이라는 점이다. 그런 점에서 이 신전은 매우 불친절하다. 일반적이지 않은 이 불친절은 '왜?' 라는 의문을 던져준다. 일부에서는 불규칙한 지형 탓이라고 하기도 한다. 다른 한편으로는 파르테논 신전의 대칭성과 통일성에 강한 대비효과를 얻기 위해서라는 추측도 한다.

옛날하고도 먼 먼 옛날 에렉테우스가 아테네를 통치하고 있을 때 포세이돈의 아들 에우몰포스의 공격을 받았다. 에렉테우스는 전쟁을 승리로 이끌기 위해 신탁에 물었다. 신탁은 딸 하나를 제물로 바치라고 했다. 딸을 제물로 바치자 다른 딸들은 스스로 목숨을 버렸다. 충격과 슬픔을 안고 싸운 에렉테우스는 에우몰포스를 죽이고 그의 영토를 빼앗았다. 이에 분노한 포세이돈은 아들의 복수를 위해 그의 삼지창 트리아이나로 에렉테우스를 죽여 버렸다.

이렇게 철천지원수가 된 에렉테우스와 포세이돈, 그리고 아테네 수호신 자리를 놓고 끊임없이 갈등했던 포세이돈과 아테나가 왜 같은 공간에 함께 모셔지게 되었는지 의문이다. 적의 적은 친구라는데 포세이돈은 에렉테우스와 아테나의 연대에 속 꽤나 썩었겠다. 신전의 구조가 비대칭적이고 불친절한 까닭은 세 신들의 관계를 상징한 것은 아닐까.

에레크테이온 신전의 특징을 논할 때 빼놓을 수 없는 것이 6명의 여사제들이 파르테논 신전을 바라보며 기둥 역할을 하며 서 있다는 점이다. 건축용어로 카리아티드(Caryatides)라고 하는 이 6명의 여인상은 모두 모조품이다.

에레크테이온 신전

2미터 가량의 이 카리아티드 진품 중 5개는 대영박물관에 나머지 1개는 아크로폴리스 박물관에 전시되어 있다.

신전 서쪽 벽에는 한 그루의 작은 올리브 나무가 자리하고 있다. 전해지는 이야기로는, 이 나무가 바로 아테나 여신이 포세이돈과의 경쟁에서 아테네 시민들을 위해 심었다는 올리브 나무라고 한다. 올리브 나무는 성장이 느리지만 수백 년에서 천 년까지 생존할 수 있어, 아직도 살아 있다는 전설이 단순히 과장만은 아닐지도 모른다. 물론, 이는 신화적 상상력에서 비롯된 이야기다.

올림포스의 제우스 신전 올림피에이온도 아크로폴리스에서 멀지 않은 곳에 있었다. 신전 입구에 제우스 신전 완공을 기념하기 위해 세운 당시 로마제국 황제 히드리아누스의 개선문이 서있다. 이 문을 중심으로 아테네의 구시가지와 신시가지로 나뉜다.

제우스 신전은 관람시간이 지나 이미 문이 닫혀 있었다. 밖에서도 신전 일대가 다 보였기에 특별히 아쉽지는 않았다. 축구나 야구 스타디움도 들어 앉을 만한 평지는 텅 비어 있었다. 눈에 띄는 것이라고는 저 안쪽으로 보이는 석주들뿐이었다. 그나마 철골 구조물이 얼기설기 기둥들을 에워싸고 있었다.

코린트 양식의 제우스 신전은 높이 17미터의 기둥 104개로, 파르테논 신전보다 네 배가 넘는 규모였다고 한다. 신들의 왕인 제우스를 기리는 신전이니 말해 무엇 하겠는가. 유허(遺墟)에는 15개의 기둥만이 남아 있다. 신전 옛터에 내려앉는 노을빛이 발끝에 저 홀로 서럽다.

아크로폴리스 남서쪽 한 레스토랑 노천 테이블에 앉아 지중해식 저녁을 먹는다. 토마토와 여린 상추, 쑥갓 같은 푸성귀가 들어간 밋밋한 식사였다. 그리스의 수많은 신 중 음식의 신이 누구인지는 모르겠지만 그가 별로 도움을 주는 것 같지 않다.

아테네가 어둠에 잠기기 시작하자 멀리 아크로폴리스가 서서히 변신하기 시작한다. 사방팔방에서 비추는 조명으로 마치 황금의 성 같다. 검은 숲 너머 검은 하늘을 배경으로 황금빛으로 물든 아크로폴리스는 숨 막히는 농염미를 보여준다. 가히 신들의 공간이라 할 만하다.

다음날 첫 일정으로 아고라를 찾았다. 아고라는 아테네 시민들의 광장이다. 기원전 9~7세기 아고라는 초기에 군사집결, 정치연설 등의 목적으로 이용되다가 차츰 시장으로 변모했다. 시장이라고 해도 단순한 시장은 아니

밤에 바라본 아크로폴리스

었다. 아테네 시민들의 활발한 토론의 공간이기도 했다.

그들은 점심을 먹고 저녁거리를 사기 위해 이곳으로 나왔을 것이다. 상인들과 손님들이 가게에서, 손님들과 손님들이 길가의 나무 그늘 아래 삼삼오오 모여앉아 민주주의를 토론하고 정치를 논했을 것이다. 소피스트들은 현란한 언변으로 상대적 진리를 역설했을 것이다. 소크라테스는 그런 소피스트들에게 다가가 특유의 산파술로 집요한 질문을 던졌을 것이다. 시장 사람들은 그런 그들을 보며 '인간은 무엇인가, 진리란 무엇인가?'라는 질문을 스스로 던지는 일상을 살기 시작했을 것이다.

여기쯤에서 통 속의 철인 디오게네스는 훤한 대낮에 램프를 밝혀 들고 "어디, 사람을 본 적 없소이까?"라며 세상 사람들을 조롱하고 다녔을 것이다.

아고라는 이렇게 대화와 소통의 광장이었다. 그래서 그럴까. 지금도 그리스 사람들은 저녁 먹고 거리로 나가 카페에서, 레스토랑 노천 테이블에서 이웃 간, 친구 간에 다양한 토론을 즐긴다. 뿐만 아니라 그리스인들은 여성들보다 남성들이 장을 보기 위해 시장을 많이 찾는다고 한다. 역시 고대 그리스 문화의 흔적이다.

고요한 숲에 둘러싸인 넓은 공간에는 다양한 건물의 흔적도 보인다. 입구 쪽에는 그리 높지 않은 석축과 조각상들이 늘어서 있고 저쪽으로 아크로폴리스도 보인다. 안으로 들어가자 몸통만 남은 로마 황제 히드리아누스가 바라보고 있는 야트막한 언덕 위에 온전한 형태의 건축물이 보인다. 헤파이스토스 신전이다.

## 신들의 불장난

헤파이스토스 신전

헤파이스토스 신전은 파르테논 신전보다 먼저 건립되었음에도 어느 신전보다 보존상태가 좋다. 복원을 해서겠지만 도리아식 육중한 기둥들도 굳건하게 서 있었다. 지붕도 비교적 양호했다. 다만 맞배지붕이 형성한 삼각 공간인 페디먼트(pediment, 박공)와 그 아랫부분인 메토프(metope)를 장식한 조각품들이 흔적도 없이 사라진 것은 아쉽다. 화재의 흔적인지 검게 그을린 천장이 눈에 띈다. 자세히 보니 내부의 기둥들이 검게 그을려 있다. 불을 다루는 대장장이 헤파이스토스의 신전이니 그럴 만도 하다.

제우스와 헤라 사이에서 난 헤파이스토스는 선천적인 장애인이었다. 다리를 절었다. 그의 외모는 그가 속한 신들과는 다르게 불구자로서 인간적인 고통을 지니고 있었다. 이로 인해 그는 신들의 왕인 제우스와 헤라의 냉대를 받았으나, 뛰어난 대장장이 기술을 통해 자신의 자리를 굳건히 다져 나갔다.

그의 아내인 미의 여신 아프로디테는 여기 저기 염문을 뿌리고 다녀 그의 속을 무던히 썩였다. 심지어 그의 동생인 전쟁의 신 아레스와도 부적절한 관계를 맺었다. 하지만 헤파이스토스는 신들의 일원으로서 성실히 일하며 그의 뛰어난 장인정신을 인정받았다.

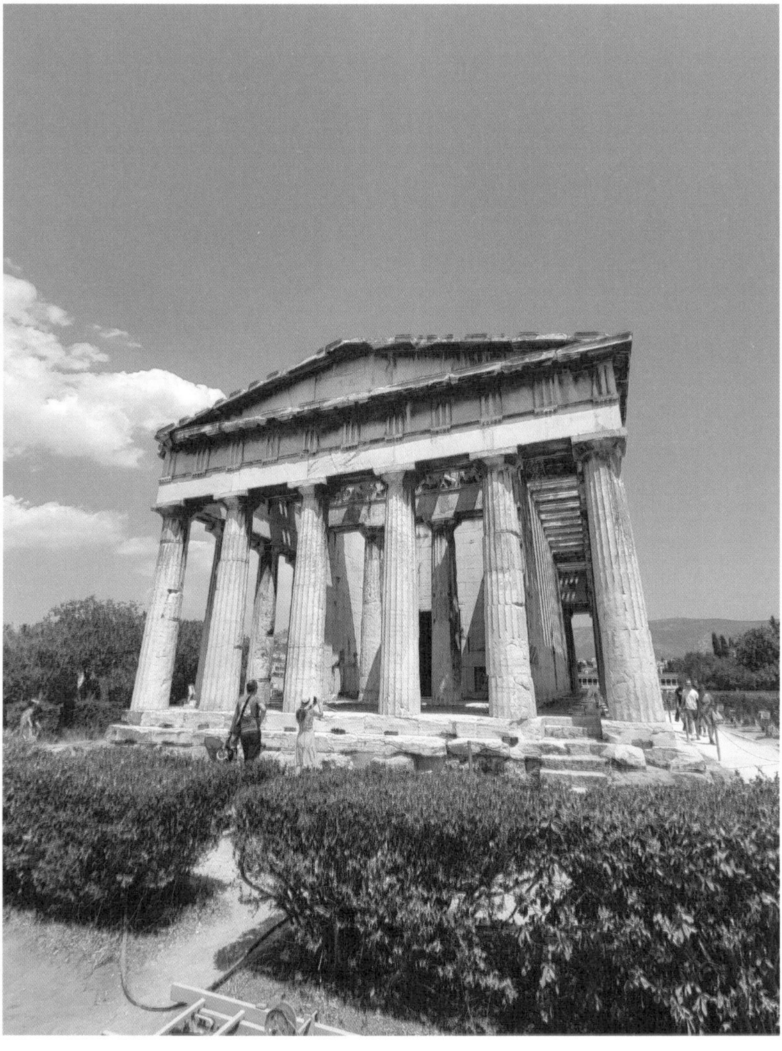

헤파이스토스 신전

그가 만든 작품으로는 제우스의 창과 도끼, 포세이돈의 삼지창, 에로스의 활과 화살, 프로메테우스의 쇠사슬, 판도라 등 헤아릴 수 없이 많다. 그는 신들의 세계뿐 아니라 인간세계에도 깊은 영향을 끼쳤다.

프로메테우스(먼저 아는 자)는 제우스의 명령을 받아 신의 형상과 감정을 닮은 인간을 만든다.(처음에 그는 남자만 창조했다) 올림포스의 신들이 출현하기 전부터 존재했던 티탄 신족 출신이었던 그는 인간을 사랑해서 인간이 신들로부터 자유롭게 살기를 바랐다. 그는 인간에게 불을 전해 주었다.

인간을 창조한 신이라면 응당 그래야 하지만 이런 그의 행동은 제우스의 노여움을 샀다. 제우스는 그것을 신에 대한 도전으로 받아 들였다. 그는 인간으로부터 불을 빼앗아 버렸다. 문명이 사라진 인간세상은 짙은 암흑과 혼란에 휩싸였다. 지식과 기술, 창조의 능력을 상실한 인간은 무지와 야만 상태로 돌아갔다.

이를 지켜보고만 있을 수 없었던 프로메테우스는 신들의 불을 몰래 훔쳐 인간에게 다시 돌려주었다. 불을 돌려받은 인간세상은 새로이 큰 문명의 발전을 이루었고 프로메테우스는 인간의 존경을 받았다.

제우스는 자신의 권위에 도전한 프로메테우스를 코카서스 바위산 절벽에 매달았다. 프로메테우스는 헤파이스토스가 만든 쇠사슬에 묶여 독수리에게 간을 쪼아 먹히는 형벌을 받아야 했다. 매일 독수리에게 뜯어 먹혀도 간은 계속 재생되었으므로 그의 형벌은 끝이 보이지 않았다.

그는 용서를 빌고 사면 받으라는 회유에도 넘어가지 않은 확신범이자 양심수였다. 프로메테우스는 끝까지 제우스를 조롱하며 저항했다. 매일 이어지는 고통 속에서도 인간을 배신하지 않았다. 그는 자신이 만든 인간에 대해 끝까지 책임지고자 했고, 그것을 행동으로 옮겼다.

프로메테우스에게 코카서스의 형벌을 준 것만으로는 분이 풀리지 않았던 제우스는 인간들에게 더 큰 고통을 안겨주기 위해 술책을 부렸다. 남성만으로 구성된 인간세계에 여성을 내려 보내기로 한 것이다. 미인계의 역사는 이토록 유구하다.

제우스는 인간 세상을 혼란에 빠뜨릴 목적으로 헤파이스토스에게 흙으로 아름다운 여성을 빚게 했다. 그 여인은 아프로디테가 부여한 아름다움과 신들의 다양한 선물을 받아 매혹적이지만 치명적인 존재로 탄생했다. 그녀가 바로 최초의 여성, 판도라(모든 선물을 다 받은 자)였다.

제우스는 프로메테우스의 동생 에피메테우스(뒤늦게 아는 자)에게 판도라를 아내로 삼으라며 선물했다. '먼저 아는 자'인 프로메테우스는 이미 에피메테우스에게 제우스의 어떤 선물도 받지 말 것을 당부해 두었지만 판도라의 미모에 눈이 먼 '뒤늦게 아는 자' 에피메테우스는 그녀를 아내로 맞이하고 만다.

어느 날 제우스는 판도라에게 항아리 하나를 준다. 이름하여 '판도라의 상자'다. 프로메테우스와 그의 피조물 인간에 대한 적개심으로 불탔던 제우스는 판도라에게 항아리를 건네주며 치명적인 한 마디를 건넨다.

"절대로 이걸 열어 보지 마라."

질투심 많고 옹졸한 제우스지만 그가 괜히 신들의 왕이겠는가. 그는 천재적인 책략가였다. '코끼리를 생각하지 마.'라고 하는 순간부터 코끼리는 그 사람의 머릿속을 가득 채우게 된다는 사실을 그는 너무도 일찍부터 잘 알고 있었던 것이다. 역시나 판도라는 호기심에 못 이겨 결국 항아리를 열어 보게 된다.

그녀의 호기심은 인간세계를 파탄으로 이끄는 질병, 슬픔, 절망, 전쟁, 질투, 분노 등을 쏟아져 나오게 했다. 판도라가 깜짝 놀라 항아리 뚜껑을 닫았을 때 유일하게 남게 된 것은 '희망'이었다. 이리하여 인간세계를 온갖 악한 것들이 뒤덮었으나 그래도 인간에게 희망이 남아 있다는 달콤한 이야기가 퍼지게 되었다.

여기서 도무지 이해되지 않는 게 있다. 제우스는 왜 인간을 파멸시킬 만악(萬惡)의 근원들과 함께 희망을 넣어둔 것일까. 혹시 희망이라는 것도 원래 인간을 파멸시킬 바이러스인데 인간이 오해하고 있는 것일까.

그리고 희망이 제우스의 저주든, 자비든 바깥으로 나와야 제 역할을 할 텐데 여전히 항아리 안에 들어 있으니 늘 희망은 신기루처럼 잡히지 않는 것 아닐까. 오히려 판도라가 상자를 닫아버리지 않았다면 이 인간 세상에 그나마 희망이 돌아다니게 되지 않았을까. 인간이나 신들이나 이해하기 어려운 점이 한 둘이 아니다.

한편 코카서스 절벽에서 3만 년 동안(이 기간은 여러 버전이 있다) 형벌을 받던 프로메테우스는 영웅 헤라클레스의 도움으로 독수리를 죽이고 쇠사슬에서 벗어나게 된다. 그는 제우스와 극적으로 화해하게 되고, 마침내 인간에 대한 신의 통제와 간섭을 최소화하기로 합의하기에 이른다. 프로메테우스 덕분에 신과 인간이 주종관계가 아닌 별개의 존재로 살아갈 수 있게 된 것이다.

이로써 프로메테우스는 불의한 힘 앞에 굴복하지 않는 저항정신의 상징적인 존재가 되었다. 그는 인간의 존엄성을 지켜내기 위해 절대 권력에 맞서 싸운 고독한 전사였을 뿐만 아니라 인류의 정신문명에 서광을 열어준 선지자의 표상이 되었다.

그는 '먼저 아는 자(선지자)'답게 인간에게 불(지혜와 문명)을 전해 주어 인간으로 하여금 신과 대등한 존재가 될 수 있는 기반을 제공해 주었다. 오늘날 프롤로그(Prologue)와 예언자((Prophet) 등의 접두사 '프로'는 프로메테우스의 이름에서 따온 것이다.

신화 속 프로메테우스가 신들의 불을 인간에게 전하며 제우스의 권위에 도전했던 행위는 문명의 대전환을 가져왔다. 불은 생존의 도구이자 창조적 파괴의 상징으로, 인간이 자연의 제약을 넘어 새로운 질서를 창조할 수 있게 했다. 오늘날 우리는 디지털 혁명과 인공지능이라는 현대의 불과 마주하고 있다. 이 불은 우리에게 새로운 도전과제를 제기한다. 거부할 수 없는 이 새로운 불은 인간에게 창조적 가능성을 열어주는 동시에 그 파괴적 힘에 대한 경고도 함께 던져준다.

인공지능이라는 판도라의 상자는 이미 열렸다. 그 안에는 기술적 혁신뿐 아니라 윤리적 딜레마와 인간 존재에 대한 근원적 질문이 들어 있다. 제우스가 판도라에게 경고했던 것처럼 우리는 이 변화가 가져올 변화와 위험에 대해 신중히 대처해야 한다. 그러나 억지로 상자를 닫으려는 시도는 자칫 더 큰 문제를 야기할 수도 있다. 우리는 그 안의 내용을 직시하고 무엇을 수용하며 무엇을 통제할 것인지 뜨겁게 고민해야 한다.

프로메테우스의 불이 문명을 열었던 것처럼 디지털 혁명과 인공지능은 새로운 문명의 지평을 열어줄 것이다. 그러나 이 불을 다루는 것은 단순히 기술적 숙련도를 필요로 하지 않는다. 그것은 인간의 지혜와 책임을 시험하는 동시에 우리가 어떤 세상을 만들어갈 것인지에 대한 성찰을 요구한다. 우리는 그 성찰을 통해 새로운 신화를 써 내려가야 한다. 이제 우리가 새로운 신화를 써내려갈 펜에 어떤 잉크를 넣을 것인가. 결정의 시간이 다가왔다.

## 대화 : 정보, 지식, 지혜, 지성

아고라

제우스보다 뛰어난 예지력, 인간에 대한 무한한 애정은 물론 고독과 불의에 맞서 싸우는 불굴의 저항정신까지 갖춘 프로메테우스는 영웅의 모든 서사를 다 갖춘 인물이다. 그럼에도 그는 인간 위에 군림하지 않는다. 오히려 영웅이라는 칭호를 거부하며 우상파괴의 표상이기를 원한다.

헤파이스토스 신전을 떠나 다시 아고라를 거닐던 중 전혀 상상하지 못했던 광경을 만났다. 2,500년 전 비슷한 시기에 중국과 그리스에서 인류에게 불을 전해 주었던 두 철학자가 서로 대화를 나누고 있는 장면이었다. 공자와 소크라테스였다. 상상 속에서나 가능했던 두 성인이 만나 대화하는 장면을 목격하게 된 것은 놀라운 일이었다.

무릎높이 정도의 기단 위에 실물크기의 두 철학자는 서로 비스듬히 마주서서 대화를 나누고 있다. 소크라테스는 그리스 전통의상 히마티온(Himation)을 걸치고 뭔가 말을 하는 듯한 표정과 동작을 하고 있다. 공자는 춘추시대 특유의 의상 심의(深衣)를 입고 두 손을 가슴 앞에 단정히 모아잡고 온화한 표정을 짓고 있다. 그들의 등 뒤로 아크로폴리스가 보인다.

기단에는 소크라테스와 공자의 만남과 대화라는 영문과 한문 제목이 새겨져 있다. 이 리얼리즘적 상상력은 중국의 조각가 우웨이산에 의해 2021년에 구현되었다. 덕분에 생각지도 않았던 소크라테스, 공자 두 성인을 동시에 만나는 비현실적 경험을 하게 되었다.

조각가의 리얼리즘적 상상력을 바탕으로 나의 쉬르리얼리즘적 상상력을 가미하여 소크라테스와 공자, 내가 나누는 가상대화를 그리스 희곡 형식으로 재구성해 보았다.

(소크라테스와 공자가 대화를 나누는 도중 아시아에서 온 한 여행자가 등장한다)

**여행자** (놀라움과 감동이 넘치는 표정으로) 여기서 두 스승님을 뵙게 되다니 정말 놀랍고 기쁩니다. 한 자리에서 두 분을 함께 뵙는 영광스런 기회에 그동안 궁금했던 것들을 여쭈어 보겠습니다.

**소크라테스** 어서 오시오. 궁금증과 질문은 무지로부터 벗어나 지혜로 가는 첫 걸음이라 할 수 있다네. 유일한 선은 지식이고, 유일한 악은 무지 아니겠소?

**공자** 보자마자 스승님으로 부르며 인사하는 모습을 보니 아주 예의가 바른 것 같소. 배우고 때때로 익히는 일만큼 기쁜 일이 또 어디 있겠소?

(여행자가 존경심이 가득한 눈빛으로 두 성인을 번갈아 본다.)

**여행자** 프로메테우스는 제우스의 핍박을 받으면서도 인간에게 불을 훔쳐주는 등 끝까지 인간들을 이롭게 해주었습니다. 두 분 스승님은 2,500여 년 동안 인류에게 지식과 지혜의 불을 전해 인간의 정신을 계도해 주셨다는 점에서 또 다른 프로메테우스가 아닌가 합니다. 두 분의 가르침대로 끊임없이 배우고 익히며 무지로부터 벗어나고자 노력한 덕분에 오늘날의 과학문명은 두 분의 시대와는 비교할 수 없을 정도로 진화했습니다. 잘 아시겠지만 지금은 인공지능시대라고 합니다. 지식은 이제 인공지능이 인간을 압도하고 있고 인간은 인공지능의 지식에 의존하기에 이르렀습니다. 이런 시대에 두 분 스승님께서 강조하셨던 인간의 지식과 지혜는 어떤 의미와

아고라에서 만난 소크라테스와 공자

가치를 가지는지 알고 싶습니다.

**소크라테스** 아무리 인공지능시대라고 해도 인간이 지식과 지혜를 추구해야 한다는 점은 달라질 게 없다오. 내가 강조한 지식은 지식 그 자체가 아니라 행동하는 지식이라네. 도덕적인 행동으로 이어지지 않는 지식은 아무것도 아닌 것이거나 악의 편이라네. 정보와 지식의 양은 인공지능을 따라갈 수 없더라도 인간만의 다양하고 깊은 지식을 기반으로 한 지혜를 갖출 수 있다면 크게 두려워할 필요는 없을 것이오.

**공자** 그렇습니다. 우리 시대에는 지식을 크게 강조했지만 이제는 지혜가 아주 중요해졌습니다. 데이터와 알고리즘을 토대로 기계적인 판단을 내리는 인공지능은 분명한 한계가 있습니다.

**여행자** 지혜도 결국 정보와 지식을 기반으로 문제를 해결하는 능력이라고 본다면 인공지능에게 지혜가 없다고 말할 수 있을까요?

**소크라테스** (빙긋이 웃으며) 정녕 그대는 지혜를 그렇게 생각하오?

**여행자** 지혜란 정보와 지식, 즉 점으로 존재하는 각각의 데이터를 서로 선으로 연결해서 문제를 해결해 내는 능력이라고 생각합니다. 지식과 정보는 지혜의 불을 켜는 부싯돌이라 할 수 있습니다. 그런 점에서 인간의 지혜는 인공지능을 영원히 따라 잡을 수 없을 것입니다,

**소크라테스** 그대는 지혜에 대해서 잘 알고 있다고 생각하시오?

(여행자의 표정에는 소크라테스의 산파술에 말려들지 않겠다는 의지가 잘 드러나고 있다.)

**여행자** (머리를 긁적이며) 잘 안다고 할 수는 없을 겁니다. 그저 제 수준에서 드린 대답일 뿐입니다.

**소크라테스** 내가 무지에 대한 지를 강조한 것은 요즘 식으로 말하자면 메타인지를 강조한 것인데 그대가 방금 '내가 지혜에 대해서 잘 안다고 할 수

있을까?'라고 생각한 것이 바로 그것이라네. 지혜로운 사람은 메타인지력이 높은데 이것은 인공지능으로서는 아직 불가능한 영역이지. 물론 메타인지력을 가진 인간도 자신의 모순된 행동이나 비도덕적 행위를 인지하는 순간 즉각 중단하고 개선하고자 하는 움직임을 보이지 않는다면 아무런 의미가 없지만 말일세.

**여행자** 소크라테스 선생님은 젊은 시절 필로폰네소스 전쟁에 참여하셔서 후퇴할 때도 다른 전우들을 챙기고 맨 마지막에 적진을 빠져 나왔다는 얘기를 들었습니다. 이것은 여기 계시는 공자 선생님의 『논어』 옹야편의 다음 대목을 떠올리게 합니다.

"자왈 맹지반불벌 분이전 장입문 책기마왈 비감후야 마부진야"(子曰 孟之反不伐 奔而殿 將入門 策其馬曰 非敢後也 馬不進也 공자께서 말씀하시되, 맹지반은 자기 공로를 자랑 하지 않는다. 전쟁에서 후퇴하면서도 맨 뒤에서 적을 막으며 왔으며, 막 성문에 들어설 무렵에야 말에 채찍질을 하면서 '내가 감히 뒤처지려 한 것이 아니라, 말이 달리지 않았기 때문이다.'라고 했었지.")

이런 행동은 메타인지력이 높은 사람만이 할 수 있고, 인공지능은 할 수 없는 행동이라는 것에 동의합니다.

**공자** 소크라테스 선생께서 인공지능과는 달리 인간은 메타인지가 가능한 존재이므로 인간만이 진정한 지혜를 가질 수 있다고 하신 말씀에 동의합니다. 하나 더 보탠다면 참 지혜란 단순한 정보의 연결에 의한 문제해결능력뿐만 아니라 사물에 대한 직관적인 이해, 본질을 관통하는 힘, 도덕적 판단, 자신에 대한 성찰 등을 포함한 훨씬 더 복합적인 개념입니다.

**여행자** 방금 선생님께서 말씀하신 것을 저는 지혜라기보다는 지성에 더 가깝다고 이해합니다. 지혜는 반드시 도덕적이지 않습니다. 우리가 흔히 '세상을 사는 지혜'라고 말할 때 지혜란 도덕적인 행위보다는 영리한 행위에 더 무게중심을 두고 있지 않습니까? 선생님께서 타계하신 이후 전국시대

제자백가들의 가르침을 보면 더 확실하지요. 비윤리적, 비도덕적이라도 자신에게 유리하게 상황을 바꾸어 놓는 능력이 있으면 지혜롭다고 말했고, 오늘날도 지혜는 기회주의적 사고와 행동을 가리키는 말로 더 개념화된 것이 사실입니다.

(눈을 감고 여행자의 말을 듣고 있던 공자가 천천히 입을 연다.)

**공자** 지혜라는 말에 윤리적, 도덕적 전제가 없다는 데는 동의하기 어렵군. 지혜란 사물의 이치나 질서를 바르게 알아서 문제를 해결하고 새로운 의미를 창조해 내는 능력 아니겠나. 사물의 이치나 질서를 바르게 안다는 것은 하늘의 도를 안다는 것인데 하늘의 도에는 윤리적, 도덕적 개념이 모두 들어 있다고 봐야 하네. 인의가 결여된 지혜는 참 지혜라 할 수 없지.

**소크라테스** 철학(Philosophia)이라는 말도 지혜(Sophia)를 사랑한다(Philos)는 의미인데 설마 그대는 윤리와 도덕이 결여된 지혜를 사랑하는 것을 철학이라고 생각하지는 않겠지?

**여행자** 물론 두 스승님의 말씀을 이해하지만 지혜는 가슴이 아닌 뇌의 영역이다 보니 종종 교활함이나 사악함으로 나타나기도 한다는 것입니다. 적군을 속여서 승리를 쟁취하는 것도 지혜요, 권모술수를 써서 자신의 이익을 취하는 것도 지혜입니다. 두 분은 이것을 유사지혜일 뿐이라고 하시겠지만 지혜가 윤리적, 도덕적 가치가 결여된 개념으로 통용되고 있는 것은 사실입니다. 공자 선생님께서는 천도에 이미 윤리적, 도덕적 개념이 포함되어 있다고 하셨는데 노자께서는 '천지불인(天地不仁)이라 하지 않았습니까? 저는 아무리 생각해 봐도 지혜나 천도라는 말 속에 윤리적, 도덕적 개념이 들어 있다는 말씀을 받아들이기 어렵습니다. 따라서 두 분께서 그토록 강조하신 지식과 지혜는 인공지능시대의 도래와 함께 그 운명이 다했다고 봅니다.

**소크라테스** 그대는 지식이나 지혜 대신 지성을 강조하고 싶은 게로군.

**여행자** 그렇습니다.

**소크라테스** 지성이 더 중요하다고 하는 것은 윤리와 도덕이 결여된 지혜만으로는 인공지능과의 변별성을 가질 수 없기 때문인가?

**여행자** 단지 그뿐만이 아닙니다. 언제부턴가 지성이라는 말이 사라지고 지식과 지혜라는 말이 난무했지만 지성이야말로 가장 고등한 가치라고 생각합니다. 소크라테스 선생님께서 전장에서 보여주신 맹지반 같은 행동이나, 탈옥하지 않고 독배를 선택하신 행위는 지혜가 아닌 지성에 의한 것이었습니다. 공자 선생님께서 상가지구(喪家之狗)라는 말까지 들으면서까지 세상에 인의(仁義)를 전하고자 하신 것도 지성의 작용에 의한 것입니다. 제우스의 온갖 핍박을 받으면서도 끝까지 인간에 대한 신뢰와 애정을 거두지 않고 신들의 전유물이었던 불을 인간에 전해 준 프로메테우스의 행동도 지성에서 비롯되었습니다. 특히 코카서스의 형벌을 받으면서도 끝까지 부조리에 저항할 수 있었던 것도 지성의 힘이 있었기 때문입니다. 이렇게 인간의 존엄성을 담보해 주는 것은 지혜가 아닌 지성입니다. '얼굴도 모르는 한 명의 매몰 광부를 구조하기 위해 열 명의 구조대가 목숨을 걸고 갱도로 들어가는 것'은 지혜가 아닌 지성의 영역입니다, 지혜가 뇌의 영역이라면 지성은 가슴의 영역입니다. 인공지능이 인간의 뇌를 모방할 수는 있어도 인간의 가슴은 모방하지 못합니다. 물질문명은 지혜로 이룰 수 있지만 고도의 정신문명은 지성으로만 이룰 수 있다고 봅니다. 앞서 소크라테스 선생님께서 지혜는 곧 메타인지력, 즉 자기객관화 능력이라고 말씀하셨는데 지성은 여기에 높은 도덕적 기준이 더해진 개념이라고 봐야 할 것 같습니다. 가령

술에 취했으면서도 자신은 술에 취하지 않았다고 하는 사람은 메타인지력이 없는, 즉 지혜가 없는 사람이라고 할 수 있을 것이고, 반대로 자신은 술에 취했다고 하는 사람은 메타인지력이 높은, 즉 지혜로운 사람이라고 할 수 있을 것입니다. 그런데 이런 사람도 만약 그 상태에서 음주운전을 한다면 지성인이라고는 할 수 없겠지요. 지성인은 자신이 술에 취했음을 자각하는 것에 머물지 않고 음주운전을 하지 않는 도덕적인 행동을 하는 사람이라고 정의할 수 있습니다. '트롤리 딜레마'에서 지혜로운 사람은 서슴지 않고 옆에 있는 뚱뚱한 사람을 떠밀어 피해자를 최소화하는 행동을 할 수 있겠지만 지성인은 이런 소시오패스적 행위를 결코 하지 못합니다. 인공지능 시대에 지성의 여부가 인류의 존망을 결정하는 요인이 되지 않을까 생각합니다.

**소크라테스** 정보와 지식, 지혜, 지성의 차이와 특징을 더 구체적으로 설명해 주겠나?

**여행자** 비유를 들어 보겠습니다. 물고기가 어디에 많이 있는지를 아는 것은 정보에 속합니다. 지식은 정보를 바탕으로 물고기를 잡기 위해 그물을 던지거나 낚시를 하는 것처럼 이미 알고 있는 도구와 방법을 활용해 문제를 해결하는 능력입니다. 반면 지혜는 전혀 새로운 발상으로 문제를 해결하는 창의적 능력입니다. 가령 낚시나 그물로는 물고기를 잡을 수 없을 때 가마우지를 이용하는 방법을 고안해내는 것이 이에 해당합니다. 가마우지의 목을 적당히 묶어 물고기를 잡게 하고, 가마우지가 잡은 물고기를 사람이 가져가는 방식처럼 지혜는 창의성과 독창성의 영역이라 할 수 있습니다. 끝으로 지성은 지혜를 넘어서는 또 다른 차원의 능력입니다. 지성은 단순히 문제 해결에 그치지 않고 해결 과정에서 인간적인 윤리와 배려를 반영하려는 태도를 수반합니다. 가마우지를 이용해 물고기를 잡더라도 가마우지를 학대하지 않고 충분한 보상을 제공하려는 태도가 바로 지성적인 태도입니다. 이는 효율적인 해결을 넘어 휴머니즘이 개입된 책임 있는 행동을 의미합니다.

**소크라테스** 지성이 인간을 다른 존재와 차별화할 수 있는 고등한 가치라는 자네의 주장은 타당하네.

**공자** 소크라테스 선생이 전장에서 보여준 행동이나 내가 세상을 주유하며 인의를 전하고자 한 것은 지성의 영역이라는 말도 일리 있네. 사물과 상황에 대한 직관적인 이해, 도덕적 판단, 자신에 대한 성찰까지 담아내는 열린 태도, 즉 지성이 앞으로 인류에게 요구되는 덕목이라는 그대의 생각은 충분한 설득력이 있다고 보네.

**소크라테스** 저도 공자 선생님과 같은 생각입니다. 지성이란 윤리와 도덕을 바탕으로 한 지식인의 행동양식이라는 점에서 지혜보다 오히려 상위개념으로 봐야 할 것 같습니다. 인류는 이제 호모 사피엔스에서 호모 인텔리쿠스로 진화할 단계로 접어든 듯합니다.

**여행자** 인공지능시대 인간의 아이덴티티를 명확히 짚어 주셔서 감사합니다. 두 번째 질문입니다. 저는 소크라테스 선생님이 추구하신 보편적 진리와 공자 선생님께서 말씀하신 하늘의 도가 서로 비슷한 개념이 아닐까 생각해 봅니다. 여기서는 편의상 천도라고 칭하겠습니다. 노자는 일찍이 도가 있는 것 같기도 하다(似或存) 했고 사마천은 "천도시야비야(天道是耶非耶)."라며 한탄했습니다. 천도가 있다면 어찌 자신이 억울한 누명을 쓰고 궁형을 받느냐는 것입니다. 두 스승님은 사마천의 이 탄식에 어떻게 답하시겠습니까?

**공자** 완전한 것은 모자란 듯하고(大成若缺), 가득 찬 것은 빈 듯하고(大盈若沖), 완벽히 곧은 것은 굽은 듯하다(大直若屈)는 노자 선생의 화법대로 말해 보자면 천도는 너무 많아서 없는 듯하다고 할 수 있겠지. 다대약무(多大若無)라고나 할까.

**소크라테스** 내가 아직 '이것이 보편적 진리다.'라고 할 만 한 것을 찾지는 못했으나 절대적이고 보편적인 진리가 곧 공자 선생님이 말씀하신 하늘의 도일 수도 있겠다는 생각이 드는군. 나는 지금도 여전히 절대적이고 보편적인 진리는 분명히 있다고 생각하네.

**여행자** 좋습니다. 두 스승님의 생각은 상당히 비슷한 것 같습니다. 단지 사상만 비슷한 것이 아니라 대상을 내면화하는 과정도 유사한 듯합니다. 공자 선생님께서는 생의 대부분을 비주류로 살아야 했고, 소크라테스 선생님은 억울한 죽음까지 당하면서도 초연한 태도들을 보이셨습니다. 다만 여기서 생기는 의문은 그럴 때 천도는 왜 작동하지 않았으며, 올림포스의 그 많은 신들은 왜 침묵 했는가 하는 문제입니다.

**소크라테스** 내가 알기로 맹자 선생이 '하늘이 장차 그 사람에게 큰일을 맡기려 할 때는 반드시 먼저 그 마음과 뜻을 괴롭게 하고 그 근골을 수고롭게 한다(天將降大任於斯人也 必先勞其心志 苦其筋骨)'했지. 내가 사는 것도 신의 뜻이고, 죽는 것도 신의 뜻이지. 짧게만 보면 받아들이기 어려운 사건이지만 길게 보면 지금 보듯이 좋은 결과로 이어지게 되는 것이라네.

**여행자** (옅은 미소를 띠며) 천도는 다 계획이 있다는 말씀이군요.

**공자** 그러하네. 하늘의 뜻을 아는 것이 곧 지천명(知天命)이지. 나는 쉰이 되어서 하늘의 계획을 알았다네. 그대도 이미 이순(耳順) 아니신가?

**여행자** 천도는 언제나 '빅픽처'를 그리고 있다는 말씀은 신정론이나 헤겔 선생의 '이성의 간계'를 연상시킵니다. 헤겔은 보편적 이성이 절대정신을 구현하는 변증법적 역사발전의 운동과정에서 불가피 하게 나타나는 부정성들을 '이성의 간계'라는 개념으로 설명했는데 이건 역사의 모순을 헤겔이 해결하고자 했지만 헤겔도 해결하지 못했다는 결정적인 단서라고 봅니다. "보편적 이성은 역사전개과정에 일일이 관여하지는 않으므로 일시적으로는 악이 선을 압도할 수도 있지만 결국은 선이 구현된다"는 말이나 "이것은 애초부터 신의 '큰그림'이었다."는 말은 왜 악이 기승을 부리는가에 대한 질문에 대한 답은 되겠지만 왜 거악에 의해 선량한 다수가 희생당해야 하는가에 대한 답은 주지 못한다고 생각합니다. 어쩐지 '이성의 간계'는 '헤겔의 간계'가 아닐까 싶습니다. 왜냐하면 보편적 이성이 역사전개를 방관하고 있다가 나쁜 결과가 나오면 아직 이것은 결과가 아니다. 이 과정이 지나고 나면 '큰그림'을 이해하게 될 것이라고 하고, 계속 고난만 이어지면 계속 과정일 뿐이라고 합니다. 당연히 좋은 결과가 나오면 '큰그림'이었다고 하는 이런 말들은 소크라테스 선생님이 그토록 경멸하셨던 소피스트들의 저급한 궤변과 무엇이 다른지 모르겠습니다. 그런데 오늘 두 분의 말씀이 재세 시의 언행에 정확히 부합하다 보니 제 생각을 바꿔야 하나 싶기도 합니다. 아리스토텔레스 선생님도 『수사학』에서 가장 중요한 것은 화자의 에토스(Ethos)라고 하지 않았겠습니까? 두 스승님의 설득력 있는 삶, 즉 에토스가 워낙 특별하셔서 천도의 큰그림 '이성의 간계'를 다시 생각해 보아야 할 듯합니다.

**소크라테스** 그대처럼 천도를 운명론이나 목적론으로 받아들인다면 당연히 '이성의 간계'도 '헤겔의 간계'로 치부할 만 하네. 하지만 '빅픽처'는 워낙 크기 때문에 오히려 존재한다고 말하기조차 어려울 정도로 그 존재감은 매우 미미하지. 그런 뜻에서 '천도는 다대약무(多大若無)'라는 아까 공자 선생님의 말씀은 매우 적절한 것 같네. 그림 자체가 워낙 크고 희미하기 때문에 그림이라고 하기 어려울 정도일세. 대략적인 윤곽만 잡아 놓은 것이기에 디테일은 당연히 개개인의 자유의지에 의해 그려지는 것이지. 다소 운명론적, 목적론적 성향이 있다고 해서 천도나, 보편적 진리가 아니라고 한다면 수족이 불편한 사람을 두고 인류가 아니라고 하는 것과 진배없는 주장 아니겠소.

**공자** 생물학계 얘기로는 부모로부터 물려받은 유전적 요인이 개인의 특성에 60~80%의 영향을 미친다고 하더군. 나는 불교에서 말하는 카르마가 그 사람에게 미치는 영향도 60~80% 정도로 보네. 많은 불교인들이 말하는 대로 모든 것을 업과 인연과보라고 한다면 운명론이 되고 말기도 하거니와 그 일이 인(因)인지, 연(緣)인지 혹은 과(果)인지 누가 어떻게 알 수 있겠나? 그런데도 걸핏하면 이것은 인과다, 이것은 과보다, 하는데 만약 모든 것이 과라면 이 세상은 '단 한 번 최초의 원인에 대한 과보만 받는 형무소'라는 얘기가 되고 마네. 또한 어떠한 생각, 어떠한 행위도 과거에 대한 과이므로 악행을 저지른 자에게 책임을 물을 수도 없고 피해를 입은 사람을 구호할 필요도 없어지게 된다네. 왜냐하면 그들은 전생의 카르마에 의해서 과를 만난 것일 뿐 타인이나 자신의 의지로 행한 결과가 아니기 때문일세. 설령 어떤 의지를 가진다 할지라도 그것 역시 인과의 작용일 뿐이므로 인간의 의지로는 어떠한 것도 이루어낼 수 없는 지옥인 셈이지. 60~80% 정도가 인과의 작용이라고 한다면 선한 사람이 고통 받는 것도, 악한 사람이 호의호식 하는 것도 설명이 가능해진다네. "자식이 받겠지." "다음 생에 받겠지." 하는 인디언 기우제 식의 '인과놀이'를 하지 않아도 모든 것이 다 설명이 되는 것은 물론이네. 60~80% 업연설은 자신이 지은 인연에 대해서 겸손해야 함과 동시에 과에 의한 지나친 운명론에서 벗어나게 해 주는 아주 적절한 비율 아닐까. 나는 보편적 이성의 '큰그림'도 딱 그 정도로 인간 세상에 영향을 미칠 것이라 믿네. 혹시 그대는 나머지 20~40%의 비중이 너무 적다고 생각하시는가?

**소크라테스** 그대는 혹시 아무리 노력해도 최대 80% 확률로 원치 않는 결과가 나온다는 얘기이므로 "너무 불공평합니다."라고 대답하고 싶을지도 모르겠네. 그러나 생각해 보게. 나의 의지에 따라 20~40% 확률로 상황을 바꿀 수 있다는 것은 천도 앞에서 오만해서도 안 되지만 좌절해서도 안 된다는 메시지를 담고 있는 황금비율 아니겠나. 인공지능이라면 이것을 매우 불합리하다, 불공평하다고 느끼는 것으로 끝나겠지만 인간, 특히 그대가 말한 지성적인 인간은 부조리 속에서도 자신의 성장과 진화를 도모할 수 있어야 하겠지.

**여행자** 인류 역사상 인간을 가장 많이 죽인 동물 · 곤충은 3위 뱀, 2위 인간, 1위 모기라고 합니다. 모기가 1위라니 다행스럽기는 하지만 인간을 가장 괴롭힌 존재 순위를 매긴다면 인간이 독보적인 1위를 차지하지 않을까 싶습니다. 최소한 인간의 품격을 가진 사람과 그렇지 않은 사람을 구별하는 법을 좀 알려 주십시오.

**소크라테스** 평생을 통해 '인간이란 무엇인가?'라는 문제에 천착해온 입장에서도 아주 답하기 어려운 질문이군. 상황이 바뀌면 태도가 달라지는 사람, 약자에게 무례한 사람, 약속을 쉽게 어기는 사람, 무지하면서도 무지한

지 모르는 사람을 피하는 게 좋겠지.

**여행자** 불교에서는 그건 그 사람이 그래서 그런 게 아니라 보는 나의 분별심 때문이라고들 합니다.

**소크라테스** 마하반야(대 지혜)를 이룬 후 공(空)의 관점에서 볼 때는 그렇겠지. 무아니 무상이니 하는 것도 다 마찬가지일세. 마치 '맛있게 먹으면 제로 칼로리.'라는 말과 같은 것이지. 귀가 솔깃할 말이긴 하지만 분별심과 칼로리에 너무 집착하지 말라는 방편설이지 실제로 공(空)이거나 0칼로리라고 한 것은 아닐 걸세. '통증이라는 게 본래 실체가 없는 것이다.'라고 아무리 말해도 치통은 사라지지 않는다네. 마하반야를 이루기 전에는 사리분별을 잘하는 것이 지혜라고 할 수 있지. 마하반야를 이루고 공의 경지에 다다른 사람은 분별하는 사람을 보더라도 아무렇지도 않을 테니 눈치 볼 것 없이 이런 사람, 저런 사람 철저하게 분별해서 취사선택할 필요가 있지.

**공자** 말을 앞세우고 꾸며서 하는 사람, 불리하거나 급하면 거짓말부터 하는 사람, 다른 사람 앞에서 나를 대하는 태도가 달라지는 사람, 사과할 줄 모르는 사람, 아는 척, 있는 척, 잘난 척 허세 부리는 삼척동자, 근본이 안 된 사람.

**여행자** 제가 『논어』에 나오지 않는 이야기 중에 가장 좋아하는 게 있습니다. 이게 실제로 있었던 일인지 궁금한데 어느 날 시장 길가에 쪼그려 앉아 변을 보는 사람을 보고 선생님께서 호통을 치셨다고 합니다. 그런데 하루는 길 가운데서 변을 보는 사람을 보고는 못 본 체 그냥 지나가셨다고 합니다. 그때 제자 하나가 "길가에서 용변을 보는 사람에게는 호통 치시더니 정작 길 가운데서 용변을 보는 더 형편없는 사람에게는 아무런 말씀도 없이 지나가십니까?" 하고 물었다고 합니다. 그러자 선생님께서 "길가에서 똥을 싸는 놈은 부끄러움이라도 있지만 길 가운데서 똥을 싸는 놈은 부끄러움조차도 없는 놈이니 욕할 가치도 없다."라고 하셨다고 합니다. 선생님께서 말씀하신 근본이 없는 사람이란 곧 부끄러움을 모르는 사람을 이르는 말씀이 아닌가 생각합니다. 『논어』에는 없지만 정말 선생님다운 행동이신 것 같아서 저는 실제로 있었던 일로 믿고 싶은데 어떠십니까?

**공자** 그 이야기는 나도 어디서 몇 번 들은 기억이 있네. 하지만 2,500년 전의 일이라 나도 기억이 가물가물 하구만. 그게 실제 있었던 일인지 아닌지보다 내가 평소에 강조하던 정신이 잘 담겨 있는 이야기인가 아닌가 하는 게 더 중요한 것 아닌가 싶네. 다만 "그런 일이 있었냐, 없었냐?"라고 묻는다면 난 기억이 나지 않는다고 답하겠네.

**여행자** 조금 불쾌하실 수도 있는 질문 하나씩 드리겠습니다. 공자 선생님의 가르침은 아시아의 어느 나라보다 한국에서 가장 잘 구현되어 왔습니다. 그런데 최근 들어 유교적 가치는 급격히 평가절하되고 있을 뿐만 아니라 공자 선생님은 원조꼰대처럼 되고 있습니다. 저는 젊어서는 노장(老莊)에 더 끌렸지만 지금은 공자 선생님의 맹물 같은 말씀들이 더 감동적으로 다가옵니다. 유교는 고루한 꼰대문화라는 시각을 어떻게 생각하시는지요.

**공자** 허허허. 역사적 맥락에 따라 시대정신이 변하는 것은 당연하겠지. 또 어떤 이념이건, 종교건, 사람이건 맹목적으로 믿고 따르는 것은 나도 반대일세. 석가께서도 스스로를 믿고 자신을 등불로 삼으라 하지 않으셨던가. 여기서 말하는 '자신'은 아까 언급했던 메타인지력이 높은 자신, 즉 자신의 내면을 깊이 이해하고 조절할 수 있는 능력을 가진 자신을 뜻하네. 소크라테스 선생도 국가의 공식적인 신을 믿지 않고 내면의 신, 즉 다이몬(Daimon)

을 더 믿는다고 해서 법정에 서기도 했고. 내가 산정(刪定)했던 오경 중 하나인 『서경(書經)』에서도 맹자가 그랬지. '『서경』을 모두 믿는다면, 『서경』이 없는 것만 못하다(盡信書則不如無書)'고. 바로 이런 태도가 지성인의 태도라고 할 수 있겠지. 이래도 내가 꼰대인가, 허허허허.

**여행자** 소크라테스 선생님께서는 탈옥 권유를 뿌리치고 독사발을 선택하셨습니다. 자신의 철학적 신념을 구현하셨다는 점에서 일관성과 설득력은 있지만 그로인해 '악법도 법'이라는 주장의 전거가 되었음도 부인할 수 없습니다. 이 가짜뉴스의 실질적인 생산자로서 당시의 선택에 아쉬움은 없으십니까?

**소크라테스** (결연한 표정을 지으며) 먼저 '악법도 법'이라는 궤변에 피해를 입은 분들에게는 깊은 위로와 사과를 전하네. 동시에 그런 가짜뉴스를 만들어 반사이익을 취한 사악하고 반지성적인 사람들에게는 참을 수 없는 경멸을 보내고 싶네. 법은 널리 인간을 이롭게 하고자 하는 홍익인간 정신이 바탕을 이루고 있어야 하거늘 '악법도 법'이라니 그 무슨 당치않은 말인가 말일세. 내가 독배를 선택한 것은 민주주의를 제대로 구현하려면 얼마나 높은 민도와 사회제도가 뒷받침돼야 하는지를 세상 사람들로 하여금 뒤늦게라도 깨닫게 하려는 의도도 있었지. 아무튼 공자 선생님과 내가 천도와 보편적 진리에 대해 접근하는 태도나 방식은 앞으로도 오랫동안 사람들의 정신세계에 영향을 미칠 것이라고 생각하네. 지금은 꼰대로 취급받아도 말일세. 허허허.

**여행자** 두 분께서 2,500년 동안 인류에게 불을 전해 준 프로메테우스의 역할을 해 주신 점에 깊이 감사드립니다. 앞으로도 오랫동안 인류의 밤길을 비추어 주시기 바랍니다.

(여행자가 두 성인을 향해 깊이 허리 숙여 인사하고 자리를 뜬다. 두 성인이 흐뭇한 표정으로 여행자를 향해 손을 흔든다.)

## 더 빨리, 더 높이, 더 강하게

근대 올림픽 경기장 외

아크로폴리스의 북서쪽 아고라에 자리 잡은 아탈로스 주랑은 일명 아탈로스의 스토아라고 불린다. 2세기 아테네 시민들이 사교와 쇼핑을 겸하던 곳이다. 길이 115미터, 폭 20미터의 건물에 42개의 상점이 들어서 있었다.

기원전 150년에 지어진 후 서기 267년 게르만족의 여러 부족 중 하나인 헤룰리 부족의 침입 등으로 크게 파괴되었다가 존 D. 록펠러의 지원을 받아 복원되었다고 한다.

이 건물의 진수는 촘촘히 늘어선 열주들이다. 수십 개의 열주들은 5~6미터 거리를 두고 또 한 줄 더 들어서 있다. 아탈로스 주랑의 열주들은 외부는 도리아식, 내부는 이오니아식 기법을 사용해 미적 균형을 이루고 있다. 이 건축적 혼합은 당시 그리스 사회의 질서와 문화적 혁신을 보여준다. 아고라의 중심에 위치한 이 주랑은 정치적 토론과 시민 참여의 장으로 그리스 민주주의의 실질적인 활동이 이루어진 곳이다.

고대 아고라를 떠나 플라카 지구(구시가)의 로만 아고라로 갔다. 로만 아고라는 아테네에 와서 가장 먼저 만났던 유적지인 히드리아누스 도서관과 인접해 있었다. 히드리아누스 도서관은 서기 132년 로마 제국 히드리아누스 황제에 의해 세워진 전형적인 로마 포럼 형태의 건물이다. 구시가지인 플라카 지구와 인접해 있어 많은 사람들의 눈에 띄는 유적지이기도 하다. 이 도서관에는 소크라테스, 플라톤, 아리스토텔레스 등 철학자들의 자료와 저술들을 보관하는 등 고대 그리스 문명의 중요한 기록물 보관소 역할을 했다고 전해진다. 이런 자료와 유물들은 대부분 유실되거나 다른 박물관에 옮겨졌거나 디지털화해서 보관 중이라고 한다.

로만 아고라는 로마 제국이 그리스를 점령했을 때 줄리어스 시저와 아우구스투스 황제의 후원으로 만들어진 철학과 상업의 중심지였다. 로마 포럼으로도 불리는 이곳은 고대 로마인들이 그리스 유적과 문화를 지키고 복원하려는 노력을 보여주는 곳이다. 지금은 정문 역할을 하던 구조물이 그나마 간신히 제 모습으로 서 있을 뿐 유허에는 부러진 흰 돌기둥들만 서 있다.

더 안으로 들어가면 기원전 1~2세기 경 조성된 당시의 기상대 건물이 온전한 형태로 서 있다. 바람의 탑으로 불리는 이 8각형 꼴의 3층탑에는 해시계, 물시계, 풍향계 등이 갖춰져 있다. 맨 윗부분에는 각 방위에 해당되는 8명의 바람의 신 얼굴이 조각되어 있다.

로만 아고라에서 500여 미터 떨어진 곳에 1842년에 세워진 아테네 대성당이 있다. 이 성당은 외관은 작고 소박해 보이지만, 내부는 화려하고 정교한 모자이크 벽화와 대리석 기둥, 황금빛 성화가 어우러져 고전과 비잔틴 양식의 조화를 이룬다. 특히 중앙 제단과 거대한 샹들리에는 화려하면서도 고풍스러운 분위기로 이 성당을 찾는 이들에게 고유한 영적 충만감을 안겨준다.

아테네 대성당을 지나 10여분 가자 광장 한 쪽 끝에 있는 국회의사당 앞에 많은 사람들이 모여 있다. 막 근무교대식이 있었던 모양이다. 조립식 미니초소 옆에 부동자세로 서 있는 근위병들이 어딘지 훈련병처럼 엉성해 보인다.

신타그마 광장 국회의사당 앞에 가로로 긴 벽이 세워져 있다. 그리스를 위해 싸우다 이름 없이 희생된 모든 무명용사들의 비다. 기념비에는 고대 그리스 병사들 부조와 '조국을 위해 목숨 바친 이들에게'라는 그리스어가 새겨져 있다. 2차 세계대전 당시 나치 독일이 아크로폴리스를 점령하던 날 그리스 국기 갈라놀레프키를 온몸에 두르고 벼랑 아래로 몸을 던졌던 근위병 코우키디스의 영혼도 여기서 쉬고 있을까. 그의 넋이라도 평안하기를. 내내 평화롭기를….

국회의사당 건물 오른쪽에는 고대 유적지와 자연이 잘 어우러진 국립정원이 자리 잡고 있다. 어제 제우스 신전을 갔다가 우연히 들렀던 공원이다. 국립정원 뒤쪽에는 그리스 대통령의 저택이 있다고 한다.

다닥다닥 붙어 있다시피 한 다른 유적지들과는 달리 근대 올림픽 경기장 파나티나이코 스타디움은 좀 멀리 떨어져 있었다. 입장료가 10유로다. 그만한 가치는 하고도 남을 유적지이지만 30유로짜리 유적지 통합이용권을 진작 구입했더라면 좋았을 걸 살짝 아쉽다.

입구에서 한국어 오디오 가이드 기기를 대여해 준다. 이리저리 만져 봐도 꿀먹은 벙어리다. 둘둘 말아서 크로스 백에 우겨넣고 무작정 안으로 들어간다. 상상했던 이상의 규모다. 최대 5만 명을 수용할 수 있다고 하니 현대의 대형 축구 스타디움에도 견줄 만한 규모다. 대리석의 나라답게 5만 석의 스탠드를 눈부신 대리석으로 조성했다. 그러니 펜텔리콘산(山)의 대리석이 고갈될 정도였다는 말이 과장은 아닐 것이다.

파나티나이코 경기장(Panathenaic Stadium)은 아테나 여신을 기리는 파나테나이아 제전의 주요 행사장으로 사용되던 곳이다. 제전에서는 체육 경기뿐 아니라 음악, 시 경연 등 다채로운 문화 행사가 열렸다.

경기장의 기원은 기원전 6세기로 거슬러 올라간다. 초기에는 흙으로 간단히 조성된 구조였다. 언덕의 경사를 활용해 관중석을 배치하는 설계는 당시 건축기술의 실용성을 잘 보여준다. 기원후 2세기에 로마의 정치가이자 후원자인 헤로데스 아티쿠스에 의해 대규모 재건이 이루어졌으며, 대리석으로 덮여 현재의 형태를 갖추게 되었다. 이로 인해 경기장은 대리석 경기장이라는 별칭으로 불리기도 했다.

경기장은 고대의 설계를 계승하면서도 관중의 편의를 위한 세부 사항을 고려하여 설계되었다. 맨 앞 좌석은 트랙과 관중석 사이에 공간을 두어 방해받지 않도록 하였으며 귀족 관중을 위해 등받이가 있는 특별석이 마련되었다. 이러한 세부 설계는 고대 그리스 건축의 섬세함과 실용성을 잘 보여준다. 당시 최고의 VIP가 앉았음직한 등받이가 있는 크고 흰 대리석 의자에 앉아 눈앞에 펼쳐진 그라운드를 천천히 감상해 본다.

1896년 제1회 근대 올림픽이 이곳에서 열리면서 파나티나이코 경기장은 세계적 주목을 받았다. 근대 올림픽 창시자인 피에르 드 쿠베르탱은 고대 그리스의 스포츠 전통을 계승하고자 이곳을 첫 근대 올림픽의 무대로 선택했다. 당시 주요 종목의 경기가 이곳에서 개최되었고, 그리스의 스피리돈 루이스가 우승한 마라톤 경기는 올림픽 역사에 깊은 인상을 남겼다. 또한 2004년 아테네 올림픽에서는 마라톤 종착지로 사용되며 현대와 고대의 연결 고리 역할을 했다.

파나티나이코 경기장은 아크로폴리스와 함께 아테네를 대표하는 관광

명소로, 그리스 전통과 세계적 스포츠 정신을 이어가는 중요한 장소로 평가받고 있다.

채 10여 명도 되지 않아 보이는 입장객들이 경기장에 생기를 불어넣는다. 예닐곱 명의 관람객들이 100미터 경주를 한다. 텅 빈 스탠드와 그라운드가 깨어나는 듯하다. 지축을 흔드는 함성과 박수가 터져 나오고 금은동메달이 결정된다. 그리스 국기 갈라놀레프키가 다른 국기들과 함께 나부끼는 곳이 시상대다. 경주를 마친 사람들이 시상대에 올라 환호하는 군중들을 향해 손을 흔든다. 나도 5만 명의 관중 속에 파묻혀 박수와 함성을 보탠다.

부대시설인 올림픽 전시관은 선수들이 그라운드로 입장하는 통로를 이용해서 들어갔다. 대리석 벽돌을 아치형으로 쌓아 터널처럼 만든 통로는 은은하게 빛나는 작은 조명들이 부드러운 광택을 더해 신전의 회랑처럼 신비로운 분위기를 자아낸다. 특별한 장식은 없지만 촘촘히 박혀 벽면 아래에서 위로 비추는 작은 조명들만으로도 이 대리석 동굴통로를 예술작품으로 탈바꿈시킨다. 선수들은 이 긴 통로를 걸어 나오며 심호흡을 하며 결의를 다졌을 것이다. 이 아치형 동굴통로로 쏟아져 들어왔을 관중들의 함성소리는 그의 심장을 뒤흔든 다음 그의 푸른 힘줄을 타고 들어가 검은 근육을 꿈틀거리게 했을 것이다.

100여 미터쯤 들어가자 1층 전시관으로 올라가는 계단이 나타난다. 전시실에는 경기장 발굴 당시의 사진과 각 도시에서 열린 올림픽 관련 포스터, 성화 봉송봉 등이 전시되어 있다.

1896년 제1회 근대 올림픽의 실제 메달과 트로피는 특별한 감동과 여운을 안겨준다. 재미있는 것은 1위 선수에게는 올리브 가지와 함께 금메달이 아닌 은메달을 수여했다는 점이다. 당시 희소성으로 인해 금이 아닌 은을 최고로 여기는 관습이 있었던 데다 고급스러움의 대명사로 여겨져 1위에게 부상으로 수여했다고 한다. 2위에게는 월계수 가지와 동메달을 수여했으나 3위에게는 메달수여를 하지 않았다.

첫 대회에는 14개국에서 약 241명의 선수들이 참가했다. 대부분이 독일, 덴마크, 프랑스, 오스트리아, 헝가리, 불가리아 등 유럽과 미국 출신이었고, 아프리카, 아시아, 여성 선수는 출전하지 않았다는 점에서 오늘날의 다양성과는 거리가 멀었다. 남미에서는 칠레가 참가했다. 선수들은 모두 육상, 체조, 수영, 역도, 레슬링 등 9개 종목에서 자웅을 겨루었다.

최초의 금메달은 미국의 제임스 코넬리가 가져갔다. 그는 삼단뛰기에서 1위를 차지하며 근대 올림픽 역사상 최초의 금메달리스트로 이름을 남겼다.

이 대회에서 가장 빛난 순간 중 하나는 단연 마라톤이었다. 그리스의 스피리돈 루이스가 월계관을 쓰며 개최국 그리스의 자존심을 한껏 드높였다.

한편 성화 봉송봉 컬렉션은 각 대회의 정체성과 문화를 반영하며, 1988년 서울 올림픽의 봉송봉은 한국인 관람객들의 각별한 시선을 끈다. 다양한 시대의 올림픽 공식 포스터는 단순한 홍보물을 넘어 예술적 감각과 시대적 메시지를 전달한다. 1924년 파리 올림픽 포스터는 대담한 디자인으로 당시 유럽의 미적 흐름을 보여준다.

## 신전의 잠언

델포이 신전1

버스는 출발 2시간 50분만에 고대 그리스의 도시국가 델포이(델피의 옛 이름)에 도착했다. 아테네의 서북쪽 180킬로미터 지점에 있는 델포이는 해발 2,457미터의 파르나소스스산 남쪽 가파른 경사면에 자리 잡고 있었다. 멀리 코린토스만이 보인다.

숙소 실비아 호텔은 버스 정류장에서 몇 걸음 가지 않아 나타났다. 마을이 크지 않아 멀리 갈 일도 없다. 그래도 포장된 도로를 따라 300여 미터 길게 들어선 집들이 후미진 산골마을치고는 한눈에 봐도 꽤 부유해 보인다. 상가들도, 주택들도 웬만한 작은 도시 못지않은 수준이다. 예약한 호텔은 작은 2층 건물이었지만 아테네에 내놔도 손색없을 수준이다. 모던하고 깔끔한 더블 룸에 들어서자 겨우 2만 원 조금 넘는 돈으로 예약했다는 사실이 믿기지 않을 정도다.

버스에서 내려 숙소로 가면서 봐 두었던 레스토랑에서 그리스 대중요리 수블라키를 먹으며 창문 밖 풍경을 내다본다.

레스토랑 창밖은 까마득한 절벽이다. 절벽 아래로는 협곡이 형성돼 있다. 원래는 프레이스토스라는 강이었으나 지금은 메마른 땅이다. 협곡은 코린토스만 쪽으로 가면서 점점 넓어져서 다른 협곡과 만나 광활한 평원을 이루고 있다. 평원에는 올리브 나무가 빽빽이 조림되어 있다. 수백 만 그루의 올리브가 울창한 수림(樹林)을 이룬 모습은 장관이다. 한때 바다였던 곳이 지금은 세계적으로도 중요한 올리브 오일 생산지 중 하나가 되었다.

델포이 유적지는 마을에서 도보로 5분 거리에 있었다. 도로에 인접해 있어서 접근성도 좋았다. 입장료 12유로를 주고 들어서기도 전에 왜 이곳이 올림피아의 제우스 신전, 델로스의 아폴론 신전과 함께 그리스에서 가장 중요한 신탁소로 각광받았는지 알 것 같았다. 신전은 깎아지른 절벽 아래 해발 660미터 지점 비교적 완만한 경사면에 안정적으로 들어서 있다. 오른쪽으로도 높은 절벽이 솟아 있고, 아래로는 아찔한 협곡이 형성돼 있다. 프레이스토스강 협곡이다. 지금 강은 사라지고 대신 올리브 나무의 바다가 들어서 있다.

협곡 건너에는 또 다른 산이 솟아 있고 코린토스만이 있는 오른쪽만 트여 있는 지형이다. 산들은 모두 돌산이다. 초목이 잘 자라지 못해 허연 돌이 흉하게 드러난 전형적인 그리스 산의 모습이다. 그런데도 누가 봐도 신성한 기운이 느껴진다. 저릿저릿 온몸에 기운이 전해지는 이 압도되는 느낌을 전율이라고 해도 좋겠다.

울창하지는 않아도 올리브 나무와 소나무들이 파르나소스산의 삭막함을 어느 정도는 잡아 주고 있다. 특히 고흐의 그림에 자주 등장하는 이탈리안 사이프러스들은 이 유적지를 지키는 근위병들처럼 서 있다.

유적지 입구에서부터 시작되는 진입로 이름은 '신성한 길'이다. 시계반대방향으로 대리석 계단을 오르는 여행자의 가슴이 벅차오른다. 몇 개의 계단을 오르자 본격적인 유허가 펼쳐진다. 이 큰 돌산에 이렇게 넓게 토양이 형성된 완만한 경사면이 있다는 것이 놀랍고 거기에 이렇게 넓은 유적지가 조성되었다는 것이 경이롭다.

기원전 2세기 로마제국에 점령당한 이후 4세기 말 델포이 신전은 비운을 맞이한다. 그리스도교를 국교로 받아들인 동로마 제국이 이교도들을 박해하고 델포이를 폐쇄한 것이다.

두 번의 밀레니엄을 지나는 동안 델포이 고고 유적지는 흙속에 파묻혀 있다가 19세기 말에야 프랑스 고고학자들에 의해 발굴되기 시작했다. 아폴론 신전 터는 1987년 유네스코에 의해 세계문화유산으로 등재되었다.

가장 먼저 만난 것은 로만 아고라였다. 기원 후 1세기에 로마가 얹은 '숟가락'이다. 10여 개의 열주들이 더러는 비교적 온전하게, 더러는 밑둥만 남은 채 길게 늘어서서 당시를 증언해 주고 있다. 매끈한 이오니아식 열주들 안쪽 회랑에는 각종 제물과 성물을 사고파는 가게들로 추정되는 토굴 같은 작은 공간들이 질서 있게 들어서 있다. 사람들은 여기서 아폴론에게 바칠 제물을 사서 신전으로 향했을 것이다. 그리고 그들은 아폴론신에게 물었을 것이다. 국가와 자신의 운명에 대하여, 사랑과 배신에 대하여.

"신이시여. 이번에 제가 아르콘(집정관)이 될 수 있겠습니까?"

태양의 신 아폴론은 시, 음악, 이성의 신이자 예언의 신이기도 했다. 그래서인지 아폴론 신전에 신탁을 넣으면 적중률이 매우 높았다고 한다. 특히 델포이의 신전은 그 중에서도 특별히 영험한 곳으로 소문이 자자해 여러 폴리스에서 신탁을 넣으러 찾아오는 왕과 정치인들로 크게 붐볐다. 리디아나 이집트, 멀리 오리엔트 제국에서까지 델포이를 찾았다고 기록은 전한다.

그중에는 소크라테스의 절친으로 알려진 카이레폰도 있었을 것이다. 무슨 바람이 불었는지 카이레폰은 어느 날 이곳에 와서 신탁을 넣었다.

"그리스에서 소크라테스보다 더 지혜로운 자가 있습니까?"

그는 대체 무슨 마음으로 이런 질문을 했던 걸까. 어떤 대답이 나와도 결코 친구에게 이로워 보이지 않는 이 질문을 그는 왜 하고 싶었던 걸까. 혹시 그 배경에 질투심이 깔려 있었던 것은 아닐까.

신탁이 나왔다.

"오히(아니)!"

세상의 중심인 그리스에서 가장 현명한 사람이 소크라테스라는 것이 확인되는 순간이었다. 카이레폰은 여기서라도 멈췄어야 했다. 그러나 그는 소크라테스에게 이 사실을 알렸다.

"신탁이 내게 알려줬네. 자네가 그리스에서 가장 현명한 사람이래."

자신이 그리스에서 가장 현명한 사람일 리도 없었지만 신탁이 틀릴 리도 없었으므로 소크라테스는 혼란에 빠졌다. 자신이 가장 현명한 사람이 아니라면 신탁이 틀린 셈이 되고, 신탁이 맞게 되면 자신이 가장 현명한 사람이라는 것을 인정해야 하는 딜레마였다.

그는 의문을 풀기 위해 지혜롭다는 사람들을 하나하나 만나보기 시작했다. 대화를 할수록 소크라테스는 그들이 아무 것도 모르면서 모두 알고 있는 것처럼 굴고 있다는 것을 알았다. 반면 자신은 아무것도 모르고 있다는 사실을 알고 있다는 것을 알았다.

술에 취한 사람은 술에 취하지 않았다고 말하고, 술에 취하지 않은 사람은 술에 취했다고 말한다. 안다고 하는 사람은 모르는 사람이고 모른다고 하는 사람은 아는 사람이다. 소크라테스는 자신이 아무 것도 모르고 있다는 사실만은 알고 있으므로 자신이 그리스에서 가장 현명한 사람이라는 신탁의 말이 맞았다는 것을 깨닫게 되었다.

소크라테스는 자신이 무지한 줄도 모르는 어리석은 사람들에게 이렇게 일갈했다.

"델포이 신전의 잠언을 기억하라!"

델포이 신전(아폴론 신전)의 기둥에는 당대 많은 현인들의 아포리즘(잠언) 각문(刻文)들이 있었다. 그중 스파르타 출신 현인 칼론이 원작자로 알려진 "너 자신을 알라(Gnothi Seauton)."라는 잠언이 가장 유명했다. 이 문구는 소크라테스가 자주 언급한 "톺아보지 않는 삶은 살 가치가 없다."라는 그의 철학적 메시지와 맥락을 공유한다. 소크라테스는 자기 성찰과 자기 객관화를 통해 인간의 내적 성장과 삶의 가치를 추구해야 한다고 강조하며, 칼론의 이 잠언을 철학적 토대로 삼았을 가능성이 높다.

"델포이 신전의 잠언을 기억하라!"

이 말은 시간이 흐르면서 대중들 사이에서 "소크라테스가 너 자신을 알라고 했다."라는 식으로 변주되어 전파되기 시작했다.

쥐뿔도 모르면서 모든 것을 안다고 생각하는 사람들에게 '무지(無知)의 지(知)'를 일깨워주려 했던 소크라테스는 그러나 '국민 밉상'으로 등극하고 만다. 그가 '아테네의 등애'를 자처한 결과는 고대 서양철학사 최악의 비극으로 이어진다.

로만 아고라를 지나 조금 올라가자 옴파로스 돌이 눈에 들어온다. 원래 기원전 3세기 무렵 봉헌된 아폴론 신전에 있던 돌이다. 물론 진품은 델포이 박물관에 전시되어 있고 이것은 진품과는 생김새가 다른 원뿔형태의 돌이다.

세상의 중심이 어디인지 알고 싶었던 제우스는 어느 날 독수리 두 마리를 반대 방향으로 날려 보냈다. 두 독수리가 돌아와 마침내 만난 곳이 이곳 델포이였다. 독수리 두 마리가 만난 곳이라는 점과 세상의 중심이라는 것이 무슨 관련이 있는지는 모르겠으나 이 바람둥이에, 속 좁고, 한심하기까지 한 신들의 왕 제우스는 그렇게 생각했다고 한다.

이후로 모든 그리스인들도 그렇게 생각하기 시작했다. 거기에 투구 같기도 하고, 토기 같기도 한 이 돌을 두어 세상의 중심 즉 옴파로스로 여겼다고 한다. 자신이 세상의 중심이라고 생각하거나, 자신이 살고 있는 곳이 세계의 중심이라고 여기는 자기중심적 세계관을 옴파로스 신드롬이라고 부르게 된 것도 여기서 유래한 것이다.

세상에서 가장 현명했던 소크라테스는 이곳이 세계의 배꼽(중심)이라는 사람들의 말을 듣고 뭐라고 했을까. 혹시 이랬던 건 아닐까.

"너는 너 자신의 배꼽이나 파라! 나는 나 자신의 귀를 씻으마."

세상에서 가장 불행한 일은 자신이 세상의 중심이 아니라는 사실을 알게 되는 것이다. 세상에서 가장 다행스런 일은 자신이 세상의 중심이 아니라는 사실을 깨닫는 일이다. 성장은 이때부터 이루어진다.

## 신탁 이야기

델포이 신전2

옴파로스 돌 바로 위쪽에 작고 심플한 건물 하나가 보인다. 기원전 5세기경 아테네인들이 아폴론 신에게 바치는 봉헌물을 보관하던 보물창고다. 여러 도시국가에서 세운 많은 보물창고들이 오랜 세월 동안 파괴되었으나 유일하게 아테네인들의 보고(寶庫)만 원형에 가깝게 복원되어 있다. 아폴론 신전으로 오르는 '신성한 길' 좌우에는 여러 나라의 공물창고 흔적들이 남아 있다. 테베인의 보고와 시프노스인의 보고, 시키온인의 보고 등이 늘어서 있다.

신탁의 순서는 추첨으로 결정했기 때문에 후순위로 밀리는 사람들은 델포이에서 몇 달을 묵으면서 차례를 기다리기도 했다. 반면 신전에 많은 봉헌물을 바쳤거나 신전에 크게 공헌한 도시국가의 시민들을 우선적으로 신탁을 받을 수 있었다. 그러다 보니 각 도시국가의 보물창고는 진귀한 봉헌물로 넘쳐났고 델포이 사람들은 경제적 풍요를 누렸다.

영화로운 시절만 있었던 것은 아니다. 기원전 86년 로마의 장군 스라는 군자금 조달 목적으로 봉헌물들을 약탈해 갔고, 기원전 66년 로마 황제 네로는 델포이를 파괴하고 500여 점의 조각상과 유물을 반출해 갔다. 물론 기원 후 2세기 히드리아누스 황제 등 애정을 갖고 그리스 문화재 보호에 적극적이었던 로마 정치인들도 있었지만 극소수에 지나지 않았다.

겨우 남은 보물들이 현재 델포이 박물관에 소장되어 관람객들의 눈을 사로잡고 있다.

아테네인들의 보고를 지나 조금 더 올라가면 아폴론 신전 터가 펼쳐진다.

아폴론이 올림포스를 떠나 델포이로 왔을 때 이 땅은 혼돈의 상징인 거대한 왕뱀 피톤의 성지였다. 당시 델포이에는 기원전 8세기경부터 조성된 제단과 예언자의 신전이 있었다. 델포이가 신탁을 내리기에 적당한 장소라고 여겼던 아폴론은 활로 피톤을 쏘아 죽이고 이곳을 차지했다.

기원전 650년경 월계수 나무로 처음 세워진 아폴론 신전은 얼마 후 화재로 전소되었다. 재건된 두 번째 신전은 기원전 373년 대지진으로 파괴되었다. 지금 남아 있는 흔적은 기원전 330년 세 번째 세운 신전의 유해(遺骸)다.

신전은 가로 60미터, 세로 23미터로 도리아식 38개의 기둥들이 직사각형으로 외벽을 형성한 구조였다. 대부분의 기둥들은 다 사라지고 현재는 6개의 기둥만 허공을 떠받치고 서 있다. 방은 전실, 후실, 신실 등 세 개로 구성되어 있었으며 신탁의식은 신실 안쪽 깊숙한 곳에서 이루어졌다.

여사제이자 예언자인 피티아가 다리가 세 개인 청동 솥 위에 앉아 신전 아래에 있는 카스탈리아 샘물을 마시고 월계수 잎을 씹은 뒤 신탁의 결과를 중얼거리면 피티아를 보좌하는 남자 신관들이 이를 받아 적어 해석한 뒤 신탁의뢰자에게 전달했다고 한다.

피티아의 예언에 대한 여러 설 중 유력한 가설은 피티아가 유황 또는 아틸렌 가스에 의한 환각상태에서 중얼거린 것이 신탁으로 둔갑한 것이라는

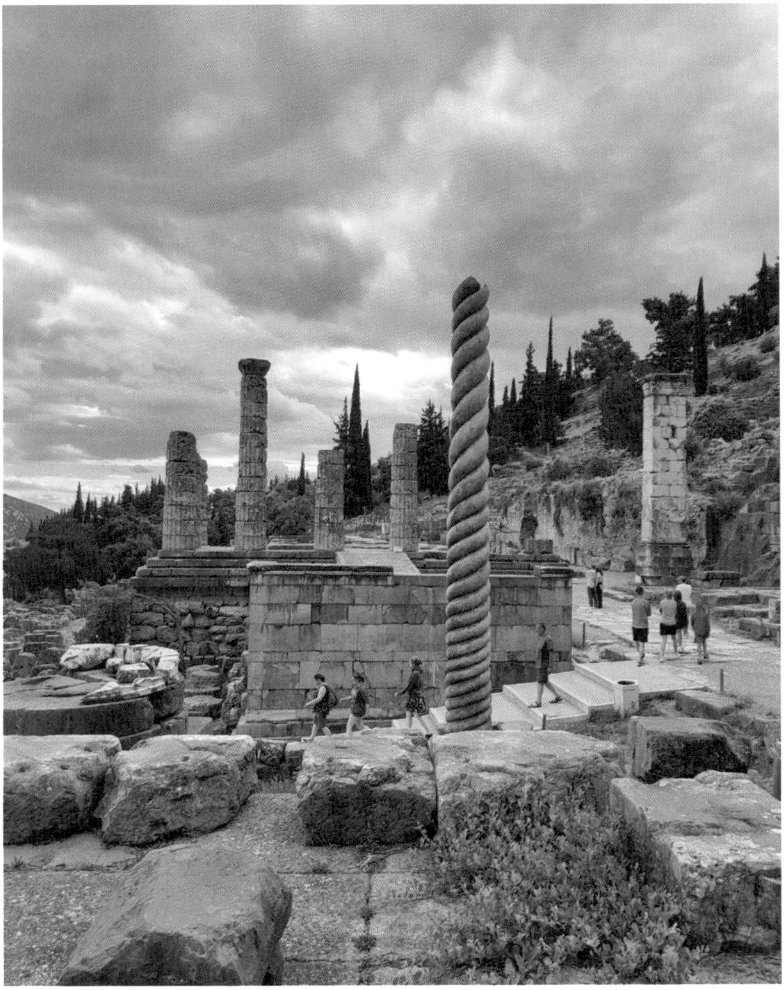

아폴론 신전 터와 주변 유적들

설이다. 여사제 피티아의 발밑 갈라진 바닥에서 하얀 연기가 피어올랐다고 하는 기록이 있는 것과 피티아의 답변이 매우 난해하고 모호했다는 점을 감안하면 설득력 있는 가설이다.

전쟁을 하고 싶었던 왕은 이곳을 찾아 아폴론에게 이런 식의 질문을 했을 것이다.

"아테네의 영광을 위하여 적들을 공격하면 승리하겠습니까?"

환각에 취한 피티아가 횡설수설 이해할 수 없는 말을 대답으로 내어놓으면 좌우의 남성 신관들이 시적 운율을 갖춘 중의적 표현으로 문장화해서 건네주었을 것이고 왕은 이를 자기 좋을 대로 해석했을 것이다. 실제로 헤로도토스의 『역사』에 따르면 리디아의 왕 크로이소스는 나날이 강대해져 가는 페르시아를 제압하고자 델포이 신전에 신탁을 넣어 답을 구했다. "대국이 멸망하리라."는 신탁이 나왔다. 그는 델포이 신전에 막대한 황금을 봉헌하며 기쁨을 만끽했다.

자의적 해석으로 일찍 샴페인을 터뜨린 결과는 참혹했다. 키로스 2세와 전쟁을 벌인 크로이소스는 적에게 사로잡히고 리디아는 멸망하고 만다. 키로스 2세의 선심으로 델포이 신전에 '이게 어떻게 된 일이냐'고 물을 기회를 얻은 크로이소스 왕은 아폴론의 해명 섞인 답변을 받게 된다. 답변에는 이런 문장들이 있었다.

'정해진 운명은 신도 피할 수 없느니라.' '그대는 정해진 운명보다 3년이나 지나 포로가 되었음을 알라.' '대국이 키로스의 왕국인지 그대의 왕국인지 다시 물어 보지 않은 자신을 나무랄지니라.'

언제는 애매한 은유와 환유로 일관하더니 이럴 때는 똑 부러지게 구체적이다. 이쯤 되면 신관들의 농간이다 싶을텐데 놀랍게도 이 신탁을 전해들은 크로이소스는 자신의 잘못을 크게 인정했다고 한다. 인간이 얼마나 철저하게 신(종교)에 의해 가스라이팅 당하고 있는지 보여주는 사례가 아닐까 싶다.

로고스와 지혜를 사랑했던 고대 그리스인들이 보여주는 이 터무니없이 허약한 인간적인 면모에 허탈감을 넘어 연민이 느껴진다. 서양철학 최고의 지성으로 손꼽히는 소크라테스, 플라톤, 아리스토텔레스도 델포이를 자주 찾았다고 하니 복잡한 감정이 밀려온다.

아리스토텔레스에 의해 그리스 비극의 전범으로 칭해졌던 소포클레스의 『오이디푸스왕』에서 오이디푸스가 자신의 아버지를 죽이고 어머니와 결혼하게 된다는 예언을 들은 곳도 바로 이곳 델포이 신전이었다. 고대 그리스인들의 의식 속에 신과 신탁이 얼마나 깊이 뿌리를 내리고 있었는지 알 수 있는 대목이다.

신탁 앞에서 작아지기만 한 사람들만 있었던 것은 아니었다.

역사상 최고의 상남자 중 하나인 알렉산드로스 3세가 테베와 아테네 등 그리스의 주요 폴리스를 장악해 나가던 무렵 이곳 델포이 신전을 찾아 신탁을 받고자 한 일이 있었다. 그러나 이 날은 신탁이 나오지 않는 불길한 날이어서 여사제는 그의 요청을 거절했다. 알렉산드로스는 여사제를 거칠게 낚아채 강제로 신전 안으로 끌고 들어갔다. 피티아는 기에 질려 이렇게 소리 질렀다.

"알겠소, 알겠소. 당신을 당할 사람은 아무도 없을 거요!"

그러자 알렉산드로스는 피티아를 놓아주며 부드럽게 말했다.

"됐다. 듣고 싶은 대답을 들었으니 신탁은 필요 없다."

아폴론 신전을 지나 조금 더 올라가자 반원형 극장이 나타났다. 새가 활짝 날개를 펼친 듯한 형상이다. 기원전 4세기 건설된 이 극장은 가파른 경사면을 이용한 35단의 반원형의 관객석이 아직도 원래 모습을 그대로 간직하고 있다. 신탁을 받으러 온 왕이나 귀족들을 비롯한 신탁 의뢰인들은 여기서 그리스 비극을 보며 무료한 시간을 보냈을 것이다. 지금도 여름이면 콘서트와 연극공연이 펼쳐진다.

극장을 지나 조금 더 위로 올라가면 델포이 고고 유적지 중 마지막 유적인 고대 경기장 스타디온이 나온다. 경기장은 소나무 숲 아래 질박하게 펼쳐져 있다. 소나무 숲은 울창하지 않지만 중간 중간 이탈리안 사이프러스가 시원시원하게 솟아 있어 볼거리를 제공해 준다. 파르나소스산은 암석으로 형성된 산이라 토양침식을 방지하는 기능적 이점이 있는 이 나무를 의도적으로 조성한 느낌이다. 게다가 장수와 불멸을 의미하는 나무라는 점도 신전과 썩 잘 어울려 보인다.

이곳은 기원전 586년부터 4년마다 전 그리스에서 온 젊은이들이 힘과 기를 겨루던 곳이다. 경기장은 폭 50미터, 길이 200여 미터의 운동장과 관중석이 전부다. 관중석은 산정 쪽으로만 10여 단으로 형성돼 있다. 약 4, 5천 명의 관중이 앉을 수 있을 것 같다.

격투기, 달리기, 전차경기 등은 물론 시 경연, 악기연주 등 문예도 겨루었던 이 제전은 '피티아 제전'이라 불렀다. 단순한 체육행사가 아닌 말 그대로 제전(祭典)이자 제의(祭儀)였다. 우승자에게는 델포이 계곡에서 자란 월계수로 만든 화관을 씌워주었다. 실물크기의 조각상을 세울 권리도 주어졌다고 하니 그만한 영광이 더 있을까 싶다.

당시 고대 그리스 도시국가들은 '따로 또 같이'의 공동체였다. 동일 혈통, 동일 언어, 동일 문화를 가진 그들은 4년에 한 번씩 만나 그들만의 화합과 친목을 다지며 동질성을 확인했다.

'피티아 제전'이 열렸던 스타디온

## 남자의 첫사랑

델포이 박물관

고고 유적지를 나와 근처에 있는 델포이 박물관으로 간다. 1980년 완공된 이 박물관은 규모는 작지만 그리스에서 가장 중요한 박물관 중 하나다. 박물관 초입에는 델포이 고고유적지 복원 상상도가 걸려 있다. 말문이 막힐 만한 규모다. 아폴론 신전 좌우는 물론 아래쪽에 발 디딜 틈도 없이 보물창고들이 빼곡히 들어서 있다. 그러니 당시 델포이가 아테네보다 훨씬 번창했다는 말이 틀린 말은 아닌 듯하다.

나무를 깎아 만든 듯한 작은 조수(鳥獸)형상의 인형들과 청동으로 만든 작은 조형물은 아폴론 신에게 바친 공물인 것 같았다. 피티아가 신탁을 받아 전할 때 앉았던 다리가 세 개인 청동 솥도 전시되어 있다. 청동투구와 도끼, 창끝, 화살촉 같은 것도 보인다, 한쪽에는 동양에서 온 공물이라는 설명도 붙어 있다. 신전의 페디먼트(pediment, 박공)나 엔타블러처(entablature, 보)에서 떨어진 부조들에는 거인족(티탄족)과의 전투장면이 생동감 넘치게 묘사되어 있다. 아네테 아크로폴리스의 에레크테이온 신전과 같이 카리아티드(Caryatides) 역할을 하며 서 있던 여사제의 상반신도 비교적 온전한 모습으로 보존되어 있다.

대리석 조각상들 중에는 기원전 6세기의 인물들인 아르고스의 클레오비스와 비톤 형제가 가장 넓은 공간을 차지하고 서 있다. 2미터가 넘는 근육질의 우람한 두 남성이 벌거벗은 채 나란히 선채 지그시 눈을 감고 있는 모습이 특이하다. 헤로도토스의『역사』에 따르면, 어느 날 두 형제는 아르고스 헤라신전의 여사제인 어머니가 급히 신전으로 가고자 했으나 수레를 끌 소가 없어 당황해하자, 자신들이 소의 멍에를 짊어지고 수레를 끌어 신전까지 모셨다고 한다. 무려 20리 길을 수레를 끌며 달려간 것이다. 사람들이 그들의 효성과 체력을 찬양하며 어머니를 칭송하자 어머니는 신전의 헤라 여신상 앞으로 달려가 자신을 이토록 기쁘고 행복하게 해 준 두 아들에게 인간이 얻을 수 있는 최고의 행복을 내려 달라고 기도했다. 기도가 끝나고 두 아들은 제의(祭儀)에 참여한 뒤 잠시 쉬기 위해 누웠다가 영원한 잠에 빠졌다고 한다. 인간이 누릴 수 있는 최고의 것은 편안한 죽음이었던 것이다.

두 형제가 지그시 눈을 감고 있는 이유는 그들이 최고의 행복, 즉 편안한 죽음을 누리고 있기 때문이다. 당시 그리스인들의 죽음관이 신박하다.

기원전 590년경 펠로폰네소스의 한 조각가가 제작한 것으로 추정되는 이 조각입상은 2,600년의 세월이 무색하게 두 팔 이외에는 특별한 손상이 없을 정도로 보존상태가 좋다.

또 하나 시선을 끄는 조각상은 낙소스섬의 스핑크스다. 에게해의 낙소스섬에 사는 낙소스인들이 신전에 봉헌한 조각상이다.

스핑크스는 양 옆으로 머리를 땋아 내린 여성의 얼굴에 날개달린 사자의 몸을 하고 있다. 앞다리는 세우고 뒷다리는 주저앉은 자세인데 하반신이 조금 빈약해 보인다. 기원전 570년경에 제작된 것으로 추정되는 스핑크스 조상(彫像)은 무려 12미터에 이르는 이오니아식 기둥 위에서 신전을 지키고 있었다. 기둥의 아랫부분에는 '델포이는 낙소스인들에게 프로만테이아를 준다.'라고 새겨져 있었다고 한다. 낙소스인들의 공헌을 높이 사 그들에게 신탁의 우선권을 부여했다는 것이다. 몇 달씩이나 신탁의 순서를 기다려야 하는 절차를 면해 준 조치이니 대단한 특권이다. 세월에 못 이겨 기둥은 부러졌을 것이고 스핑크스는 델포이 계곡의 어디쯤에 잠들어 있다 어느 눈 밝은 이의 손에 의해 세상에 나왔을 것이다.

옴파로스는 엎어놓은 토기모양의 돌에 마치 탯줄을 감아놓은 듯한 문양이 새겨져 있다. 델포이가 세상의 탯줄이자 생명줄이라는 의미를 담은 듯했다. 전시된 옴파로스도 완전한 진품은 아니다. 고대 로마시대 때 만든 모조품이라고 한다.

온 몸을 황금으로 치장한 검은 얼굴의 조각상은 델포이 신전의 주인 아폴론이다. 대개 아폴론의 조각상은 수려한 용모가 돋보이는데 검은 얼굴에 부리부리한 눈이 다소 이질적이다. 월계수 화관으로 추정되는 머리 위 장식물이 겨우 아폴론임을 짐작케 한다.

월계수가 아폴론의 표징이 된 것은 비극적인 아폴론의 첫사랑에서 연유한다. 아폴론에 심술이 난 사랑의 신 에로스(로마 신화의 큐피도 또는 아모르)는 아폴론을 골려주기 위해 두 개의 화살을 준비한다. 하나는 화살을 맞으면 사랑에 빠지게 되는 황금화살, 다른 하나는 사랑을 거부하게 되는 납 화살이었다. 아폴론에게 황금 화살을 쏜 에로스는 강의 신 페네오스의 딸 다프네에게 납 화살을 쏘아버린다. 이 일로 황금 화살을 맞은 아폴론은 다프네를 미친 듯이 사랑하게 되고 납 화살을 맞은 다프네는 기겁을 하고 그를 거부하게 된다. 사랑의 상징인 하트에 박힌 화살 그림은 바로 아폴론의 심장에 박힌 에로스의 화살을 가리킨다.

어느 날 자신을 쫓아오며 구애하는 아폴론을 피해 달아나던 다프네는 강 앞에 이르러 강의 신인 아버지에게 도움을 청한다. 자신의 모습을 바꿔달라고 한 것이다. 아폴론이 다프네를 잡아 안는 순간 그녀의 부드러운 머리카락은 월계수 잎으로, 우아한 두 팔은 나뭇가지로 변해 버렸다. 두 발은 뿌리가 되어 땅을 파고 들었다.

아폴론은 다프네를 품에 안은 채 울부짖는다.

"그대는 이제 나의 여인이 될 수 없으니 나는 그대를 나의 왕관으로 삼으리. 그대로 하여금 나의 리라(하프와 같은 현악기)와 화살통을 장식하리라. 또한 위대한 정복자들이 카피톨리움 언덕(제우스 신전)으로 개선 행진할 때 그들의 이마에서 빛나게 하리라. 그리고 나는 영원한 청춘을 주재하므로 그대는 항상 푸르러 잎이 시들지 않게 하리라."

그러자 다프네는 가지와 잎을 흔들어 아폴론의 마지막 비원을 들어 주었다고 한다. 하지만 월계수의 흔들림이 긍정의 시그널이라는 해석은 피해자 중심주의라는 관점에서 보면 이 또한 2차 가해인지도 모른다. 사랑 참 어렵다는 그 말, 과장이 아니다.

아폴론과 다프네의 신화는 언제나 어긋나는 남녀의 사랑을 극적으로 보여준다, 그토록 도망치다가 모든 것이 끝나고 나서야 뒤늦게 상대의 마음을 받아주는 저 K-드라마 같은 서사가 가슴 시리다. 한 쪽은 죽도록 사랑했다고 하고, 한 쪽은 스토킹 당하다 결국 스톡홀름 신드롬의 피해자가 되었다고 하는 이 통속극은 현대사회에서도 여전한 화두다.

약속대로 아폴론은 평생 월계수 나무로 화관을 만들어 쓰고 다녀 월계수는 그의 표징이 되었다. 올림픽 마라톤 우승자에게 씌워주는 월계관도 이 신화에서 기인한다. 마라톤 우승자에게 월계관은 생뚱맞지만 사랑하는 여인이 영웅의 머리 위에서 영광의 순간을 함께 하도록 한 아폴론의 순정에 설득력은 있어 보인다.

'댄서의 원주'로 명명된 기둥은 디테일한 표현이 생생히 살아 있는 온전한 형태의 조상이다. 섬세하게 조각된 아칸서스 잎 위에 세 여인이 등을 맞대고 서 있는 모습이 이채롭다. 여인들의 머리 위에는 옴파로스 돌이 놓여 있었다 한다.

지금의 UFC와 흡사한 판크라티온 경기 우승자의 실물대리석 조상, 고대 그리스 청동 예술작품 중 최고의 걸작 중 하나로 꼽히는 '전차를 모는 청동 마부상'이 눈길을 사로잡는다.

아폴론 신전 아래 쪽 페드리아데스 계곡에 있는 카스탈리아 샘터로 간다. 아폴론이 델포이의 주인이었던 왕뱀 피톤을 활로 쏘아 죽인 장소라고 한다. 또한 델포이의 님프였던 카스탈리아가 아폴론의 구애를 피해 달아나다 몸을 던진 샘이기도 하다. 아폴론이 사랑하는 여인들은 다들 그를 피해 도망치다 비극적인 종말을 맞는다. 이쯤 되면 아폴론은 습관성 스토커이자 비련의 남주인공이라 할 만하다.

지금은 거의 말라버려 약간의 물기만 비칠 뿐이나 한때는 상당한 물이 고였을 법한 저장고가 원형을 그대로 유지하고 있다. 저장고 왼쪽 위에서는 적은 양이기는 하지만 아직도 수로를 타고 물이 흘러내리고 있다.

신전의 피티아는 아폴론의 신탁을 받기 전에 이 샘에서 떠온 물을 마셨다. 신탁 의뢰인들도 이 성수를 마시고 목욕을 한 후 성소에 들어갈 수 있었다.

하데스가 지배하는 지하세계에서 흘러나온다고 전해지는 이 샘물은 델포이 시민들에게는 물론 프레이스토스 강 협곡을 뒤덮은 올리브 숲의 젖줄이었을 것이다.

그리스에서 가장 오래된 체육관이라는 김나지움은 빈 터만 남아 있다. 피티아 경기에 참가하는 선수들의 훈련장 겸 철학자, 시인 등 지식인들이 인문학 교육을 하던 곳이기도 하다. 외모 지상주의자에 가까울 정도로 그리스인들은 아름답고 강한 육체에 집착했다. 그러나 그것이 과하거나 추하지 않은 것은 지식에 대한 갈망 역시 그 못지않게 강했기 때문이다. 몸과 마음을 불일불이(不一不二)의 관계로 보고, 문무를 겸비하고자 했던 동양사상과도 맥을 같이 하는 지점이다.

김나지움을 지나 올리브나무 사이로 잘 단장된 길을 따라 내려가면 아테나 프로나이아 신전이 수줍은 듯 모습을 드러낸다. 아테나 여신에게 바쳐진 최초의 신전이다. 프로나이아란 아폴론 신전 앞에 있다는 뜻이라고 한다. 프로나이아에서 올려다보는 아폴론 신전은 하늘에 가까이 닿아 있는 듯하다.

기원전 7세기에 세워진 첫 신전은 지진으로 붕괴되었다. 기원전 4세기에 재건된 현재의 신전 또한 많은 부분이 파괴당한 모습으로 남아 있다. 원형 건물이라는 뜻의 '델포이 톨로스'로 불리는 이 신전은 몽골의 게르 형태였던 것으로 보인다. 직경 13.5미터인 네 겹의 둥근 기단 위에 촘촘한 간격으로 기둥을 둘러 세웠다. 20개의 기둥은 모두 부러지거나 쓰러져 본래 모습은 오간 데 없고 밑동 부분만 남아 있다. 간신히 세 개의 기둥만 복원되어 원형을 짐작하게 한다. 여성적인 이오니아식 기둥이 아닌 도리아식 기둥에 얼룩무늬가 그려진 점이 눈에 띈다.

지금은 작은 비석들처럼, 혹은 장독대처럼 촘촘히 돌만 줄지어 서 있지

프로나이아 아테나

만 상상 복원도를 보면 톨로스 외에도 여러 건축물이 있었다. 파르테논 신전과 같은 전형적인 형태의 아테나 신전과 아테나에게 바치는 봉헌물 보관 창고 등 여러 구조물이 들어서 있었다.

젊은 엄마와 서너 살짜리 여아가 주변을 함께 둘러보며 꺄르르르 웃는 소리가 고요한 산기슭을 타고 퍼져간다.

저녁이 되자 거친 비바람이 몰아치더니 새벽까지 물러갈 기미가 보이지 않는다. 7월 한여름인데도 추워서 몇 번을 깼다. 다행히 아침이 되자 언제 그랬냐는 듯 비도, 바람도 종적을 감추었다.

숙소 리셉션 호스트의 도움으로 메테오라(공중 수도원)가 있는 테살리아 주(州)의 칼람바카행 버스표를 미리 구입했다. 거리가 먼 만큼 요금도 적지 않은 25.4유로다. 출발시각인 3시 15분까지 여유가 있어 주변을 탐방해 보기로 했다.

코린토스만이 보이는 쪽으로 도로를 따라 20여분 가자 한눈에 봐도 과거 사람들이 살았던 흔적이 뚜렷한 빈터가 펼쳐져 있다. 흙에 파묻힌 축대의 모습도 보였다. 어느 시대를 무엇을 하며 살다간 사람들이었는지는 몰라도 등 뒤 파르나소스산을 등지고 이렇게 나처럼 발아래 프레이스토스강과 코린토스만을 바라보며 삶과, 사람과, 사랑에 대하여 번민하고 고뇌했을 것이다. 그리스인답게.

높은 비탈 위 옛 마을의 집터에서 천천히 주변을 둘러본다. 발아래 키라 마을이 아늑하게 자리 잡고 있다. 마을은 파르나소스 산맥에서 흘러내린 완만한 비탈에 형성되어 있다. 과거 키라 마을은 항구로 번성했으나, 이제는 조용하고 평화로운 마을로 남아 있다. 천천히 자연의 고요함과 역사의 흔적을 느끼고 싶어 하는 사람들이 선호할 만한 운치 있는 마을이다.

마을 아래로는 올리브 숲이 바다인 듯 펼쳐져 있다. 그리스의 올리브는 모두 델포이에서 자라나 싶을 정도다. 저 올리브 숲을 따라 이어지는 작은 길은 평온한 산책로가 되어 방문객들에게 독특한 경험을 제공하기도 한다. 특히 해 질 무렵 부드러운 햇살이 올리브 나무 잎사귀에 부서지면 숲 전체가 은빛으로 반짝이는 광경이 연출된다.

델피를 떠나기가 아쉬웠던 것일까. 옛 마을 터에서 키라 마을과 올리브 수림과 가물가물 보이는 코린토스만을 바라보며 오래 오래 상념에 젖었다. 먼 바다에서 배를 타고 도착한 이들이 신전에 바칠 공물과 보물을 이고 지고 이 비탈을 오르며 그들이 아폴론 신에게 묻고자 한 것은 무엇이었을까? 삶이거나, 사람이거나, 사랑이거나, 거개가 그랬거나, 아니 그랬거나, 더러는 이도 저도 아니었거나.

## 종교의 힘

메테오라

칼람바카행 버스가 갈지자로 산을 내려가더니 울창한 올리브 숲 사이를 달려 코린토스만에 면해 있는 이테아 마을에 닿았다. 마을은 멀리서 보았을 때보다 훨씬 크고 부유하고 정갈했다. 해변에서 기다렸다가 환승한 후 두어 시간 가자 터미널에 도착한다. 한참 기다렸다 두 번째 환승한 버스가 1시간쯤 갔을까. 지겨운 돌산만 달리던 버스가 압도적인 면적의 테살리아 대평원에 들어선다. 사방이 산으로 에워싸인 전형적인 분지다. 전국토의 80%가 산악지대인 그리스에 20%의 평지가 모두 이 평원에 다 모여 있는 게 아닐까 싶을 정도로 광활한 평야다. 시골이라 건물도 인가도 거의 눈에 띄지 않고 그저 바다 같은 땅만 펼쳐져 있다. 고대 그리스 중북부의 도시국가들이 남부의 도시국가들과는 다르게 기병이 발달했던 이유가 이러한 지형적인 이유 때문이었음을 단박에 이해할 수 있었다.

총 6시간 걸려 저녁 9시 무렵 마침내 칼람바카에 도착했다. 숙소 청년 호스트 이반의 자원봉사로 다국적 투숙객 6명이 메테오라 트레킹 투어에 나섰다.

메테오라의 바위 봉우리들은 6천만 년 전 바다 속 기암괴석들이 융기해서 풍화작용에 의해 빚어진 자연의 예술작품이다. 자연과 인간이 합작해서 만든 이 공중수도원은 자체만으로도 완벽한 조화다.

4세기 말 로마 제국이 동서로 분리된 이후, 1054년 가톨릭은 대분열을 겪으며 본격적으로 동방교회와 서방교회로 분열되었다. 동로마(비잔틴제국)는 콘스탄티노플을 중심으로 서방정교와 다른 제례와 의식을 강조했으며, 그리스 정교는 로마교황의 권위를 인정하지 않았다. 그리스 정교는 가톨릭, 개신교 등과 더불어 기독교 3대 종파로 자리 잡고 있다.

15세기 중엽 오스만 투르크 제국이 그리스를 실효적으로 지배하기 수십 년 전부터 그리스 정교회는 제국의 지배가 임박하자 이곳 기암절벽 위에 수도원을 짓기 시작했다. 칼람바카의 파네야스 계곡은 400미터에 이르는 험준한 기암절벽으로 이루어져 있어 무슬림들의 접근을 차단할 수 있는 천혜의 안전지대였다.

수도사들은 도르래와 밧줄, 그물, 두레박 등을 이용하여 돌과 건축자재를 끌어올려 조금씩 수도원을 짓기 시작했다. 그들은 철저한 금욕과 은둔 수행생활을 한다. 지금도 수도원은 대부분의 생필품을 두레박을 이용해 공급받는다.

수도사들과 수녀들은 무슬림들이 공격해 오면 싸워가면서 종교생활을 이어갔다고 하니 어느 면으로 보나 메테오라의 수도원은 놀라움을 안겨주는 곳이다.

한때 10개가 넘던 수도원은 현재 5개, 수녀원은 1개가 남아 있다. 3유로를 내고 입장한 곳은 대 마테오라 수도원이었다. 14세기 중반 메테오라 출신의 한 수도사에 의해 지어진 가장 크고 오래된 수도원이다.

메테오라에서 가장 큰 수도원답게 규모가 대단하다. 기둥처럼 우뚝 솟아 있는 기암절벽에 거의 작은 마을 수준의 수도원을 지은 그들의 의지와 신념 앞에 숙연해진다.

오랜 기간 동안 조금씩 이렇게 넓은 앞마당까지 갖춘 수도원을 지은 그들의 여유가 놀랍다. 역사는 이렇게 나아가는 것이고, 문명은 이렇게 이어지는 것이구나 싶다. 관람객들의 전망대 역할을 하는 앞마당 끝에는 무슬림들과 싸워가며 신행했던 역사를 온몸으로 말해 주듯 야포가 놓여 있다. 포신에는 아직도 긴장감이 흐르고 있다. 이렇게까지 해 가며 지키려 했던 그들의 종교적 신념을 떠올리자 여러 가지 감정이 갈마든다.

수도원 내부는 비잔틴 양식 특유의 화려한 성화로 장식되어 있다.

그리스의 신들이 사는 산이자 그리스인들에게 각별한 의미를 가지는 올림포스산은 포기하기로 했다. 저녁을 먹으면서 인터넷 검색을 해본 결과 산이 높기도 하고 특별할 것 같지도 않다는 결론이 내려졌다. 게다가 숙박 앱에서 예약한 숙소를 구글맵으로 검색해 보니 올림포스산이 있는 리트보로 지역은 맞지만 막상 올림포스산과는 수십 킬로미터 이상 떨어진 것으로 나왔다. 꼼꼼하게 정확한 위치를 확인해 보지 않고 예약하게 되면 종종 이런 낭패를 본다. 아리스토텔레스의 고향인 테살로니키를 거쳐 알바니아로 넘어가기로 전략을 수정했다.

## 도망친 철학자

아리스토텔레스 광장

열차는 4시간여 만인 밤 10시에 테살로니키에 도착했다. 직행버스로 3시간이면 도착할 거리를 중간에 환승하느라 1시간이 더 추가된 탓이다.

그리스 제2의 도시이자 휴양도시로 널리 알려진 테살로니키는 2014년 〈파이낸셜 타임스〉에 의해 미래의 인문생활중심지로 선정되기도 했다. '만학(萬學)의 아버지' 아리스토텔레스의 고향이라는 점도 선정 이유 중의 하나였을 것이다.

역에서 20여분을 걸어 숙소 제트팍 알터네이티브 테살로니키에 도착했다. 리모델링을 한 지 얼마 안 되었는지 내부가 깔끔하고 고급스럽다. 20유로짜리 도미토리 6인실 객실내부와 베드도 시원시원하다. 게다가 오늘 투숙객은 나 혼자다. 펜데믹이 주는 선물 아닌 선물이다.

이튿날 가장 먼저 아리스토텔레스 광장을 찾았다. 정갈하고 고요한 숲이 잘 조성된 공원을 지나 도착한 아리스토텔레스 광장은 고요하다. 뜨거운 여름 햇살 탓인지 텅 빈 광장엔 정적마저 감돈다. 아리스토텔레스는 광장 한쪽 나무 그늘 아래서 광장을 향해 앉아 있다.

아리스토텔레스는 기원전 384년 마케도니아의 테살로니키 인근 스타게이라에서 태어났다. 왕궁의 의사 아들로 태어난 그는 어린 나이에 부모를 잃고 친지 손에서 자랐다. 17세에 플라톤의 아카데미에 입학해 그의 제자가 되어 아테네에서 20여 년 간 살았다. 플라톤은 그를 '아카데미의 혼'이라 칭찬했다. 스승인 플라톤이 죽고 아테네와 마케도니아 사이에 전운이 감돌자 쫓기듯 아테네를 떠났다. 마케도니아 출신이었던 그는 아테네인들로부터 신변에 위협까지 느껴야 했던 것이다. 마케도니아는 당시 그리스 문화권이었고, 아리스토텔레스도 아테네에서 활동한 범 그리스 철학자였다. 그럼에도 그는 그리스인들의 냉대를 피할 수 없었다.

그 후 아리스토텔레스는 어린 시절 왕궁에서 함께 자랐던 당시 마케도니아의 왕 필리포스 2세의 요청을 받아들여 알렉산드로스 3세의 스승이 된다.

필리포스 2세는 아들을 가르쳐 주는 보상으로 왕권강화 과정에서 희생당했던 그의 고향 스타게이라를 재건해 주었다. 노예로 팔려간 지방의 귀족세력도 복권시켜 주었다.

3년간 어린 알렉산드로스를 가르친 그는 다시 아테네로 돌아가 아폴론 신전 리케이온에 자신의 학원을 세워 십 수 년간 제자들을 가르쳤다. 그가 제자들을 양성했던 곳은 작은 흔적만 남아 있을 뿐이어서 굳이 찾아가지는 않았었다.

알렉산드리아 도서관에 보관 중이던 대부분의 저작물이 소실되어버렸지만 그는 정치학, 물리학, 형이상학, 생물학, 논리학, 문학, 수사학, 윤리학 등 다방면에 저술을 남겼다. 분야를 막론하고 아리스토텔레스의 이름이 거론되지 않는 학문이 없을 정도로 그가 후대에 남긴 영향은 독보적이었다. 다양한 분야에서 보여준 간학문적 융합에 의한 그의 통찰은 탁월했다. 기독교 신학과 유대교, 이슬람 철학에까지 그의 영향력이 미치지 않는 곳이 없었다. 만약 그에게 '똘똘한' 제자들이 조금만 더 있었더라면 각 분야에 훨씬 더 많은 자료들이 전해져 왔을 것이라는 전문가들의 아쉬움은 안타까움에 가깝다.

아테네의 민주정에 대해 회의적이었고, 전체주의적 성향을 보였던 스승 플라톤은 『국가』에서 감각세계는 이데아의 모방이며, 예술은 이런 감각세계를 모방하는 것에 불과하다는 주장을 폈다. 플라톤은 시인을 추방하고 덕과 지혜를 갖춘 철인이 통치하는 국가가 이상적이라고 주장했다. 그는 그리스 비극작가들도 사람들의 이성을 마비시킨다며 부정적으로 바라보았다. 스승인 소크라테스가 아테네 민주정에 의해 타살당하는 것을 지켜볼 수밖에 없었던 플라톤과, 플라톤의 영향을 받을 수밖에 없었던 아리스토텔레스가 민주주의에 대해 부정적이거나 소극적 인식을 가지게 된 것은 필연이었다. 그들은 민주정이 포퓰리즘을 기반으로 한다고 여겼으며 이러한 프로파간다는 대중의 이성을 마비시켜 우중으로 전락시킨다고 보았다.

반면 플라톤과 아리스토텔레스는 다른 점도 많았다. 아리스토텔레스는 스승의 이데아론을 '무의미한 소음에 불과하다'고 대놓고 비판했다. 그러나 문학은 아름답고 지적이며, 도덕적으로도 완성되어 있으며, 영혼을 정화시켜 준다고 보았다.

라파엘로의 그림 〈아테네 학당〉에서 『티마이오스』를 들고 하늘을 가리키는 스승과 『니코마코스 윤리학』을 들고 땅을 가리키는 제자처럼 둘은 이상주의자와 현실주의자라는 콘트라스트를 이룬다,

아리스토텔레스에게는 4원소설과 천동설 같은 지울 수 없는 '흑역사'도 있었다. 특히 "기질이나 심성이 독립적, 진취적이지 못한 수동적인 사람들

은 노예가 어울린다."라며 노예제를 지지한 점은 치명적이기까지 하다.



아리스토텔레스가 아테네에서 활발한 저작활동과 제자양성을 하는 동안 알렉산드로스는 점점 '위대한 정복자'로서의 면모를 갖추어 갔다. 그는 스승의 가르침대로 정복한 모든 나라의 문화를 존중하고 힘에 의한 굴복이 아닌 마음으로부터의 굴복을 받기 위해 노력했다. 그런 그의 노력은 상대의 저항의식과 거부감을 현저히 약화시켰다. 그가 그리스 문화와 오리엔트 문화의 융합인 헬레니즘 문화의 창시자가 된 것은 당연하고 자연스런 일이었다. 그러나 그의 시대는 너무 일찍 막을 내렸다. 그의 나이 서른둘이었다.

알렉산드로스 대왕이 죽자 아리스토텔레스에게 또다시 시련이 닥쳐온다. 정복자의 스승인 아리스토텔레스에 대한 아테네인들의 반감은 '아테네의 등애' 소크라테스에 대한 반감과 유사했다. 그는 스승의 스승 소크라테스와 같은 혐의로 고발당했다. 아테네 신에 대한 불경죄였다. 자신의 친구이자 동맹자인 헤르미아스를 찬양하는 찬가의 양식이 아폴론 신에 대한 찬가의 양식과 같다는 점을 들어 신에 대한 모독으로 몰아간 것이다. 사건의 전개과정이 거의 판박이 수준이다, 소크라테스처럼 자신도 독배를 들어야 할지도 모르는 상황에서 아리스토텔레스의 선택은 매우 현실적이고 실용적이었다. 그가 도망치면서 남긴 말도 그랬다.

"아테네가 철학에 두 번이나 죄를 짓게 할 수는 없지."

소크라테스에게 사형을 내린 것과 같은 실수를 되풀이하게 하지 않겠다는 말이었다. 만약 그가 아닌 다른 사람이 이런 말을 했다면 설득력은 고사하고 비아냥을 피할 수 없었겠지만 아리스토텔레스는 예외적이었다. 그가 『수사학』에서 설득의 3요소로 로고스(Logos), 파토스(Pathos), 에토스(Ethos)를 꼽으면서 그중 가장 중요한 것은 에토스라고 했던 주장을 스스로 입증해 보인 셈이다.

그는 자신의 학원을 제자에게 물려준 뒤 작은 섬나라로 들어가 살다 1년 후 병사했다.

소크라테스의 사례와 견주어 보면, 아리스토텔레스의 아테네 탈출을 두고 "악법은 법이 아니다."라는 가짜뉴스를 생산할 법도 했지만 그런 가짜뉴스는 전혀 등장하지 않았다. 이는 "악법도 법이다."라는 가짜뉴스를 누가 어떤 의도로 만들고 유통했는지를 유추할 수 있게 한다. 그런데 왜 반대쪽에서는 이에 대항하기 위해 아리스토텔레스의 사례를 들어 "악법은 법이 아니다."라고 주장하는 가짜뉴스를 생산, 유통하지 않았을까? "아리스토텔레스가 악법은 법이 아니라고 했다."라며 상대의 논리를 반박할 충분한 논리적 근거를 마련할 기회였는데도 말이다.

아리스토텔레스의 청동상은 고개를 갸웃하는 듯한 자세로 텅 빈 광장을 바라보고 앉아 있다. 그의 두 엄지발가락은 사람들이 얼마나 만졌는지 금빛으로 빛난다. 보나마나 그의 발가락을 만지면 누구나 만물박사가 된다는 뻔한 속설이 만든 현상일 것이다.

그리스

## 황제의 회심곡

로툰다 외

아리스토텔레스 광장 옆 레스토랑 노천 테이블에 앉아 음식을 주문했다. 에게해를 바라보며 분위기 있는 점심을 먹어 보고 싶었다. 프랑스의 크로크무슈나 포르투갈의 프란세지냐와 비슷한 그 음식은 젊은이들의 인스타그램 같은 SNS에나 어울리지 누구에게나 잘 어울리는 음식은 아닌 것 같았다.

페르시아와의 전쟁을 승리로 이끌고 돌아온 로마황제 갈레리우스(305~311년 재위)를 기리기 위한 갈레리우스 개선문은 내가 본 개선문 중에서 최고였다. 디미트리오스 구나리스 거리 한 가운데 있는 이 개선문은 아치 상단부분이 파손되어 원형을 잃은 것인지 그 구조와 형태가 유니크하게 보였다. 뻔하지 않아서 반가웠고 진부하지 않아서 좋았다. 아름다움은 뻔하지 않은 데서 오고 감동은 진부하지 않은 데서 찾아온다.

원래 중앙의 돔 지붕, 네 개의 큰 기둥과 두 개의 보조 기둥으로 이루어진 장엄한 구조물이었다고 하지만 원형 복원도나 상상도를 보지 않아 그림이 잘 그려지지 않는다. 분명한 것은 원형도 일반적인 개선문과는 확연히 달랐을 것이라는 점이다.

상단의 붉은 벽돌과 하단의 흰 대리석의 대비도 신선하다. 흰 대리석 부분의 양쪽 굵은 기둥은 사산제국과의 전투장면을 비롯하여 승리를 기념하는 다양한 부조로 장식되어 있다. 세밀한 묘사가 부조 속의 인물들에게 생명력을 불어넣었다.

개선문에서 북쪽으로 150여 미터 더 들어가면 성이나 타워를 연상케 하는 붉은 돔이 나타난다. 갈레리우스 개선문과 같은 붉은 벽돌을 켜켜이 쌓아 만든 건축물 로툰다이다. 당초 로마의 판테온과 같은 구형 돔으로 맨 위에 오쿨루스(원형의 창)를 둘 계획이었다고 한다.

갈레리우스가 자신의 무덤으로 쓰기 위해 지었다고 하나 정작 그가 311년 사망한 후 묻힌 곳은 현재 세르비아 감지그라드 부근의 로물리아나라고 한다.

갈레리우스 황제는 재위 시에 그리스도교를 핍박하다 병을 얻은 후 311년 봄 기독교 신앙의 자유를 허용했다. 심지어 병이 깊어지자 그리스도인들의 기도를 요청하기도 했다고 한다. 생전에 종교적 박해를 일삼던 황제가 죽음을 목전에 두고 돌연 개심한 것은 인간적이긴 하나 황제답지는 못했다. 그의 변심은 회심(回心)이었을까, 회심(悔心)이었을까. 어느 쪽이었든 죽음을 앞둔 자의 개심은 미심쩍다. 신도 그런 그의 개심에 그다지 진정성을 느끼지 못했던 모양이다. 황제는 기도 요청 6일 만에 신의 부름을 받고, 로툰다에 묻히려던 뜻도 이루지 못한 채 서둘러 저 세상으로 떠났다.

400년경 밀라노 칙령으로 그리스도교를 국교로 인정한 콘스탄티누스 1세에 의해 로툰다는 그리스도 교회로 전용되었다. 이에 따라 로툰다 내부는 비잔틴 특유의 화려한 모자이크로 장식되었으며 그중 일부가 아직 남아 있다.

그 후 오스만 튀르크 지배 시절에 로투다는 이슬람 사원으로 사용되기도 했다. 옆에 굴뚝처럼 서 있는 첨탑 미나렛이 그 흔적 중 하나다. 1912년 제1차 발칸 전쟁의 결과 테살로니키가 그리스 영토의 일부가 되자 로툰다는 다시 교회로 바뀌었다. 이러는 사이 무덤 목적으로 지어졌다는 로툰다는 수차례 정체성의 혼란을 겪어야 했다.

로툰다뿐만 아니라 유럽의 유서 깊은 종교시설물들에는 다른 종교의 색채가 깊숙이 배어 있는 경우가 많다. 짧게 보면 운명의 기구함에 안타까움이 느껴지기도 하지만 길게 보면 간종교적 통섭과 융합의 과정이니 그 자체로 가치 있는 유산이라 해야겠다. 로툰다는 테살로니키의 초기 기독교 및 비잔틴 기념물군의 일부로 인정받아 1988년 유네스코 세계유산에 등재되었다.

붉은 돔 앞쪽에는 역시 붉은 벽돌로 된 구조물들의 흔적이 펼쳐져 있다. 황제는 자신의 무덤 앞에 무엇을 지어 위안으로 삼으려고 했던 것일까. 굵은 쇠창살로 둘러쳐진 유적지를 둘러보며 저 먼 세르비아 땅에 잠들어 있는 황제를 떠올려 본다.

맨 안쪽의 로툰다와 중간의 개선문을 지나, 테르마이코스만 방향으로 가까운 곳에 갈레리우스 궁전이 발굴되고 있다. 넓은 터에 붉은 벽돌로 된 건물 일부가 흉물처럼 남아 있다.

테살로니키의 가장 아이코닉한 건축물인 화이트 타워는 로툰다, 개선문, 궁전 터 등 갈레리우스 유적지와 남북으로 거의 일직선상에 자리 잡고 있었다.

15세기 오스만 제국에 의해 세워진 이 탑의 본명은 레프코스 피르고스다.

테르마이코스만을 따라 세워진 화이트 타워는 오스만 튀르크 시대 항구의 성곽 구축 시 오래된 타워를 허문 자리에 30미터 높이로 세워졌다. 항구를 지킬 목적이었다. 지금은 성곽의 흔적은 없고 오직 이 탑만 남아 있다.

둥근 기둥 형태의 타워에는 중간 중간 작은 감시창으로 보이는 사각의 구멍들이 보인다. 요새로 지어진 이 탑은 18~19세기 감옥으로 전용되었다고 한다. 당시 반란군들에 대한 대량학살이 일어나 '피로 물든 탑'으로 불리기도 했다. 그 후 오스만 제국의 지배하에 있던 테살로니키가 1912년 다시 그리스령이 되자 개수되어 하얗게 칠해진 후 화이트 타워라는 이름으로 개명되었다.

화이트 타워를 보니 포르투갈 리스본에서 보았던 벨렝탑이 떠오른다. 16세기 초 요새로 지어진 그 탑도 나폴레옹 지배시절 감옥으로 사용되어 수많은 애국지사들을 가두는 감옥으로 사용되었다. 대서양이 만조가 되면 감옥 안으로 밀려들어온 바닷물에 익사하기 일쑤였다던 그 악명 높은 벨렝탑에 조금도 뒤지지 않을 역사를 간직한 화이트 타워에는 지금 비잔틴시대의 유물 박물관이 들어서 있다. 지역에서 출토된 도자기와 모자이크 바닥재 조각들, 오스만 튀르크 제국 당시의 사진 자료들이 전시되어 있다.

요새로 지어졌다가 잔혹한 살육의 현장이 되어야 했던 벨렝탑과 화이트 타워의 꼭대기는 오늘날 주변을 조망할 수 있는 훌륭한 전망대 역할을 하고 있다. 사람들은 무심히 탑 주변을 오가고 탑은 아무 말도 하지 않는다. 역사란 이런 것이다. 그곳이 리스본이든 테살로니키든 산 자들은 죽은 자들을 밟고 서서 미래를 본다. 그들의 발아래서 얼마나 많은 영혼들이 속절없이 죽어갔는지 기억하는 이 없이….

이렇게 상처 위에 새 살이 돋고 새 살은 상처를 잊는다. 그때 상처는 그런 새 살을 허심히 바라보면 비로소 역사가 된다. 한 사람의 생애도, 한 나라의 역사도 그렇게 상처와 새 살이 한데 엉겨 서로가 서로를 잊은 채 끌어안고 살을 부비며 이루어낸 성과물이다.

타워 앞에서 출발하는 세 척의 유람선은 한 두 시간 간격으로 운항된다. 해적선 콘셉트의 검은 유람선에는 무스카 살라타, 파이로스키, 스파게티나 지중해 특유의 향신료와 허브를 넣은 다양한 요리를 제공한다. 그리스 전통 와인과 지역 특산물을 활용한 칵테일, 레티나 와인도 즐길 수 있다. 유람선에서 커피만 마셔도 된다는 것을 몰랐던 여행자는 테살로니키의 낭만을 누려볼 기회를 놓치고 말았다.

## 신을 참칭한 인간

알렉산드로스 기마상

넓은 광장에는 테르마이코스만을 바라보며 말달리는 용자의 기마상이 서 있다. 마치 에게해를 향해 거침없이 날아오를 기세다.

고대 마케도니아 왕국 아르게아스 왕조 26대 왕이자 헬레니즘 제국의 창시자인 그는 '신에 가장 근접한 인간 중 하나'라는 평가를 받기도 하는 인물이다. 그는 그리스의 도시국가들에게 자신을 신으로 여기라고 명령하기도 했다. 그는 그리스 폴리스의 강자 중 하나인 테베 압살, 페르시아 제국정복에 이어 이집트를 정복한 후에는 실제로 파라오에 즉위하기도 했다.

스스로 제우스의 후손이라고 믿었던 그는 이집트 정복에 이어 지금의 인도 일부까지 정벌했다. 만약 그가 재위 13년 만인 서른둘의 나이에 죽지 않았더라면 고대의 세계지도는 크게 달라졌을 것이다.

3개 대륙에 걸쳐 광활한 영토를 점령하고 헬레니즘 문화를 창시한 데는 스승 아리스토텔레스의 영향이 컸다고 역사가들은 말한다. 그는 13세부터 16세까지 또래 학우들과 함께 3년간 스승 아리스토텔레스로부터 철학을 비롯하여 윤리학, 수사학, 정치학, 문학, 논리학, 자연과학, 생물학, 의학 등 다방면의 가르침을 받았다.

스승 아리스토텔레스는 호메로스의『일리아스』를 가르쳤을 뿐 아니라 필사본까지 건네주었다. 플라톤은『일리아스』를 포함한 호메로스의 시가 인간을 감정적이고 나약하게 만든다고 보았지만 아리스토텔레스는 영웅들의 성공에서만이 아니라 그들의 몰락에서도 배워야 한다고 여겼던 것이다.

알렉산드로스는 스승이 건네준『일리아스』 필사본을 진중(陣中)에서도 항상 애독한 것으로 유명하다. 그는 특히 트로이 전쟁의 영웅 아킬레우스를 숭배하는 것을 넘어 내면화했다.

아리스토텔레스는 플라톤의 철인 통치론에 비판적이었지만 제자 알렉산드로스에게 철학적 사고와 윤리적 통찰을 가르쳤다. 알렉산드로스의 통치 스타일에는 스승의 철학적 가르침에 영향 받은 흔적이 뚜렷이 드러난다.

대왕의 기마상 뒤에는 마케도니아식 팔랑크스 전법의 핵심인 사리사라고 하는 장창(長槍)과 방패를 형상화한 조상(彫像)이 하늘 높이 솟아 있다.

스승으로부터 수사학을 배운 알렉산드로스의 말에는 에토스, 로고스, 파토스가 넘쳤다. 뛰어난 전략 전술에 못지않은 그의 리더십에 병사들의 사기는 탱천했고 승리는 저절로 뒤따랐다. 그가 가는 곳은 곧 그의 영토가 되었다.

알렉산드로스의 인간적 풍모와 품격을 짐작할 수 있는 최고의 장면이 있다. 페르시아의 전성기를 열었던 왕 다리우스 3세는 알렉산드로스와 싸우다 어머니, 왕비, 딸들까지 두고 혼자 도망치고 말았다.

나중 부하들을 통해 자신의 가족들이 믿을 수 없는 정도의 예우를 받고 있다는 소식을 전해 듣고 다리우스 3세는 이런 기도를 올렸다고 한다.

"신이시여, 만약 페르시아의 운명이 다하여 제국이 종말을 고해야 한다면 그 상대가 알렉산드로스가 되게 하소서."

이 장면은 알렉산드로스가 단순한 정복자를 넘어, 플라톤의 철인 정치론에서 말하는 지도자상에 부합하는 면모를 드러낸 장면이라 할 수 있다.

아리스토텔레스는 '미개인'들에게 고도의 문명을 전파하려는 '아름다운' 목적을 가지고 있었는지도 모른다. 하지만 다른 문명을 저열하게 여기고 개화의 대상으로 여기는 태도 역시 저열한 것 아닐까. 독재자들과 파시스트, 제국주의자들의 논리도 언제나 '다너잘'(다 너 잘되라고 그래)이었다. '지옥으로 가는 길은 선의로 포장되어 있다.'는 서양속담은 이 오만의 본질을 잘 살려내고 있다. 천하의 아리스토텔레스도 인간적 한계는 어쩔 수 없었던 것일까.

무력으로 다른 문명을 지배한 후, 그 문명의 유용함을 깨닫고 두 문명 간의 융합을 추구했다고 해서 그 의도를 아름답고 숭고하다고 평가할 수는 없다. 약탈목적으로 남의 집에 무단침입한 자가 막상 들어가서 보니 가재도구가 꽤 세련되고 집주인도 제법 풍류를 아는 사람이라는 것을 알고는 둘이 잘 지내게 되었다 해서 그 침입자가 '위대한 침입자'가 되는 것은 아니기 때문이다. 알렉산드로스가 유럽과 오리엔트 문화를 융합해 새로운 문화의 창시자가 되었다고 해서 그가 자행한 학살과 파괴와 약탈이 미화될 수도 없다.

세상을 정복해가던 대왕도 자신을 정복하지는 못했다. 오랜 동성연인 헤파이스티온이 죽자 대왕은 급격히 무너지기 시작했다. 오랜 친구 클레이토스는 술에 취해 창으로 찔러 죽여 버렸다. 측근 칼리스테네스는 자신의 신격화에 반대한다는 이유로 옥에 가둬 고문치사시켰다. 연인을 잃은 후 대왕은 1년여 만에 세상을 버렸다.

널리 알려진 이야기 중에 알렉산드로스가 자신이 죽으면 빈손을 관 밖으로 내어 놓으라 했다는 이야기는 역사적 사실과 다르다.

그렇다면 석가모니가 관 밖으로 두 발을 내어 보인 곽시쌍부(槨示雙趺)에 버금가는 곽시쌍수(槨示雙手) 이야기는 왜 탄생했을까. 천하의 정복왕 알렉산드로스와 빈손의 대비는 극적이다. 욕망의 덧없음을 강조하는 데 알렉산드로스만 한 인물이 어디 있겠는가.

대왕의 죽음에 관한 음모론적 시각도 있다. 스승 아리스토텔레스가 대왕의 측근을 매수하여 독살했다는 주장이다. 언제부턴가 사제 간에 불화와 갈등이 심화된 것도 사실이고, 의학적 지식이 뛰어났던 아리스토텔레스라면 독약 정도는 눈감고도 만들었을 것이므로 매력적인 가설이기는 하다.

아리스토텔레스에 의한 독살설이 설득력을 얻으려면 충분한 이유와 명분이 있어야 한다. 그런 점에서 알렉산드로스의 동서양 문화의 융·복합 정책은 상당한 구실이 될 수는 있다. 아리스토텔레스에게 대왕의 정책은 모욕적으로 여겨졌을 가능성이 있기 때문이다. 스승의 '오만한 문화적 꼰대이즘'은 제자의 신격화도 용납하기 어려웠을 것이다.

그렇다고 해도 이것들을 제자독살의 동기로 보는 것은 지나치다. 오히려 스승은 제자가 정복한 지역에서 채취해 보내준 동식물들을 표본삼아 생물학과 자연사에 대해 더 폭넓은 연구를 하는 등 큰 도움을 받았기 때문이다. 알려진 대로 대왕은 말라리아로 사망했을 가능성이 가장 크다. 오랜 전쟁으로 인한 피로와 면역력 저하, 연인의 죽음은 대왕의 회복탄력성을 갉아먹었을 것이다. 오히려 대왕이 어머니인 올림피아스와 공모하여 부왕 필리포스를 독살했다는 설이 상대적으로 더 현실성이 있다.

왕비 올림피아스는 필리포스 2세와의 사이에서 알렉산드로스 3세를 낳았으나 일부 마케도니아인들로부터 정통성을 인정받지 못하는 한계도 있었다. 뱀과 관련된 밀교에 심취한 올림피아스는 남편과는 점점 멀어져 갔다.

필리포스 2세는 그의 딸 결혼식에서 경비병에 의해 살해당한다. 부왕이 죽자 알렉산드로스는 기민하게 움직여 군을 장악한 후 왕위에 올랐다. 기원전 336년, 약관 20세. 짧지만 강렬한 그의 시대가 시작되었다. 일부에서는 알렉산드로스 모자가 필리포스 2세 암살을 교사했다는 음모론을 제기한다. 범인을 현장에서 즉시 죽여 버린 것이나 신속한 사후 처리, 범인의 장례식에 대한 이례적인 예우 등은 이 음모론에 힘을 실어준다.

그를 둘러싼 음모론보다 더 궁금한 것은 그 자신이 누구인가 하는 점이다. '위대한 정복자'라는 찬사와 '잔인한 침략자'라는 비판 중 더 사실에 가까운 평가는 어느 쪽일까.

알렉산드로스는 전 세계를 그리스 문명아래 하나로 묶으려는 소명의식을 가진 인물이었다. 많은 사람들은 그가 단순한 정복자가 아니라 그리스 문명 아래 전 인류가 하나의 공동체가 되는 것을 꿈꾸었던 이상주의자라고 주장하기도 한다. 알렉산드로스는 스승의 가르침을 넘어서 상대 문화에 대한 똘레랑스와 존중을 보였다. 헬레니즘 문화의 창시자이자 위대한 정복자라는 찬사를 얻게 된 배경이다.

반면 잔인한 침략자로 보는 시각은 그의 무자비한 학살에 초점을 맞춘다. 그는 기원전 335년 그리스 도시 국가 테베의 반란을 진압하기 위해 도시를 완전히 파괴했다. 그는 수천 명의 테베시민을 학살했으며, 살아남은 사람들은 노예로 팔아 버렸다.

기원전 332년 페니키아의 항구 도시 티루스를 점령하는 과정에서 수천 명의 주민들을 십자가에 못 박아 죽였다. 생존자들은 노예로 팔아치웠다. 그 외에도 바쿠트라의 학살과 그라니코스 전투 후의 그리스 용병들 처형 등은 그의 잔혹성을 잘 보여준다.

그는 자신의 신격화에 반대하거나 심기를 건드리는 부하들도 가차 없이 처형했다. 친구(클레이토스)도, 스승의 제자(칼리스테네스)도, 선왕의 충복(파르메니온)도, 이런 저런 이유로 잔인하게 제거해 버렸다.

알렉산드로스 대왕의 정복욕과 권력욕은 역사에 여러 부정적 영향을 남기기도 했다. 카이사르는 그를 모방하여 갈리아를 정복하고 내전에서 승리하며 권력을 장악했다. 나폴레옹은 유럽 전역을 정복하려는 야망을 품고 수많은 전쟁을 일으켰다. 이들은 알렉산드로스의 리더십을 추종하며 유사한 정복욕과 군사적 전략을 펼쳤다. 그 과정에서 많은 사람들을 대량 학살하며 무력으로 정복을 거듭했다. 이는 알렉산드로스가 후대에 미친 부정적인 영향력의 대표적 사례라고 할 수 있다.

그의 눈에 비친 세계는 어떤 세계였을까? 전설에 따르면 그의 한 쪽 눈은 푸른 색, 다른 한 쪽 눈은 갈색인 오드 아이(Odd Eye)였다고 한다. 서양을 의미하는 푸른 눈동자와 오리엔트를 뜻하는 갈색 눈동자를 함께 가진 그에게 이 세상은 융합과 통합의 대상으로 보였을까. 오드 아이라는 이야기는 사실, "내가 죽으면 두 손을 관 밖으로 내어 인생이 빈손으로 왔다가 빈손으로 간다는 것을 보여주라."라는 곽시쌍수(槨示雙手)의 전설처럼 상징조작에 가까운 이야기일지 모른다. 그가 남긴 흔적이 얼마나 대단한가를 말해 주는 것이기도 하다.

그가 꿈꾼 세계는 어떤 모습이었을까? 만약 그가 더 오래 살았다면 그의 제국은 어떻게 변했을까?

알렉산드로스의 생애는 오늘날 우리들에게 궁극적인 질문을 던지게 한다.

"당신은 위대한 정복자인가, 아니면 잔인한 침략자인가?"

그는 이렇게 오늘의 우리들에게 되묻는다.

"인간은 무엇인가? 인간은 어떻게 살아야 하는가?"

이제 우리가 답할 차례다.

# Chapitre 3

# 그들이 왔을 때

북마케도니아

알바니아

오스트리아

무슬림들의 기도공간에서

기독교인들도 스스럼없이 기도하고 가는 나라가 알바니아다.

자신들도 핍박받으면서도

더 어려운 처지에 있는 유대인을 위해

기꺼이 위험을 무릅쓴 사람들이 알바니아 사람들이다.

신에 대한 회의를 거듭하면서도

한 순간도 고통 받는 이웃을 외면하지 않았던 테레사 수녀가

알바니아 사람이라는 것은 우연이 아니다.

<본문 P199 중>

## 문제적 인간 알렉산드로스

마케도니아 광장

북마케도니아 수도 스코페로 가기 위해 버스 터미널 겸 기차역인 테살로니키역으로 갔다. 기차와 버스 중 어느 것을 선택할지 잠시 망설이다가, 마케도니아(현지에서는 마세도니아라고 한다. 이하 마케도니아로 표기)의 수도 스코페로 가는 오후 3시 30분 버스를 선택했다.

마케도니아는 북쪽으로 코소보와 세르비아, 서쪽으로 알바니아, 동쪽으로 불가리아, 남쪽으로 그리스와 국경을 접하는 내륙국가다. 이곳은 고대 마케도니아 왕국의 중심지였으며, 알렉산드로스 대왕과 그의 아버지 필리포스 2세가 이끈 왕조의 터전이었다. 그러나 현대에 이르러 오스만 제국의 지배와 발칸 전쟁, 냉전을 거치며 다양한 민족과 종교가 공존하는 다문화적 국가로 변화했다. 현재 마케도니아 인구의 65%가 마케도니아 정교회를, 33%가 이슬람교를 믿고 있다. 이슬람교는 오스만 제국의 지배 시기에 유입되었으며, 대부분의 신자는 알바니아계 주민들이다.

도심을 천천히 걸었다. 월요일 저녁인데도 거리는 묘하게 나른했고, 사람들은 마치 권태로운 일요일처럼 여유를 만끽하고 있었다. 완만한 포물선을 그리며 솟은 나지막한 산 하나가 눈에 들어왔다. 보드노산이다. 보기와는 달리 1,000미터를 훌쩍 넘는 이 산은 스코페 시민들에게 일상의 배경이자 도시와 자연을 이어주는 교량 같은 존재다.

산 정상에는 2002년 마케도니아 기독교 2,000년을 기념하여 세운 밀레니엄 십자가가 우뚝 서 있다. 높이 66미터에 달하는 이 대형 십자가는 세계에서 가장 큰 십자가 중 하나로, 밤이면 LED 조명이 켜져 도심 곳곳에서 그 신비로운 자태를 감상할 수 있다. 십자가는 마케도니아 정교회의 주도로 정부 지원금과 전 세계 마케도니아인의 기부금을 통해 건설되었으며, 단순히 종교적 기념물에 그치지 않고 뺄 수 없는 관광상품으로 자리 잡았다. 케이블카를 통해 정상까지 오를 수 있는 이곳은 하이킹 애호가들에게도 매력적이다.

마케도니아의 기독교 역사는 사도 바울의 선교 활동으로 시작되었다고 전해진다. 4세기까지 빠르게 확산된 기독교는 현재 마케도니아 인구 중 다수가 믿는 마케도니아 정교회의 뿌리가 되었다. 반면 33%의 인구는 오스만 제국의 지배 시절부터 발흥한 이슬람을 믿는다. 이처럼 두 종교가 공존하는 마케도니아는 다문화적 요소가 뚜렷하게 드러나는 독특한 정체성을 가지고 있다.

스코페의 중심부에 위치한 마케도니아 광장을 찾았다. 마케도니아의 역사와 자부심, 논쟁의 모든 것이 응축된 공간이다. 이곳에서 가장 눈에 띄는 것은 바로 알렉산드로스 대왕의 기마상이다. 기둥을 포함해 약 22미터에 달하는 이 동상은 그의 애마 부케팔로스를 타고 칼을 치켜든 대왕의 모습을 역동적으로 재현하고 있다. 말의 근육질 몸과 대왕의 강인한 표정은 그의 힘과 용기를 잘 표현하고 있다. 테살로니키의 심플한 기마상과 비교하면 웅장함과 독창성이 돋보인다. 광장의 중앙에는 그 외에도 필리포스 2세와 마케도니아 왕조의 역사를 기념하는 여러 조각상들이 세워져 있어 이곳이 관광 명소를 넘어 민족적 자부심을 드러낸 곳임을 알 수 있다. 아직 사회주의적 성향이 남아 있어서 수많은 동상은 이곳만의 독특한 분위기를 만들어 내기도 하지만 감흥이 줄어드는 느낌은 어쩔 수 없다.

알렉산드로스는 평범한 인간의 한계를 뛰어넘는 인물이자 의심할 여지없이 지적인 인간이었다. 아리스토텔레스의 교육을 통해 다방면의 지식을 습득했으며, 그가 이룬 헬레니즘 문화는 그의 지적 야망의 산물이었다.

그런 그도 여러 면에서 한계를 드러냈다. 그의 한계는 사고, 판단, 행동, 성찰의 유기적이고 순환적인 작용에 문제와 한계가 있었음을 시사한다.

그의 비판적 사고는 부족했다. 그는 세상을 하나의 문화권으로 묶는 목표를 세웠지만 이 과정에서 그리스 문명을 무력으로 전파하는 것이 정당한지에 대한 고민은 없었다. 제국 확장을 위해 피정복 국가들을 강제로 통합함으로써 갈등을 초래했으나 그는 자신의 정당성에 대해 의문을 가지지 않았다.

윤리적 판단 역시 결여되었다. 그는 수많은 피정복 민족들을 잔혹하게 학살하고, 민간인의 고통을 무시했다. 그의 목표 달성을 위한 수단은 무자비했으며, 이 과정에서 윤리적 기준과 판단은 번번이 실종되었다.

자신의 윤리적 판단에 따라 불이익을 감수하며 행동으로 실천하는 결단력 역시 부족했다. 그는 세계 정복을 위해 군을 이끌었지만 목표와 목적만 고려했을 뿐 윤리적 판단에 따른 결연한 행동과 실천은 뒤따르지 않았다. 인도 원정에서 군의 피로와 반발을 무시하고 계속 강행군하다 패퇴하고 말았던 것이 대표적 사례다.

열린 태도와 성찰 역시 부족했다. 자신을 신격화하며 외부의 비판을 받아들이지 않았으며 자기 성찰을 통한 성장을 추구하지 않았다. 측근들의 충고를 무시하고 독선적인 태도를 고수했다. 그런 그에게 자기성찰과 성장 추구는 너무 먼 이야기였다. 이는 제국의 지속 가능성에 부정적인 영향을 미쳤다. 알렉산드로스는 단기적인 성공을 거뒀지만 사고, 판단, 행동, 성찰이 긴밀히 작동하지 못한 것이 제국의 단명으로 연결되었음을 말해 준다.

2014년 스코페 프로젝트의 일환으로 알렉산드로스의 이 기마상이 세워지면서 그리스와 마케도니아 간의 외교적 마찰이 빚어지기도 했다. 그리스는 그를 자국의 인물로 주장하며 반발했고, 마케도니아는 알렉산드로스를 자국의 얼굴로 삼으려 했다. 이처럼 알렉산드로스는 생전과 사후 2,300년이 지난 지금도 여전히 논쟁의 중심에 있는 문제적 인물이다.

마케도니아 광장에는 또 다른 인물이 있다. 바로 그의 아버지 필리포스 2세다. 젊은 시절 테베에 볼모로 잡혀 있던 그는 그리스의 팔랑크스 전법을 마케도니아에 맞게 변형하여 강력한 군사력을 구축했다. 그는 마케도니아 국운 상승의 토대를 다져 아들 알렉산드로스가 세계 정복의 길로 나아갈 기반을 닦아주었다. 필리포스 기마상은 스톤 브리지 아래 바르다르강 둔치에서 마케도니아 광장과 알렉산드로스 대왕의 동상을 바라보며 서 있다. 아들을 바라보는 아버지의 시선에 표현하기 어려운 복잡한 감정이 엿보인다. 그에게 강 저편 마케도니아 광장에 우뚝 선 알렉산드로스는 자랑스런 아들일까, 문제적 아들일까.

## 미술관 옆 박물관

국립 미술관, 투쟁 박물관

15세기 오스만 제국 시절에 건설된 스톤 브리지는 바르다르강을 가로지르며 스코페의 구시가지와 신시가지를 이어준다. 길이 약 214미터, 폭 6미터의 아치형 구조는 강한 물살에도 견딜 수 있도록 설계되었다. 1963년 대지진으로 큰 피해를 입은 후 복원되어 여전히 그 자리를 지키고 있다. 마케도니아 사람들이 이 다리를 특히 애정하는 이유 중 하나다.

광장 근처에는 마케도니아 역사와 문화를 접할 수 있는 공간들이 많다.

먼저 2차 세계대전 당시 나치에 학살당한 마케도니아의 유대인들을 기리기 위해 건립한 홀로코스트 기념관이 있다. 약 7,200여 명의 마케도니아 유대인 희생자들의 이름이 기록되어 있다. 희생당한 한 사람, 한 사람을 잊지 않겠다는 마케도니아 사람들의 마음이 읽힌다. 이웃을 지켜주지 못한 살아남은 자들의 슬픔이 전해져 온다.

그 외에도 생존자들의 증언 영상, 홀로코스트 관련 예술작품, 희생자들의 유품 등이 전시되어 당시의 참상을 증언하고 있다.

마케도니아 국립미술관은 돔 형태의 외관이 먼저 눈에 들어온다. 15세기 후반 오스만 제국의 유명인물 다우드 파샤에 의해 지어진 하맘(공중목욕탕)을 개조한 건물이라 당시의 건축양식을 잘 보여 준다. 원래 이 건물의 이름은 다우트 파샤 하맘(Daut Pasha Hamam)으로 당시 목욕탕으로 사용되었지만 시간이 지나면서 기능을 상실했다. 20세기 중반에 복원 작업을 거친 후 국립 미술관으로 탈바꿈하여 오늘날에는 북마케도니아의 대표적인 예술 작품과 전시를 감상할 수 있는 문화 공간으로 화려하게 변신했다.

미술관이 된 공중목욕탕이라고 해야 할까, 벌거벗은 미술관이라고 해야 할까. 미술관이 된 공중목욕탕은 과거의 기능과 현재의 역할이 공존하며 독특한 감각을 자아낸다. 마치 낯설게 하기(오스트라네니) 기법처럼 익숙한 공간을 새롭게 보게 만드는 이 조합은 생경함과 조화로움이 공존하는 독특한 매력을 지닌다.

마케도니아의 자연과 사람들을 생동감 있게 묘사하는 화가로 알려진 라자르 리체노스키, 인상주의와 표현주의를 오가는 화풍으로 유명한 니콜라 마르티노스키, 주로 여성을 주제로 강렬한 색채와 대담한 터치를 보여준 로드나 바실레바 등의 작품들이 전시되어 있다.

또 한 사람 빼놓을 수 없는 화가는 블라디미르 게오르기에프스키다. 그는 종종 인물을 왜곡하고 해체하는 방식으로 철학적인 메시지를 전달한다. 그의 작품에서 볼 수 있는 특징 중 하나는 색채의 사용에 있다. 주로 차가운 색조를 사용하여 차분하고 명상적인 분위기를 조성하며 이는 인물의 내면을 탐구하는 그의 예술적 의도를 반영한다. 그는 또 유화와 템페라, 파스텔 등 다양한 재료를 사용하여 작품에 깊이와 질감을 더한다. 이러한 재료의 조합은 작품에 다층성을 부여하며 관객의 다양하고 깊은 해석을 유도한다.

게오르기에프스키의 작품에서 나타나는 또 다른 특징은 구성의 독창성이다. 그는 전통적인 구성을 탈피해 비대칭적인 구도로 동적 에너지를 표현한다.

그는 인간 존재의 의미와 내면의 갈등, 도덕적 딜레마 등을 탐구하며 이를 추상적인 기법으로 표현했다. 그의 화풍은 러시아의 문호 도스토예프스키의 작품세계와 유사하다는 평가를 받는다. 게오르기예프스키가 도스토예프스키의 문학으로부터 직접적인 영향을 받았는지 확인할 길은 없다. 다만 예술가들은 다른 분야에서 영감을 받아 독특한 자신의 예술세계를 창조하는 사례가 많아 그럴 개연성은 충분하다.

살바도르 달리와 루이스 캐럴의 사례는 문학과 미술의 상호작용을 보여주는 좋은 예이다. 살바도르 달리는 루이스 캐럴의『이상한 나라의 앨리스』에서 영감을 받아 〈미친 차 파티〉와 같은 초현실주의 작품을 창작했다. 두 작가는 서로 다른 분야의 예술이 주제와 표현 방식에서 어떻게 영향을 주고받는지를 잘 보여준다. 이처럼 예술가들은 다채로운 시각으로 대상을 재해석하고 새로운 의미를 창출한다.

스코페 현대미술관은 다양한 국내외 예술가들의 작품으로 구성된 풍부한 컬렉션을 자랑한다. 이 미술관은 1963년 스코페 지진으로 도시의 80%가 파괴되자 국제사회의 지원으로 세워졌다. 미술관 건물은 폴란드 정부의 지원으로 1970년 완공되었다.

이 미술관 컬렉션에는 여러 해외 주요 예술가들의 작품이 포함되어 있다. 현대 미술의 거장이자 이 미술관의 격을 높여주는 파블로 피카소, 유명한 모빌 조각가인 알렉산더 칼더를 비롯하여 체코, 헝가리, 폴란드, 슬로바키아 등 여러 나라 예술가들이 기증한 작품들이 있으며, 이들 작품은 현대 미술의 다양한 양상을 보여준다. 이 미술관의 진정한 가치는 이 같은 다양한 국가의 관심과 지원으로 탄생했다는 사실에 있다 해도 과언이 아니다.

문화의 교류는 단순한 물리적 영역을 넘어서 사람들의 사고와 정서를 확장하는 힘을 지닌다. 수많은 사람을 학살하고 도시를 파괴한 알렉산드로스가 문명과 예술의 융합을 통해 인류 역사에 미친 영향을 상기해 보면 그 의미는 더욱 명확해 진다.

마케도니아 투쟁 박물관은 19세기 후반부터 20세기 초반까지의 마케도니아의 독립 투쟁사를 간직한 공간이다.

마케도니아는 1389년 코소보 전투 이후 오스만 제국이 발칸 반도에서 영향력을 확장하면서 점차 오스만 제국의 통치 아래 들어갔다. 이후 약 500년 동안 오스만 제국의 지배하에 있었다.

1912년 발칸 전쟁 이후 마케도니아 지역은 세르비아, 불가리아, 그리스 등 여러 국가에 분할되었다. 제2차 세계 대전 후 마케도니아는 유고슬라비아 사회주의 연방 공화국의 일원으로 편입되었다가 유고슬라비아가 해체된 후 1991년 평화적으로 독립을 이루었다.

마케도니아의 역사는 다층적이다. 알렉산드로스 대왕의 대정복에서 시작해 로마, 비잔틴, 오스만 제국의 지배를 거쳐 왔다. 20세기에는 유고슬라비아 연방에 속했다가 독립하는 과정에서 '마케도니아'라는 국호 문제로 그리스와 심한 갈등을 겪기도 했다. 2019년 프레스파 협정으로 마침내 '북마케도니아'라는 국호로 세계에 인식되었다. 현대의 마케도니아는 정치적 안정과 경제적 성장을 추구하고 있다.

2011년 9월 8일 북마케도니아 독립기념일에 개관한 이 박물관에는 민족해방운동과 독립투쟁 관련 유물, 문서, 일기, 편지, 사진 등이 전시되어 있다. 또 고체 델체프, 다미안 그루에프, 야네 산단스키 등 독립 운동가들의 조각상, 초상화 및 개인 소장품들이 전시되어 있다. 그 외에도 당시 사용했던 무기와 군복, 주요 전투 모형과 디오라마 등이 당시의 장면을 생생히 재연해 내고 있다.

박물관 측은 정기적으로 특별 전시회와 교육 프로그램을 열어 마케도니아의 다양한 역사적 측면을 조명한다. 특히 기념일에는 관련 행사를 개최하여 국민들의 자부심을 고양시킨다. 마케도니아 투쟁 박물관은 문화 활동의 거점역할을 톡톡히 하고 있다.

## 어느 19세 가장의 죽음

고고학 박물관

바르다르 강가에 자리 잡은 스코페 고고학 박물관은 다양한 유물을 통해 마케도니아의 오랜 역사와 문화를 이해할 수 있는 공간이다. 선사시대부터 고대, 중세를 거쳐 오스만 제국 시기에 이르기까지 다양한 유물 약 7,000여 점을 소장하고 있다.

구석기 시대, 신석기 시대 사냥이나 채집, 조리 등 일상생활에서 사용하던 것으로 보이는 도구들이 수천 년의 시간을 건너 갑자기 눈앞에 나타났다. 당시 사람들은 저것들로 동물의 가죽을 벗겨 내거나 동식물을 자르고 음식을 준비하는 데 사용했을 것이다. 그 도구들은 유리 진열장 안에서 금빛 조명을 받으며 긴 잠에서 막 깨어난 듯 눈을 비비고 있었다.

선사시대 유물들 중에는 동물 뼈 조각으로 보이는 여러 도구들도 보였다. 그들에게 저 뼈 조각들은 문명의 이기이자 예술품들이었을 것이다. 지금으로부터 약 8,000년 전 이 지역에 살던 한 사내는 저 돌과 뼈 조각을 깎고 다듬으며 순록과 산양, 들소를 사냥할 작전을 구상했을 것이다. 그는 친구들과 함께 사냥한 고기로 처자식을 먹이고, 가죽으로 처자식을 입히며 가장 역할을 해내었을 것이다. 그러다 사냥에 실패해 빈손으로 돌아가던 날에는 제비새끼처럼 입을 벌리고 있을 자식들 생각에 가슴이 저렸을 것이다. 그러던 어느 날 그는 친구들과 매머드를 사냥하다 벼랑에서 추락해 그만 죽고 말았는지도 모른다. 향년 19세. 파란만장하고 고단했던 생애가 벼랑 끝에서 산업재해로 끝났다.

가족, 사랑, 노동, 죽음…. 8,000년 전에도, 지금도 인간의 삶을 구성하는 핵심 가치들은 그대로다. 우리는 여전히 8,000년 전과 동일한 일상을 살아가고 있다. 서로를 돌보고, 사랑하며, 생계를 위해 노동하고, 결국 죽음을 맞이하는 일은 변하지 않는다. 시간과 문명이 바뀌어도, 인간 존재의 본질은 여전히 같은 방식으로 흐른다. 시간, 인간, 문명은 서로 긴밀히 연결된 채 끊임없이 변화하는 듯 보이지만 본질은 그대로다. 시간, 인간, 문명 그 트라이앵글 속에서 역사는 요동치지만 그것은 '찻잔 속의 태풍'일 뿐이다.

따뜻한 조명을 받으며 진열장에 여러 점의 돌조각과 뼈조각들이 전시되어 있다. 19세 가장이 만들고 그의 손때가 묻은 돌조각과 뼈조각들이 8,000년 뒤에 이렇게 찬연한 불빛 아래 사람들의 시선을 한 몸에 받고 있는 사실을 안다면 이렇게 생각할지 모른다.

"인생은 짧고, 예술은 길다."

수천 년 어둠의 시간 속에서 용케도 그것들을 밖으로 끌어낸 눈 밝은 사람들의 안목과 노력이 있었기에 오늘 나와 저 8,000년 전 10대 가장의 만남이 이루어졌을 것이다. 수학자이자 생물학자인 제이콥 브로노우스키의 "모든 동물은 존재의 흔적만 남기지만 유일하게 인간만이 창조의 흔적을 남긴다."라는 말을 8,000년 전 그가 증명해 주는 듯하다.

음식을 저장하거나 요리할 때 사용되었음직한 다양한 형태의 토기와 찻잔들에는 당시 장인들의 능숙하고 세련된 솜씨가 고스란히 느껴진다. 그들은 점토를 주물러 용기를 불에 구우며 흙과 물과 불과 자신의 조화를 추구했을 것이다. 마음이 고요했을 때 만든 토기와 찻잔이 그렇지 못했을 때 만든 것들보다 훨씬 낫다는 것을 깨닫고부터 제자에게 작업을 시작하기 전에 먼저 마음부터 가라앉히라고 가르쳤을 것이다. 제자는 스승의 알 듯 말 듯한 말에 고개를 갸웃거리면서도 짐짓 눈을 감고 명상 아닌 명상에 들었다가 흙을 반죽하기 시작했을 것이다.

여러 유물 중 유독 눈길을 끄는 것이 있었다. 토우(土偶) 같기도 한 이 점토 형상물은 하반신은 사각의 상자 형태를 띠고 있다. 두 팔은 허리를 짚고 정면을 향하는 그의 가느다란 두 눈은 짝눈이다. 콧날은 오똑한데 입은 없다. 아마 종교적인 이유일 것이다. 그때도 샤먼이 입을 조심하라고 경고했던 모양이다. 지금으로부터 8,000년 전 존재했던 레펜스키 비르 문화의 유물인 듯했다. 레펜스키 비르 문화는 현대 세르비아의 다뉴브 강 유역에서 번성한 신석기 시대의 문화다. 주로 석회암으로 만든 인체를 단순화한 형태의 조각상들로 유명하며 종교적, 의례적 목적으로 사용된 것으로 알려진다.

게라코비체에서 발견된 고대 도자기들은 당시 마케도니아 사람들의 일상을 엿볼 수 있는 중요한 유물이다. 이러한 도자기들은 저장 용기, 음료 그릇 등 다양한 용도로 제작되었다. 고대 마케도니아의 문화적, 사회적 배경을 이해하는 데 중요한 역할을 한다.

고대 마케도니아 귀족들이 사용하던 장식품 중 하나로 유명한 테살로니카(고대 테살로니키)의 금관은 화려함만으로도 주변을 압도한다, 이 금관은 마케도니아의 귀족들이 공식 행사와 축제, 결혼식, 종교 의식 등에 사용했다.

다양한 종류의 금관들은 당시 마케도니아인들의 정교한 세공 기술을 보여준다.

장례문화와 관련한 3세기 로마시대 유물도 보인다. 〈이별 장면이 새겨진 묘비〉라는 제목의 이 유물은 당시의 장례문화와 가족관계를 이해하는 데 중요한 유물로 평가받는다. 의자에 앉아 있는 노인이 서 있는 아들과 악수를 나누는 모습이다. 얼굴 부분이 마모되어 표정은 보이지 않으나 아들과 며느리, 손자로 보이는 인물들의 슬픔이 생생히 전해져 오는 걸작이다. 특히 노인과 아들이 입고 있는 옷주름의 사실적 묘사가 돋보인다. 젊은 가장의 죽음을 표현한 작품인지 세 사람이 젊은 남자를 향하고 있다는 점이 특이하다.

전시실 맨 안쪽에는 알렉산드로스 대왕의 석관 모조품이 놓여 있다. 4세기경에 만들어진 진품은 현재 이스탄불 고고학 박물관에 있다. 이 모조석관은 헬레니즘 시대의 예술적 특징을 보여주는 정교한 부조로 장식되어 있다. 주로 그의 영웅적 생애와 업적을 묘사하고 있다.

마케도니아가 알렉산드로스의 나라임을 감안하면 빈약한 사료들은 의외다. 당시 이 지역은 대왕의 주 활동무대가 아니었다. 그는 지금의 그리스 영토인 펠라에서 태어나 자랐으며 재위 후에는 정복지에서 지냈기에 그와 관련한 유물과 사료들은 여러 곳에 흩어져 있다. 이스탄불 고고학 박물관, 그리스 국립 고고학 박물관, 테살로니키 고고학 박물관, 대영 박물관, 루브르 박물관 등이다.

무자비한 정복자이자 다문화 사회를 꿈꾼 1세대 코스모폴리탄이었던 알렉산드로스는 죽어서도 세계 각지에 흩어진 유물로 자신의 못다 한 꿈을 이어가고 있다. 그래봐야 19세 가장도 빈손, 그도 빈손으로 떠나간 건 마찬가지다. 한 때 세계지도를 바꾼 대제국도, 세상을 쥐락펴락하던 알렉산드로스 같은 천하의 영웅도 결국은 박물관 유리 진열장 안에 진흙 묻은 유물로 남는다. 진정한 유산이란 무엇일까? "인간만이 창조의 흔적을 남긴다."는 제이콥 브로노우스키의 말은 생물학적 관점에서만 타당하다. 인간은 단지 창조의 흔적에 그치지 않는다. 인간은 지성의 흔적을 남기며, 그 때 그는 박물관 진열장이 아닌 인류의 가슴 속에서 반짝일 것이다.

올드 바자르는 마케도니아에서 가장 오래되고 큰 시장으로 다양한 상점과 카페, 전통 공예품 가게들이 즐비해 있다. 이곳은 활기찬 분위기와 다양한 문화가 어우러지는 공간이자 마케도니아인들의 일상을 함께 공유할 수 있는 곳이다. 특히 전통적인 수공예품과 다양한 현지 음식을 맛볼 수 있어 여행자들에게 특별한 경험을 제공한다.

알렉산드로스의 유산은 세계 각지에 흩어졌지만, 마케도니아의 올드 바자르는 그 다양성을 한데 모은 공간처럼 보였다. 다양한 문화와 전통이 공존하는 이곳은 그의 못다 이룬 다문화 사회의 꿈을 작은 일상 속에서 이어가고 있다.

## 그녀 이름은 마더

테레사 기념관

마케도니아가 자랑하는 역사적 인물로 알렉산드로스만 있는 것은 아니다. 알렉산드로스가 영토 확장을 통한 하나의 제국을 꿈꾸었다면 이 인물은 자비와 사랑의 확장을 통해 하나 된 인류를 꿈꾸었다. 그 인물은 마더 테레사 수녀다.

마케도니아 광장을 가로질러 다양한 기념품 가게, 레스토랑과 카페의 분위기를 느끼며 5분 정도만 걸으면 마더 테레사 수녀 기념관과 만나게 된다. 기념관은 현대적인 디자인과 전통적인 건축 요소가 조화를 이룬 외관부터 이목을 끈다. 그녀의 헌신적인 삶을 기리기 위해 2009년에 완공된 기념관에는 그녀가 실제로 사용했던 간단한 의복, 개인 물품, 그리고 일상생활에서 사용하던 소지품들이 가지런히 놓여 있다. 마치 그녀가 아직도 생활하고 있는 공간에 들어온 듯하다. 환한 햇살이 드는 창가에는 그녀를 쏙 빼닮은 실물크기의 밀랍인형이 서 있어 더욱 그런 느낌이 강하게 든다. 그녀는 흰색 사리에 파란색 줄무늬가 들어간 자선 선교회 수녀복을 입고 합장한 채 환하게 웃고 있다.

작고 낡은 침대, 식기류가 놓인 평범한 식탁이 평소 그녀의 검박한 삶을 잘 보여준다. 그녀는 저 작은 침대에 누워서도, 저 소박한 식탁 앞에 앉아 성호를 긋고 포크를 들고서도 가난하고 병들고 소외된 무수한 사람들 생각을 떨치지 못했을 것이다.

마더 테레사, 본명 아녜스 곤자 보야지우는 1910년 8월 26일 스코페에서 태어났다.

아녜스의 부모는 알바니아 출신으로 북마케도니아의 수도 스코페에 터를 잡고 살고 있었다. 당시 발칸반도의 여러 국가는 오스만 제국의 지배하에 있었지만 몇 가지 이유로 알바니아가 특히 정치적, 경제적 어려움이 심해 생계를 위한 해외이주가 많았다. 그녀의 부모 역시 모국을 떠나 이웃나라의 수도로 이주해 살았던 것이다.

아버지 니콜라 보야지우는 정치적 활동을 하던 사업가였다. 그러나 1919년 니콜라는 갑작스럽게 세상을 떠났다. 가족은 큰 충격과 슬픔에 빠졌다.

아버지의 죽음 이후 가족은 경제적으로 어려운 상황에 처했다. 젊어서 남편을 잃은 어머니는 세 자녀를 홀로 키우며 삯바느질과 자수로 생계를 이어갔다. 가난 속에서도 어머니는 항상 자비와 신앙을 잃지 않았다. 아녜스는 이런 어머니로부터 희망과 사랑을 배웠다.

어린 아녜스는 어머니와 함께 교회를 다니며 자신보다 더 어렵고 가난한 사람들을 도왔다. 어머니의 헌신적인 모습에서 깊은 감명을 받은 그녀는 평생 가난과 고통 속에서 살아가는 이웃들을 위해 수녀가 되기로 결심한다. 그녀의 나이 18세 때였다.

1929년 아녜스는 아일랜드의 로레토 수녀회에 입회하여 '테레사'라는 세례명을 받는다. 그녀는 곧 인도의 콜카타로 파견된다. 그곳에서 활동하던

1946년 기차 여행 중에 '예수님이 자신을 가장 가난하고 병든 사람들 사이로 보내고 있다'는 강렬한 내적 부름을 느끼게 된다. 이 경험은 그녀의 삶을 바꾸는 결정적인 계기가 된다. 내면의 소리에는 크게 두 종류가 있다. 자신의 안락과 이익을 취하라는 속삭임과 고난이 따르더라도 가야 할 길을 가라는 속삭임이다. 둘 중 어느 쪽이 믿을 수 있는 내면의 소리일까. 전자를 따르는 사람은 가까이 해서 안 될 사람이며, 후자를 따르는 사람은 '함께 걸어갈 만한 사람'이다.

아녜스는 1948년 로레토 수녀회를 떠나 거리의 가난한 사람들을 돌보기 시작한다. 그녀는 인도 콜카타에 무료 학교를 세워 길거리와 빈민가에서 생활하는 아이들에게 기본적인 교육을 제공하고 사랑을 실천했다. 그녀는 또 사랑의 선교회를 설립해 병자, 고아, 빈민 등 소외된 모든 이를 향해 손길을 내밀었다. 거리에서 죽어가는 사람들을 직접 데려와 돌보았으며 특히 나병환자들을 위한 병원과 요양소를 설립하는 한편 그들을 위한 이동식 클리닉을 운영해 하나님의 사랑을 몸으로 실천했다.

왜소한 체구의 그녀가 초인적인 활동을 펼칠 수 있었던 것은 자신과 타인의 경계를 완전히 허물어 버렸기 때문이었다. 보통사람은 자신과 타인을 구별하고 대상화하게 마련이다. 그러나 그녀에게는 이런 구별도, 대상화도 없었다. 이것은 '나'라고 하는 타인과 구별되는 자아를 버렸기에 가능한 일이었다. 그녀는 자신을 잊고 오로지 타인을 위한 사랑과 봉사에 자신을 내던졌다. 이러한 상태는 진정한 무아지경(無我之境)이라고 할 만하다. 일반적으로 무아지경이란 어딘가에 정신이 팔려 자신을 망각한 상태를 가리킨다. 그러나 진정한 무아지경이란 그녀처럼 자신과 타자의 경계를 허물고 타자를 온전히 내면화하여 동체감을 느끼는 상태를 표현하는 말로 더 제격이다.

그녀에게 타자는 없었다. 자신을 버린(無我) 그녀에겐 오직 무수한 '나'만 있을 뿐이었다. 그녀는 타인을 구호하고, 타인을 사랑하고, 타인에게 자비를 베푼 것이 아니라 무수한 자신을 사랑했을 뿐이다. 역설적이게도 그녀는 지극히 이기적인 사람이었던 셈이다. 이것은 그리스도의 "네 이웃을 네 몸과 같이 사랑하라."는 말씀의 완벽한 실천이라 할 것이다. 그녀에게 타인은 없었다. 무수한 자신만 있었다.

마더 테레사는 평생 가난한 이들을 위해 헌신한 공로로 1979년 노벨 평화상을 수상했다. 수상 소감에서 그녀는 "이 상금으로 얼마나 많은 사람들에게 빵을 먹일 수 있는지 생각해보라."는 말로 또 한 번 사람들에게 감동을 안겨주었다. 그녀의 세례명 테레사 앞에 왜 마더가 붙여졌는지 알 수 있는 장면이 아닐 수 없다.

전시실에서는 마더 테레사가 활동했던 여러 나라에서 가져온 기념품과 편지들이 전시되어 있었다. 이 편지들 중 일부는 그녀가 영적 지도자들과 주고받은 것이었다. 편지는 서로에 대한 안부와 병들고 소외된 이들을 바라보는 마음을 담고 있을 것이다. 아무리 하나님의 사랑을 실천해도 물러나지 않는 질병과 사라지지 않는 배고픔을 바라보면서 그들은 서로의 절망을 나누고 서로의 희망을 확인했을 것이다.

이 편지들 중에는 십 수 년 전 발견된 그녀의 내밀한 신앙적 고뇌를 담은 비밀편지들도 있을 것이다. 그녀는 종종 예수회 신부들에게 자신의 영적 고뇌와 신에 대한 의심을 털어놓으며 신앙에 대한 깊은 고뇌와 갈등을 드러내었다고 한다. 그녀의 내밀한 고백은 그녀가 신의 존재에 대해 끊임없이 의문을 품고 있었음을 보여주는 놀라운 증거들이었다. 편지 속에서 그녀는 자신이 겪고 있는 끔찍한 현실을 이렇게 한탄했다.

– 나는 하늘에 가고 싶습니다. 지상에서의 삶은 너무나도 고통스럽습니다.

왜 그렇지 않겠는가. 그녀는 굶주리고 있었으며, 병들어 있었으며, 버림받은 채 방치되어 있었다. 그녀가 자신을 버려서 얻게 된 무수한 자신들은 아무리 먹이고, 아무리 치료하고, 아무리 보듬어 줘도 끝이 보이지 않았다. 고통은 언제나 현재형이었고 현재는 영원히 과거가 되지 않았다. 도무지 극복되지도, 극복될 것 같지도 않은 고통 속에서 그녀는 하나님을 찾고 예수님을 찾았다. 이 고난과 고통에도 끝이 있음을 보여 달라고 그녀는 기도했을 것이다. 그러나 절망 끝에서 찾은 하나님과 예수님은 보이지 않았다. 그녀는 이렇게 울먹였다.

– 하나님께서 나를 버리신 것 같아요. 내게 필요한 것은 하나님의 사랑과 은총이지만 그 분이 내 곁에 계신지조차 확신할 수 없습니다.

– 제 마음은 텅 빈 듯합니다. 하나님의 사랑을 느낄 수 없는 이 고통에서 벗어나고 싶습니다.

– 내 영혼 깊은 곳에 있는 하나님에 대한 사랑을 더 이상 느낄 수 없습니다. 모든 것이 차갑고 공허합니다.

– 제 기도가 하늘에 닿지 않는 것 같습니다. 하나님께서 제 목소리를 듣고 계신지 의심스럽습니다.

– 내 안에는 하나님에 대한 깊은 갈망이 있습니다. 그러나 그분이 내 곁에 계시지 않는다는 생각에 가슴이 찢어질 듯합니다.

어린 시절부터 독실한 신앙 속에서 평생을 살아온 그녀가 신의 존재에 회의를 품고 있었다는 사실은 충격적이다. 그러나 그 충격은 이내 그녀에 대한 존경심으로 뒤바뀐다.

그녀의 위대함은 굳건한 신앙에 있지 않다. 그녀의 위대함은 가난하고 병든 이들에 대한 사랑과 자비의 실천이나 자기희생에 있지 않다. 오히려 끊임없이 신의 존재에 대한 의심과 회의를 거듭하면서도 하나님의 가르침을 몸으로 실천했다는 데 있다.

신의 존재를 조금도 의심하지 않고 굳게 믿으면서 신의 가르침을 행하는 사람은 훌륭하지만 위대하지는 않다. 반면 신의 존재를 의심하면서도 신의 가르침을 행하는 사람은 위대하다. 그는 아무런 평가나 대가를 바라지 않고 단지 내면의 소리에 충실할 뿐이기 때문이다.

테레사 수녀는 신의 가르침을 실천하기 위해서 가난하고 병든 사람들을 찾은 것이 아니라 가난하고 병든 사람들을 더 많이 사랑하기 위해 신을 찾았던 것이다. 그러나 신은 응답하지 않았다. 자신의 힘만으로는 도무지 감당할 수 없는 현실 앞에서 절규하듯 신을 찾는데도 신이 침묵으로 일관한다면 그 신은 존재하는 것일까, 존재하지 않는 것일까.

편지는 신을 찾는 그녀의 간절한 목소리를 생생하게 담고 있다.

– 예수님, 저는 왜 당신이 제 곁에 계시지 않는지 이해할 수 없습니다. 저는 어둠 속에 갇혀 버린 것 같습니다.

– 주님, 저를 버리지 마세요. 저는 늘 당신을 찾고 있지만 당신의 존재를 느끼지 못합니다. 제 영혼은 고통 속에 있습니다.

고통 받는 이웃보다 하나님을 더 사랑하는 사람들에게는 더할 수 없는 불경으로 여겨질 내용이지만 하나님을 사랑하는 마음보다 고통 받는 이웃들을 사랑하는 마음이 더 큰 사람이라면 저런 원망은 너무나 당연하다. 그녀는 하나님보다 고통받는 이웃을 더 사랑했기에 하나님을 의심하고 그리스도를 원망했던 것이다. 끊임없는 내적 갈등과 의심에 시달리면서도 신의 사랑을 실천하며 헌신한 그녀의 삶을 '의심의 역설'이라고 이름 붙여도 좋을까.

평생 동안 그녀가 보여준 삶은 자비와 사랑, 봉사와 실천이었다. 그러나 그것들이 그녀의 본질을 제대로 말해 주지는 못 한다. 여기에 한 가지가 더해져야 비로소 그녀를 온전히 말할 수 있다. 지성이다. 의심하고 고뇌하는 자세, 윤리적이고 도덕적인 삶, 결연한 행동과 실천, 끝없는 성찰은 그녀의 지성적 면모를 여실히 드러내는 대목이다.

"당신의 위대함은 이 기념관 진열장에 있지 않습니다. 그것은 이미 인류의 가슴 속에서 빛나고 있습니다."

방명록에 몇 자를 적어 놓고 기념관을 나선다. 등 뒤에서 그녀를 쏙 빼닮은 실물 크기의 밀랍 인형이 미소로 배웅한다.

박물관 유물로 남은 흔적과, 가슴 속에서 빛나는 흔적. 그녀와 알렉산드로스의 거리는 얼마나 될까. 포르투와 리스본에서 코앞에 두고 찾지 못했던 숙소처럼, 둘의 거리와 차이도 '간발'일까. 언제나 삶의 결정적 차이를 만들어 내는 그 '간발의 차이'가 두 사람의 차이일까.

## 호숫가 교회

오흐리드 호수

버스 터미널로 가 6시 30분발 오흐리드 호수 행 버스에 올랐다. 스코페에서 마트카 협곡 호수를 찾았다가 설득력 없는 풍경에 아쉬움을 느꼈던 '강호(江湖) 애호가'로서의 본능이 다시 살아났던 탓이었다. 지방도시에서 현지인들의 일상을 가까이에서 체험해 볼 수 있는 홈스테이에 대한 욕심도 작용했다. 다음 행선지인 알바니아 수도 티라나까지 거리도 가깝고 교통편도 다양해서 가지 않을 이유가 없었다. 결과적으로 가정형 민박집을 찾지는 못했으나 유네스코 세계유산 도시인 오흐리드행을 결정한 것은 좋은 선택이었다.

마케도니아 서남쪽에 위치한 오흐리드는 '마케도니아의 보석' '발칸의 진주'답게 중요한 관광지이자 역사적, 문화적 중심지로 각광받고 있다. 인구 약 42,000명 정도의 오흐리드는 주로 마케도니아인으로 이루어져 있지만 알바니아인, 세르비아인, 튀르키예인 등 다양한 민족이 공존하고 있다. 도시는 중세 분위기가 물씬 전해져 온다. 오스만 제국의 영향으로 곳곳에 모스크도 많다. 주민들은 주로 관광업, 수공예품 제작, 어업, 농업에 종사한다.

오흐리드의 인구는 여름철에 관광객의 유입으로 인근의 스트루가와 함께 크게 증가한다. 기본적으로는 오흐리드 호수의 영향력이 크지만 도시 자체가 가진 역사적 가치가 높기 때문이기도 하다. 오흐리드에는 기원전 2세기에 세워진 고대 로마시대 극장을 비롯하여 비잔틴 제국(동로마)시대 그리스 정교회의 성 소피아 교회, 오흐리드 절경을 품은 오스만 제국시대 사무엘 왕의 요새 등 유서 깊은 유적지들이 많다. 이외에도 다양한 고고학적 유적들은 이 지역이 다양한 문화와 역사의 교차로였음을 보여준다.

유네스코는 오흐리드의 풍부하고 독특한 역사와 건축물, 문화, 자연 등 여러 요소들의 가치를 인정하여 1979년 세계문화유산으로 지정했다. 이듬해에는 오흐리드 호수와 함께 세계자연유산으로도 등재했다.

오흐리드 호수는 바다라 해도 믿길 정도로 광활했다. 하늘빛과 물빛과 산빛이 온통 하나가 된 듯 하늘과 바다와 산이 서로 뒤엉켜 있었다. 길게 뻗은 200여 미터의 보드워크를 따라 걷다 보면 부지불식중에 하늘로 걸어 올라가게 될 것 같다.

이곳에서는 평범한 유람선 투어를 비롯하여 요트, 카약, 카누, 모터보트, 스피드보트, 패들보드, 낚시보트 등 다양한 수상레저와 스포츠를 즐길 수 있다. 다양한 업체가 장비 대여와 강습, 가이드 투어 등을 제공하고 있어 젊은 층에게는 다양한 매력을 안겨 줄 것 같다.

오흐리드 호수는 여의도 면적 약 120배를 웃도는 358제곱킬로미터의 넓이에 최대 수심은 288미터를 자랑한다. 약 500만 년 전 지각 변동으로 형성된 이 호수는 세계에서 가장 오래되고 깊은 호수 중 하나로 알려져 있다.

오흐리드 호수는 생태학적으로도 높은 가치를 인정받고 있다. 이 호수의 대표어종이라 할 수 있는 송어를 비롯하여 유럽산 잉어, 붕어, 도미, 농어 등 200여 종의 어종이 서식한다. 보드워크를 걸으며 맑은 물속 마실가는 물고기들을 구경하노라면 도를 닦지 않고도 저절로 선인(仙人)이 된 듯한 착각이 들 정도다.

10유로에 모터보트 유람을 시작했다. 보트는 우안(右岸)으로 향했다. 붉은 건물들로 뒤덮인 봉분 같은 작은 산이 구시가지다. 저곳에 고대 로마극장, 성 소피아 교회, 사무엘 왕의 요새 등의 유적지들이 있다. 로마극장의 반원형 관람석에 앉은 관객들은 공연과 이 광활한 호수를 동시에 감상하며 예술과 대자연의 완벽한 조화를 느꼈을 것이다.

그러나 오흐리드 호수와 고대 로마극장의 조합보다 더 널리 알려진 것은 오흐리드 호수와 성 요한 카네오 교회의 조합이다. 오흐리드에 와서 호수만 보았다면 그는 아무것도 보지 못한 것이다. 오흐리드 호수와 카네오 교회를 한 프레임으로 바라보았을 때 비로소 그는 오흐리드를 본 것이다.

선주에게 부탁해 교회가 서 있는 벼랑 아래로 배를 댔다. 교회 뒤편으로 올라가자 마침내 오흐리드 호수가 진가를 드러낸다. 드디어 직접 눈으로 보고 있다는 실감이 든다. 왜 이곳이 사진작가들에게 인기 있는 촬영 명소인지, 일출이나 일몰이 얼마나 감동적일지 상상이 된다.

오흐리드 호수와 성 요한 카네오 교회가 만들어내는 경이로운 풍경은 영화와 예술의 배경으로도 널리 주목받는다. 북마케도니아의 감독 밀초 만체프스키가 연출한 영화 〈비포 더 레인 (Before the Rain, 1994)〉은 오흐리드와 그 주변을 배경 삼아 독창적인 서사와 빼어난 영상미를 결합한 걸작으로 평가받는다. 이 영화는 세 개의 독립된 에피소드를 통해 개인의 삶과 역사의 흐름이 어떻게 교차하는지를 심도 있게 탐구한다. 특히 내전의 긴장 속에 얽힌 인간의 삶과 갈등을 고요하고 평화로운 이곳 풍경과 대비시켜 극적 효과를 도드라지게 한다.

13세기 경 지어진 동방정교 소속의 카네오 교회는 이 지역 종교의 중심지이다. 붉은 벽돌과 석재로 이루어진 교회의 구조는 십자가형이며 중앙에는 돔이 자리 잡고 있다. 전형적인 비잔틴 건축양식이다. 드넓은 호수와 저 멀리 가로로 길게 가로지르는 알바니아 산맥까지 품안에 끌어안고 서 있는 모습은 성스럽다 못해 눈물겹다. 푸른 하늘과 푸른 호수를 배경으로 붉게 서 있는 교회의 뒷모습은 영적 기운으로 충만하다. 이 언덕에 앉아 단 10분만 이 광경을 바라본다면 하늘이 사라지고, 바다가 사라지고, 교회도 사라지고 마침내 이 풍경 속에 담긴 사람마저 어디론가 사라지는 무위적정(無爲寂靜)의 적멸을 체험하게 될 것 같다.

성 요한 카네오 교회의 수려함을 논할 때 빼놓을 수 없는 것은 내부 벽면

오흐리드 호숫가의 카네오 교회

을 장식한 비잔틴 양식의 프레스코화이다. 프레스코는 회벽(灰壁)에 그림을 그리는 고대의 회화 기법 중 하나다. 벽면이 젖어 있는 상태에서 안료를 섞어 그림을 그리는 것이 특징이다. 이 과정에서 안료가 벽과 화학적으로 결합, 벽이 마른 후에도 그림이 오랫동안 유지된다. 프레스코화는 섬세한 색감과 디테일로 교회의 신비로운 분위기를 더하며 신앙심과 예술적 열정을 느낄 수 있게 한다.

신을 위해 이토록 아름다운 교회를 지어 바쳤던 사람들과 이 공간에서 신을 마음껏 찬양했던 사람들이 소외되고 고통받는 그들의 이웃을 향해서도 사랑을 나누었기를, 마더처럼 간절히 기도하였기를.

## 검은 독수리 모자이크

스칸데르베그 공원

40여 분간 모터보트 유람을 마치고 스트루가 버스 터미널로 갔다. 알바니아 수도 티라나로 가기 위해서였다. 하루 한 대 운행하는 버스는 이미 떠났고 터미널은 텅 비어 있었다. 택시기사가 접근해 택시비 5유로를 주면 국경 근처까지 데려가서 20유로에 미니버스로 티라나까지 갈 수 있게 해주겠다고 제안한다. 다른 선택지가 없었다. 국경을 넘은 후 은색 벤츠 미니버스를 따라잡은 택시기사가 미니버스로 인계했다.

3시간 만에 티라나에 도착한 후 가장 먼저 찾은 곳은 리니아 공원이었다.

알바니아는 1946년 제2차 세계대전 후 엔베르 호자가 알바니아 인민공화국을 수립하면서 공산주의 체제가 시작되었다. 공산주의는 1985년 호자가 죽고 그의 후계자 라미즈 알리아 정권 당시 1991년 최초의 다당제 선거가 실시되면서 완전히 종식되었다.

이후 정부는 공산주의 시절의 불법건물들을 철거하는 등 대대적인 정비를 통해 친환경 녹지공원으로 재탄생시켰다. 이 과정에서 리니아 공원은 알바니아의 자유와 개혁을 상징하는 공간으로 인식되었다.

독특한 외양의 흰 테라스 건물이 눈길을 끈다. 카페, 레스토랑, 볼링장 등이 들어 있어 가족 단위 나들이객들이 즐겨 찾지만 개성 있는 건축 양식 탓에 가끔 영화에서 범죄자의 은신처로 나오는 경우가 많았다고 한다. 과거 공산주의 독재시절이던 1990년대 초반 알바니아는 정치적 혼란과 경제적 어려움 속에서 마피아 조직들의 주 활동 무대가 되었던 적이 있었다. 일부 영화나 미디어의 영향까지 겹쳐 알바니아는 마치 범죄 집단과 테러리스트의 온상지처럼 여겨지기도 했으나 현재는 경찰력 강화와 법적 개혁을 통해 범죄율을 크게 감소시켰다. 최근에는 관광산업의 급성장으로 많은 외국인들이 알바니아를 방문하게 되었고, 예전의 부정적인 이미지를 극복하는 데 기여하고 있다. 영화나 미디어에서의 이미지도 점차 변화하는 등 알바니아는 이제 안정적이고, 성장하는 국가로 자리잡아가고 있다.

검은 독수리의 나라 알바니아는 아직 날아오르지 않았다. 이제 갓 알에서 깨어난 귀여운 새끼 독수리에 불과하다. 남한의 30%도 되지 않는 면적에 300만 명도 채 되지 않는 인구의 이 나라 국내총생산(GDP)은 우리의 1%에도 미치지 못한다. 유럽 최빈국 중 하나다. 2019년 기준 알바니아를 찾은 외국인 관광객이 640만 명을 넘는 등 관광산업이 빠르게 성장하고 있으나 아직은 상품진열이 세련되지 못한 신생 마트 같은 느낌을 준다.

알바니아는 빼어난 해안선과 알프스 산맥, 유서 깊은 유적지 등 자연 자원이 풍부한 나라다. 특히 세르프, 버트스, 두러스 등 해안 도시들은 청정한 해변과 함께 고대의 유적을 품고 있어 관광객들에게 큰 인기를 끈다. 이러한 자연경관은 에코투어리즘을 촉진시키며, 환경 보호와 지속 가능한 관광 성장을 동시에 추구하는 방향으로 발전하고 있다. 또한 알바니아의 산악

지대는 하이킹과 트레킹 등 아웃도어 활동의 성지로 주목받고 있다. 관광객 유치와 경제 성장을 위한 노력은 알바니아의 밝은 미래를 약속하고 있다.

알바니아는 민주주의로 전환한 후 정치적 안정과 시민의 권리를 점진적으로 확대해 왔다. 특히 2000년대 이후 정치적 투명성을 높이고 법적 개혁을 통해 민주주의의 질적 성장을 이루어 왔다. 여성의 권리와 인권 의식도 크게 향상되었으며, 시민 사회와 NGO의 활동이 활발해지고 있다. 알바니아는 유럽 연합 가입을 목표로 경제적 · 정치적 개혁을 이어가며 사회적 진보를 이루고 있다.

설핏 해가 기운 스칸데르베그 광장에는 긴 건물 그림자와 사선으로 부서지는 햇빛가루들로 가득하다.

광장의 이름은 국가 영웅인 스칸데르베그를 기리기 위해 붙여진 이름이다. 알바니아의 자유와 독립을 뜻하는 알바니아 국기의 쌍두 독수리 문양도 스칸데르베그의 문장(紋章)에서 유래했다. 그가 알바니아 국민에게 어떤 존재인지 알 수 있는 대목이다.

게오르게 카스트리오티(스칸데르베그)는 1405년 지역 영주의 아들로 태어났다. 어린 시절 그는 오스만 제국에 의해 인질로 잡혀가 이슬람교로 개종하고 '스칸데르베그'라는 이름을 받았다. 오스만 제국은 어린 기독교 남자 아이들을 징집하여 이슬람으로 개종시키고 군사 전문가나 관리로 양성하는 데브시르메(Devshirme 피를 바치는 제도)를 시행했는데 스칸데르베그도 이 제도를 통해 군사 교육을 받으며 지휘관으로 성장했다.

1443년 스칸데르베그는 알바니아로 돌아와 독립 투쟁을 시작했다. 그는 크루야 성을 점령하고 알바니아의 독립을 선언했다. 다양한 부족과 연합하여 강력한 군사력을 조직한 그는 크루야 성을 중심으로 한 여러 차례의 전투에서 오스만 제국을 격퇴시켰다.

그는 산악이 많은 알바니아의 지형을 잘 활용하여 작은 병력으로도 대규모 오스만 군대를 효과적으로 공략했다. 특히 1450년, 1466년, 1467년 세 차례의 크루야 성 공방전(크루제 요새 전투)에서 보여준 그의 전략은 지금도 높게 평가받고 있다.

1468년 스칸데르베그가 병사한 이후 알바니아는 다시 오스만 제국의 지배를 받았으나 그는 지금까지도 전 유럽의 칭송을 받고 있다. 그를 이슬람 문화권의 침략에 맞서 기독교 문화권을 지킨 영웅으로 여기고 있기 때문이다.

스칸데르베그 동상은 알바니아의 독립과 저항정신을 담아 1968년 광장 중앙에 세워졌다가 최근 광장을 재정비하면서 가장자리로 옮겨졌다. 기마상은 스칸데르베그의 용맹과 기상을 잘 표현하고 있다. 동상 주변에는 정부 청사, 국립 역사박물관, 오페라 하우스, 은행 등이 인접해 있어 티라나 행정과 문화의 중심지 역할을 한다.

광장 바닥은 알바니아 전 지역에서 가져온 다양한 종류의 돌들로 이루어져 있다. 그런 만큼 스칸데르베그 광장은 알바니아 공화국의 특별한 공간이다. 대략 45센티미터×40센티미터 크기의 이 판석들은 흰색, 빨간색, 회색, 녹색 등의 다양한 색상으로 화려한 모자이크를 이루고 있다. 다양한 색상과 질감을 가진 이 돌들은 전국 각지에서 채굴해온 지역대표들이다. 제각기 다른 지역과 인종과 종교와 언어를 하나로 통합한다는 의미를 참신한 아이디어로 표현해 냈다. 이 돌들은 비가 내리거나 물이 뿌려지면 색상과 결이 더욱 두드러져 보인다. 2021년 조성된 이 광장 바닥 모자이크는 알바니아의 아이덴티티를 가장 잘 드러낸 걸작이다.

스칸데르베그 광장 모자이크 바닥

알바니아는 80% 이상의 알바니아인으로 구성되어 있으나 그리스인, 슬라브계 민족, 집시, 마케도니아인, 몬테네그로인, 이집트인 등 다양한 소수민족들이 평화롭게 공존하는 다문화 국가다. 언어도 알바니아어 외에 영어, 그리스어, 마케도니아어 등 다양한 언어가 사용되고 있다.

2011년 기준 종교별 인구분포도 다양하다. 이슬람 59%, 로마 가톨릭 10%, 동방정교 7% 등이다. 기타 이슬람교의 일종인 베크타쉬교, 복음주의 기독교(개신교) 및 무신론자 23%로 알려진다. 알바니아는 오스만 제국의 지배를 받으면서 이슬람교가 주요 종교로 자리 잡았지만 기독교의 여러 교파와도 공존하고 있다.

종종 알바니아 전역에서 촛불을 밝히고 잠시 기도를 올리는 작은 제단을 만날 수 있다. 주로 길가 벽이나 작은 틈새에 설치한 공간으로 원래 이슬람 교도들을 위한 곳이었으나 종교의 구별 없이 누구나 자신이 믿는 종교의 의식대로 기도를 올리고 간다. 로마 가톨릭 신부도, 동방정교 수녀도, 개신교 목사도 촛불을 켜고 성호를 긋고 잠시 묵상에 들었다가 길을 간다. 물론 평범한 신자들도 마찬가지다. 북마케도니아, 코소보, 보스니아, 세르비아 등 발칸의 여러 나라에도 이 같은 공간은 있지만 종교와 상관없이 이용하는 나라는 알바니아가 유일하다. 이 나라 사람들이 얼마나 평화를 사랑하고 자신과 다른 사람에 대해 얼마나 열린 태도를 가지고 있는지를 보여주는 대목이다. 어떤 나라든 가장 배타적이고 가장 자기중심적인 집단이 종교집단임을 감안하면 놀라운 일이다.

알바니아는 역사적으로도 다양한 시기의 유적과 문화적 유산을 간직하고 있다. 기원전 8세기경에 건설된 부트린트 유적은 일리리아 시대부터 로마와 비잔틴 시대를 거쳐 중세까지 이어진 풍부한 역사적 흔적을 가지고 있다. 현재 유네스코 세계문화유산으로 등재되어 있다. 기원전 168년 로마 제국이 일리리아를 통치한 이래 남긴 흔적으로는 드라크 유적지, 아폴로니아 유적지 등이 있다. 중세와 오스만 제국 시대의 알바니아의 다양성을 보여주는 유산으로는 베라트와 지로카스터가 있다. '천 개의 창을 가진 도시'로 불리는 베라트는 이슬람과 기독교 문화가 어우러진 건축양식을 간직한 도시며 '돌의 도시'로 불리는 지로카스터는 오스만 제국 시대 독특한 돌 건축 양식의 전통 가옥들이 밀집한 유네스코 세계문화유산 도시다. 15세기부터 1912년까지 오스만 제국의 지배를 받던 시기의 유적으로는 크루아 성, 에뎀베이 모스크 등을 들 수 있다.

## 벙커와 베사

벙커아트 외

알바니아는 벙커의 나라로 불리기도 한다. 엔베르 호자의 공산정권 시절 나라 전역에 설치된 군사용 벙커가 70만 여 개에 이르렀다. 벙커는 냉전시기 소련, 유고슬라비아 등의 침략에 대비한 시설이다. 군인 한두 명이 들어갈 수 있는 소규모에서부터 1개 대대이상의 병력이 투입되어 장기간 전투를 치를 수 있는 초대형 벙커도 있었다. 티라나 시내의 벙커아트1은 정부요인들과 군 지휘부의 벙커로 회의실, 통신실, 생활공간 등을 갖추고 있다.

광장 남쪽으로 300여 미터 거리에 있는 벙커아트2는 주로 내국인들을 감시하는 비밀경찰들을 위한 공간으로 활용되었다. 그들은 반체제 인사들을 감시하고 색출해 탄압하고 고문했다. 벙커에는 감시실, 고문실 등이 갖춰져 있었다. 당시 이 지하공간은 냉기로 가득했을 것이다. 그들의 구두소리와 싸늘한 목소리는 심문받고 고문당하는 반체제 인사들의 마음까지 얼어붙게 만들었을 것이다. 그들은 쥐도 새도 모르게 죽어가고 있는 자신의 머리 위에서 무심히 걸음을 재촉할 티라나 시민들을 떠올리며 깊은 고립감에 몸부림쳤을 것이다. 지금도 그들의 단말마의 비명소리가 들려오는 듯하다. 굳이 그렇게 살지 않아도 되었을 것을, 그들은 왜 그 험난한 길을 스스로 선택했던 것일까. 무엇이 그들을 그렇게 살게 했던 것일까. 감히 범인들은 알 수 없는 뜨거움이 그들에게는 있었을 것이다. 그것이 아무도 강요하지 않는데도 그 길을 가게 했을 것이다.

당시에는 고립과 공포의 장소였던 벙커들이, 오늘날에는 역사와 예술을 담는 새로운 공간으로 변모하고 있다. 벙커아트라는 이름에서 보듯이 많은 벙커들이 전시공간으로 변모하여 다양한 예술작품을 선보이고 있다. 카페로 활용되는 벙커도 있다. 군사목적의 시설물이 당시에는 전혀 제대로 쓰이지 못하다가 오늘날은 알바니아의 역사적 유산이자 관광자원이 되어 주고 있다. 남쪽 해안 도시 히마라의 호텔로 개조된 벙커는 색다른 경험을 원하는 여행자들로부터 각광받고 있다.

벙커아트2는 박물관으로 개조되어 당시 비밀경찰들의 활동을 생생하게 보여주는 자료들을 전시하고 있다. 벽에는 희생당한 여러 반체제 민주인사들의 사진이 걸려 있고 진열장에는 희생자들의 다양한 유품들이 전시되어 있다. 가족들에게 보낸 서신, 사진, 의류, 신분증, 안경, 시계, 반지 등이 주인의 의지와 고난과 희생을 기억해 달라며 말을 걸어온다.

오늘날 지상에서 검은 독수리가 내일을 꿈꾸며 비상을 준비할 수 있는 것은 엄혹했던 공산시절 지하에서 고통 받고 희생당한 저 이름 없는 영웅들이 있었기 때문이었다. 모든 지상의 아름다움은 지하의 고통을 딛고 이루어진다. 김영랑이 그토록 기다리던 봄에 깃들어 있는 저 '찬란한 슬픔'은 지상의 봄(광복)을 위해 감내한 지하의 고통에서 배어나온 것이다. 지상의 아름다움을 보면서 지하의 고통과 슬픔을 찾아내는 것은 시인만의 몫은 아니다. 지상의 일상을 누리는 모든 이의 몫이다. 콘크리트 벙커 벽면에 붙은 반체제 인사들의 얼굴사진을 보면서 잠시 비감에 젖는다.



벙커아트2에서 남쪽으로 1킬로미터 정도 가면 테레사 수녀 기념관이 나온다. 벙커가 고립과 억압의 표상이라면, 테레사 수녀는 열린 마음과 헌신으로 상처를 치유했던 존재다. 이 두 공간은 알바니아의 어두웠던 과거와 이를 극복하려는 현재를 대조적으로 보여준다. 벙커는 공포와 통제로 인간성을 억눌렀지만, 테레사 수녀는 베사(Besa)정신을 바탕으로 사랑과 희생을 통해 새로운 길을 연 인물이다.

그녀는 북마케도니아에서 태어나 성장했지만 엄연히 알바니아 부모의 피를 물려받은 알바니아인이기도 했다. 그녀 스스로도 "피로는 알바니아인, 시민권으로는 인도인, 신앙으로는 가톨릭 수녀, 부름으로는 세계인"이라고 한 것처럼 출생국인 북마케도니아보다 모국인 알바니아인으로서의 정체성을 더 강조했다.

티라나의 기념관은 그녀의 어머니와 언니가 알바니아에서 살았던 역사적 사실을 강조한다. 실제로 기념관 근처에는 어머니와 언니가 살던 집이 있었다는 말도 있지만 현재 보존되고 있는지 확인되지는 않았다.

전시실에는 그녀의 일기, 편지 등을 비롯한 개인 소장품들과 노벨 평화상 등 여러 종류의 상과 훈장들이 전시되어 있다. 그녀의 헌신적인 사역을 기록한 다양한 문서와 생생한 사진자료, 그녀의 인류애를 엿볼 수 있는 주요 발언과 메시지들이 전시되어 관람객의 가슴을 적셔준다.

스칸데르베그 광장 모자이크 판석이 알바니아인들의 다양성과 조화의 아이콘이라면 마더 테레사 수녀는 알바니아인들의 인간에 대한 무한한 사랑과 관용정신을 대표하는 인물이다. 실제로 그녀는 알바니아의 베사(Besa)

문화 전통을 가장 완벽하게 구현한 알바니아인이다.

고대 일리리아인들의 전통에서 유래한 것으로 보이는 베사는 약속은 반드시 지키고, 손님을 환대하며, 약자를 보호하는 것을 중요시 하는 알바니아를 대표하는 정신문화다. 이런 그들의 정신이 있었기에 다양한 인종과 종교와 문화가 공존하는 모자이크의 나라가 되었을 것이다.

1999년 코소보 전쟁 당시 알바니아는 수십만 명의 코소보 난민들을 받아들였다. 심지어 자신의 집에 따로 공간을 내어 코소보 난민들을 기거하게 한 알바니아 가정들도 있었다. 덕분에 상당수의 코소보 난민들은 알바니아에서 안정된 생활을 하고 있다고 한다.

2021년 탈레반이 아프가니스탄을 장악했을 때 미국의 요청에 따라 알바니아는 약 4,000명의 아프가니스탄 난민들을 받아들였다. 알바니아 정부는 티라나, 두러스 등의 지역 호텔과 임시 거주지에서 난민들에게 모든 편의를 제공하고 있다. 2024년 현재까지 미국비자발급이 지연됨에 따라 난민들은 알바니아에서 정착하게 될지도 모른다. 대한민국 GDP의 1%에도 미치지 못하는 유럽의 빈국 알바니아 사람들을 보면 '곳간에서 인심난다'는 우리 속담이 무색해질 지경이다.

알바니아는 테레사 수녀의 나라가 아니라 베사의 나라다. 테레사 수녀는 알바니아의 베사 정신을 실천하는 수많은 알바니아인 중 한 사람이다. 그녀는 가톨릭이라는 종교적 신앙에 의해서, 혹은 신에 대한 믿음의 힘으로 위대하고 숭고한 삶을 살았던 것이 아니다. 그녀는 오히려 하나님에 대한 의심과 의문으로 가득했다. 하나님이 자신을 버린 것 같다고 절망했다. 하나님이 자신의 곁에 계시는지조차 모르겠다고, 어서 하나님의 사랑을 느낄 수 없는 이 고통에서 벗어나고 싶다고 절규했다. 한 사람이라도 더 가난과 질병으로부터 벗어나게 해 주고자 하는 그녀에게 신의 침묵은 신의 존재에 대한 의심으로 이어질 수밖에 없었다.

종교적 신앙심에서 비롯된 자비와 사랑은 신앙심이 흔들리는 순간 자취 없이 휘발된다. 게다가 테레사 수녀처럼 타인의 고통을 자신의 고통으로 받아들이는 높은 공감능력의 소유자들은 공감피로를 넘어 '동반침몰증후군'을 피할 수 없었을 것이다. 이는 누군가를 돕기 위해 헌신하는 과정에서 자신도 휘말려들어 함께 고통을 겪게 되는 현상이다. 그녀가 신을 간절히 찾았을 때는 바로 이런 순간들이었는지도 모른다.

그러나 신들의 침묵 앞에서 절망하면서도 그녀는 한 순간도 버림받은 이들을 보듬고 돌보는 일을 멈추지 않았다. 그녀의 사랑과 헌신이 종교적 신앙심이 아닌 다른 어떤 것에 의해 비롯되었음을 방증한다. 그 다른 어떤 것은 바로 알바니아의 정신인 베사였다. 그녀의 사랑은 베사에서 왔다. 설령 베사 정신이 하나님으로부터 온 것이라 할지라도 그녀의 사랑은 베사로부터 온 것이지 하나님으로부터 온 것은 아니다.

테레사 수녀의 사례는 종교와 인간의 선한 행동 사이에 명확한 연관성이 없음을 보여준다. 만약 종교와 선한 행동이 직접적으로 관련이 있다면 선행을 하는 대부분의 사람들이 종교를 믿고 있어야 하지만 현실은 그렇지 않다. 신을 믿지 않거나 신의 존재를 의심하는 사람들이 오히려 신의 가르침을 더 잘 실천하는 경우가 많다.

도덕적 행동이 반드시 신앙에 의존하지 않음을 테레사 수녀의 삶이 보여준다면, 반대로 왜곡된 신앙이 도덕적 타락을 초래한 사례도 있다. 나치 독일 국민의 약 95%가 기독교 신자였음에도 종교적 신념은 도덕적 행동의 기반이 되지 못했다. 오히려 괴벨스, 하이드리히와 같은 인물들이 신앙을 왜곡하여 폭력을 정당화하고 유대인 집단학살을 주도했다. 테레사 수녀는 신의 침묵 속에서도 헌신을 선택했지만 나치 독일에서는 신앙이 아무런 긍정적 작용을 하지 못했다. 이 두 사례는 도덕적 행동과 신앙 사이에는 특별한 연동성이 없음을 보여준다.

이러한 '믿음의 역설'과 관련된 담론은 이미 여러 방면에서 다루어져 왔다. 예를 들어 칸트는 '정언 명령'을 통해 도덕적 행동이 신앙이 아닌 이성적 판단과 도덕적 의무에서 비롯되어야 한다고 주장했다. 즉 칸트는 외부의 영향이나 신앙에 의한 것이 아닌, 오직 인간의 이성적 판단과 내적 의무에 근거한 행동이 더 높은 가치를 지닌다고 보았다.

바로 알바니아인들과 테레사 수녀가 그런 경우일 것이다. 그들은 눈앞에 펼쳐진 현상을 비판적이고 윤리적인 자세로 해석했으며, 그 해석을 바탕으로 행동하고 실천했다. 여기에 베사정신이 결합되어 그들은 위대한 인간상을 구현해 낼 수 있었다.

## 세상이 외면할 때 그들은

홀로코스트 기념관

위기 속에서 인간은 자신의 본성을 가장 선명히 드러낸다. 불이익이 명백한 상황, 심지어 자신의 생명을 위협받는 순간에도 누군가에게 손을 내미는 행위는 가장 고귀한 인간만이 보여 줄 수 있는 용기와 연대의 결정체다.

이는 본능을 넘어선 선택이며, 극한의 상황에서 오히려 빛을 발하는 인간 정신의 위대함을 증명한다. 세상이 등을 돌린 순간에도, 위험과 불이익을 감수하면서도, 누군가는 여전히 약자에게 손을 내민다.

홀로코스트 기념관은 테레사 수녀 기념관에서 도보로 10분 정도 거리에 있었다. 티라나 홀로코스트 기념관은 유럽의 다른 홀로코스트 기념관과는 다르다. 이 기념관은 2차 세계대전 당시 나치에 희생당한 유대인들을 기념하는 동시에 위대한 베사 정신을 실천한 알바니아인들에게 헌정된 건물이기도 하다. 2020년 7월 개관된 이 기념관은 이스라엘 정부와 유대인 단체들의 지원으로 건립되었다.

티라나의 그랜드 파크 근처에 위치한 기념관 입구 근처 표석은 각각 영어, 히브리어, 알바니아어로 기념관 건립의 취지를 잘 설명하고 있다.

'1933년부터 1945년까지 유럽은 홀로코스트에 휩싸였다. (중략) 독일군이 알바니아를 점령했을 때 알바니아 사람들은 유대인들을 넘겨달라는 나치 점령군들의 요구를 거부했다. 알바니아의 기독교인들, 이슬람교도들 모두 목숨을 걸고 유대인들을 보호했다. 이 기념관은 세상이 외면할 때 사심 없이 유대인들을 보호했던 알바니아 시민들을 기억하고 기리기 위한 것이다.'

뉴욕 건축계에서 활동하던 81세의 스티븐 B 제이콥스는 알바니아가 나치에게 유대인을 넘기지 않았던 유일한 나라이자 2차 세계대전 이후 유대인의 수가 증가한 유일한 나라라는 사실을 알고 기념관 설계 작업에 발 벗고 나섰다. 정교하고 복잡한 설계, 세부적인 역사적 조사와 연구, 다양한 기관과 예술가들이 참여하다 보니 설계 작업은 수년간 이어졌다. 제이콥스는 알바니아 내의 유대인들은 물론이고 다른 나라를 탈출해 숨어 들어온 수백 명의 유대인들까지 지켜준 알바니아 국민들에 대한 보은의 뜻으로 무보수로 작업했다. 그 자신도 어린 시절 나치 강제수용소에서 죽음의 문턱까지 갔던 홀로코스트 생존자였다.

전시실에는 당시 상황을 생생하게 전하는 인터뷰와 다큐멘터리 영상, 유대인 구출에 앞장섰던 알바니아인들의 사진과 유품, 반 나치 인사들의 활동자료 등이 즐비하다. 그중 단연 이목을 끄는 것은 2차 세계대전 동안 알바니아인들이 유대인을 숨겨주거나 도운 사례들을 기록한 자료들이다. 유대인을 지켜준 알바니아 사람들의 이야기와 유대인들의 은신처 모형인 미니어처, 주고받은 서신들이 엄혹했던 당시의 상황을 증언해 주고 있다.

알바니아인들은 유대인들에게 알바니아식 이름을 지어주거나 위조 신분증을 만들어 주기도 하고 자신의 가게점원으로 위장시키기도 했다. 심지어 자신들의 가족이라고 속여 나치의 추적을 따돌리기도 했다. 그들은 때로는 자신의 곡물창고에, 때로는 산 속 동굴에 유대인 가족들을 숨겨두고 음식을 가져다주었다.

무슬림인 베셀리 형제의 이야기는 수많은 사례 중 하나로 전해진다. 베셀리 형제는 유고슬라비아에서 온 유대인 두 가족을 마을 주민으로 위장시켜 자신들의 고향인 크루야의 집으로 데려갔다. 어른들은 밤에는 집에서 생활하게 하고 낮에는 뒷산 동굴에 숨어 있게 했다. 아이들은 마을의 다른 아이들과 함께 놀게 했다. 베셀리 형제를 비롯한 마을 전체의 협력 아래 두 유대인 가족들은 전쟁이 끝날 때까지 안전하게 지낼 수 있었다.

2차 세계대전 중 이탈리아, 그리스, 코소보, 유고슬라비아 등 여러 나라 유대인들에게 알바니아가 가장 안전하다는 소문이 은밀하게 퍼져 나갔다. 유대인들은 목숨을 걸고 알바니아로 숨어들었고, 알바니아인들은 목숨을 걸고 유대인들을 숨겨 주었다. 전후 유럽에서 유대인 인구가 증가한 유일한 나라라는 말에 고개가 끄덕여지는 순간이다.

알바니아가 유대인들에게 최고의 피난처가 될 수 있었던 요인으로는 지리적으로 접근성이 좋았던 점, 은신에 유리한 산악지형이 많다는 점, 한정된 나치의 병력이 상대적으로 작은 나라에 집중하기 어려웠던 점 등을 꼽을 수 있다. 그러나 가장 큰 요인은 역시 알바니아인들의 베사 정신이었다. 유대인들은 나치의 핍박을 피해 알바니아를 찾아갔고, 알바니아인들은 자신들보다 더 큰 고통을 겪고 있는 유대인들을 외면하지 않고 혈육처럼 품었다. 인종의 차이도, 종교의 차이도 그들에겐 문제가 되지 않았다. 이슬람교도들도, 동방정교 신도들도, 가톨릭 신자들도 유대인들을 숨겨주고 지켜주었다. 그들에게는 다른 점이 보였던 것이 아니라 같은 점이 보였을 것이다. 인종이 다르고 종교가 다르다는 사실이 보인 것이 아니라 같은 인간이라는 점만 보였을 것이다.

독일의 신학자 마르틴 니묄러의 시로 알려진 「그들이 왔다」는 인간의 무관심과 방관, 자기중심적 생존본능을 강렬하게 묘사한다.

그들이 처음 공산주의자들에게 왔을 때
나는 침묵했다. 나는 공산주의자가 아니었기에
이어서 그들이 노동조합원들에게 왔을 때
나는 침묵했다. 나는 노동조합원이 아니었기에
이어서 그들이 유대인들을 덮쳤을 때
나는 침묵했다. 나는 유대인이 아니었기에
이어서 …. 그들이 내게 왔을 때
그때는 더 이상 나를 위해 말해 줄 이가 아무도 남아 있지 않았다

원래 마르틴 니묄러의 연설 일부였던 시 「그들이 왔다」는 억압과 부조리 앞에서 침묵했던 인간의 본능적 방어기제를 여과 없이 드러낸다. 대부분의 사람은 시의 화자처럼 타인의 고통에 침묵하며 외면하기 쉽다. 두려움 속에서 자신의 안전을 지키려는 본능은 타인의 고통을 외면하게 만들기 때문이다. 그러나 이 시는 침묵과 외면을 넘어 의로운 이들이 보여주는 관심과 공감, 연대의 정신을 강조한다.

제2차 세계대전 당시 나치 독일의 점령하에 많은 나라와 개인들이 억압에 굴복하거나 협력하는 길을 택했다. 헝가리의 화살십자당은 조직적으로 나치에 협력하여 유대인을 체포해 넘겼을 뿐만 아니라 직접 학살 행위를

자행하기도 했다. 다뉴브 강변에서 유대인을 줄세워 총살하고 시신을 강물에 버리는 끔찍한 만행까지 저질렀다. 이러한 비극은 당시 다수의 국가와 개인들이 억압의 공범이 되었음을 보여준다.

그러나 알바니아인들은 달랐다. 나치의 점령 하에서도 그들은 유대인을 외면하지 않았다. 오히려 자신들의 목숨을 걸고 유대인을 보호하며 고통받는 이웃을 외면하지 않는 위대한 베사 정신을 실천했다. 이는 그들만의 전통적 가치를 넘어 극한 상황에서도 무엇이 인간을 움직이게 하는지에 대한 명확한 답을 제시한 역사적 사례라 할 수 있다.

그들의 행위는 전쟁이 끝날 때까지 이어졌다. 이러한 행위에는 당연히 큰 위험이 뒤따랐다. 나치는 유대인들을 숨기는 행위를 중대한 범죄로 간주하고 발각된 사람들을 고문하거나 처형시키기도 했다. 그럼에도 알바니아인들의 베사 정신을 막지는 못했다.

알바니아의 다양성과 조화, 포용정신을 시각화한 스칸데르베그 광장의 모자이크 바닥처럼 알바니아는 다종교 모범국가로 알려져 있다. 무슬림들의 기도공간에서 기독교인들도 스스럼없이 기도하고 가는 나라가 알바니아다. 자신들도 핍박받으면서도 더 어려운 처지에 있는 유대인을 위해 기꺼이 위험을 무릅쓴 사람들이 알바니아 사람들이다. 신에 대한 회의를 거듭하면서도 한 순간도 고통 받는 이웃을 외면하지 않았던 테레사 수녀가 알바니아 사람이라는 것은 우연이 아니다. 알바니아인들은 우리가 잃어버린 인간애를 베사 정신을 통해 보여준 사람들이다.

이번 기행 출발지 포르투갈의 리스본에서 만났던 대항해 시대의 탐험가 바스쿠 다 가마도, 아테네에서 만났던 소크라테스도, 테살로니키에서 만났던 아리스토텔레스나 정복자 알렉산드로스 대왕도 뛰어난 인물들임이 분명하다. 그러나 고난에 처한 약자들을 대상화하지 않고 그들을 위해 헌신한 테레사 수녀와 그녀의 모국 알바니아 사람들은 인간의 품격을 보여준 인물들이라 할 수 있을 것이다. 세상에 어떤 큰 업적을 남긴 사람도 자신의 위험을 무릅쓰고 타인을 위험으로부터 보호한 사람의 위대함을 넘어설 수는 없을 것이다. 희생은 평범한 인간이 아닌 보살만이 행할 수 있는 미덕이기 때문이다.

알바니아 정부는 그들의 자랑스러운 베사 정신을 기리기 위해 베사 박물관을 건립하고 있다. 이 박물관에는 2차 세계대전 당시 유대인 보호 사례뿐만 아니라 최근의 코소보와 아프가니스탄 난민 보호 사례도 전시될 예정이라고 한다.

2023년 설계 공모전에서 당선된 스위스 바젤과 미국 뉴욕의 두 건축설계 및 전시 디자인 회사가 이 프로젝트를 진행 중이다. 박물관은 19세기 알바니아 전통 건축의 특징을 잘 간직하고 있는 톱타니 가문의 저택 부지 내에 들어서게 된다. 톱타니 가문은 오스만 제국 시기와 그 이후 알바니아 독립 운동사에서 빼놓을 수 없는 역할을 했던 독립운동가 집안이다. 이 프로젝트에 따르면 톱타니 가문의 저택은 저택대로 하나의 전시물이 되어 알바니아의 역사와 문화를 알리는 데 큰 역할을 하게 될 전망이다.

기존의 건물이 복원되고 새로운 건물이 들어서서 베사 박물관이 제 모습을 갖추게 되면 베사 정신의 역사적, 문화적 콘텍스트를 더 많은 사람들이 이해하게 될 것이다.

이쯤에서 우리는 그들을 그렇게 움직이게 만든 내적 동기를 주의 깊게 들여다보아야 한다. 나치를 움직이게 한 것은 무엇이었으며, 나치에 동조하여 소수와 약자를 괴멸시키려 한 이들의 내적 동기는 무엇이었는지, 나치의 명령에 불응하고 소수 약자를 위해 분연히 행동한 이들의 내적 동기는 무엇이었는지, 그 둘은 어떻게 다른지를 우리는 면밀히 분석해 보아야 한다. 이러한 성찰의 유무가 인류의 미래를 결정하게 될 것이기 때문이다.

## 비엔나의 1악장은 알레그로

훈데르트바서 하우스

보스니아의 수도 사라예보로 가려 했으나 하루 1대뿐인 버스가 이미 끊어졌다. 크로아티아 자그레브행도 마찬가지다. 티라나의 철도는 국내 일부 지역에만 제한적으로 운행될 뿐이라 버스 외에는 선택의 여지가 없다.

차기 행선지를 오스트리아 빈(영어식 이름 비엔나)으로 정했다. 북마케도니아를 다시 거쳐 돌아가는 경로라 15시간 소요된다고 한다.

버스는 북마케도니아 오흐리드를 거쳐 테토보, 쿠마노보를 지나 세르비아에 진입했다. 고속도로 톨게이트 같은 곳이 국경검문소다. 모든 승객이 버스에서 하차해서 줄지어 심사대로 향한다. 헝가리로 넘어갈 때 양국의 출입국심사가 엄격하다. 버스에 올라 손전등으로 차 안 여기저기를 비춰보고 내려가기도 한다. 버스는 오전 10시 경 장장 1,300~1,400킬로미터를 달려 빈(비엔나)에 도착했다. 티라나에서 출발한지 꼭 18시간 만이었다. 비행기도 아니고, 기차도 아닌 버스를 18시간이나 타보는 경험도 꽤 괜찮았다.

호스텔은 빈 중앙역 근처 콜럼버스가세 16에 있었다. 시내 구경삼아 4.5킬로미터 거리에 있는 훈데르트바서 하우스까지 걸어가기로 한다. 세련되고 깔끔한 거리를 걷자 마음마저 정갈해진다. 차도보다 넓은 인도는 거의 광장 수준이다. 도시로부터 존중받는 기분마저 든다. 유럽의 도시는 고압적이지 않아서 좋다. 스카이라인을 고려한 고도제한 덕에 사람이 도시에 압도당하지 않아도 된다. 세계적인 음악가들이 사랑했던 도시를 이렇게 청량하고 쾌적한 기분으로 걸을 수 있게 해 주어서 고맙다는 생각마저 든다. 건반 위를 춤추며 오가는 피아니스트의 손가락처럼 걸음이 발랄해진다.

휴대전화기를 꺼내 모차르트의 현악 협주곡 〈아이네 클라이네 나흐트무지크(Eine kleine Nachtmusik)〉를 재생한다. 빈은 세계적인 음악가들이 악상을 떠올리기 위해 거닐던 음악도시 아닌가. 모차르트, 베토벤, 하이든, 슈베르트, 브람스, 요한 스트라우스 2세 등이 음표처럼 발자국을 찍으며 이 길을 걸었을 것이다.

걸음은 협주곡을 따라 경쾌한 알레그로로 걷다가 느린 안단테와 조금 빠른 알레그레토를 거쳐 다시 알레그로로 되돌아온다. 같은 알레그로라도 1악장은 발랄한 설렘을, 4악장은 피날레를 향해 가는 극적인 에너지를 드러낸다.

모차르트의 연주가 끝나갈 무렵 독특하고 현대적인 외관의 대형 건물이 눈에 들어온다. 메트로폴리탄이라는 이름의 임대 아파트다. 복도형 아파트인 이 건물의 복도에는 일정한 간격으로 나무들이 바깥으로 가지를 뻗고 있는 모습이 특히 인상적이다.

이 도시는 개성과 세련미를 갖춘 젠틀한 신사를 연상케 한다. 굳이 잰척하지 않아도 자연스럽게 내면의 품격이 배어나오는 사람에게서 느껴지는 안정감과 신뢰감이 느껴진다. 웅장하면서도 거만하지 않은 건물들은 언제라도 툭, 어깨를 치며 말을 걸어 올 것 같은 분위기를 풍긴다.

빈의 많은 건물들은 오랜 역사를 간직하고 있다. 빈뿐만 아니라 유럽의 도시들은 오래된 건물을 지체 없이 허물고 그 자리에 마천루를 세우지 않는다. 대개 사람들이 거주하는 내부공간만 개조한다. 복도나 계단도 처음 지었을 때 그대로의 형태를 간직하고 있는 건물이 대부분이다. 때문에 유럽에서는 종종 오래된 건물 대리석 계단 가운데가 닳아 푹 꺼져 있는 것을 보게 되기도 한다. 겉보기에는 낡았다거나 빈티지하다는 느낌을 주지만 막상 내부로 들어가 보면 또 다른 세상이 펼쳐지는 경우가 많은 것은 이 때문이다.

창조적이고 예술적 감각이 남다른 빈 사람들은 오래된 건물에 현대적 숨결을 불어넣는 감각이 탁월하다. 버려진 음습한 지하차도를 화려한 조명과 인테리어가 돋보이는 고급 레스토랑으로, 오래된 증기 목욕탕을 현대식 다목적 복합건물로 탈바꿈시킨 사례 등은 이를 잘 보여준다. 뿐만 아니라 가스 저장고였던 곳을 콘서트 홀, 쇼핑몰, 아파트 등이 있는 복합 생활공간으로 재탄생시키기도 했다. 제2차 세계대전 때 나치독일이 설치한 대공포탑은 해양 동식물들의 수족관으로 개조되어 도시의 흉물이 어떻게 시민들과 화해할 수 있는지를 보여준다,

덕분에 도시의 신구 조화는 자연스럽다. 옛것이 새로운 것을 배척하거나 질시하지 않으며, 새것이 옛것을 하대하거나 멸시하지 않는다. 옛것은 새것의 가벼움을 잡아주고, 새것은 옛것의 무거움을 덜어준다. 옛것의 무거움은 새것의 가벼움 속에 스며들고, 새것의 가벼움은 옛것의 무거움 속에 깃든다. 유럽, 특히 빈의 풍경은 옛것의 무거움과 새것의 가벼움이 동떨어져 있지 않아서 도시 전체가 무거움과 가벼움이 한데 어우러진 느낌을 준다. 무거운듯하나 부담스럽지 않고, 가벼운 듯하나 경박하지 않은 이 도시의 조화로운 풍경은 낯선 이방인마저 도시의 일부가 된 느낌을 안겨준다.

빈 제3구 란트슈트라세 지역에 위치한 훈데르트바서 하우스는 마치 어린이가 그린 초대형 그림책을 보는 것 같았다. 이 독창적인 아파트는 설치 예술가이자 건축가인 프리덴스라이히 훈데르트바서의 1985년 작품이다. '예술은 인간과 자연의 가교'라는 그의 건축철학이 가장 잘 녹아들어간 이 구조물은 예술작품이자 실제로 주민이 거주하는 주거공간이기도 하다. 외벽은 파란색, 노란색, 하얀색, 핑크색 등이 어우러져 동심을 불러일으킨다.

훈데르트바서는 빈 분리주의 화가 에곤 실레와 구스타프 클림트로부터 영향을 받았다. 때문에 세밀하고 유연한 선 처리, 과감한 원색사용, 평면적이고 장식적인 구성 등 일본식 화풍이 느껴진다.

직선을 혐오한 그답게 부드러운 곡선을 이용한 점도 참신하고, 옥상을 뒤덮거나 건물 중간 창밖으로 불쑥 팔을 내민 나무들도 놀랍다. 창들은 각기 다른 모양과 크기, 색깔을 가지고 있어 비정형성의 매력을 강조한다. 콘크리트와 자연과 인간의 교감이라는 이 건축물의 메시지는 명확하다.

아파트는 공공 주택으로 지어졌고, 분양은 시의 행정 절차에 따랐다. 혁신적인 디자인과 친환경적 주거 공간 덕분에 50여 세대 입주자들의 만족도도 높은 것으로 알려져 있다.

훈데르트바서 하우스에서 도나우강을 향해 북쪽으로 몇 발짝 걷다 보면 훈데르트바서 빌리지를 만나게 된다. 이곳은 훈데르트바서와 관련된 기념품 가게, 카페, 작은 상점들이 늘어선 상업지구이다. 자동차 타이어 공장을 개조하여 만든 이 빌리지의 내부에 들어서는 순간 누구나 동화책 속에 들어선 느낌을 받게 된다.

## 도나우강은 왈츠로 흐른다

도나우강

훈데르트바서 빌리지를 지나자 울창한 숲길을 따라 오른쪽으로 도나우강이 흐른다. 독일 남부 숲속에서 시작된 이 강은 2,857킬로미터로 유럽에서 두 번째로 긴 강이자 무려 10개국을 거쳐 흑해에서 안식을 얻는 다국적 강이다. 따라서 도나우강은 세계에서 가장 많은 7개의 이름을 가진 강이기도 하다.

강물은 맑고 순했다. 아직은 소년의 순수로 흐르지만 중년과 노년에는 얼마나 탁해지고 변해갈지 모른다. 그래도 도나우강물은 제비처럼 재잘거리며 흐른다. 휴대전화기를 꺼내 요한 스타라우스 2세의 〈아름답고 푸른 도나우〉를 들으며 걷는다. 4분의 3박자로 시작되는 연분홍 왈츠 리듬을 타고 꽃잎처럼 흘러가는 강물, 아르페지오로 떨리는 가슴.

7월의 강한 햇살이 강물에 부딪치며 금빛 물결을 만들어내는가 하더니 뒷물결을 당겨 한 몸으로 뒤엉겼다가 앞물결을 밀며 청춘의 입술처럼 날카롭게 멀어진다.

강변을 따라 난 산책로 안쪽 넓은 공지에 수 백 명의 젊은이들이 왁자지껄 파티를 즐기고 있다. 야외 공연장에는 스탭과 연주자들이 무대설치와 튜닝에 여념이 없다. 수십 개의 테이블 마다 맥주와 칵테일을 들고 서로의 잔을 부딪치는 청춘들로 가득하다.

강물냄새가 코끝에 와 닿지만 그것이 도나우강물에서 온 것인지 요한 스트라우스의 곡에서 온 것인지 가늠되지 않는다. 도나우의 강물냄새는 요한 스트라우스의 곡뿐만 아니라 모차르트, 베토벤, 하이든, 슈베르트의 곡에서도 흘러나온다. 그들은 모두 이 강을 따라 걸으며 영감의 실낱을 붙들어 매고 악상을 떠올렸을 것이다. 도나우강물은 세기의 천재들을 슬어놓고 떠났고 그들은 영롱한 진주알을 남기고 떠났다.

도나우강이 주는 평온함과 안정감은 요제프 하이든에게로 가서 그의 음악을 더욱 구조적이고 절제된 형식미를 갖춘 형태의 교향곡으로 나타났을 것이다. 도나우강의 리듬과 유속은 아마데우스 모차르트에게로 가서 그의 심원하고 우아하며 섬세한 악풍을 형성하고 풍부한 화성과 정교한 대위법의 완벽한 조화를 통해 고전주의 음악의 정수로 표현되었을 것이다.

모차르트는 악보를 고치지 않았다고 한다. 예술가가 실체 없는 영감을 포착해내는 것은 가물거리는 간밤의 꿈을 세밀하게 기억해 내는 것만큼 어려운 일이다. 그런데 도나우강변의 예술가들은 많이 달랐던 모양이다. 그렇게 많은 명곡들을 쏟아낸 것을 보면 도나우강이 준 영감들이 워낙 강렬했든지, 그것을 잘 포착하고 형상화한 그들이 탁월했든지.

도나우강이 내는 작은 속삭임은 청력을 잃어가는 루트비히 반 베토벤에게로 가서 폭풍 같은 포르테시모의 〈운명 교향곡〉으로 환생했을 것이다. 베토벤은 강물이 전하는 소리 없는 소리를 통해 운명이 어떻게 문을 두드리며 찾아오는지를 전해 들었을 것이다. 그는 빈과 도나우강을 너무나 사랑해서 집주인이나 이웃과의 갈등, 경제적 문제, 건강문제 등으로 인해 35년간

60여 차례나 이사를 거듭하면서도 도나우강변을 떠나지 않았다고 한다. 특히 그는 청력을 잃어가는 고통을 극복하기 위해 빈 근교의 하일리겐슈타트에서 머무르며 교향곡 6번 〈전원〉을 비롯한 여러 명곡들을 창작했다.

그가 8년 동안 거주하면서 〈운명 교향곡〉, 〈엘리제를 위하여〉, 오페라 〈피델리오〉 등의 명곡들을 쏟아내었던 빈 시내 몰다스트라세의 집은 현재 그의 박물관으로 사용되고 있다.

빈의 외곽 그가 자주 걸었던 길은 '베토벤 산책길'이라는 이름까지 붙었다. 산책길을 따라 칼렌베르그산 정상까지 이어지는 길을 걸으며 베토벤은 사라지는 청력에 대한 고뇌 속에도 〈전원 교향곡〉의 악상을 떠올렸을 것이다.

그는 자신의 후원자들과 갈등을 겪곤 했다. 베토벤은 후원자의 요구와 간섭을 창작의 자유를 침해하는 행위로 받아들였다. 그는 어느 날 후원자인 백작의 무례한 행동에 참지 못하고 말했다.

"당신 같은 백작은 수백 명이지만, 베토벤은 나 하나뿐이오."

모차르트가 천재적 인물이라면 베토벤은 예술가형 캐릭터였다.

도나우강의 물빛과 물살은 구스타프 클림트가 인정한 천재화가 에곤 실레에게로 가서 굵고 불규칙하지만 생동감과 자연스러움, 강렬함이 살아 있는 표현주의 화풍으로 나타났을 것이다. 그는 도나우강변에서 자주 스케치를 하며 독특한 화풍을 발전시켰다. 실레는 고요한 강변의 풍경과 복잡 미묘한 인간의 내면을 결합하여 그림에 생명력을 불어넣었다. 그가 이젤을 세워놓고 1913년 도나우강변의 중세도시인 슈타인의 풍경화를 그릴 때도 도나우강물은 지금처럼 유려했을 것이다.

그 외에도 요하네스 브람스, 슈테판 츠바이크, 오스카 코코슈카 등 도나우 강물 냄새가 배어 있는 예술가들은 일일이 다 나열하기도 힘들다. 그들이 세상에 선사해준 감미로운 선율들은 모두 도나우 강물에서 왔다.

피아노 선율 같은 강물을 따라 걷다 보니 대형 바지선에 바와 레스토랑, 수영장 등을 갖춘 바데시프 빈(Badeschiff Wien)이 보인다. 운하에 이런 게 있으면 배가 어떻게 운항하는지 모르겠다. 사실 이 강은 도나우 본류가 아닌 지류이자 운하다. 본류는 비엔나 22구 쪽 외곽으로 가야 만날 수 있다. 본류는 운하와 비교하기 어려울 정도로 크다. 현지인들은 수상 스포츠 등 주로 활동적인 여가활동을 위해서는 본류 쪽을 찾고 담소 위주의 데이트와 친교를 위해서는 운하 쪽을 찾는 분위기다.

도나우강은 본류와 운하가 주는 서로 다른 매력을 통해, 빈의 예술과 일상 속에 조화롭게 들어와 있다. 예술가들에게는 창작의 영감을, 현지인들에게는 삶의 활기를 선사하며, 도나우는 예술과 일상의 경계를 허문다. 강물처럼 흐르는 왈츠의 리듬 속에서, 빈의 도시 풍경은 과거와 현재, 예술과 생활이 어우러진 선율로 완성된다. 여기는 오스트리아의 수도 빈이다.

## 가문의 영광

쇤부른 궁전1

쇤부른 궁전은 합스부르크 왕가의 화려했던 역사를 간직한 오스트리아의 대표적인 유적이다. 실제 왕이 집무하고 거주했던 궁전은 호프부르크 궁전이지만 사람들은 호프부르트 궁전보다는 쇤부른을 더 많이 찾는다.

별궁이 본궁보다 더 큰 유명세로 많은 관람객들을 불러 모으고 있는 이유는 잘 보존된 황실과 역사적, 예술적 가치, 그리고 궁전에 담긴 서사 때문이다. 호프부르크 궁이 현재 박물관과 관공서로 사용되고 있는 반면 쇤브룬 궁은 보존 상태와 예술성을 인정받아 유네스코 세계문화유산으로 등재되어 매년 수백만 명의 관광객을 불러들이고 있다.

합스부르크 가문은 스위스의 작은 백작 가문으로 시작하여 빈을 본거지로 삼아 성장한 유럽 역사상 가장 강력한 왕가 중 하나였다. 이들은 정략결혼과 영토 확장을 통해 독일, 오스트리아, 스페인, 헝가리, 보헤미아 등 유럽의 주요 국가들을 통치했다. 오죽했으면 "(영토 확장을 위해)다른 이들은 전쟁을 하지만 행복한 오스트리아여, 너는 결혼을 해라."라는 칭찬인지 조롱인지 알 수 없는 말이 떠돌 정도였다. 네 명의 딸을 유럽 각지로 시집보낸 마리아 테레지아를 향해 '유럽의 장모님'이라고 지칭한 것도 마찬가지였다.

프랑스를 제외한 거의 유럽 전 지역과 중남아메리카까지 문어발식 영토 확장을 이어나가는 합스부르크가에 대한 복합적인 감정이 담긴 표현이었다.

합스부르크가가 유럽의 대표적 황실로 부상한 것은 1273년 루돌프 1세가 신성 로마 제국의 황제에 오른 것이 그 시작이었다. 신성로마제국 황제 선출권을 가지고 있던 주로 독일 지역 일곱 명의 선제후(選帝侯, Kurfürsten)들은 루돌프 1세를 '바지사장'쯤으로 여겨 그를 황제로 선출했지만 루돌프 1세는 반전적 인물이었다. 그는 강력한 통치력을 발휘하며 합스부르크 가문의 토대를 확고하게 굳히게 된다. 이후 합스부르크 가문은 유럽, 아메리카, 아시아 일부에 걸친 광대한 영토를 지배하며 정치적, 경제적, 문화적 중심지로서의 위상을 확립했다.

합스부르크 가문은 그들의 권위를 과시하기 위해 여러 화려한 궁전을 건설했다. 그중에서도 쇤부른 궁전은 섬세하고 화려한 로코코 양식의 건축미를 극대화한 대표적인 궁전이다. 궁전 내부는 금박과 크리스털 샹들리에, 거울 등으로 장식된 화려한 방들이 즐비하다. 1,441개가 넘는 방이 있으나 보존문제와 관리비용문제, 관람의 효율성 등을 고려해 40개 방만 공개하고 있다.

1569년 신성 로마 제국의 황제 막시밀리안 2세는 빈 근교에 작은 별장이 딸린 부지를 사들여 여름철에 이용하기 시작했다. 70여년 후 마틸드 황후가 근처 작은 샘에서 이름을 따 독일어로 '아름다운 샘'이라는 뜻의 쇤부른 궁전이라 불렀다. 아들 요제프 1세를 위해 대규모 궁전을 짓던 레오폴트 1세 황제가 1700년에 사망하자 공사는 일시 중단된다. 그로부터 40년 후 왕가의 명예와 영광을 드높인 여대공이자 신성로마제국 황제 프란츠 1세의 황후(실질적인 여제) 마리아 테레지아가 대대적인 확장과 리모델링을 시작한다. 이때 현재의 바로크식 왕궁의 모습을 갖추게 된다. 1752년에는 여제의 지시에 따라 동물원이 조성되었으며, 이 동물원은 지금까지도 운영되는 세계에서 가장 오래된 동물원이다.

내부로 입장해서 가장 먼저 만나게 되는 것은 화려한 장식과 대리석이 돋보이는 황실계단이다. 내방객들은 2층으로 이어진 이 계단을 오르며 황실의 위엄을 실감하게 된다,

황실의 친위대원들이 사용하던 방과 생활용품이 보관된 방, 오스트리아-헝가리 제국의 프란츠 요제프 황제 접견실인 호두나무로 된 방, 아내 엘리자베스(씨시)의 사진으로 가득한 황제 집무실, 엘리자베스 황비의 서재, 황제부부의 침실을 지나면 마리 앙투아네트의 방이 나온다. 프랑스로 시집가기 전까지 어린 시절에 사용하던 방일 것이다. 그녀는 합스부르크가의 정략결혼정책으로 프랑스 루이16세와 결혼하여 왕비가 되었으나 1793년 프랑스 혁명 중 단두대에 올라야 했다. 그녀의 나이 37세였다.

마리는 프란츠 1세 황제와 마리아 테레지아 여제 사이 16명의 자녀 중 15번째였다. 그녀는 1770년 14세에 루이 16세와 결혼하여 18세에 프랑스 왕비가 되었다. 돈독해지는 듯하던 양국의 동맹은 프랑스 혁명으로 마리 앙투아네트가 죽게 되자 결국 깨지고 말았다.

마리아 테레지아 여제는 시집간 딸에게 프랑스 궁정의 정치적 음모에 휘말리지 말 것과 낭비벽과 사치에 빠지지 말라고 수차례 주의를 주었으나 결국 사치스러운 이미지가 대중의 분노를 사 비극적인 최후를 맞이하게 되었다. 혁명 당시 급격히 퍼져나간 “빵이 없으면 케이크를 먹으라.”라는 말은

그녀의 말이 아니라 선전 선동에 의한 헛소문이었다. 사실 그녀가 역대 여느 왕비보다 특별히 사치스럽지도 않았다. 그저 황실의 법도에 따르는 수준에 지나지 않았다. 오히려 그녀는 가난한 이들을 위한 자선병원을 설립하는 등 사회적 문제 해결을 위해 힘썼다. 또한 베르사유 궁전 내의 농장에서 소박한 전원생활을 즐기며 직접 젖소의 우유를 짜는 등 평범한 일상을 보냈다. 그녀는 많은 예술가들을 후원해 프랑스의 예술과 문화발전에도 기여했다. 하지만 혁명의 불길은 희생양을 필요로 했고, 앙시앙레짐의 대표적 인물인 마리 앙투아네트 왕비는 그 조건에 딱 맞는 인물 중 하나였다. 그녀는 남편인 루이 16세와 함께 몰래 친정이 있는 오스트리아로 도망치다가 국경 지역에서 붙들려 파리의 콩코르드 광장에서 비극적 운명을 맞이했다.

딸이 단두대의 이슬로 사라진 후 마리아 테레지아는 이 방문을 열 때마다 비통함에 몸을 가누기 어려웠을 것이다. 천하를 호령하는 여제도 참척(慘慽)의 통고(痛苦) 앞에서는 한없이 무력했을 것이다. 딸이 어린 시절을 보낸 이 방안에 홀로 들어섰을 때 그녀가 느꼈을 슬픔과 상실감이 전해져 온다.

쇤부른 궁전은 마리아 테레지아 여제와 합스부르크 왕가의 영광뿐 아니라 유럽 역사에서 중요한 사건의 무대가 되었다. 나폴레옹 보나파르트가 오스트리아를 정복하고 쇤부른 궁전을 거점으로 사용한 것도 그중 하나다. 1805년과 1809년 나폴레옹은 쇤부른에서 머물며 유럽의 패권을 장악하기 위한 전략을 구상했다. 특히 1809년 나폴레옹은 오스트리아를 패퇴시킨 바그람 전투 이후 쇤부른에서 조약을 체결했다. 그가 머물렀던 방에는 온화한 표정을 한 그의 초상화가 보존되어 있다. 그의 손자이자 합스부르크 왕가의 일원이 된 나폴레옹 2세(라이히슈타트 공)도 빈 중앙묘지에 안장되어 있다.

1810년 나폴레옹은 프랑스 제국의 권력을 강화하고 유럽 내 자신의 입지를 공고히 하기 위해 합스부르크 가문의 마리 루이즈와의 결혼을 선택했다. 마침 그는 이미 조세핀과의 결혼 생활을 끝내고 새로운 후사를 볼 수 있는 결혼 상대를 찾고 있던 중이었다. 바그람 전투에서 패배의 쓴맛을 본 오스트리아 입장에서는 나폴레옹과의 결혼이 더 이상의 전쟁을 막고 프랑스와의 관계를 안정화할 수 있는 방법이었다. 황녀 마리 루이즈는 이 정략의 중심에 있었다.

벽면을 온통 거울로 장식한 거울방은 여섯 살 된 모차르트가 여제 앞에서 피아노 연주를 한 방이다. 당시 모차르트는 아버지와 함께 유럽 일대를 돌며 천재 음악가로 이름을 날리고 있었다. 그는 세 살 때부터 피아노 연주를 했고 다섯 살에는 작곡을 시작했다. 그의 아버지는 천재아들을 앞세워 귀족들의 경제적 후원을 얻고자 유럽 순회 연주를 시작했고, 그의 재능을 알아본 많은 귀족들은 기꺼이 후원자가 되어 주었다.

여제는 자주 유명 음악가들을 초청해 연주를 즐겨 들었다. 1762년 그녀의 귀에도 모차르트에 대한 소문이 들어갔다. 여제는 그를 궁정으로 초대했고, 그는 이 방에서 피아노 연주를 했다. 그가 이날 어떤 곡을 연주했는지, 몇 곡이나 연주했는지는 알려진 바가 없다. 알려진 것은 어린 모차르트가 천재적인 연주 실력으로 모든 사람을 감동시켰다는 사실이다. 그녀는 그의 천재성에 깊은 인상을 받아 아들이 입던 옷을 선물하는 등 호의를 베풀었다. 이를 계기로 여제는 음악의 가치와 모차르트의 천재성을 깊이 인식하고 그를 적극 후원하기 시작했다. 합스부르크 황실의 인정과 찬사를 받은 모차르트의 유명세는 가파르게 상승했다.

여제는 음악과 미술을 활용해 통치 기반을 강화하고 타 국가 외교사절들과의 외교적 유대를 강화해 나갔다. 음악회와 오페라는 그녀에게 좋은 정치적 도구였다. 그녀는 모차르트를 비롯한 많은 음악가와 화가를 후원했다. 빈은 재능은 있지만 가난한 예술가들에게 꿈의 무대가 되어갔다. 그녀의 적극적인 문화예술 육성 정책은 그녀의 재위 이후에도 예술가들이 지속적으로 빈으로 모여들게 만들었다. 빈에서 활동한 예술가들의 라인업은 현란하다. 음악가로는 모차르트, 베토벤, 살리에리, 하이든, 슈베르트 등이 있고, 화가로는 클림트, 실레, 오스카 코코슈카 등이 있다. 문학 분야에는 프로이트, 츠바이크 등이 있다.

전 세계를 공포로 몰아넣은 아돌프 히틀러도 빈에서 활동한 무명화가였다. 그는 빈의 미술 아카데미에 입학하려 했으나 연거푸 실패한 후 독일로 건너갔다. 그 역시 예술적 감수성 충만한 빈에서 살았지만 그의 길은 다른 방향으로 향했다. 빈의 미술 아카데미 입학에 실패한 그는 독일로 건너가 극우 정치인이 되었다.

그가 빈에서 화가로 성공했더라면 인류의 역사가 바뀌었을 것이라는 가정은 흥미롭지만 허탈하다. 거대한 역사적 비극이 한 개인의 사소한 사건으로부터 비롯되었다고 생각하면 도대체 역사는 무엇인지, 운명은 무엇인지 하는 의문으로까지 이어진다. 헤겔의 '이성의 간계'를 적용해서 고민해봐도 도무지 보편적 이성의 역사진행 방식에 동의하기 어렵다.

이처럼 빈은 예술적 영감을 주는 도시였지만 그 환경이 누구에게나 같은 방식으로 작용한 것은 아니었다. 히틀러의 사례는 역사의 '참을 수 없는 가벼움'을 보여주는 반면, 모차르트는 빈에서 생애를 마감하며 도시의 예술적 유산을 풍부하게 했다. 그의 장례는 슈테판 대성당에서 치러졌으며, 대성당은 오늘날까지 그의 천재적 삶과 죽음을 기리는 장소로 남아 있다. 모차르트는 빈의 예술적 정신을 대변하는 인물로 이 도시와 떼려야 뗄 수 없는 존재가 되어 잠들어 있다.

## 봄날은 가네, 데크라센도로

쇤부른 궁전2

그레이트 갤러리는 길이 40미터, 폭 10미터의 웅장한 대연회장이다. 화려한 샹들리에와 금박장식, 부드러운 곡선과 비대칭적 디자인이 전형적인 로코코 양식의 특징을 잘 보여준다. 천장에는 마리아 테레지아 시대를 상징하는 세 개의 프레스코화가 펼쳐져 있다.

푸른 실크 벽지와 중국 도자기가 배치된 방은 중국 문화를 좋아했던 합스부르크가의 취향이 잘 드러난다. 동서양의 문화교류를 보여주는 중국풍 인테리어의 또 다른 방, 마리아 테레지아 여제의 서재와 침실을 지나면 1743년 합스부르크가를 침략한 프랑스와의 전쟁 승리 후 축하 퍼레이드 장면을 담은 그림이 걸려 있는 방이 나온다. 말과 마차를 타고 가는 행렬을 향해 환호하는 시민들의 모습을 생생하게 그렸다.

다음 방은 마리아 테레지아의 첫 아들이자 훗날 황제가 될 요제프 2세의 결혼식 장면을 묘사한 그림들이 걸려 있는 방이다. 그림만 봐도 당시 이 가문이 얼마나 대단했는지 짐작하고도 남을 만하다. 부르봉 파르마 공국에서 시집오는 이자벨라 공주가 빈으로 들어오는 마차행렬의 화려함과 규모는 마치 정조대왕의 〈화성원행도〉를 보는 듯하다. 마차만 해도 94대라고 하니 왕실의 위엄 과시는 제대로 했을 것 같다. 행렬의 규모보다 더 눈길을 끄는 것은 멀리 보이는 빈 시내의 모습이 지금의 모습과 거의 유사하는 점이다. 260년 전에 이미 지금의 모습을 갖췄다는 게 놀랍다.

수많은 하객들의 연회장면을 그린 대형 그림도 이 결혼식에 쏠린 세상 사람들의 관심을 잘 보여준다. 축하공연이 펼쳐지는 왕궁 홀 맨 앞줄에 마리아 테레지아 부처를 중심으로 좌우에 여러 자녀들이 앉아 있다. 네댓 살 정도로 보이는 마리 앙투아네트의 모습도 보인다. 객석에서 이 공연을 지켜보는 인물 중에는 서너 살쯤 된 아마데우스 모차르트도 있다. 사실 그는 이 자리에 없었으나 특별히 그를 애정하는 여제를 위하여 궁정화가가 임의로 그려 넣었다고 한다.

오스트리아-헝가리 제국의 마지막 황제인 카를 1세의 방에는 하얀 대리석 황제의 반신상이 놓여 있다. 콧수염을 기른 황제의 상의가 활짝 열어젖혀진 상태다. 누가 봐도 황제를 사임한 것을 나타내는 장면이다. 굳은 표정으로 허공을 향한 시선은 불빛처럼 흔들리고 있다.

1914년 오스트리아-헝가리 제국의 황태자 프란츠 페르디난트 대공 부처가 사라예보에서 암살당하는 사건이 발생했다. 당시 발칸반도에서 강하게 일던 민족주의의 영향으로 세르비아는 오스트리아-헝가리 제국으로부터의 독립을 강하게 염원했다. 암살범은 세르비아 민족주의자였다. 가뜩이나 불안정했던 발칸의 정세에 암살사건은 제1차 세계대전의 도화선이 되었다.

오스트리아-헝가리 제국의 마지막 황제 카를 1세는 1916년 제1차 세계대전의 혼란 속에서 왕위에 올랐다. 그는 젊고 열정적이었으나 안팎으로 큰 난관에 부딪쳤다. 민족주의의 부상, 전쟁에 대한 피로감, 재정난 등의 높은 파도는 이미 그가 넘어서기 어려운 상태였다. 그의 노력은 역부족이었고 그는 자신이 아무 것도 할 수 있는 것이 없다는 것을 깨닫고 무력감에 빠졌을 것이다.

1918년 11월 11일 제국의 깃발은 내려지고 황궁의 불빛은 꺼졌다. 오스트리아-헝가리 제국은 해체되었으며 카를 1세는 왕위를 내어 놓고 망명길에 올랐다. 그는 1922년 포르투갈의 마데이라 섬에서 젊은 나이에 사망했다.

황제의 마지막 밤은 잔인했을 것이다. 그는 자신이 통치했던 제국의 영광을 돌아보며 그 밤이 영원히 새지 않기를 바랐을 것이다. 하지만 그는 결국 자신이 제국의 마지막 황제임을 받아들이고 이 방을 나서야 했다.

1273년 루돌프 1세가 신성 로마 제국 황제로 선출된 이후부터만 계산해도 무려 640년간 이어져 오던 합스부르크가의 영광이 여기서 비극으로 막을 내린 것이다. 13세기 후반부터 1806년 신성로마제국이 해체될 때까지 총 18명의 황제를 배출한 합스부르크 가문은 그렇게 역사 속으로 사라졌지만 그들이 남긴 유산은 현대 유럽의 정치, 문화, 예술에 깊이 뿌리박혀 있다.

합스부르크 가문은 광대한 영토를 통치하며 유럽을 하나의 공동체로 묶었다. 특히 카를 5세 시절에는 신성로마제국을 비롯한 스페인, 네덜란드, 이탈리아의 많은 지역과 아즈텍과 잉카문명마저 정복하여 유럽과 신대륙을 아우르는 식민제국을 건설하기도 했다. 신성로마제국 황제이자 스페인 국왕이기도 했던 카를 5세는 "나는 하나님께는 스페인어로, 여자에게는 이탈리아어로, 남자에게는 프랑스어로, 내 말(馬)에게는 독일어로 말한다."라는 발언으로 다국적 제국의 글로벌 지도자로서 다양한 언어와 문화적 배경을 가진 사람들을 효과적으로 통치할 수 있다는 자신감을 드러내기도 했다.

합스부르크 궁정은 또 유럽의 문화 예술 발전에 크게 기여했다. 내부적으로는 강력한 중앙집권제도를 실행하며 여러가지 개혁을 추진했다. 세제 개혁과 행정 개혁을 비롯해 농노 제도의 폐지, 국방력 강화, 의료 개혁 등 다양한 분야에서 발전을 이끌었다. 그 중에도 사회복지 제도의 개선과 의무교육 도입은 근대 오스트리아 국가 체계의 기틀을 다지는 중요한 변화였다.

특히 이 가문이 유럽 예술계에 미친 영향은 대단했다. 수많은 예술가들이 빈에서 창작에 전념할 수 있는 환경을 제공해 주었다는 점, 빈을 세계적인 예술의 도시로 만들었다는 점은 이 가문의 최대 공적 중 하나라 할 만하다.

그러나 몇 가지 한계도 함께 남겼다. 그들은 다양한 민족적, 종교적 갈등을 해소하지 못했다. 특히 종교개혁 시기 가톨릭을 지지, 프로테스탄트와의 갈등을 자초했다. 1517년 마틴 루터가 종교개혁을 시작하자 2년 후 신성로마 제국 황제가 된 카를 5세는 가톨릭 권위의 수호자로 나섰고, 유럽 전역의 종교적 분열과 전쟁을 불러오는 단초를 제공했다.

오스만 제국과의 전쟁, 스페인 왕위계승전쟁 등은 재정적, 군사적 자원을 고갈시켜 가문 약화의 주원인으로 작용했다. 1526년 모하치 전투로 헝가리 왕국이 분열되었고, 1529년과 1683년 두 차례 오스만 제국의 빈 포위 작전은 유럽 연합군의 지원으로 격퇴했지만, 그 과정에서 큰 재정적 부담이 발생했다. 1700년 스페인 합스부르크 마지막 왕 카를로스 2세가 후사를 보지 못하고 죽자 열강들의 이해관계가 얽히면서 스페인 왕위를 놓고 충돌했다. 프랑스의 루이 14세가 자신의 손자 필리프 5세를 스페인의 왕으로 세우려 하자 합스부르크 가문은 이를 저지하기 위해 전쟁을 벌였다. 프랑스에게 과도한 힘이 쏠리면 유럽의 세력균형이 깨어질 우려가 있었기에 합스부르크가로서는 불가피한 선택이기도 했다.

사실 카를로스 2세는 죽기 전에 프랑스의 필리프 5세를 후계자로 지명했으며 절차상 아무런 하자가 없었다. 합스부르크가로서는 공식적으로 반대할 명분이 부족했으나 프랑스의 세력 확장이 잠재적 위협이 될 것이라고 우려했다. 이 때문에 합스부르크 가문은 필리프 5세의 지명을 철회하도록 지속적으로 요구했으나 카를로스 2세는 루이 14세의 강한 압력에 굴복하여 이러한 요구는 받아들여지지 않았다. 이로 인해 발생한 스페인 왕위계승전쟁은 위트레흐트 조약이 체결될 때까지 13년간 지속되었다. 전쟁으로 인한 인적, 물적 피해는 합스부르크가의 내부갈등과 통치력 약화를 불러왔다.

합스부르크가의 한계와 문제를 지적할 때 빼놓을 수 없는 것은 근친혼이다. 그들은 내부결속을 강화하고 권력의 분산과 가문의 재산 유출을 막기 위하여 근친혼을 선택했다. 근친혼은 정치적, 경제적, 군사적 동맹 강화와 영토 확장에 큰 도움을 주었으나 동시에 유전적 기형을 초래하여 심각한 장애를 불러왔다. 대표적인 유전질환이 합스부르크 턱으로 불리는 하악돌출증이었다.

그중 가장 대표적인 사례는 스페인 왕 카를로스 2세였다. 그는 이러한 신체적 결함과 함께 정신적 장애를 안고 있었다. 그는 어린 시절부터 현저히 낮은 인지능력과 지적 수준을 보이는 등 발달장애를 겪었으며, 정신적 불안정과 종교에 대한 광신 등 여러 문제들을 노출했다. 결국 이런 저런 신체적, 정신적 결함을 안고 있었던 카를로스 2세는 후사를 보지 못한 채 죽음으로써 왕위계승 전쟁을 유발하기에 이르렀던 것이다. 자신의 가문을 유지하기 위한 근친혼이 결과적으로 가문의 몰락을 불러온 셈이었다.

멘델의 유전법칙이 알려지기 전이라 이러한 유전적 결함의 위험성을 인지하지 못했던 것이 첫째 원인이지만 자신을 지키기 위해 쌓은 성이 결과적으로 스스로를 고사시키는 '만리장성의 역설'도 크게 작용했다.

## 그림이 된 그리움, 클림트

벨베데레 궁전 미술관

쇤부른 궁전에서 벨베데레 궁전까지 약 4킬로미터는 지하철을 이용했다.

궁전은 상궁(上宮)과 하궁(下宮)으로 나뉘어 있고 두 궁전은 약 500미터 간격을 두고 있다. 두 궁 사이에는 전형적인 바로크 양식의 정원이 펼쳐져 있다. 유럽식 정원은 낮고 정밀하게 깎인 식물, 대칭적인 패턴, 조각상, 분수대 등으로 구성되는 특징을 보인다. 바로크 양식으로 조성된 벨베데레 궁전 정원 역시 자연을 통제의 대상으로 바라보는 서양인들의 시선이 고스란히 느껴진다. 자연미보다는 인공미를 강조하여 황실의 권위를 시각적으로 표현하고자 했다.

벨베데레 궁전은 본디 프랑스 귀족출신의 오스트리아 군사 전문가 프린스 유진 사보이(독일식 이름 오이겐)의 여름별장이었다. 그는 합스부르크가의 큰 신뢰를 얻은 인물로 1683년에서 1699년까지 이어진 오스만 제국과의 전쟁에서 큰 무공을 세운 영웅이기도 했다.

하궁(下宮)은 그의 거주공간으로, 상궁(上宮)은 공공행사와 연회공간으로 사용하기 위해 각각 1716년, 1725년에 완공했다. 그의 사후 마리아 테레지아가 매입하여 벨베데레(Belvedere) 즉 '아름다운 전망'이라는 뜻의 이탈리아어 이름을 붙였다. 2001년 유네스코는 성 슈테판 성당, 호프부르크 궁전, 벨베데레 궁전, 알베르티나 미술관, 빈 국립 오페라 극장 등을 한데 묶어 '빈의 역사적 중심지'로 칭하고 세계문화유산으로 등재했다.

1776년 상궁은 오스트리아 제국의 첫 공공 회화 갤러리로 개조되어 대중에게 공개된 최초의 공공 미술관 중 하나가 되었다. 이때부터 벨베데레 궁전은 예술 작품전시공간으로 재탄생하게 된다. 지금은 상궁과 하궁 모두 미술관으로 운영되며 많은 미술 애호가들의 발길을 끌고 있다. 상궁은 상설전시 위주, 하궁은 특별전시 위주로 운영된다.

상궁은 사라예보에서 세르비아 민족주의자에 의해 비극적인 죽음을 맞이한 오스트리아-헝가리 제국의 황태자 프란츠 페르디난트 대공 부처(夫妻)가 암살당하기 전까지 살던 곳이기도 하다.

벨베데레 궁전 미술관은 회화, 조각, 장식예술, 그래픽 아트 등 약 7,000여 점의 작품을 소장하고 있으며 그중에는 구스타프 클림트, 에곤 실레, 오스카 코코슈카 등의 작품이 다수 포함되어 있다.

클림트에게 영향을 주기도 한 역사화가 한스 마컬트가 인간의 오감을 의인화한 〈오감〉이나 에드바르트 뭉크의 〈바다의 남자들〉, 빈센트 반 고흐의 〈오베르의 밀밭〉도 눈에 띈다. 특히 고흐의 〈오베르의 밀밭〉은 1890년 5월 파리 근교 오베르 쉬르 우아즈에 정착해서 남겼던 유작 중의 하나다. 그는 생레미의 정신병원에서 나와 이곳에서 생을 마치기 전까지 약 2개월 동안 총 100여점의 유화와 드로잉을 남겼다. 마치 마지막 불꽃을 피워 올리듯 여러 점의 풍경화와 초상화 걸작들을 쏟아내던 고흐는 돌연 7월 27일 밀밭에서 권총으로 자신의 가슴을 쏘아 자살을 시도한다. 이틀 후 그는 형 테오가 지켜보는 가운데 서른일곱 살로 생을 마감했다. 그에게 37년은 너무 길었다.

생애 마지막 작품 중 하나인 〈오베르의 밀밭〉 작품의 어디를 봐도 불과 며칠 뒤에 자신을 향해 방아쇠를 당길 사람의 그림으로 보이지 않아서 한참을 그 앞에서 머물렀다. 파레트의 물감을 섞으며, 저 건초더미를 터치하며, 저 붉은 양귀비를 채색하며 그가 마지막까지 그리워했던 것은 무엇이었을까를 생각해 본다.

역시 가장 붐비는 방은 구스타브 클림트의 방이다. 벨베데레 궁전 미술관은 클림트의 작품을 가장 많이 소장한 미술관으로 알려져 있는데다 대표작 〈키스〉(1907)가 있어 그를 좋아하는 관람객들의 발길이 끊이지 않는다. 사실 이 미술관을 찾는 대다수의 관람객은 클림트의 작품을 직접 눈으로 보기 위해 방문한다고 해도 과언이 아니다. 빈 공항을 비롯한 시내 곳곳에 "당신이 클림트를 보지 않았다면 빈에 온 것이 아니다."라는 문구가 적혀 있을 정도다.

1862년 빈에서 태어난 그는 오스트리아 미술사에서 가장 빛나는 별 중 하나다. 그는 전환기 시대의 요구에 따라 아르 누보 운동의 주역으로 활동하며 빈 분리파(Wiener Secession)를 이끌었다. 1897년에 클림트와 일군의 화가들이 창립한 빈 분리파는 전통 예술에 반대하고 새로운 예술적 표현을 모색한 예술가 단체이다. 이들은 '예술에는 자유를'이라는 모토 아래 아르 누보와 모더니즘을 선도했다. 그는 일본 우키요에 목판화 화풍을 도입하여 화려하고 장식적인 자포니즘(Japonism)을 활용함으로써 작품에 독특한 시각적 텍스처와 패턴을 부여했다. 클림트는 금 세공사인 아버지의 영향을 받아 작품에 금박을 사용하는 독창적인 표현기법으로 세계적인 명성을 얻었다.

그의 작품은 주로 대담하고 화려한 색채와 섬세한 묘사를 통해 여성의 아름다움과 에로티시즘을 탐구하는 특징을 보인다.

그의 대표작인 〈키스〉 앞에서 수십 개의 카메라 셔터가 터진다.

그림 속 남자는 무릎을 꿇은 채 안긴 여인의 얼굴을 두 손으로 감싼 채 입맞춤을 시도한다. 여인은 오른팔로 남자의 목을 감싸 안고 있지만 살짝 얼굴을 돌려 입맞춤을 피하는 듯하다. 남자의 옷은 희거나 검은 직사각형의 모티프를 사용하여 강한 남성성을 강조했고, 여성 쪽에는 곡선과 원형 모티프를 이용해 부드러운 여성성을 강조했다. 여인의 발아래로는 깎아지른 절벽이 있다. 그들의 배경에는 황금 빗방울이 떨어지고 있다.

예술가의 작품에 등장하는 인물에 대한 사람들의 끊이지 않는 호기심은 작품에 대한 깊이 있는 탐구와 다양한 해석을 낳는다. 당연히 이 작품의 등장인물에 대한 관심도 끊이지 않았다. 대체로 남성은 클림트 본인이라는 분석이 주류다. 체구나 헤어스타일, 입은 옷 등이 실제와 거의 일치한다. 특히 그는 1903년경부터 작업할 때 활동성이 좋은 로브를 즐겨 입었는데 그림 속의 노란 옷은 그의 로브와 흡사한 형태를 띠고 있다.

문제는 그림 속 여성이 누구인가 하는 점이다. 예술 사학자들과 비평가들은 대체로 에밀리 플뢰게거나 아델레 블로흐-바우어 중 한 사람일 것으로 추정한다. 클림트의 동생 에른스트는 헬레나라는 여성과 결혼했으나 젊은 나이에 그만 뇌졸중으로 세상을 떠났다. 클림트는 헬레나의 법적 보호자가 되었으며 이로 인해 헬레나의 동생 에밀리와 점점 농밀해졌다. 하지만 그들은 육체적인 관계가 없는 플라토닉 사랑을 기반으로 한 독특한 관계를 유지했다. 단 한 번도 결혼을 하지 않았으면서도 14명의 자녀를 두었을 만큼 여성편력이 심했던 클림트가 에밀리와 그런 관계를 설정한 것은 본인의 의사라기보다는 에밀리의 의사라고 보는 것이 합리적일 것이다. 그녀는 클림트를 사랑하면서도 독립적인 삶을 추구하는 페미니스트 여성이었다. 또한 전통적인 결혼관에 얽매이지 않는 독신주의자이자 커리어 우먼이었다. 1902년 작 〈에밀리 플뢰게〉의 실제 모델이기도 하다.

아델레 블로흐-바우어는 클림트의 후원자 중 한 사람이었다. 부유한 유대인 가문의 딸이었던 그녀는 〈아델레 블로흐-바우어 I〉(1907) 〈아델레 블로흐-바우어 II〉, 〈유디트 II〉(1909)의 실제 모델이기도 했다. 1903년 클림트의 후원을 시작할 때 그녀는 17세의 유부녀였다. 그녀는 여러 작품의 모델이 되어 주는 등 클림트의 주요한 예술적 조력자였다. 두 사람의 관계는 후원자와 피후원자, 모델과 화가의 관계를 넘어 사적이고 은밀한 관계로 이어져 1918년 클림트가 사망할 때까지 약 14년간 지속되었다.

클림트 사후 두 여인은 〈키스〉 속 여성이 서로 자신이라고 상반된 주장을 펼쳤으나 대체로 에밀리를 유력하게 보는 편이다. 이 작품을 그릴 때 두 사람이 매우 긴밀한 관계였으며 그림 속 여성의 옷 디자인이 패션 디자이너인 에밀리의 패션 스타일과 유사하다는 것이 그 이유 중 하나였다. 하지만 그림만 놓고 판단한다면 누구라고 단정적으로 말하기 어렵다. 아델레는 클림트보다 키가 작았지만 얼굴이 갸름한 그림 속 여성과 닮았다. 반면 에밀리는 키가 클림트보다 컸기 때문에 무릎을 꿇은 자세로 묘사된 그림 속 여성의 키와 일치한다.

여성의 발아래 있는 절벽이 사랑의 위태로움을 은유한다고 본다면 유부녀인 아델레일 가능성이 높아진다. 반면 배경에 묘사된 떨어지는 황금 빗방울은 그리스 신화 제우스와 다나에의 이야기를 연상시킨다는 점에서 에밀리와의 안타까운 사랑을 표현했을 가능성을 배제할 수 없다.

신화 속에서 제우스는 아버지에 의해 감금당한 다나에와 사랑을 나누기 위해 황금 빗물로 변해서 그녀의 허벅지 사이로 흘러들어간다. 그의 〈다나에〉(1907-1908)는 이 장면을 관능적으로 묘사한 작품이다. 클림트는 작품 〈키스〉에서도 이 신화의 한 장면을 빌려와 황금 빗방울을 배경으로 삼았다. 현실에서 이루어지지 않는 에밀리에 대한 육체적 갈망을 제우스가 황금비로 변해 다나에에게 다가갔던 신화를 통해 은유적으로 표현했다고 볼 수 있다.

요컨대 〈키스〉 속의 여성은 어느 특정인이라기보다는 아델레와 에밀리 두 사람의 특성을 합친 인물일 가능성이 높다. 클림트는 어쩌면 에밀리에게는 에밀리인 것처럼, 아델레에게는 아델레인 것처럼 했는지도 모른다.

그리움이 넘치면 그림이 된다. 그리움은 피동형 명사이고 그림은 능동형 명사라는 차이일 뿐 둘은 같은 말이다. 클림트에게는 그리움이 많았다. 독창적이고 자유로운 예술세계에 대한 그리움, 가정과 가족에 대한 그리움, 영원한 뮤즈 에밀리에 대한 그리움은 미술사에 빛날 명작을 남기게 했다.

클림트는 같은 해에 뇌졸중으로 세상을 떠난 아버지와 동생처럼 1918년 55세에 역시 뇌졸중으로 그리운 가족들 곁으로 떠났다. 그가 남긴 말은 "에밀리를 불러줘."였다. 마지막 순간까지 그리워한 이는 에밀리였다. 27년 동안 사실혼에 가까운 동반자 관계였던 에밀리 플뢰게는 클림트의 작품과 유품을 소중히 보관했다. 그녀는 평생 독신으로 살며 그를 추억하고 그리워했다. 클림트를 향한 그리움은 그의 그림을 보는 것으로 대신했다. 클림트가 에밀리를 그리워하며 그린 그림들은 이제 에밀리가 클림트를 그리워하며 바라보는 그림들이 되었다.

Chapitre 4

# 지성의 여정

체코

독일

폴란드

어쩌면 혁명의 최대치는

“우리가 고작 이러려고 혁명했나?”라는

내부의 회의(懷疑)가 시작되는 순간일지 모른다.

혁명이란 실체 없는 이상에 불과하며 성공하는 순간

그 이상과 갈등하기 시작한다.

<본문 P284 중>

## "깨어나라 조국이여!"

바츨라프 광장

빈에서 프라하로 가는 길에 출입국 절차 같은 것은 없었다. 오스트리아와 체코는 솅겐협정 가입국이기 때문이다. 이 협정에 가입한 네덜란드, 독일, 오스트리아, 체코, 헝가리, 그리스, 포르투갈 등 유럽 27개국은 자유로운 국경이동이 가능하다. 해당국가 국민이 아닌 타국 여행자라도 당연히 이 혜택을 누릴 수 있다. 얼마 전 마드리드에서 아테네로 이동했을 때는 출국 시에만 여권을 제출했을 뿐 입국 시에는 프리패스였다. 마드리드에서의 여권제출도 출국절차라기보다는 신분확인인 셈이었다. 육로 이동에는 숫제 아무런 절차가 없었다. 이런 협정의 먼 배경에는 과거 동로마 제국과 신성로마제국 시절의 역사적 경험을 통해 다져진 연대감과 신뢰감이 있을 것이다.

프라하 신시가지에 있는 바츨라프 광장은 체코 역사에서 빼놓을 수 없는 장소다. 길이 750미터, 폭 60미터의 이 광장 명칭은 중세시대 프라하를 수도로 한 10세기 보헤미아 공국의 공작 바츨라프 1세(성 바츨라프)의 이름에서 따왔다. 성 바츨라프는 체코 최초의 왕조인 프르셰미슬 왕가 출신으로 왕국의 기초를 세운 인물이다. 그는 체코의 수호성인으로도 추앙받고 있다.

긴 광장의 맨 앞부분에는 프라하 국립박물관 건물이 들어서 있고, 그 앞에는 성 바츨라프의 기마동상이 자리 잡고 있다. 성 바츨라프 동상 앞에 자그마한 묘비 하나가 눈에 들어온다. 비에는 두 청년의 초상화가 그려져 있다. 당시 대학생이었던 얀 팔라흐와 얀 자이츠다. 작은 매립형 비석 옆에는 꽃다발 몇 개가 그들을 기억하겠노라는 듯 숙연하게 놓여 있다. 어디선가 "공산정권 물러가라!"라는 구호가 들려오는 듯하다. 얀 팔라흐와 얀 자이츠를 연호하는 큰 함성소리도 들려오는 듯하다.

체코슬로바키아는 1945년 제 2차 세계대전이 끝나면서 나치 독일의 점령에서 벗어났으나 곧 소련의 지배 아래 1948년 공산주의 국가가 되었다. 1968년 1월 5일 체코슬로바키아 사회주의 공화국의 당 제1서기 알렉산데르 둡체크는 '인간의 얼굴을 한 사회주의'를 표방하며 언론의 자유, 표현의 자유 및 정치적 개혁 개방 등 일련의 민주화 조치를 취한다. 둡체크는 공산주의 이념은 유지하되 소련의 영향력에서 벗어나고자 했으나 소련과 바르샤바 조약국들의 군사 개입을 초래한다. 1968년 8월 20일 소련과 폴란드, 동독, 헝가리, 불가리아는 약 20만 명의 병력과 5천대의 탱크를 동원하여 체코슬로바키아를 침공한다. 체코슬로바키아는 군사적 대응이 아닌 비폭력 저항을 선택한다. 소련의 압도적 전력과 소련의 명령에 따르도록 훈련받은 자국의 군대를 이끌고 독립적인 군사대응을 하기 어려웠던 탓이었다. 둡체크를 비롯한 지도부는 소련으로 압송된다. 그들은 개혁조치 철회, 체코슬로바키아 내에 소련군 주둔, 소련의 정치적 통제력 강화 등을 약속하는 모스크바 프로토콜 협정에 강제 서명해야 했다. 이른바 '프라하의 봄'은 이렇게 8개월 만에 일단락되고 만다.

'슬픔도, 노여움도 없이 살아가'기에는 너무나 조국을 사랑했던 스물 한 살의 대학생 얀 팔라흐는 1969년 1월 16일 오후 2시 30분 비석이 있는 바로 이 자리에서 자신의 몸에 휘발유를 끼얹고 불을 댕겼다. 그는 사흘 후 1월 19일 사망했다. 그의 유서와 편지는 소련의 억압에 저항하지 못하고 무기력과 침묵으로 일관하는 체코슬로바키아 국민들을 일깨우고자 하는 내용으로 가득했다, 그는 소련에 대한 반감보다 자국민들에 대한 실망감이 더 컸음을 강조하고 부당한 힘 앞에 항거하자고 촉구했다. 그는 자신의 몸에 불을 붙임과 동시에 체코슬로바키아 국민들의 가슴에 불을 댕기고자 했던 것이다. 그러나 충격적인 그의 죽음도 산발적 시위와 항의로만 이어졌을 뿐 특별한 정치적 변화를 이끌어내지는 못했다. 그러자 한 달여 후 또 한 명의 청년이 얀 팔라흐의 뒤를 따랐다. 그는 이 광장에서 인화성 물질을 끼얹은 후 불을 댕겼다. 현장에서 숨진 그는 철도기술고등학교 학생 얀 자이츠였다. 그는 "얀 팔라흐의 죽음을 헛되게 하지 마라. 나는 체코슬로바키아인들의 양심을 깨우기 위해 두 번째 횃불이 되겠다."라는 유서를 남겼다.

너무나도 조국을 사랑했던 두 청년이 스스로 조국의 제단에 몸을 던졌음에도 변화의 조짐은 보이지 않았다. 오히려 두 청년의 유가족들은 비밀경찰의 감시와 압박에 시달려야 했다.

그렇게 미완성으로 남겨졌던 '프라하의 봄'은 1989년 바츨라프 광장에서 다시 부활했다. 사람들은 그날의 항거를 벨벳혁명(현재 슬로바키아에서는 신사혁명이라고 부른다)이라고 불렀다. 혁명은 11월 17일 프라하의 학생들이 바츨라프 광장에서 시위를 벌이며 시작되었다. 그들은 기본권 보장과 정치적 자유, 공산당 퇴진, 경제개혁 등을 요구했다. 경찰이 폭력적인 진압을 시도할수록 시위는 확산되어 삽시간에 전국적인 대규모 시위로 이어졌다. 시위발생 3일 만에 50만여 명의 시민들이 이곳 바츨라프 광장에 운집해 평화적인 시위를 벌였다. 10일 후에는 전 국민이 2시간 동안 총파업을 결행했다. 다음 날 공산당 정권은 일당제 포기를 선언했으며 12월 10일에는 1948년 이래 지속되던 공산주의 체제에 종식을 고했다. 이로써 1989년 6월 폴란드, 10월 헝가리, 11월 불가리아와 동독, 12월 루마니아 등과 함께 체코슬로바키아의 공산정권은 역사 속으로 사라지게 되었다.

'프라하의 봄'을 촉발하는 개혁을 주도했다가 소련에 의해 축출되어 산림관리자로 살던 둡체크는 이 무렵 다시 등장하여 민주화 운동을 지지했다. 그는 연방 의회 의장으로 선출되었다.

이어 바츨라프 하벨이 체코슬로바키아 공화국 10대 대통령 직에 올랐다. 바츨라프 하벨은 유명 작가이자 반체제 인권운동가였다. 그는 벨벳 혁명을 이끌며 구스타우 후사크 공산주의 독재정권 붕괴의 핵심역할을 했다.

이후 바츨라프는 체코슬로바키아의 해체와 분리에 반대했으나 1993년 1월 1일 체코와 슬로바키아가 분리된 후에는 체코 초대 대통령으로 10년간 집권하게 된다. 퇴임 후 작가로 돌아간 그는 2004년 서울평화상을 수상하기도 했다.

벨벳혁명은 당시 동유럽 국가들의 동시다발적 민주화 혁명에서 많은 영향을 받았지만 미완으로 끝났던 '프라하의 봄'의 연장이기도 했다. 특히 체코슬로바키아인들의 저항을 촉구하며 산화해 간 얀 팔라흐와 얀 자이츠의 염원이 피워 올린 간절한 불꽃이기도 했다.

벨벳혁명의 성공 후 정부는 바츨라프 광장에 두 청년의 기념비를 조성하는 한편 얀 팔라흐의 고향 집을 개조한 기념관을 열어 두 청년의 삶과 희생을 기리고 있다.

'프라하의 봄'과 벨벳혁명은 체코슬로바키아의 문화예술 영역에도 깊은 영향을 미쳤다. 1960년대 초부터 시작된 체코 영화계의 뉴 웨이브 운동은 밀로스 포만, 이르지 멘젤, 베라 히틸로바 등의 명감독들을 배출했으나 '프라하의 봄'이 좌절되면서 영화의 암흑기를 불러오기도 했다. 미국으로 망명한 밀로스 포만은 권위에 맞서 싸우는 개인의 이야기를 그린 〈뻐꾸기 둥지 위로 날아간 새〉(1975년), 천재 음악가 모차르트와 라이벌 살리에리의 이야기를 다룬 〈아마데우스〉(1984년)와 같은 명작을 만들어 각각 아카데미상을 수상했지만 체코슬로바키아에서의 작품 활동은 금지 당했다.

소설가 밀란 쿤데라의 공산주의에 대한 풍자 소설 『농담』(1967년)은 '프라하의 봄' 기간에 주목받기 시작했다. 대표작 『참을 수 없는 존재의 가벼움』(1984년)은 1975년 프랑스로 망명한 쿤데라가 '프라하의 봄'을 배경으로 쓴 소설로 유명하다.

체코슬로바키아의 도시들이 거리예술, 벽화 등으로 활기차고 창의적인 경향을 띠기 시작한 것은 벨벳혁명이 가져다 준 선물이었다. 오늘날 프라하가 황금빛 낭만의 도시로 자리 잡은 것도 두 혁명이 남긴 달콤한 유산 중 하나이다. 프라하의 거리와 건축물, 프라하의 예술과 낭만 속에는 체코슬로바키아 국민들의 저항과 희생의 역사가 깃들어 있다. 프라하를 걷다 보면 혁명의 불꽃과 예술의 열정, 그리고 자유를 향한 뜨거운 갈망이 녹아 있는 도시임을 느끼게 된다. 특히 레트나 공원의 커다란 메트로놈과 존 레논 벽이 대표적이다. 과거 스탈린 동상이 있던 자리에 세워진 레트나 공원 메트로놈의 진자(振子)는 시간의 흐름과 변화를 암시하며, 혁명 후 새로운 시대를 맞이한 체코의 모습을 함의한다. 존 레논 벽은 벨벳 혁명 이후 젊은이들이 자유와 평화를 기원하며 그림과 글을 남긴 장소로 프라하의 창의적이고 자유로운 정신을 보여준다.

밀로스 포만의 영화 〈아마데우스〉에서 안토니오 살리에리는 "세상의 모든 평범한 사람들이여, 너희의 죄를 사하노라!"라고 말한다. 그를 흉내 내어 프라하는 말한다.

"세상의 모든 평범한 도시들이여, 너희의 죄를 사하노라!"

프라하쯤 되면 겸손하기 어렵다.

## 시간의 거처

구청사 천문 시계탑

오후 7시가 되자 프라하 구시청사 앞은 야외공연장이라도 된 듯 인파로 넘쳤다. 시청사 시계탑 건너편 카페 노천 테이블에는 진을 치고 앉아 공연을 기다리는 젊은이들로 만원이다. 매일 오전 9시부터 오후 11시까지 매 시 정각에 45초 동안 벌어지는 천문시계의 퍼포먼스 때문이다. 시계와 퍼포먼스라는 이 낯선 조합은 구시청사를 찾는 사람들을 실망시키지 않는다. 매번 똑같은 공연이지만 그때마다 관객은 아낌없는 탄성과 박수를 보낸다.

프라하 오를로이로 불리는 이 시계는 바츨라프 4세의 통치시절인 1410년 프라하의 수학자이자 시계 제작자 미쿨라시 카단과 천문학자 얀 신델의 작품이다. 중세의 천동설에 입각하여 설계된 이 천문시계는 태양과 달, 별들이 지구 주위를 공전하는 모습으로 표현되어 있다. 그들은 시간의 흐름뿐만 아니라 천체의 움직임까지 시계에 담아내려 했던 것이다.

그러나 정작 사람들이 이 시계에 열광하는 이유는 따로 있다. 매 시 정각이 되면 먼저 시계의 3시 방향에 있는 해골인형이 줄을 잡아당겨 종을 울린다. 곧 죽음이 도래함을 알리는 조종(弔鐘)이다. 그의 손에는 모래시계가 들려 있다. 그와 동시에 해골 옆의 터번을 쓴 채 만돌린을 들고 있는 터키인이 고개를 가로젓는다. 건너편 9시 방향에는 손거울을 보는 남자와 돈주머니를 손에 쥔 남자가 나란히 서서 역시 고개를 좌우로 흔든다. 삶의 덧없음이나 죽음 따위는 내 알 바 아니라는 것이다. 터키인은 유럽 기독교사회에서 인간의 향락을 나타낸다. 이슬람 문화에 대한 편견의 일단이다. 거울을 든 사람은 인간의 허영과 교만을, 돈주머니 남자는 탐욕을 각각 의미한다. 삶의 무상함과 죽음을 인정하는 듯 고개를 끄덕이는 해골과는 달리 나머지 세 사람은 모두 고개를 가로젓는 모습이 삶의 부조리를 잘 표현하고 있다. 해골이 되어야 비로소 삶의 무상함을 깨닫게 되는 인간의 어리석음을 풍자하는 인형극을 보며 사람들은 탄식보다는 탄성을 지른다. 인간의 모순과 한계에 대한 풍자극을 삶에 대한 성찰보다는 그저 단순한 흥밋거리로만 소비하는 모습은 그 자체로 또 다른 모순과 한계를 보여주는 듯하다.

해골이 잡아당긴 줄에 의해 종이 울리면 시계 바로 위 천사상 좌우의 창문이 열리면서 예수의 12제자들이 차례대로 창문 앞에 모습을 비추고 지나간다. 이어 가장 위에 설치된 황금 수탉이 홰를 치고 울면 짧은 공연이 마무리된다. 수탉은 새로운 시작과 부활, 혹은 인간의 죄와 구원을 뜻한다.

이 시계탑은 15세기 초에 만들어졌으며 해골 등 목각인형들은 17세기, 12사도와 황금수탉은 19세기에 각각 추가 설치되었다.

카메라를 들고 우물쭈물하다가 목각인형들의 디테일한 움직임과 의미를 제대로 감상하지 못한 사람들은 한 시간을 더 기다렸다가 재관람을 하기도 한다. 카페에서 커피라도 한잔하며 편안하게 재관람을 할까 하다가 구시청사 안으로 발길을 옮겼다. 어차피 인생도 얼떨결에 태어나 우물쭈물하다가 해골로 돌아가는 단 한 번의 과정인데 미련 따위 남겨 무엇 할까 싶었다.

프라하는 1338년 신성로마제국의 황제 선출권을 가진 선제후국인 보헤미아 왕으로부터 자치권을 부여받고 그 기념으로 시청사를 건설했다. 이후 수세기에 걸쳐 인접건물을 매입하여 확장과 개조를 거듭한 끝에 현재 모습을 갖췄다. 고딕양식의 스테인글라스 창문이 돋보이는 예배당, 보헤미아 의회의 주요 회의실, 연회가 열렸던 고딕 홀, 지하 감옥 등 내부 공간들은 당시 프라하의 정치, 문화, 종교적 특성을 이해하는 데 큰 역할을 한다.

70미터에 달하는 청사탑에 올라서자 프라하 시내가 한눈에 들어온다. 멀리 프라하 성의 성 비투스 성당이 보이고, 가까이에는 틴 성모 성당, 구시가지 광장, 얀 후스 동상이 마치 신들의 미니어처처럼 작지만 세밀하게 자리 잡고 있다. 다양한 건축양식의 건물들이 각기 다른 시대의 흔적들과 뒤섞여 프라하 특유의 풍경을 이룬다.

구시청사 앞 광장은 프라하의 아픈 역사의 현장이자 증인이기도 하다. 프라하의 카를대학교 총장을 지낸 얀 후스 신부는 마틴 루터보다 100여년 앞서 종교개혁을 주장했다. 그는 체코슬로바키아인의 단결과 독일에 대한 저항을 강조하는 한편 가톨릭의 자기모순과 타락을 비판했다.

얀 후스는 교황과 교회의 권위를 부정하며 성경만을 최고 권위로 내세웠다. 동시에 그는 보헤미아 민족주의와 결합된 종교 개혁 운동을 전개했으며, 이는 교회와 교황에게 직접적인 도전으로 여겨졌다. 1414년 그는 독일 콘스탄츠에서 열린 확장형 주교회의인 콘스탄츠 공의회에 소환되어 이단으로 몰렸다. 그는 "이단적 주장을 철회하겠느냐?"라는 질문에 수차례 철회를 거부했다. 화형집행 전 성직박탈 의식이 행해지고 주교들이 "얀 후스의 영혼을 악마에게 맡긴다."라고 하자 그는 "나의 영혼을 예수 그리스도께 바친다."라고 받아쳤다. 그는 "지금은 오리를 굽겠지만 백 년 후에는 굽

지도 못할 백조가 일어날 것”라는 말로 훗날 또 다른 종교 개혁가가 나타날 것임을 암시했다. 그의 말대로 1517년 얀 후스의 재림처럼 마틴 루터가 나타나 종교개혁을 이끌었다.

장작더미에 불이 붙자 그는 성가를 부르며 선종했다. 그의 사후 이른바 후스파 반란이 일어나 청사 앞 광장은 분노한 반란군과 지지자들로 가득 찼다. 청사는 이로 인해 체코의 종교적 자유와 저항의 표상으로 떠올랐다. 광장 가운데 얀 후스의 동상이 먼 하늘을 바라보며 서 있다. 그의 시선이 가 닿는 곳에 진정한 교회와 그리스도인들의 모습이 있을 것이다.

이 광장이 공개 처형장이 된 적도 있었다. 1620년 빌라 호라 전투는 30년 전쟁 초기의 중요한 전투로 보헤미아의 개신교 귀족들이 황제 페르디난트 2세의 가톨릭 통치에 반발하여 일으킨 반란에서 비롯되었다. 1618년 프라하 성에서 개신교 귀족들이 황제의 가톨릭 관리들을 창밖으로 던진 이른바 창문투척사건은 보헤미아의 독립을 목표로 한 투쟁으로 이어졌다. 그러나 빌라 호라에서 반란군은 합스부르크 가문이 이끄는 가톨릭 연합군에 패배하고 말았다.

이 패배로 보헤미아의 독립 시도는 좌절되었으며 1621년 27명의 반란 지도자들이 이곳에서 공개 처형되었다. 당시 신성로마제국의 황제였던 합스부르크가의 페르디난트 2세는 가톨릭 신앙을 강화하기 위해 강경하게 개신교에 대응했다. 15세기 마르틴 루터의 종교개혁에 대응했던 카를 5세의 사례와 같이 합스부르크가의 개신교에 대한 일관된 입장을 보여준다. 체코시민들은 광장 바닥에 27개의 십자가를 새겨 반란군 지도자들을 기리고 있다.

1945년 제2차 세계대전 말기에는 프라하 시청사가 직접 수난의 당사자가 되기도 했다. 나치 독일에 저항하는 ‘프라하의 봉기’가 일어나 시청사는 치열한 전투의 현장이 되어야 했다. 이 봉기로 수천 명이 죽거나 다쳤다. 퇴각하던 나치군대는 시청사 건물에 불을 지르고 폭격을 가했다. 천문시계의 주요부분과 건물 일부가 불탔다. 전후 시민들과 국제 사회의 도움으로 시청사와 천문시계는 복원되었지만 그날의 흔적은 프라하의 역사 속에 굵은 고딕체로 새겨져 있다.

1968년 프라하의 봄, 1989년 벨벳혁명 당시에도 시청사는 저항과 자유를 향한 체코슬로바키아 국민의 열망을 결집한 중심지였다. 소련군의 탱크에 프라하의 봄이 짓밟힌 비극의 현장은 21년 후 벨벳혁명의 성공으로 위대한 승리의 현장이 되었다. 이로써 프라하 시청사는 체코슬로바키아의 고난과 승리를 함께 증언하는 역사적 현장이 되었다.

프라하 구시청사 탑에서 내려다보는 광장은 체코슬로바키아 역사의 좌절과 영광을 간직한 채 침묵 속에서 불굴의 이야기를 전하고 있다.

구시청사 탑을 내려와 광장에 설치된 얀 후스 동상을 둘러본 후 카를교로 향했다. 1402년 신성로마제국 황제 카를4세에 의해 완공된 카를교는 유럽에서 가장 낭만적이고 수려하기로 유명한 다리다. 한국에는 20여 년 전 드라마로 유명세를 탄 관광명소이기도 하다.

블타바강을 가로지르는 이 다리는 프라하 역사의 중심지인 프라하성과 올드 타운을 연결해 주는 중요한 교량이다. 웅장한 고딕양식으로 건축된 길이 516미터의 이 석교(石橋)는 30여개의 바로크 양식 조각상으로도 유명하다. 조각상들은 대부분 성경 속의 인물들이며 17~18세기에 조성되었다. 그중 성 요한 네포묵 신부 조각상은 단연 인기다. 그는 왕비의 고해성사 내용을 끝까지 함구하다가 보헤미아의 왕 바츨라프 4세에 의해 고문을 받고 카를교에서 블타바강으로 던져져 순교했다. 그의 조각상 아래 청동부조에는 강물로 던져지는 신부의 모습이 묘사되어 있다.

## 불안의 경로, k의 경우

카프카 박물관1

카를교를 건너 카프카 박물관을 향해 걷기 시작했다. 북쪽으로 카프카의 아버지 헤르만의 완고함으로 서 있는 프라하성이 보이고 그 너머로 성 비투스 대성당도 우뚝하다. 성은 거기 있으면서도 존재하지 않는 것인지도 모른다. 붉은 지붕위로 쏟아지는 7월의 햇빛부스러기들이 혼미한 의식으로 부유할 때 머리 위로 검은 새 몇 마리가 상공을 선회하다가 신호탄처럼 솟구쳐 검은 구름을 향해 사라진다. 도시는 그림자 속으로 천천히 가라앉으며 어두운 기억 바깥으로 달아났다.

카를교를 건너 말라 스트라나 지역에 접어들자 갑자기 사위가 어두워지더니 모든 사물들이 우련한 흑백필름으로 바뀌었다. 나는 『심판』의 요제프 K가 느꼈던 거대한 체계(體系) 속 고립감에 빠져 벗어날 수 없는 길을 걷고 있었다. 사람들은 무표정한 얼굴로 서성거리다가 체계의 일부인양 등을 돌려 멀어져 갔다. 그들이 흐릿하게 멀어지자 나는 점점 단절되어 가고 있음을 느꼈지만 발걸음을 멈출 수는 없었다. 알 수 없는 힘에 이끌려 걸음을 옮기며 나는 요제프 K는 어디로 간 걸까? 혼자 낮게 중얼거렸다. 그러다 곧 '나도 요제프 K가 사라진 그곳으로 가고 있는 것은 아닐까?'라는 생각이 머릿속을 지배했다. 문득 길가에 길게 늘어선 줄이 눈에 들어왔다. 사람들은 나와는 다른 일상의 한가운데에 있었다. 작은 건물에서 나오는 사람들의 손에는 체코의 전통 디저트 트르들로가 들려 있었다. 갓 구워낸 빵 냄새가 체계처럼 낯설었다. 걸음을 재촉할수록 길가의 풍경이 불안하게 흔들렸다. 시야는 점점 좁아지며 복도의 형태로 바뀌었다. 요제프 K가 걸었던 끝없는 길이 떠올랐다. 『심판』 속 그를 삼켜버렸던 복도에서 나는 벗어날 수 있을까. 누군가의 강렬한 시선이 느껴졌다. 약간 내리막길에서 오른쪽을 보자 흑백으로 타오르는 푸른 눈이 나를 바라보고 있었다. 그 눈의 주인공은 『심판』의 요제프 K였다가, 『성城』의 K였다가 마침내 카프카가 되었다. 카프카 박물관을 알리는 사진 간판이었다.

두 성인남자가 바지를 내리고 마주서서 체코 지도 모양의 작은 연못에 오줌을 누고 있다. 주변사람들이 놀라며 웅성거리거나 카메라를 꺼내 촬영하기도 한다. 종종 사회적 금기를 깨고 관객에게 도발적인 질문을 던지는 것으로 유명한 조각가 다비드 체르니의 작품이다. 국가와 권력에 대한 풍자이자 카프카에 대한 간접적 오마주이다.

입구 앞마당에 커다란 영문 이니셜 K자 두 개가 직각으로 검게 서 있다. 『심판』의 요제프 K이자 『성』의 K이자 『심판』, 『변신』, 『시골의사』, 『실종자』의 프란츠 카프카를 가리킨다.

내부로 들어서자 어둠이 휘감았으나 이상하게도 벗어버리고 싶지는 않았다. 검은 K속으로 나는 천천히 걸어 들어갔다. 아득히 검은 심연 속 반짝이는 유리 진열대가 K와 관련된 자료들을 담고 있었다. 어두운 조명, 흑백으로 구성한 공간연출만 해도 카프카스러운데 실내를 채우는 음악마저 음울하다. 단순한 전시 공간이 아니라 카프카의 내면 속으로 빨려 들어온 듯 한 압박감이 느껴진다.

벽면에는 그의 집안 가계도와 사진들이 가득했다. 세 여동생들의 어린 시절 사진들과 장성한 후에 여동생 오틀라와 카프카가 나란히 서서 찍은 사진 아래로는 여러 건물의 사진들이 전시되어 있다. 지금은 호텔로 바뀐, 그가 다녔던 프라하 노동자재해보험회사의 사진과, 프라하 성벽에 밀착된 황금소로 22에 위치한 작은 창작실의 사진도 보인다. 이곳에서 그는 약 1년간 머물며 『시골의사』 등을 집필했다.

카프카가 아버지에게 쓴 육필편지가 눈에 들어온다. 사랑하는 아버지, 당신은 얼마 전 제가 왜 당신을 두려워하는지 물어보셨죠? 편지는 이렇게 시작되고 있었다. 아버지 헤르만 카프카는 자수성가한 유대인 사업가로 강압적이고 권위적인 인물이었다. 카프카의 형과 동생은 유아기에 일찍 죽었다. 그는 장남으로 자라며 아버지의 억압에 병들어 갔다. 독일어를 사용하면서도 독일문화를 누리지 못했으며, 유대인이면서도 그들과 동화되지 못했다. 오스트리아-헝가리 제국의 체코시민으로도 확고한 정체성을 가지지 못했다. 성장기 불안과 고독에 더하여 정체성의 혼란은 그의 내면적 갈등을 더욱 심화시켰다. 선병질(腺病質)에 독서를 좋아했던 청년 카프카는 철학을 공부하고 싶었으나 아버지의 강권으로 대학에서 법학을 전공하면서 내면은 더욱 병들어 갔다.

카프카의 작품에서 아버지는 억압과 권위의 상징이다. 『변신』에서 아버지는 벌레로 변한 아들을 혐오하고 공격하는 인물로, 『선고』에서는 아들에게 '익사형'을 선고하는 냉혹한 인물로 나타난다. 『성』에서는 불가해한 관료주의로, 『심판』에서는 법과 체계의 완강하고 냉혹한 권위로 나타난다. 그

외 『실종자』 『시골의사』에서도 주인공의 인생을 통제하는 억압기제로 묘사되고 있다. 아버지는 카프카의 모든 작품에 때로는 가시적으로, 때로는 비가시적으로 등장했다. 그의 의식을 완전히 지배한 아버지는 모든 작품에서 다양한 형태의 이미지로 투영되어 나타났다. 카프카에게 아버지는 벗어날 수 없는 거대한 체계였다.

– 거대한 성벽은 언제나 그를 내려다보고 있었다. 그는 성의 돌 하나하나에서 아버지의 냉혹한 시선을 느낄 수 있었다.(『성』)

– 성은 그를 바라보며 침묵하고 있었다. 그는 성의 높은 벽에 가로막혀 아무것도 알 수 없었다.(『성』)

그에게 성은 무엇이었을까. 다가갈 수 없는 아버지였을까, 잡히지 않는 삶의 본질이었을까. 불가해한 자아였을까.

– 법정의 높은 의자와 그 위에 앉은 판사는 마치 거대한 아버지의 권위처럼 보였다. 판사의 무표정한 얼굴은 요제프 K를 압박하며 그의 모든 말을 삼키고 있었다.(『심판』)

– 주위의 건물들은 그를 압도했다. 높은 벽들과 좁은 길목은 그를 숨 막히게 했다. 요제프 K는 이곳에서 자신이 작아지는 듯한 기분을 느꼈다. 이 도시는 그에게 적대적인 존재처럼 다가왔다.(『심판』)

그를 심판한 것은 아버지였을까, 부조리한 법이었을까, 거대한 체계였을까, 모호한 자아였을까.

1919년 죽기 4년 전 쓴 '아버지께 드리는 편지'는 카프카가 작심하고 아버지로부터 받은 상처와 자신의 무력감에 대해 토로한 처음이자 마지막 고백이었다.

– 저에게 필요했던 것은 약간의 호의와 격려였습니다. 조금만 제가 살고 싶은 대로 살게 해주셨다면 좋았을 텐데 아버지는 저의 길을 막으셨고 저는 다른 길을 가야 했지요. 어린 시절 저는 아버지의 몸짓만으로도 주눅이 들었었지요. (중략) 어린 저에게 아버지가 소리 질러 지시하신 모든 것은 하늘의 명령과도 같았습니다.

어렵게 용기를 낸 카프카는 필사적으로 이 편지를 써 내려갔을 것이다, 전시된 편지지 위에서 그는 거침없었다. 카프카는 평소에는 괜찮다가도 아버지 앞에서는 자주 말을 더듬거렸다. 두려움과 긴장감, 자의식 과잉 탓이었다. 그렇게 써내려간 편지, 그러나 카프카는 편지를 부치지 못했다. 아버지에 대한 두려움 때문이었을 것이다. 편지는 독백으로 남았다가 친구 막스 브로트에 의해 다른 작품들처럼 『아버지께 드리는 편지』라는 책으로 세상 밖으로 나왔다. 카프카는 자신의 모든 작품을 불태우라고 유언했지만 브로트는 이를 어기고 유작들을 출판해 그를 무명작가에서 세계문학사 불멸의 작가로 부각시켰다. 우울과 고독에 시달렸던 리스본의 페소아와 불안과 고독에 시달렸던 프라하의 카프카는 여러 지점에서 만난다. 그들은 똑같은 유언을 친구에게 남겼으나, 친구들은 그들의 유언을 따르지 않았다.

리스본과 프라하의 두 고독한 작가에게 유일한 친구였던 그들은 마지막 순간까지 그들을 외면했다. 그러나 그 '배신'이 그들의 깊은 고독을 넘어 수많은 독자들과 연결하는 교량이 되어 주었다. 마치 그들의 문학이 배신을 통해 부활하는 법을 보여주는 듯이.

카프카의 아버지 헤르만의 억압적이고 권위적인 태도가 카프카의 내면을 뒤틀리게 했으나 결과적으로 그것은 그의 문학세계를 심원하게 하는 토대가 되어 주었다. 하늘은 그에게 카프캐스크(Kafkaesqu 카프카적인 분위기를 뜻하는 문학용어)한 불안과 고립감, 부조리를 안겨주어서 장차 독특한 문학세계를 구축하게 하려고 아버지의 강압적 체계 속으로 던져 넣어 버렸던 것일까. "혼돈을 품어야만 춤추는 별을 낳을 수 있다."라는 차라투스트라의 말은 프란츠 카프카를 두고 한 말인지도 모른다.

두어 발짝을 내딛자 검은 나비넥타이에 카이젤 수염을 한 거구의 남자 사진이 불쑥 나타난다. 헤르만 카프카다. 여린 프란츠 카프카의 영혼에 깊은 상처를 남긴 난폭한 부정(父情). 그의 초상이 이토록 대형으로 걸린 이유는 알겠지만 박물관 측의 잔인한 센스에 쓴웃음이 난다. 살아서 프란츠의 의식과 무의식을 지배했던 헤르만은 죽어서 프란츠의 박물관을 지배하고 있다.

『심판』, 『성』, 『변신』 등 그의 육필 원고와 일기, 창작노트 등도 잘 보존되고 있었다. 특히 원작의 분위기를 잘 살린 『변신』의 초판본 표지와 본문 일러스트들이 이채롭다.

## 사랑, 그 깊은 미로 속 검은 갈망

카프카 박물관2



– 나는 문학 그 자체일 뿐이며, 문학 이외의 다른 것이 될 수 없고, 되고 싶지도 않다.

그가 일기에서 중얼거린 말이 전시실 벽면에 커다랗게 새겨져 있다. 그 아래에 다른 직업을 병행하며 창작활동을 해야 하는 자신의 상황을 토로한 내용이라는 설명이 붙었다. 카프카는 대표작『변신』에서 자신의 페르소나인 그레고르 잠자를 통해 가족 부양의 짐에 짓눌린 자신의 현실을 투영했다.

문학이 자신을 구원할 유일한 길이라고 여겼던 카프카는 도스토옙스키처럼 문학을 통해 인간 존재의 본질을 탐구하고자 했다. 그러나 현실이라는 또 다른 체계는 그에게 그레고르 잠자의 삶을 강요했고 그것은 그에게 큰 압박으로 다가왔다.

예술가에게는 흔히 뮤즈가 존재한다. 구스타프 클림트에게는 에밀리 플뢰게가 있었고, 알리기에리 단테에게는 베아트리체가 있었다. 오귀스트 로댕에게는 카미유 클로델이 영감의 원천이 되어 주었다. 하지만 카프카에게는 특별히 그런 존재가 없었다. 몇 번의 연애가 있었으나 불안과 자기회의로 인해 스스로 도망쳐 관계를 끝내버렸기 때문이다. 그는 세 번의 약혼과 세 번의 파혼을 거듭했다. 자신으로부터 도망치고 싶었으면서도 도망치는 자신을 붙들고 싶어 했던 그에게 사랑과 결혼은 체계였으며 뮤즈는 부조리한 이상향이었다. 따라서 카프카의 "나는 문학 그 자체일 뿐이며, 문학 이외의 다른 것이 될 수 없고, 되고 싶지도 않다."라는 말은 이렇게 변주될 수 있을 것이다. "나의 뮤즈는 오직 문학 자체일 뿐이며, 문학 이외의 다른 것이 될 수도 없고, 갖고 싶지도 않다."라고.

카프카가 독일어를 사용하는 동료 문인들, 지식인들과 만나 대화를 나누던 단골 카페 사진과 그의 절친한 친구이자 유고집 출간에 결정적 역할을 한 막스 브로트의 사진도 보인다. 불안과 고립, 음울과 고독의 표상인 그에게 저 아늑한 카페에서 동료들과 함께 한 시간들은 겨울밤 불빛처럼 평온했을까. 아니면 그 순간마저도 시리고 아픈 마음을 애써 감추려 했던 시간들이었을까.

저 멀리 환한 조명을 받으며 네 여인의 초상사진이 관람객의 눈높이로 공중에 떠있다. 천장의 굵은 들보에서 체인으로 매달아 늘어뜨린 형태의 액자 속 네 여성들은 카프카의 연인들이다. 카프카와 두 번의 약혼과 두 번의 파혼을 겪었으며 카프카의 삶과 문학에 많은 영향을 끼쳤던 펠리체 바우어, 카프카의 마지막 연인이자 안식처가 되어 주었던 도라 디아만트의 사진은 낯이 익다. 뒤쪽으로 체코슬로바키아 출신 저널리스트이자 카프카의 독일어 작품을 체코어로 번역한 밀레나 예젠스카가 보인다. 그녀는 열두 살 연하의 기혼녀였으나 번역작업으로 가까워져 깊은 관계로까지 이어졌다. 카프카는 그녀에 대한 깊은 이해를 바탕으로 내면의 불안과 갈등, 결혼에 대한 두려움, 결핵으로 인한 고통 등을 솔직하게 털어놓았다. 카프카가 그녀에게 보낸 편지 자료들은 그의 내면을 이해하는 데 중요한 자료로 평가된다.

그 옆에는 한 번의 약혼과 파혼을 겪은 쥴리 베트가 있다. 그녀는 부유층이었던 카프카와는 달리 평범한 유대인 가정에서 자란 이혼녀였다. 둘은 약혼했으나 카프카의 아버지 헤르만의 반대로 뜻을 이루지 못하고 헤어졌다.

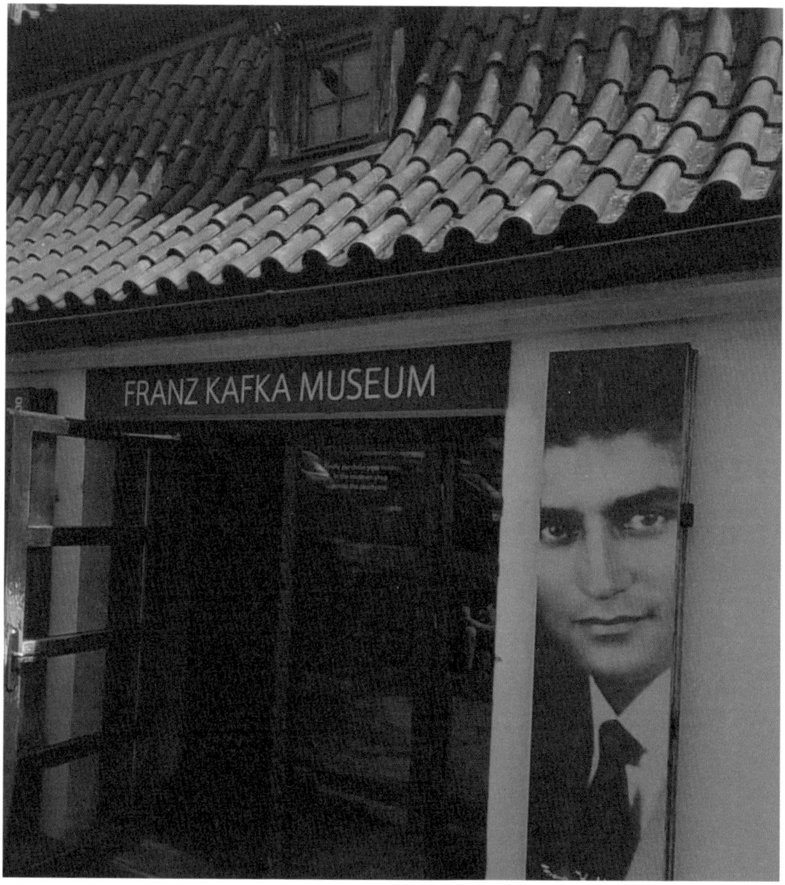


카프카 박물관 입구

불안으로 일그러진 내면을 가진 무명의 소설가를 곁에 둔 네 여인은 늘 불안에 시달려야 했을 것이다. 불안은 주위를 불안으로 잠식하기 때문이다. 그럼에도 곁에서 그를 지켜 준 연인들의 가슴을 물들이고 있었던 것은 사랑이었을까, 연민이었을까.

– 저는 말이 없고, 비사교적이며, 짜증을 잘 내고, 이기적이며, 우울증이 있는 데다 병약하기까지 합니다.

1917년 7월 카프카가 자학에 가까운 고백을 담은 이 편지의 수신자는 놀랍게도 연인 펠리체 바우어의 아버지였다. 당시 카프카와 펠리체는 만난 지 얼마 되지 않은 풋풋한 연인사이였다. 그런데도 이런 편지를 보냈던 것이다. 그의 내면이 얼마나 불안정한 상태였는가를 잘 보여주는 장면이다. 그는 사랑과 결혼에 강한 욕망을 가지고 있는 동시에 두려움도 가지고 있었다. 고립과 고독을 벗어나고자 하는 열망 뒤로는 스스로 결혼에 부적합한 자신을 책망하고 자책하는 분열적 태도를 보였다. 그는 그녀의 아버지가 두 사람의 관계를 끝내주기를 바랐거나 최소한 자신의 치명적 결함을 미리 알려서 충격을 줄이려했던 것으로 추정된다.

우여곡절 끝에 두 사람은 18개월 후 약혼한다. 그러나 겨우 한 달 여 후 둘은 파경을 맞이한다. 카프카는 펠리체의 친구이자 동료인 그레테 블로흐에게 핑크빛 서신을 보냈고, 카프카에게 전혀 마음이 없었던 그레테는 펠리체에게 서신을 공개해 버린다. 그는 베를린의 한 호텔에서 펠리체 가족들의 '대질심문'까지 받는 망신 끝에 파혼 당한다. 펠리체의 언니 에리카의 '게겐 프레싱(Gegenpressing)'에 카프카는 정신적으로 큰 충격을 받고 무너지고 말았던 것이다. 작품『심판』에는 이때 카프카가 느꼈던 무력감과 불안감이 고스란히 투영되어 있다.

파경 후 잠시 멀어졌던 두 사람은 2년여가 지나 관계를 회복하고 1917년 두 번째 약혼을 하기에 이른다. 그러나 곧이어 폐결핵 진단을 받은 카프카는 펠리체에게 짐이 되지 않기 위해 두 번째 파혼을 선언하고 완전히 결별한다. 이때 이미 그는 평범한 일상생활이 불가능할 정도로 건강이 악화된 상태였다. 평생 프라하에서만 살았던 카프카는 이탈리아의 메라노, 독일의 발트해 근처 등 여러 요양소와 휴양지를 전전했다. 죽기 1년 전인 1923년 독일 크라페노르트에서 요양 중 마지막 연인 도라 디아만트를 만난 카프카는 베를린으로 가 동거를 시작한다. 1924년 4월 심각한 상태에 이른 카프카는 체코슬로바키아의 키어링 근처 요양원으로 옮겨져 도라 가족들의 보살핌을 받으며 지내다 도라가 지켜보는 가운데 1924년 6월 3일 눈을 감았다. 40년의 불안에서 풀려난 카프카는 비로소 영면에 들었다. 지금으로부터 꼭 100년 전 일이었다.

카프카의 40년 생애 마지막 1년은 육체적으로는 매우 힘든 시기였으나 심리적으로는 가장 안정적인 시기였다. 도라는 카프카를 헌신적으로 돌보았으며 글쓰기도 적극적으로 지지했다. 그녀는 카프카를 깊이 사랑하고 존경했다. 카프카는 그녀로부터 처음이자 마지막으로 큰 위안을 얻었다. 폐결핵 말기환자로 살았던 카프카가 생애 마지막 1년이라도 큰 위안 속에서 보낼 수 있었던 것은 도라의 조건 없는 헌신 덕분이었다.

도라 디아만트는 카프카가 운명으로부터 받은 두 가지 선물 중 하나였다. 다른 하나는 그가 일찍 세상을 떠남으로써 2차 세계대전과 홀로코스트를 겪지 않았다는 것이다. 카프카의 약혼자 중 한 사람이었던 유대인 율리에 뷜러는 아우슈비츠 강제 수용소에서 사망했다. 체코슬로바키아 출신 저

널리스트이자 번역가였던 밀레나 예세네스는 비유대인으로 반나치 활동을 하다 라벤스브뤼크 강제 수용소에서 사망했다. 두 번의 약혼과 파혼을 겪었던 독일계 유대인 펠리체 하우어는 전쟁 중 미국으로 이주해 목숨을 건졌다. 폴란드 출신 유대인 도라 디아만트는 강제 수용소까지 끌려갔다가 탈출해 여러 차례 도피를 거듭한 끝에 살아남았으나 1952년 54세로 사망했다. 카프카의 약혼녀 펠리체의 친구이자 '베를린 대질심문 사건'의 트리거 역할을 했던 유대인 그레테 블로흐는 아우슈비츠에서 사망했다.

카프카의 세 여동생들도 유대인 대학살의 광풍을 피해가지 못했다. 1941년 엘리, 1942년 발리, 1943년 오틀라 순으로 각각 체코슬로바키아의 테레지엔슈타트(현 테레진) 수용소로 보내졌다가 얼마 후 아우슈비츠 등 강제 수용소 가스실에서 희생당했다.

카프카의 부모는 다행히 화를 입지 않았으나 만약 카프카가 생존해 있었다면 직접적인 희생자가 되지 않았더라도 가까운 이들의 희생에 큰 충격을 받았을 것이다. 평생을 존재의 불안과 고립감 속에서 살았던 카프카에게 만약 하늘이 그를 살아서 이런 비극을 겪도록 했다면, 그것은 얼마나 잔인한 시나리오가 되었을까. 그의 40년 짧은 생애에 축하를 보내며 바깥으로 나간다. 어두운 곳에서 바깥으로 나오자 잠시 긴 터널을 빠져 나온 느낌이다.

프란츠 카프카는 부조리와 소외의 작가로 알려져 있지만, 인간적인 따뜻함과 깊은 성찰에 따른 우아한 내면을 엿볼 수 있는 일화도 있다.

그는 생의 말년 마을의 한 공원에서 아끼던 인형을 잃어버리고 울고 있는 소녀를 만났다. 소녀를 위로할 방법을 찾던 카프카는 즉석에서 이야기를 지어내었다. 그는 소녀에게 이렇게 말했다.

"아가야, 네 인형은 여행을 떠난 것 같구나. 하지만 걱정하지 마렴. 인형이 너에게 편지를 보내 올거야."

소녀가 깜짝 놀라 울음을 그치고 그를 올려다보았다. 카프카는 고개를 끄덕이며 미소를 보였다. 카프카는 그날 이후 매일 소녀를 위로하기 위해 새로운 편지를 써 보냈다.

이 이야기는 1940년대에 스페인 작가 호르디 시에라 이 파브라의『카프카와 인형의 여행』이라는 작품에 나오는 대목이다. 어디까지가 사실이고 어디까지가 소설인지는 알 수 없으나 카프카의 인간미를 조명한다는 차원에서 의미 있는 일화로 받아들여진다.

박봉으로 노동자재해보험회사에서 법률고문으로 일하며 창작활동에 대한 갈증을 느꼈을 때는 소외된 사람들을 도울 수 있다는 것을 작은 위안으로 삼으며 갈등을 이겨내곤 했다.

카프카는 유대인이었지만 시오니즘과 선민사상에는 비판적이었다. 특정 민족이나 종교가 절대적 우위를 가진다는 사고방식을 거부하며 보편적 인간 고뇌와 부조리한 세계를 탐구했다.

자신이 유대인임을 자랑스러워하면서도 선민사상에 비판적 태도를 가졌다는 점이 카프카를 다시 한 번 돌아보게 한다. 유대인임을 자랑스러워하는 것과 선민사상을 거부하는 것은 엄연히 별개의 문제지만 평범한 사람들은 두 가지를 혼동하거나 동일시하는 경향이 있다. 이러한 혼란 속에서 카프카는 자신의 정체성과 사상을 분명히 하며 보편적 인간 문제를 탐구했던 것이다. 이 둘을 혼동하거나 동일시하는 사람들과 그렇지 않은 카프카의 차이는 무엇이 만들어 내는 것일까. 아마도 어떤 사안이나 현상을 비판적으로 바라볼 능력이 있는가, 없는가가 그것을 만들어 낼 것이다.

이러한 그의 시각은 현대 문학과 철학에 큰 영향을 미쳤다. 알베르 카뮈는 『이방인』과 『시지프 신화』에서 카프카의 영향을 받아 부조리와 인간 존재의 문제를 다뤘다. 가브리엘 가르시아 마르케스는 『백년간의 고독』에서 카프카의 상상력에 기반한 마술적 사실주의를 선보였다.

그 외에도 카프카에게 영향 받은 작가들은 줄을 잇는다. 사뮈엘 베케트는 『고도를 기다리며』를 통해 부조리와 고립의 세계를 형상화했고, 밀란 쿤데라, 블라디미르 나보코프, 무라카미 하루키 등도 카프카적 상상력으로 일상 속 부조리와 인간의 내적 갈등을 독특한 방식으로 그려냈다. 최근에는 파스칼 메르시어가 소설 『리스본행 야간열차』 속에서 아마데우 드 프라두의 내면과 그의 가족 관계, 부조리한 상황 등을 통해 카프카를 은유적으로 소환하기도 했다.

이들은 카프카의 부조리한 세계관과 인간 조건에 대한 탐구를 각자의 문학 세계에서 재해석해 냈다.

카프카의 문학은 단순히 부조리와 불안을 그리는 데 그치지 않는다. 그의 글은 어두운 현실 속에서도 인간적 온기와 희망을 발견하려는 시도를 보여준다.

전시관과는 별도의 건물에 카프카의 작품이나 기념품을 판매하는 상점이 있다. 잠깐 들러서 작은 기념품 하나를 구입하고 한 쇼핑센터로 향했다. 프라하 중심가에 있는 이 쇼핑센터에는 다양한 상점과 카페, 레스토랑이 입점해 있어 많은 사람들의 발길이 끊이지 않는 곳이다. 특히 이곳에는 회전하는 카프카 얼굴조각상이 있어 더욱 관심을 끈다. 카프카의 얼굴을 형상화한 42조각의 메탈 조각상이 조각조각 회전하며 끝없이 해체와 재구성을 반복한다. 다비드 체르니의 작품인 이 조각상은 그의 카프캐스크(Kafkaesqu)한 문학세계를 좋아하는 이들에게 인기가 높다.

번듯한 카프카의 얼굴을 형성하고 있는 메탈 조각들은 얼굴 특정 부분부터 시차를 두고 회전하며 완전히 해체되었다가 재구성되는데 그 패턴이 일정하지 않아서 매번 흥미롭게 지켜보게 된다. 매 시 정각마다 벌어지는 이 장면은 카프카의 불안과 복잡한 내면세계를 반영한다. 또한 카프카의 삶과 문학에 대한 새로운 상상력과 해석을 요구하는 장면이기도 하다.

– 나는 처음에는 내가 옳다고 생각했었다. 그러나 시간이 지날수록 나는 그들이 올바르게 행동하고 있는지, 아니면 내가 잘못 생각하고 있었던 것은 아닌지 점점 더 의심하게 되었다. 내 안에서 무언가가 부서지는 소리가 들렸다. 내가 잘못되었다는 것이 확실해지는 순간 그들에게 내 영혼을 맡기고 그들의 판결을 따를 수밖에 없었다.(『심판』)

## 천 년의 눈물

평화의 소녀상

일제 강점기인 1944년 5월 31일 초등학교 6학년 여학생 열세 살 김성주는 일본인 담임선생의 꾐에 빠져 일본으로 건너간다. 아버지는 강제징용에 끌려가고 어머니마저 세상을 떠나자 졸지에 가장이 된 그녀는 중학교도 갈 수 있게 공부도 시켜주고 돈도 벌게 해준다는 말에 어린 동생들을 할머니에게 맡기고 일본으로 가게 된 것이었다. 하지만 어린 성주는 미쓰비시 중공업 나고야 항공제작소에 동원되어 강제노동에 시달려야 했다. 임금은 한 푼도 받지 못했고 식사도 제대로 제공받지 못했다. 막내 동생이 죽었다는 소식을 듣고도 갈수 없었다. 얼마 후 바로 아래 여동생이 언니를 찾을 수 있게 해준다는 담임선생의 말에 속아 또 일본으로 건너갔으나 전혀 다른 곳으로 보내져 강제노동에 시달렸다. 성주는 어느 날 장갑도 착용하지 못한 채 항공기 외피를 절단하다가 실수로 손가락이 잘리는 사고를 당했다. 충격과 고통 속에 비명을 지르고 울고 있는데 일본인 감독관이 잘린 손가락을 공중으로 던졌다 받기를 반복하며 "손가락이 굵다."고 놀려댔다. 그 해 12월에는 지진으로 공장건물이 붕괴돼 크게 다치기도 했다.

1945년 10월말 성주는 17개월 만에 귀국했으나 아무런 배상도 받지 못한 것은 물론 평생 고통 속에서 살아야 했다. 그녀는 결혼 후 남편으로부터 "위안부 출신이면서 거짓말한다."라는 말과 함께 수시로 폭행을 당해야 했다. 이웃사람들도 그녀를 일본군 위안부 출신이라며 수군거렸다. 노인정에서도 손가락질을 당하는 수모와 멸시를 당해야 했다.

2000년대 초 김성주 할머니는 일본의 강제징용 사과와 배상을 요구하는 법정싸움을 시작해 2018년 다른 피해자들과 함께 대법원으로부터 최종 승소판결을 받았다. 당시 87세의 김 할머니는 공개석상에서 "자식들은 나 때문에 얼굴을 들고 다니지 못했다. 지금도 고향에 가면 손가락질 받는다."라며 끝나지 않는 고통을 호소했다.

김 할머니를 비롯한 생존 피해자들은 지속적으로 일본의 진정한 사과와 배상을 요구하고 있으나 일본정부와 미쓰비시 중공업은 아직도 배상이행을 거부하고 있다.

가난한 집안의 열일곱 살 순이는 1940년 일본군에 의해 중국의 한 위안소로 끌려갔다. 그곳에서 순이는 끔찍한 성적 학대와 폭력에 시달렸다. 음식도 제대로 제공받지 못하고 비위생적인 상태에서 하루에도 수십 명의 일본군 병사들을 강제로 상대해야 했다. 견디다 못해 도망치다 잡혀 무차별 구타를 당하기도 일쑤였다. 극도의 공포와 충격 속에서 어린 순이는 신체적, 정신적으로 큰 타격을 입었다.

한 장사꾼의 도움으로 위안소를 탈출한 그녀는 그 장사꾼과 만주와 중국을 떠돌며 가정을 이루고 살다가 해방을 맞이했다. 귀국길에서 그녀는 딸을 콜레라로 잃어버렸으며 한국전쟁 발발 후 남편과 아들을 몇 년 사이 사고로 잃어버려야 했다. 오로지 홀로 감당해야 할 가혹한 운명의 무게에 그녀의 삶은 무너져갔다. 그녀는 성적 폭력과 학대에 대한 기억에 시달리며 사회적으로도 고립된 삶을 살아야 했다.

1980년대 후반 민주화 분위기와 함께 일제강점기 피해자들에 대한 관심과 지원이 증가하기 시작하면서 위안부 문제에 대한 사회적 인식도 높아졌다. 이러한 사회적 변화 속에서 67세의 김학순 할머니는 인생에서 가장 큰 결심을 하게 된다.

1991년 8월 14일 김학순 할머니는 국내에서는 최초로 위안부 피해자 공개증인으로 나섰다. 그녀는 이 자리에서 "일본군에 의해 위안부로 끌려가 강제적으로 성적 착취를 당했다."라고 밝히며 일본 정부의 공식적인 사과와 배상을 요구했다.

"당한 것만 해도 치가 떨리는데 '위안부' 자체가 없었다고 발뺌하는 것이 너무 기가 막혀 '내가 증거다.'라고 증언하게 됐다."

그녀의 공개증언은 국제사회에 큰 반향을 일으켰다. 많은 위안부 피해자들이 용기를 내 자신들의 피해사실을 증언하는 계기가 되었다. 이후 239명의 피해자가 추가로 나타났다.

한국의 시민단체, 인권단체들과 국제적인 인권옹호단체들은 이날을 계기로 매년 8월 14일을 '세계 일본군 위안부 기림의 날'로 지정하고 역사적 사실을 알리는 동시에 피해자들의 인권을 위한 활동을 전개했다. 2024년 8월 기준 1,629차례에 걸쳐 열린 수요집회가 대표적인 활동이다. 일본은 여전히 "그런 적 없다."라며 잡아떼고 있다. 일본정부의 사과 한 마디 듣지 못하고 김학순 할머니는 1997년 73세를 일기로 타계했다. 김성주 할머니와 같은 강제징용 피해자들은 60~80만 명, 김학순 할머니와 같은 위안부 피해자들은 5만~20만 명으로 추산되는 가운데 생존자들은 점점 줄어들고 있다.

아침에 플릭스버스를 타고 프라하를 출발한 지 5시간 만에 베를린에 도착했다. 지하철을 타고 미테구로 향했다. 그곳에 꼭 만나고 싶은 사람들이 있었기 때문이다. 그들은 일제 강점기 당시의 고통을 기억하게 하는 인물들, 열세 살의 성주와 열일곱 살의 학순이다. 2011년 서울 주한일본대사관 앞에 처음으로 세워진 평화의 소녀상은 그 이후 미국과 캐나다에 이어 2020년 독일 베를린에도 세워지게 되었다. 해외에 설치된 서른 한 번 째 소녀상이었다.

지하철에서 내려 5분쯤 가자 2020년 9월 주(駐) 베를린 한인 및 시민단체 '코리아협의회'의 주도로 건립된 평화의 소녀상 '아리'가 미테구의 작은 공원 앞에 세워져 있었다, 치마저고리를 입은 단발머리의 작은 소녀가 맨발로 의자에 앉아 주먹 쥔 손을 무릎에 올린 채 하염없이 어딘가를 바라보고 있다. 왼쪽 어깨 위의 비둘기가 유일한 벗이다.

잠시 소녀상 옆 빈 의자에 앉아서 함께 같은 방향을 바라보았다. 7월의 뜨거운 직사광선만큼이나 견디기 힘든 먹먹함과 답답함이 밀려왔다. 이 하염없는 기다림에도 가해자인 일본은 공식적, 법적 책임을 인정하지 않고 있다. 어쩌다 마지못해 유감표명을 해놓고는 돌아서서 신사참배에 역사왜곡에 책임회피를 일삼는 그들을 바라보는 이 소녀상은 단순히 위안부 피해자만 뜻하지 않는다. 김학순 할머니와 같은 위안부 피해자는 물론 김성주 할머니와 같은 강제징용 피해자, 더 나아가 36년간 온갖 핍박을 받은 우리 민족을 의미한다. 단 한 번도 진심어린 사과를 하지 않았으면서 군함도에 이어 사도광산까지 유네스코 세계문화유산에 등재한 일본을 바라보는 우리의 분노와 슬픔을 담고 있는 상징물이다. 소녀상이 작은 주먹을 쥐고 있는 이유이다.

마을 사람들이 소녀상 근처에 설치된 음수대에서 물을 길러간다. 물을 한 모금 마시고 배낭에서 수건을 꺼내 적신 후 소녀상의 얼굴을 닦았다. 소녀상은 생각보다 먼지가 적었다. 뜻밖에도 수건이 깨끗했다. 코리아협의회의 관리가 잘 이루어지고 있는 듯했다.

이 뜨거운 7월의 태양 아래 나무그늘마저 비켜간 오후 2시에도 소녀는 오로지 홀로 모든 것을 견뎌내고 있다. 누구든지 소녀와 함께 해달라는 의미로 조성해둔 빈 의자가 쓸쓸하다. 두 여성이 지나가다 걸음을 멈추고 소녀상 옆 비문을 읽어본다. 일제의 만행과 소녀상의 취지가 새겨진 비문을 읽는 동안 밝은 미소를 띠던 얼굴이 점점 굳어진다.

소녀상 건립에 우여곡절이 많았다. 제막식 9일 후 미테구청은 비문의 내용을 문제 삼아 철거를 요구했다. 일본정부의 항의와 방해공작에 미테구청이 흔들린 것이다. 코리아협의회와 정의기억연대 등 시민단체들은 철거명령집행정지가처분신청을 하는 한편 유엔에 철거의 부당함을 호소하는 서한을 발송했다. 독일 현지에서는 소녀상 철거반대청원운동이 시작되었다. 시민단체와 주민들도 철거반대운동에 동참했다. 마침내 일본의 집요한 방해공작을 뚫고 국제적인 지지와 연대를 이끌어낸 '항일연대세력'의 승리로 지금까지 소녀상은 베를린에 남게 되었다. 당초 1년 한시적인 설치조건이었으나 소녀상의 역사적 의미가 알려지자 지역주민들과 국제사회의 지지가 이어지면서 설치 기간이 연장된 것이다. 향후 영구존치의 가능성도 제기되었으나 2024년 현재 일본 정부의 집요한 항의로 철거위기에 놓여 많은 뜻있는 사람들의 우려를 사고 있다.

일본은 이곳 베를린에서까지 과거사 문제에 대해 반지성적 태도로 일관하고 있어 일본의 진정한 사과를 받아내는 것은 여전히 어려운 과제로 남아 있을 전망이다. 일부 일본 정치인들은 "얼마나 더 사과해야 하느냐?"라며 과거사 문제에 대한 피로감을 드러내기도 한다. 이러한 발언은 일본 사회 내에서 과거사에 대한 인식이 여전히 분열되어 있음을 시사하며 피해자들의 상처를 치유하기 위한 진정성 있는 노력이 더 필요하다는 점을 드러낸다. 드물게도 작가 무라카미 하루키는 "피해자가 이제 그만하라고 할 때까지 사과하는 게 옳다."고 발언한 적이 있다. 하지만 이 말에는 '일본의 거듭된 사과를 한국이 받아 주지 않고 있다.'는 뉘앙스가 느껴진다. 그가 만약 "가해자가 피해자에게 진정한 사과를 했는지를 먼저 되돌아보아야 한다."라고 했다면 어땠을까. 아쉽지만 하루키도 딱 거기까지였다. 대다수 일본인의 한계인지 하루키 개인의 한계인지는 모르겠으나 인간의 한계가 아님은 분명할 것이다.

그나마 일본에도 이런 반지성적인 흐름에 저항하는 예외적인 지성인이 있다. 작가 오에 겐자부로다. 그는 1994년 노벨 문학상 수상 소감에서 "일본은 아름답지 않다."라고 말하며 자국의 선배 작가이자 노벨 문학상 수상자 가와바다 야스나리의 "일본은 아름답다."라는 수상수감을 차용하여 전쟁 이후 책임을 회피하고 있는 일본 정부와 사회의 역사적 인식 부재를 비판했다. 그는 일본이 전범국으로서 제대로 반성하지 않고 있으며 국제 사회에서 책임을 다하지 않는 태도를 지적한 것이다. 또한 평화헌법 9조 개정에 대해서도 강하게 반대하며 일본이 다시 군국주의로 회귀하는 것을 경계했다. 오에는 한국을 방문하여 일본이 식민 지배에 대해 "진정으로 사과한 적이 없다."라고 지적하기도 했다. 그는 또 "일본이 보여주는 사과의 태도에 진정성이 부족하며 행동으로 보여주지 않는다면 그 사과는 공허하다."라고 비판했다.

오에의 사례는 드물기는 하지만 일본 내에서도 진정한 지성의 힘이 존재한다는 것을 보여준다. 오에 겐자부로가 보여준 지성은 일본 사회에 아직 희망이 남아 있음을, 지성은 사고, 판단, 행동, 성찰의 과정을 통하여 자기 초월과 미래 창조를 이끌어갈 내적 힘이라는 사실을 일깨워 준다.

평화의 소녀상을 떠나는 발걸음이 무겁고 마음은 더 무겁다. 문득 뒤를 돌아본다. 소녀가 하염없이 먼 곳을 바라보며 앉아 있다. 낯선 땅에서 고통받다 귀국해서도 평생 이방인으로 살아야 했던 소녀는 아직도 낯선 곳에서 저렇게 맨발로 주먹을 쥐고 앉아 있다. 그마저도 철거위기에 놓여 있다. 눈물이 그칠 새가 없다. 소녀 옆에 놓인 의자에 한국에서 온 한 여행자가 아직도 나란히 앉아 있다. 어디선가 매미 울음소리가 들려온다.

## 절망의 높이 3.6미터

베를린 장벽

1939년 나치 독일의 폴란드 침공으로 시작된 제2차 세계대전은 1945년 연합국의 승리로 종결되었다.

패전국 독일은 연합국에 의해 동서로 분할되었다. 서독은 미국, 영국, 프랑스의 지원을 받아 자본주의 체제로 발전했다. 반면 동독은 소련의 영향 아래 공산주의 국가를 수립했다. 베를린은 동독 영토 내에 위치했지만 연합국의 협정으로 서쪽 일부는 서방 연합국의 통제 아래 놓이게 되었다. 서방 연합국들이 독일의 수도이자 나치의 본거지인 베를린을 포기할 수 없는 전략적 요충지로 여겼기 때문이다. 서독사람들이 서베를린을 오가기 위해서는 특정 고속도로(아우토반 1호선)나 특별열차, 그리고 연합국 항공편을 이용할 수 있었지만 동독의 엄격한 검문 절차를 거쳐야 했다.

1949년 동서독이 각각 독립 국가로 출범한 후 많은 동독 주민들이 서독으로 탈출하기 시작했다. 당시 동서독을 가르는 국경에는 무장 경비대는 물론, 철조망, 감시탑이 설치되어 있었고, 지뢰까지 매설되어 있었기 때문에 동베를린에서 서베를린을 통해 서독 본토로 탈출하는 경로를 가장 많이 선택했다.

베를린은 장벽 없는 '한 지붕 두 가족' 형태의 특이한 도시였기에 동베를린 주민들은 이를 통해 서독으로 탈출하는 기회를 노릴 수 있었다. 1949년부터 1961년까지 동독을 탈출한 주민들은 약 350만 명에 이르렀다. 동독으로서는 체제기반이 흔들리는 일이었다. 이를 막기 위해 동독 정부는 1961년 베를린 장벽을 세우기 시작했다.

베를린 장벽 기념관을 둘러보고 나와 건물 앞 잔디밭을 잠시 서성거렸다. 1961년 장벽이 처음으로 세워지기 시작한 베르나우어 슈트라세 삼거리는 어디쯤일까. 당시 이곳은 동서베를린 간 빈번한 통행이 이루어졌던 곳이었고, 당연히 동독주민들의 탈출사건도 잦은 곳이었다. 처음 독일민주공화국은 국가안전부장관 에리히 호네커의 지휘하에 이곳에서부터 급조된 철조망과 간단한 장벽으로 시작해 점차적으로 콘크리트 장벽과 감시탑, 지뢰지대 등으로 강화해 나갔다. 1965년에는 높이 3,6미터, 두께 30센티미터, 총길이 43킬로미터의 완전한 형태의 장벽이 세워졌다. 이 완강한 콘크리트는 물리적 장벽을 넘어 이념과 인륜의 장벽이었다. 베를린 장벽 기념관 옆에 조성된 이산가족들이 무릎을 꿇은 채 서로를 끌어안고 우는 모습을 형상화한 조각상이 이 현장의 비극성을 잘 말해 주고 있다.

기념관 앞에는 역사적 상징성과 교훈을 위해 남겨진 베를린 장벽 일부(1.4킬로미터)가 여전히 서있다. 담벼락은 어지러운 그라피티로 덮여 있다. 까마득한 높이의 담벼락이 사람을 압도한다. 두 손을 벽에 짚고 담벼락 위를 올려다본다. 절망의 높이 3.6미터. 하늘에는 경계가 없건만 땅에는 이토록 완강한 벽이 솟아 있다. 여기서 얼마나 많은 동독인들이 뒤돌아서야 했을까. 그 시절 그들이 마주해야 했던 절망감이 아직도 벽에 스며들어 있는 것 같다.

장벽 옆에 별도의 추모벽을 설치하여 당시 희생자들의 사진을 전시해 두었다. 중간 중간 사진 없이 비어 있는 칸은 파손된 것이 아니라 확인되지 않은 수많은 희생자를 뜻한다. 베를린 장벽 근처에서는 동독을 탈출하다 사살당한 동독인들의 신상과 사망 일자 등이 기록된 둥근 표식을 자주 볼 수 있다.

이념과 분단의 폭력성 앞에서 속절없이 무너졌을 인간의 존엄성을 생각해 본다. 여전히 분단국가인 대한민국에서 온 한 여행자의 가슴에 한 줄기 알싸한 바람이 지나간다.

1967년 7월 8일 대한민국의 신문 방송들은 일제히 '동백림 거점 북괴 대남 간첩사건'을 속보로 내보낸다. 대한뉴스는 다음과 같이 보도한다.

동독 탈출 희생자 추모벽

"대학교수, 학생 등 주로 지성인들이 국제 간첩단을 조직하고 지하에서 암약해온 어마어마한 사건이 세간에 알려져 우리에게 큰 충격을 주고 있습니다. 동백림(동베를린)을 거점으로 한 북한대남적화공작단은 유학생과 교수를 중심으로 포섭하여…."

이른바 동백림 사건은 이렇게 세상에 알려졌다. 음악가이자 전 서독 한인회장 윤이상, 재불 화가 이응노, 시인 천상병을 비롯하여 파독 광부 및 간호사, 국내 일간지 특파원, 서울대학교 등 국내 대학교 교수 및 강사, 의사, 변호사, 유학생, 국회 도서관 직원 등 총 194명이 연루된 이 간첩단 사건은 역대 최악의 용공조작사건 중의 하나로 남아 있다.

간첩단 조작에 베를린만큼 최적지도 없었다. 장벽이 들어서긴 했어도 학자들과 예술가들 간의 동 · 서 교류는 완전히 끊어지지는 않았다. 이들은 이념의 경계를 넘어 사상적 탐구와 예술적 소통을 시도했다. 종종 동서베를린의 예술가, 학자들이 어울려 학술교류나 일상적인 접촉을 가지기도 했다. 체제경쟁에 자신감이 있었던 서독정부와 서방 연합국은 굳이 강하게 제지할 이유가 없었을 것이다.

서방진영에게 서베를린은 트로이의 목마이자 체제의 우월함을 보여 줄 수 있는 쇼 케이스이기도 했다. 동독 영토에 에워싸여 불안 속에서 고립된 삶을 살아야 했던 서베를린 주민들은 서독 정부의 특별한 지원을 받았다. 동독 내 자본주의 도시라는 특수한 상황에 걸맞게 세금감면, 특별 보조금, 병역면제, 교육 등 다방면에서 전폭적인 지원을 받았다. 이렇게 되자 경제적 어려움을 해소할 수 있는 데다 자유방임에 가까운 도시 분위기를 좇아 많은 예술가들이 모여들면서 서베를린은 매력적인 도시로 떠올랐다.

사실 냉전초기 소련과 동독의 베를린 봉쇄작전이 비록 실패로 끝나기는

했지만 서베를린 주민들은 일상적인 긴장과 생존에 대한 만성적 불안감에 시달려왔기 때문에 서베를린 지원에 적극적일 수밖에 없었다.



이런 서베를린의 자유로운 분위기가 냉전의 땅 남한에서 온 예술가, 학자, 유학생들에게는 묘한 카타르시스를 안겨주었을 것이다. 그러다 그들은 북한 대사관 직원들과 가벼운 접촉을 가졌고 이는 중정에 좋은 빌미가 되었다. 동백림 사건은 당시 김형욱 중앙정보부장과 최덕신 주 서독대사가 6 · 8부정선거로 인한 국민적 분노를 덮기 위해 급조한 스케이프고우팅(Scapegoating)이었다.

서독연방정부는 해당 인물들을 강제 납치하여 압송한 것에 대해 한국정부에 외교적 문제를 제기했다. 대법원은 34명에게 사형, 15년 형, 10년 형 등을 선고했으나 서독의 단교(斷交) 조치를 우려한 정부는 1970년 전원 광복절 특사로 사면하고 최덕신을 주 서독대사에서 물러나게 했다. 1951년 거창양민학살사건의 책임자이면서도 승승장구했던 최덕신은 이를 받아들일 수 없었다. 그는 돌연 반정부 발언과 친북활동을 일삼다가 1976년 처와 함께 월북했다. 멀쩡한 사람들을 납치 고문하여 간첩으로 몰아 평생을 고문후유증에 시달리게 하는 등 타인의 삶을 송두리째 파괴한 자가 스스로 월북해 북한정권에 충성을 다했다는 이 이야기는 이념과 인간에 대해서 깊은 회의를 안겨준다.

동백림 사건은 이데올로기와 분단의 야만이 인간을 어떻게 파괴하는지, 인간이 어디까지 잔혹해 질 수 있는지 보여준 비극적인 사건이었다.

한편 2017년 8월 25일 대한민국 고등법원은 동백림 사건으로 간첩 혐의를 받았던 피고인들에 대한 재심을 통해 무죄 판결을 내렸다. 법원은 이 사건이 고문과 불법적인 수사로 조작되었음을 인정하고 피고인들에게 사과했다.

1980년대 후반 소련의 지도자 미하일 고르바초프는 소련 내부의 경제적 문제와 정치적 경직성을 해결하기 위해 페레스트로이카(개혁)와 글라스노스트(개방) 정책을 추진했다. 소련의 이 정책은 동유럽 공산권 국가들에도 개방과 개혁의 바람을 불어넣었고, 동독을 포함한 많은 나라들은 공산주의식 통제에 강한 저항을 시작했다. 레흐 바웬사가 이끄는 폴란드 자유노조운동은 1989년 자유선거에서 그들의 역사적 승리와 공산정권의 붕괴를 이끌어냈다. 헝가리의 개혁은 이른바 철의 장막을 걷고 동독 주민들이 헝가리를 통해 서독으로 탈출하는 경로를 열어주는 큰 변화로 나타났다. 1989년 5월 헝가리는 국경 장벽을 철거하기 시작했다. 헝가리 정부의 개방적 태도와 묵인 덕분에 수많은 동독 사람들이 헝가리를 통해 서독으로 탈출할 수 있었다.

폴란드와 헝가리의 변화는 동독 정권에 큰 위기를 안겨 주었다. 동독 주민들은 다른 동유럽 국가들이 자유를 향한 개혁을 이루는 모습을 보며 자신들의 체제에 대한 불만을 더욱 강하게 표출하기 시작했다. 특히 1989년 동독 내 시위는 라이프치히 월요 시위를 중심으로 대규모로 확산되었다.

이러한 변화의 물결 앞에 동독 지도부는 더 이상 강경하게 억압할 수 없었다. 결국 1989년 11월 9일 동독 대변인이었던 정치국원 귄터 샤보프스키의 실언으로 베를린 장벽은 '농담처럼' 무너졌다.

베를린 장벽과 함께 독일민주공화국(GDR)은 40년 만에 완전히 무너지고 만다. 베를린 장벽 설치의 주요 책임자 중 하나였던 동독의 에리히 호네커가 1971년 5월 사회주의통일당(SED) 총서기직에 올라 1989년 10월 18일까지 약 18년간 재임한 후 물러난 지 20여 일 만에 일어난 대사변이었다.

호네커의 후임이자 동독의 마지막 지도자 에곤 크렌츠가 베를린 장벽 붕괴 직후 한 말은 "자유를 향한 문이 열렸다!"였다. 미국 대통령 조지 부시는 "베를린 장벽의 붕괴는 냉전의 완전한 종식을 의미한다."라고 선언했다. 1년 뒤 독일은 공식적으로 통일되었으며, 폴란드, 헝가리 체코슬로바키아, 불가리아 등 여러 동유럽 국가들은 이 사건 이후 공산주의 정권을 무너뜨리고 민주화와 시장 경제로 빠르게 전환한다. 연이어 1991년 12월 26일 소련의 붕괴로 세계는 새로운 질서 속으로 진입하게 된다.

20세기 초 독일이 유럽의 주요 군사적 강대국으로 성장하면서 베를린은 전쟁과 외교의 중심지로 부각한다. 특히 독일 제국의 수도로서 양차(兩次) 세계대전에서 중요한 역할을 한다. 20세기 세계사의 중심에서 야만과 폭력의 상처와 아픔을 딛고 베를린은 세계의 평화와 화해를 꿈꾼다.

## 기억의 숲, 질문의 숲

홀로코스트 메모리얼

베를린 도심에 어떻게 이런 공간이 들어설 수 있었을까. 아름다운 기억도, 피해자의 기억도 아닌, 고통스런 가해자로서의 기억을 남기려는 그들의 용기는 무엇에서 비롯된 것일까? 80여 년 전 끔찍한 죄악을 저질렀던 그들과 17년 전 '잔인한' 기념공간을 남기기로 한 그들의 차이는 무엇일까. 80년 전에는 왜 그랬으며 17년 전에는 왜 그랬던 것일까? 전후 독일과 일본의 상반된 태도는 무엇의 차이에서 기인한 것일까.

19,000제곱미터의 공간에 설치된 2,711개의 짙은 회색 콘크리트 구조물 스텔레(Stele) 숲에서 많은 질문들을 마주했다. 이 공간의 정식명칭은 '유럽의 유대인 희생자들을 위한 기념비', 흔히 홀로코스트 메모리얼이라고 하는 곳이다. 나치독일의 유대인 학살을 영원히 기억하고 자신들이 저지른 죄악과 정면으로 마주하기 위해 마련된 이 공간은 잔인한 질문의 공간이기도 하다. 2005년 5월 개장한 이곳은 미국의 건축가 피터 아이젠만이 설계했다.

제1차 세계대전 패전국가인 독일은 정치적 불안정, 경제적 어려움, 정신적 혼란이라는 삼각파도에 휩싸였다. 1919년 전후의 베르사유 조약에 따라 막대한 전쟁배상금 부담, 알자스 로렌을 비롯한 영토 및 식민지 상실, 군사력 제한 등 가혹한 조건에 놓여 있었다. 독일은 바이마르 공화국이라는 민주적인 정부를 수립했지만 정치적 불안정과 경제적 위기를 피할 수는 없었다. 1920년대 말과 1930년대 초의 세계 대공황은 독일 경제에 치명상을 입혔다. 하이퍼 인플레이션으로 물가는 매 시간 급등했으며 사람들은 수레에 지폐를 가득 싣고 생필품을 구하러 다녔다. 혼란과 갈등은 가끔 사회를 진보시키기도 하지만 대개 깊은 수렁으로 끌고 들어간다. 독일은 그 기로에 놓였다.

아돌프 히틀러는 자존심에 상처 입은 독일인들의 심리를 파고들었다. 1919년 창설된 독일노동자당은 이듬해 독일국가사회주의노동자당으로 개명하면서 공식적인 나치당 출현을 알렸다. 그들은 강력한 민족주의와 반유대주의를 표방하며 대중의 지지를 얻어나갔다. 특히 요제프 괴벨스가 이끈 나치 선전부는 신문, 라디오, 영화 등 모든 미디어를 동원해 유대인 혐오를 조장했다. 1923년 관동대지진에 의한 충격과 혼란을 조선인에 대한 적대감으로 전환시켜 조선인 대학살을 자행했던 일본의 스케이프고우팅 수법을 연상케 하는 프로파간다였다. 패전으로 인해 극심한 경제난을 겪는 독일인들 눈에 고리대금업과 상업방면에서 성공한 유대인들이 곱게 보이지 않았던 것이다. 그들은 "유대인들이 경제를 조작하고 있다."라는 음모론을 제기하는가 하면 "흑사병은 유대인들이 우물에 독을 풀어서 퍼뜨린 병"이라는 유어비어를 유포했다. 관동대학살 당시 "조선인들이 우물에 독을 풀었다." 라는 유언비어를 퍼뜨리며 조선인 혐오를 조장하고 폭력을 유도했던 일제와 나치 독일은 여러모로 닮은꼴이었다. 그들은 약자를 희생양으로 삼아 대중의 분노를 한 방향으로 모으려 했다. 가장 반지성적인 행태가 그들로부터 나왔다.

1933년 히틀러가 총리가 된 후 나치 독일은 1938년 오스트리아를 합병했다. 오스트리아 출신인 히틀러에게 양국의 합병은 그의 오랜 목표 중 하나였다. 서기 800년부터 1천여 년 동안 신성로마제국의 일원이었던 양국은 제국의 해체 이후 독립된 국가로 존재해 왔다. 그런데 히틀러는 두 국가의 합병을 통해 모든 독일계 민족의 통합을 이루려는 팽창주의적 야망을 드러낸 것이다.

1939년 9월 1일 나치 독일의 폴란드 침공으로 제2차 세계대전이 시작되었다. 독일군은 폴란드 침공 직후부터 유대인 공동체와 정치적 반대자들, 지식인, 지도자들을 체포했다. 폴란드에는 유럽최다인 300만 명의 유대인 디아스포라(Diaspora)가 있었다. 나치는 유대인들을 게토(Ghetto 유대인 전용거주지역) 안으로 몰아넣고 비 게토지역 출입 시에는 유대인임을 표시하는 노란별을 패용하게 했다. 놀랍게도 게토의 유래는 16세기 초 이탈리아 베네치아로 거슬러 올라간다. 1516년 베네치아 공화국은 유대인 커뮤니티를 도시 외곽의 특정 지역으로 강제 이주시켰으며 이 지역을 '게토'라고 불렀다. 이후 유대인 격리 정책은 이탈리아 북부와 유럽 전역으로 확산되었고, 16세기와 17세기에 프랑스, 오스트리아, 독일 등 여러 국가에서 시행되었다.

18세기 합스부르크 제국의 마리아 테레지아도 16세기 카를 5세와 페르디난트 1세의 유대인 격리와 차별 정책에 이어 가장 적극적인 유대인 차별정책을 시행한 인물이었다. 그녀는 유대인에게 특별세를 부과하고, 특정 지역에만 거주하도록 강제하는 등 더 명확한 차별적 정책을 실행했다.

이러한 게토를 마침내 나치 독일이 이어받은 것이다. 노란 표식 역시 13세기 유럽 여러 나라에서 유대인 차별과 배제의 방식으로 패용하게 한 데서 유래했다. 고대로마시대부터 시작된 유대인 박해의 역사는 중세의 흑사병 희생양에 이어 나치의 홀로코스트에서 절정을 이루었던 것이다.

나치 독일은 1941년 말부터 대규모 작전을 시작했다. '작전명 라인하르트'는 폴란드의 유대인들을 절멸시키기 위한 대규모 학살 작전이었다. 이 과정에서 나치 친위대 장교 아돌프 아이히만은 유대인 수송, 학살의 기획과 실무 총책을 맡아 600만 명의 유대인을 가스실로 보냈다. 유럽 여러 지역에 거주하다 체포된 유대인들은 속속 폴란드의 여러 수용소로 보내졌다. 폴란드는 거대한 공동묘지였다. 아우슈비츠-비르케나우, 트리블링카, 벨제츠, 헤움노 등 절멸수용소에서 수많은 유대인 시신이 불태워졌다. 당시 희생자들은 유대인 600만 명을 비롯해 최소 1,100만 명에서 최대 1,700만 명에 이르렀다.

1945년 4월 베를린을 에워싼 소련군의 공격이 시작되자 히틀러는 지하 벙커에서 스스로 목숨을 끊었다. 5월 8일 독일 최고사령부는 무조건 항복을 선언했다. 이어 8월 15일 일본의 항복으로 역사상 가장 잔혹했던 전쟁은 막을 내렸다.

전후 전범국가인 독일과 일본의 태도는 판이하게 달랐다. 독일은 홀로코스트 등 나치의 범죄책임을 명확하게 인정하고 나치 지도자들을 전범 재판소에 넘겨 처벌했다. 그들은 피해국과 유대인 생존자들에 대한 공식적인 배상과 사과는 물론 교육을 통해 젊은 세대도 고통스런 과거를 잊지 않도록 노력했다. 1970년 2월 7일 폴란드 바르샤바 게토 봉기 기념비 앞에 하얀 조화를 바친 한 중년 남자가 무릎을 꿇고 앉았다. 그는 눈을 감고 두 손을 가지런히 모은 채 망자들의 넋을 위로하고 사죄했다. 이 장면은 '역사적인 순간' '진정한 용기의 표현 등으로 전 세계에 타전되었다. 그는 동방정책으로 독일 통일의 초석을 다진 서독 총리 빌리 브란트였다. 그는 훗날 "기념비 앞에서 느낀 감정의 무게가 나를 무릎 꿇게 했다."라고 회고했다.

내부적인 논란이 전혀 없지는 않았으나 결국 독일은 올바른 길을 갔다. 반성과 사죄, 교육과 기억은 그들의 진정성을 의심할 수 없게 만든다. 이 베를린 한복판의 홀로코스트 메모리얼도 그 연장선이다. 미국을 비롯한 연합국들의 강력한 압력이 큰 영향을 미친 것도 사실이지만 내부적으로 독일사회의 지성이 작동한 결과이기도 했다. 나치 독일시절 반지성적 집단광기에 사로잡혔던 독일사회가 지성의 놀라운 힘을 보여주기 시작한 것이다. 특히 1960년대 이후 청년 세대와 지식인 사회의 나치 과거사에 대한 강력한 청산요구는 독일사회를 더 자발적이고 깊은 성찰로 이끌었다. 1959년 귄터 그라스는 『양철북』을 통해 전쟁과 나치즘의 비극을 보여주면서 독일사회의 도덕적 타락과 무관심을 비판하고 그 책임을 묻고 나섰다. 그 외에도 하인리히 뵐, 토마스 만, 한나 아렌트, 테오도어 아도르노, 위르겐 하버마스 등은 각각 자신의 작품과 사상적 활동을 통해 나치의 범죄를 비판하고, 독일 사회의 책임을 촉구했다. 1968년 발발한 사회적 혁명인 6 · 8혁명은 전후 세대가 나치 과거사에 대한 부모 세대의 책임을 묻기 시작한 중요한 분기점이 되었다.

반면 일본은 도쿄 전범재판에서 일부 지도자들을 기소하여 처벌했지만 전범 청산은 매우 제한적이었다. 독일이 지난 2021년 강제 수용소 경비병이었던 101세의 전범을, 2022년 강제 수용소에서 타이피스트로 근무했던

96세의 여성을 체포하여 법정에 세운 것과는 비교할 수 없는 수준이었다. 일본의 지성계도 침묵하지는 않았다. 오에 겐자부로, 엔도 슈사쿠 등의 문인들과 마루야마 마사오, 다카하시 데쓰야 같은 정치학자, 철학자들이 전후 일본의 전쟁 책임 문제와 과거사 청산의 필요성을 제기했으나 더 이상 확장성을 보여주지 못했다.

미국의 대 아시아 전략의 핵심은 공산주의 세력견제였다. 미국은 일본을 재건하여 공산주의를 방어하는 것이 가장 합리적인 방법이라고 판단했다. 따라서 일본의 전후 처리는 상대적으로 느슨할 수밖에 없었다. 일본은 이러한 미국의 전략적 이해를 바탕으로 과거사 문제에 대한 깊은 반성보다는 경제적 우위를 확보하는 데 치중했다. 이로 인해 전후 일본 사회에서는 과거사 청산과 반성의 목소리가 집단적인 차원으로 확장되지 못한 채 일부 지식인의 개인적인 노력에 머무르는 경우가 많았다.

회색 스텔레 숲을 걸어 본다. 시각적으로는 단순하고 획일적인 느낌을 주는 이 기념공간은 막상 격자형으로 배열된 스텔레들 사이를 걷다 보면 전혀 다른 느낌을 안겨준다. 제각기 다른 스텔레의 높이와 굴곡진 바닥, 가운데로 갈수록 점점 낮아지는 지면으로 인해 시야가 막히면서 불안감과 고립감이 고조된다. 문득 체계에 짓눌려 고통받다 세상을 떠난 카프카가 떠올랐다. 그가 느꼈을 불안감과 고립감이 회색의 스텔레들 사이를 파고들어 온몸을 휘감는 듯 했다. 가운데로 갈수록 스텔레의 높이가 하늘을 가리고 좁은 통로는 숨을 막히게 한다. 단순한 구조물들의 단조로운 배열은 불안감과 고립감이 무한히 이어질 것 같은 공포감을 안겨준다. 설계자 피터 아이젠만은 이곳을 찾은 이들이 당시 희생자들의 혼란과 두려움을 잠시나마 추체험해 보기를 원했을 것이다.

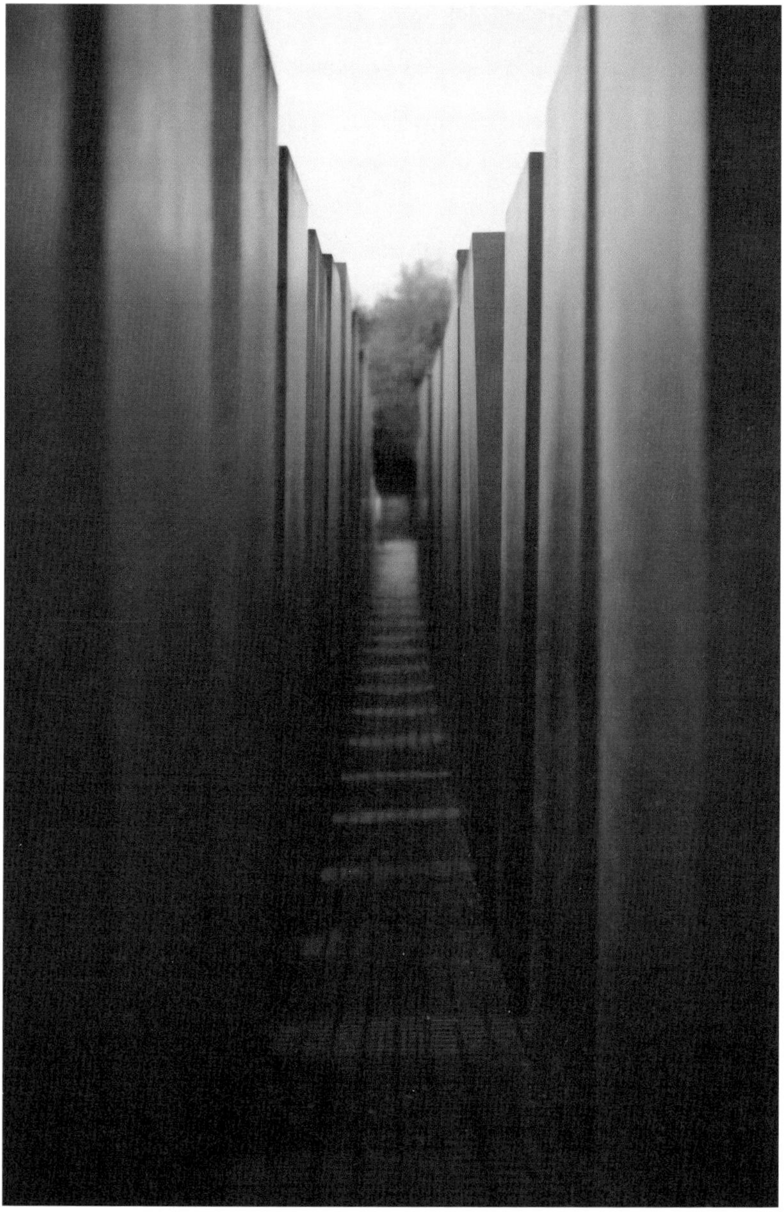

체험형 추모공간 홀로코스트 메모리얼

때로는 관(棺)처럼, 때로는 성벽처럼 다가오는 회색 콘크리트 사이로 차가운 바람이 불어온다. 저벅저벅, 어디선가 들려오는 발자국 소리에 사방을 둘러봐도 사람은 보이지 않는다. 누군지 알 수 없는 그도 나의 발자국 소리를 듣고 보이지 않는 나를 찾아 두리번거릴 것이다. 끝없이 이어지는 수천 개의 스텔레 사이로 난 미로 속에 갈 곳 잃은 희생자들의 넋이 아직도 서성이고 있는 것 같다.

지하 기념공간에 들어서면 무거운 침묵과 어둠이 먼저 반겨준다. 낮은 천장과 어두운 벽면은 마치 점점 좁아져서 몸을 옥죄어 버릴 것 같다. 좁은 전시실마다 생존자들의 목소리들이 울려 퍼진다. 투명한 패널에 새겨진 희생자들의 이름과 사진이 가슴을 후빈다.

희생자 가족의 마지막 편지나 일기 조각들이 유리 케이스에 담겨 있다. 희생자들은 가족들의 저 편지를, 저 슬픔과 애통함을 가슴에 품고 죽어 갔을 것이다. 일기 속에서 그들은 어떤 곳을 추억하고 어떤 사람을 그리워했을까. 그들에게 내일은 희망이었을까 절망의 다른 이름이었을까.

그들의 상실과, 그들의 절망과, 그들의 고통을 직접 마주하는 아픔도 결코 가볍지 않다. 관람객들은 희생자들의 출생지와 사망지를 표시한 지도를 보며 무거운 침묵 속으로 침잠되는 경험을 하게 된다. 저 많은 목숨들이 '합법적'으로 죽어 간 것을 생각하자 법과 체계아래 인간의 존엄성을 강탈당한 카프카의 페르소나들이 떠올랐다. K가 체계 앞에서 느꼈던 압박감이 이곳 희생자들의 무력한 외침과 겹쳐지면서 가슴이 답답해졌다. 전시 공간의 마지막은 추모와 묵념의 공간이 장식한다. 아무런 전시물 없이, 단순히 희생자들을 기억하고 조용히 명상할 수 있는 이 공간은 독일인들이 과거의 잘못을 어떻게 바라보며 미래를 어떻게 그리고 있는지를 확인하게 해 준다. 진심이란 이런 것이구나, 침묵의 방에서 그들이 보여주는 지성의 깊이와 크기를 새삼 느끼게 된다.

베를린이라는 이 상처 깊은 도시가 평화와 화해를 꿈꾸며 마련한 홀로코스트 메모리얼은 그로데스크하다. 잔인한 과거의 시간을 이토록 잔인한 방식으로 기억하려 하는 그들의 마음이 따뜻하다.

카프카, 그는 사후에라도 그 집요한 체계로부터 벗어났을지. 홀로코스트 희생자, 그들은 평생 따라붙어 다니던 유대인이라는 차별로부터 이제는 자유로워졌을지. 그들이 홀로 마주해야 했던 단절감과 고립감과 두려움을 이곳을 찾는 사람들이 조금씩 나누어 가질 수만 있다면.

## 지성의 길: 혁명과 굴절의 경계

브란덴부르크 문



브란덴부르크 문 아래에 100여 명에 가까운 젊은이들이 모여 있다. 서쪽으로 기울어진 해가 넉넉히 내어주는 그늘에 모여 앉아 더위를 식히는 모습이 한가롭다. 브란덴부르크 문은 한때 독일 분단의 표상이었고, 서독인들은 늘 그 뒷모습만 바라볼 수 있었다. 그런 문을 옛 동독 땅에서 정면으로 마주하니 묘한 감정이 올라온다.

브란덴부르크는 신성 로마 제국 내에서 중요한 위치를 차지한 지역으로, 그 통치자는 황제 선출권을 가진 선제후 중 한 명이었다. 1701년 브란덴부르크 선제후국은 프로이센 왕국으로 승격되었고 베를린이 수도로 지정되었다. 프리드리히 빌헬름 2세는 1788년부터 1791년 사이에 고대 그리스 아크로폴리스의 프로필라이아 문을 본떠 높이 26미터, 폭 65.5미터 브란덴부르크 문을 세웠다. 당시 유행하던 고전주의 건축 양식을 반영한 이 문은 프로이센의 위상을 드높이기 위해 세워졌다.

문 위에 있는 네 마리 말이 끄는 전차에 승리의 여신이 타고 있는 조각상, 즉 고대 그리스와 로마에서 유래한 콰드리가(Quadriga)는 평화로운 승리와 자유의 상징물이었다. 프로이센은 오스트리아 왕위 계승 전쟁(1740-1748)

과 7년 전쟁(1756-1763) 등에서 승리한 후 유럽의 강자로 부상한 상태였다. 프로이센은 이러한 위상과시와 함께 이 문을 통해 유럽의 평화와 질서를 회복하려는 의도를 가지고 있었다. 프로이센의 군마(軍馬)는 전쟁에 출정하거나 승전하고 돌아올 때 이 문을 통과하는 국가적 의식을 치렀다. 브란덴부르크 문이 승리의 상징이었기 때문이다.

그러나 1806년 나폴레옹이 프로이센과의 전쟁에서 대승을 거둔 후 베를린을 점령하면서 이 문은 그 의미를 잃고 말았다. 나폴레옹이 콰드리가 조각상을 파리로 약탈해 간 것이다. 프랑스의 패권주의와 나폴레옹 자신의 권력을 과시하기 위한 행동이었다. 프로이센의 번영과 자유, 평화의 심볼은 나폴레옹의 손에 의해 정복과 패권의 트로피로 변질되었다. 프로이센의 국가적 자존심은 땅에 떨어지고 말았다.

나폴레옹 보나파르트를 역사의 전면에 내세운 사건은 프랑스 혁명이었다. 혁명은 자유와 평등, 그리고 계몽주의적 이성에 기반한 지성의 구현으로 시작되었다. 당시 프랑스 사회는 절대 군주제와 불평등한 신분제 아래 신음하고 있었고 제3신분인 평민들은 제1, 2신분인 성직자와 귀족에 저항해 새로운 사회를 만들고자 했다. 1789년 7월 14일 구체제(앙시앙 레짐)의 상징 바스티유 감옥을 습격하면서 시작된 혁명 초기에는 계몽주의 이념을 바탕으로 절대왕정을 무너뜨리고 입헌군주제를 수립하고자 했으나 시간이 지나며 공화국 수립으로 목표가 바뀌었다.

오스트리아와 프로이센 등 외부의 압박과 부르주아지의 영향력 확대로 내부 갈등이 심화되자 혁명 지도부는 혁명의 '순수성'을 내세우며 공포정치를 강행했다. 자코뱅파의 핵심인물 로베스피에르는 반혁명 세력을 무자비

혁명의 광기에 휩싸여 길을 잃어버린
막시밀리앙 로베스피에르

하게 처형했다. 루이 16세와 왕비 마리 앙투아네트도 콩코르드 광장의 단두대에 올라야 했다.

1793년부터 시작된 로베스피에르의 공포정치는 약 16,000명에서 40,000명이 단두대에서 처형되는 비극을 불러왔다. 그중 70퍼센트 이상이 평민(상퀼로트)이었다. 혁명의 주도세력인 평민들이 정작 혁명의 과정에서 가장 큰 희생자가 되어버린 것이다. 처음엔 왕당파나 귀족, 반혁명 세력을 처형했지만 시간이 지나면서 이견을 보이는 사람이라면 피아를 막론하고 단두대에 올리기 시작했다. "이성이 잠들면 괴물이 깨어난다."라는 프란시스코 고야의 메시지처럼 혁명세력은 점점 괴물이 되어갔다. 혁명이라는 호랑이 등에 올라탄 지도부는 광기의 폭주를 멈출 수 없었다. 물가폭등과 생필품 품귀현상으로 민심이 폭발하는 와중에 급진 자코뱅파는 온건 지롱드파를 숙청하고 국민공회를 장악했다. 자코뱅파 집권 1년 동안 파리에서는 매일 수

십 명이 단두대에서 처형당했다. 가장 정의로운 자가 가장 잔인해 질 수 있음을 보여준 비극적인 장면이었다.

이처럼 혁명의 광기와 폭력으로 인해 파리는 비극의 도시로 변모해 갔다. 찰스 디킨스는 소설『두 도시 이야기』를 통해 이러한 혁명의 혼란과 당시 프랑스 사회의 폭력과 지성의 부재가 불러온 비극을 그려냈다.『두 도시 이야기』는 런던과 파리를 배경으로 혁명과 인간의 이성을 다룬 작품이다. 파리는 혁명의 열정이 지성을 압도하는 폭력과 광기의 도시로, 런던은 이성과 윤리적 판단을 바탕으로 성찰과 구원을 추구하는 도시로 묘사된다.

파리의 매드 드파르쥬는 억압에 맞섰지만 윤리적 판단과 자기성찰이 결여된 분노와 복수심은 혁명이라는 이름 아래 또 다른 독재를 만든다. 반면 런던의 시드니 카턴은 성숙한 모습을 보여준다. 디킨스는 이 두 도시를 통해 혁명의 성공은 감정적 열정이 아닌 윤리적 결단과 이성적 성찰에 달려 있음을 강조한다. 혁명적 변화 속에서도 지성이 부재하면 또 다른 부조리와 폭력을 낳을 뿐이라는 메시지를 담아낸 것이다.

혁명은 그 자체로 복잡하고 어려운 일이지만 혁명 이후 이상을 현실로 구현하는 일은 훨씬 어려운 과제이다. 어쩌면 혁명의 최대치는 “우리가 고작 이러려고 혁명했나?”라는 내부의 회의(懷疑)가 시작되는 순간일지 모른다. 혁명이란 실체 없는 이상에 불과하며 성공하는 순간 그 이상과 갈등하기 시작한다.

권력을 잡은 혁명의 주체는 혁명의 새로운 대상이 된다. 이는 혁명이 인간의 한계와 모순을 드러내는 과정임을 보여준다. 권력을 잡은 주체는 새로운 모순을 낳고, 그 모순을 극복하는 과정은 반복된다. 혁명은 끊임없이 도전하고 성장해야 하는 숙명을 안고 있다. 그 과정에서 가장 중요한 요소는 지성이다.

그러나 프랑스 혁명의 혼란과 지성의 부재 속에서 막시밀리앵 드 로베스피에르는 자신이 지키고자 했던 이상과 현실 사이에서 점차 딜레마에 빠지게 된다. 그는 사형구형을 하는 검사가 되고 싶지 않아 변호사의 길을 선택했다는 말이 있을 정도로 사형반대론자였다. 그는 유대인을 비롯한 약자와 소수자들의 권리를 지키려 했던 젊은 인권 변호사이자 프랑스 혁명의 이념인 자유, 평등, 박애와 가장 잘 어울리는 인물이었다. 그러나 그는 혁명의 이상과 현실 사이 딜레마를 극복하지 못한 부조리한 인물이기도 했다. 혁명은 더 강한 억압과, 더 많은 불평등과, 더 큰 증오를 조장하는 결과를 초래했다. 그는 혁명 세력의 내분과 반혁명 세력의 거센 저항에 직면하자 공포정치라는 칼날을 휘두르다가 결국 자신이 주도한 공포정치의 상징 단두대에서 비극적인 최후를 맞이했다. 혁명의 이상을 좇다 발밑의 돌부리에 걸려 모든 것을 잃어버린 로베스피에르를 생각하노라면 삶의 당위론과 방법론의 명확한 차이를 제시한 마키아벨리 『군주론』을 다시 떠올리게 된다.

마키아벨리는 『군주론』에서 이상과 현실의 균형을 강조하며, 자기보존을 위해 때로는 현실과의 타협이 필요함을 강조했다. 그는 '살아야 하는 방식'인 삶의 당위론과 '어떻게 사는가'라는 삶의 방법론 사이의 균형을 잃는 순간의 위험성을 경고했다.

'살아야 하는 방식' 즉, 혁명의 이상과 당위론에만 집착하여 현실을 무시하고 비타협적이었던 로베스피에르는 현실의 잔혹한 반격 앞에 무릎 꿇고 말았다. 마키아벨리의 경고대로 그는 자기보존은 고사하고 파멸을 자초하고 말았다.

로베스피에르의 퇴장 이후 나폴레옹이 등장하면서 프랑스 혁명은 또 한 번 변질된다. 나폴레옹은 혁명의 혼란 속에서 군사적 성공을 통해 등장했고 프랑스에 안정과 질서를 부여할 인물로 기대를 모았다. 그러나 그는 혁명의 이상을 자신의 권력 강화 도구로 삼았다.

브란덴부르크 문의 콰드리가 약탈은 혁명이 더 이상 만인의 자유와 평등을 위한 투쟁이 아닌 나폴레옹의 제국을 건설하는 사유물로 전락해버렸음을 보여주는 사건이었다. 혁명 초기에 추구했던 계몽주의적 가치는 개인의 영광을 위한 도구가 되어 버렸다. 그는 1799년 쿠데타로 통령이 되더니 1804년 황제에 즉위하며 혁명의 이상을 제국주의적 야망으로 변질시켰다.

나폴레옹의 변질은 그를 영웅으로 칭송하던 이들을 크게 실망시켰다. 나폴레옹이 인류에게 자유를 가져다 줄 것으로 믿었던 베토벤은 그에게 헌정할 교향곡 〈보나파르트〉를 작곡하던 중에 1804년 나폴레옹이 황제에 즉위하자 분노에 차서 제목을 〈영웅 교향곡〉으로 바꾸어 버렸다. 베토벤의 이 유명한 일화는 프랑스 혁명과 나폴레옹이 어떻게 변질되어 갔는지를 보여주는 대표적인 이야기이다.

나폴레옹의 제국주의적 야망은 오래가지 못했다. 그는 유럽 곳곳에서 혁명전쟁을 승리로 이끌며 세력을 확장했지만 1812년 러시아 원정에서의 대패는 그의 제국에 치명상을 입혔다. 이후 1814년 연합군의 반격에 의해 몰락한 그는 엘바 섬으로 유배되었다. 그러나 그는 다시 한 번 복귀를 시도, 엘바 섬을 탈출한 끝에 100일 동안 황제로 재집권했으나 워털루 전투에서 영국-프로이센 연합군에 패배하며 결국 세인트헬레나 섬으로 유배되어 그곳에서 생을 마감했다.

'살아야 하는 방식', 즉 이상을 추구했던 로베스피에르와는 달리 나폴레옹은 '어떻게 사는가'라는 방법론 문제를 명확히 인식한 인물이었다. 그는 혁명의 이상에 집착하기보다는 현실을 냉철하게 직시하며 전략적으로 선택했고 실제로 마키아벨리의 현실주의적 원칙을 실천했다. 하지만 그도 비슷한 몰락을 피할 수 없었다. 두 인물의 실패는 단순히 이상과 현실의 어느 한쪽을 선택했느냐의 문제가 아니라고 봐야 한다.

로베스피에르가 혁명이라는 이상을 좇아 현실을 무시했기에 실패했다고 해석할 수도 있지만 나폴레옹은 반대로 냉철한 현실주의적 선택을 했음에도 실패했다. 그렇다면 그들의 몰락은 무엇에서 기인한 것인가? 로베스피에르와 나폴레옹은 모두 자신이 정의를 구현하고 있다고 굳게 믿었고 자신의 행동이 언제나 도덕적으로 정당하다고 확신했다. 이 절대적 신념은 그들에게 도덕적 확증 편향을 낳았고, 비판적 사고와 자기 성찰의 길을 가로막았다. 그 결과 자신들의 신념을 실현하기 위해 폭력과 억압도 정당화하게 되었다.

그들의 행동은 자유와 평등이라는 혁명의 이상을 훼손했으며 결과적으로 자신들이 타파하려 했던 억압적 권력의 또 다른 형태를 만들어냈다. 프랑스 혁명의 발발과 전개, 그리고 그 비극적 결말은 이청준의 소설 『당신들의 천국』을 떠올리게 한다. 대령 출신의 조백헌이 한센병 환자들을 위해 이상사회를 건설하겠다는 선의를 가지고 소록도 원장으로 부임했으나 시간이 지나면서 그의 이상사회는 환자들이 아닌 자신을 위한 수단으로 변질되었다. 환자들을 위한 이상은 곧 개인의 영광을 위한 수단으로 전락했고, 환자들은 그가 설계한 이상사회에서 오히려 희생자가 되었다. 조백헌이 그렸던 이상사회가 결국 '당신들의 천국'이 된 것처럼 프랑스 혁명도 지도자들이 설계한 또 다른 권력의 천국으로 변질된 것이다.

자유, 평등, 박애를 외치며 시작된 프랑스 혁명은 사회적 부조리에 대한 비판적 사고에서 출발했지만 시간이 지나면서 혁명 지도자들은 권력의 유혹에 굴복했다. 그들은 혁명의 이상보다는 자신의 권력 유지에 더 집중하게 되었고, 혁명은 점차 폭력과 공포정치로 변질되었다. 로베스피에르와 나폴레옹은 모두 선의의 이상을 내세웠으나 그들이 선택한 것은 결국 자신들의 권력 강화였다. 그들이 추구했던 혁명 이후의 이상사회는 결국 '우리들의 천국'이 아닌 '당신들의 천국'이었다. '정의'와 '혁명'은 실체 없는 무지개 같아서 영원히 붙들 수 없는 것인지도 모른다. 우리가 의심하고 경계해야 하는 것은 '인간'이라는 존재와 함께 '정의'나 '혁명', '이상'과 같은 언어적 주술이다. 로베스피에르나 나폴레옹은 그것을 간과한 결과 자신의 신념 속에 갇혀 몰락의 길로 접어들었다.

프랑스 혁명은 유사 지성의 위험성을 여실히 보여주는 사례이기도 했다. 지성이란 단순히 지식이나 지혜와는 다른 차원의 것이다. 오늘날 지식은 정보의 수준으로 전락했고, 지혜는 자신의 이익만을 챙기는 영악함으로 변질되었다. 지식은 인공지능의 몫이 되었고, 지혜는 영악한 이들의 도구로 전락한 지 오래다.

이런 까닭에 지금 필요한 것은 '지성'이다. 지성은 단순한 비판적 사고와 윤리적 판단에 머무르지 않는다. 지성은 그것을 기반으로 부조리에 저항할 수 있는 결연한 행동력을 보여야 하며, 그러한 행동은 열린 태도와 스스로에 대한 성찰로 이어져야 한다.

지성은 네 가지 요소가 균형을 이루며 작동할 때 완성된다. 비판적 사고,

윤리적 판단, 행동력, 그리고 성찰. 이 중 하나라도 결여되면 지성은 왜곡되고, 유사 지성으로 전락할 위험에 처한다. 프랑스 혁명은 지성이 이러한 균형을 상실할 때 얼마나 큰 혼란과 비극을 초래할 수 있는지를 경고한다.

로베스피에르와 나폴레옹이 열린 태도로 자신을 성찰할 수 있었다면, 그들은 자신들의 광기와 권력욕을 통제할 수 있었을 것이다. 그렇다면 그들의 운명도 달라졌을 것이다. 하지만 지성이 부재했을 때, 혹은 유사 지성이 그 자리를 대신할 때 모든 혁명은 부조리를 낳고, 마침내 허무주의로 귀결될 수밖에 없음을 프랑스 혁명은 웅변하고 있다.

브란덴부르크 문은 나폴레옹의 콰드리가 약탈로 인해 한때 정복의 표상으로 변질되었지만 1814년 나폴레옹의 몰락 이후 베를린으로 반환되면서 프로이센의 평화와 승리의 심볼로 다시 돌아왔다. 20세기 중반 이 문은 동서독을 가르는 베를린 장벽의 중심에 위치하며 다시 분단의 상징이 되었다가 1989년 베를린 장벽이 붕괴되면서 다시 자유와 통일의 문으로 자리 잡았다. 프랑스 혁명이 유사지성으로 인해 권력의 도구로 변질되는 과정을 거친 것처럼, 브란덴부르크 문도 역사적 굴절을 겪은 끝에 마침내 평화의 문으로 돌아왔다.

프랑스 혁명은 자유와 평등의 이상에서 시작되었으나 지도자들의 권력욕으로 방향을 잃었다. 그러나 브란덴부르크 문처럼 혁명이 남긴 이상은 왜곡되었더라도 결국 다시 회복될 가능성을 품고 있다. 인간은 스스로를 되돌아보고 성찰할 때 비록 미로 속에 있을지라도 길을 찾을 수 있다.

브란덴부르크 문 앞에서 묻는다. 역사는 우리에게 무엇을 말하는가? 인간의 오만과 확신이 어떻게 비극을 초래하는가? 신념과 확신이 어떻게 역사를 비극의 소용돌이로 몰아넣는가? 우리는 무엇에 의지해야 하는가?

## 폴스카: 저항의 땅

바르샤바 봉기박물관

폴란드의 근현대사는 외세의 지배와 저항, 그리고 독립을 향한 끝없는 투쟁으로 점철된 역사다. 대한민국의 근현대사와 유사한 궤적이라는 점에서 흥미롭다. 폴란드는 18세기 말, 러시아, 프로이센, 오스트리아에 의해 세 차례에 걸쳐 분할되면서 1795년부터 1918년까지 123년간 지도에서 사라진 나라였다. 서쪽으로는 군국주의적 프로이센, 동쪽으로는 전제군주적 러시아 제국, 남쪽으로는 합스부르크 오스트리아 제국에 둘러싸인 폴란드의 지정학적 특징은 외세의 지배를 피하기 어려운 운명이었다.

그러나 폴란드는 끊임없는 저항과 봉기를 통해 독립을 추구했다. 특히 러시아 제국에 대항한 1830년의 11월 봉기와 1863년의 1월 봉기는 폴란드인들의 저항의지가 얼마나 강한지를 잘 보여주는 사건이다.

이들 봉기는 결국 강력한 군사적 압박에 의해 좌절되었지만 폴란드인들은 민족주의와 독립에 대한 의지를 포기하지 않았다. 음악가 쇼팽 역시 이 시기 폴란드의 저항과 민족적 정신을 음악으로 풀어내며 중요한 역할을 했다. 그는 희고 가느다란 손가락으로 건반만 두드리는 평범한 연주자나 작곡가가 아니었다.

1918년 제1차 세계대전 종전과 이듬해 체결된 베르사유 조약에 따라 폴란드는 다시 독립 국가로 부활하게 된다. 그러나 제2차 세계대전이 발발하면서 폴란드는 또다시 격변의 중심에 서게 된다. 1939년 독일과 소련이 리벤트로프–몰로토프 조약(독소 불가침 조약)에 따라 폴란드를 분할하기로 한 사건은 폴란드 근현대사에 깊은 상처를 남겼다. 아돌프 히틀러는 1939년 9월 1일 제2차 세계대전의 방아쇠를 당기며 "바르샤바를 완전히 부숴버려라."라는 명령을 내렸다. 히틀러는 폴란드인의 저항을 원천차단하기 위해 폴란드의 심장 바르샤바를 철저히 무너뜨리려 했던 것이다.

그 결과 바르샤바 시민 130만 명 중 약 70만~80만 명이 사망했다. 이 중 절반이 유대인이었다. 도시는 거의 85% 이상이 파괴되었으며 주요 문화유산과 건축물도 대부분 잿더미가 되었다.

9월 17일 독일이 폴란드를 점령한 지 얼마 되지 않아 소련도 동부 폴란드를 침공했고, 폴란드는 독일과 소련에 의해 분할 흡수되었다. 바르샤바는 나치 독일의 점령하에서 수많은 폴란드인과 유대인이 학살당하며 비극적인 역사의 중심지가 되었다.

바르샤바 봉기박물관은 나치독일에 의해 점령당한 바르샤바를 되찾기 위한 폴란드 국내군들의 1944년 봉기를 기념하는 공간이다, 봉기 60주년인 2004년 개관했다.

바르샤바 봉기 박물관은 전쟁의 참상을 생생하게 전달하는 독특한 전시방식을 통해 방문자들을 당시의 현장에 던져 놓는다. 1944년 8월 1일부터 10월 2일까지 63일을 시간 순으로 사건을 체험할 수 있게 한 타임라인 중심의 전시는 역사적 흐름을 몰입감 있게 제공한다. 폭격으로 파괴당한 건물을 형상화한 조형물에는 희생자들의 사진을 배치하여 당시 현장에 있는 듯한 현실감을 안겨준다. 낡고 검은 옛 전화기의 수화기를 들면 당시 무전으로 교신하던 저항군들의 긴박한 목소리들이 들려온다. 단순한 나열식 전시에서 벗어나 참여형 구성 기법으로 독창성을 발휘한다.

특히 박물관 내부의 벽면에는 저항군들이 사용했던 무기와 탄약, 그들이 남긴 슬로건과 낙서들이 그대로 재현되어 있어 웬만한 영화세트보다 높은 핍진성을 자랑한다. 이와 같은 공간 연출은 단순한 전시를 넘어 방문객들이 직접 사건을 체험하도록 이끈다. 또한 그 감정적 공감의 깊이와 몰입감을 통해 전시의 새로운 가능성을 보여준다. 이러한 방식은 전시 기획 및 공간 디자인 분야의 전문가들에게도 큰 참고가 될 듯하다.

사운드 벽을 통해 흘러나오는 전쟁 당시의 소리와 음성은 방문자의 심박수를 급격히 끌어 올린다. 또한 3D극장에서는 전쟁으로 파괴된 바르샤바의 모습을 시각적으로 재현해 전쟁의 참혹함을 보여준다. 박물관 외부의 '기억의 벽'에는 저항군과 시민들의 이름을 새겨 그들의 고귀한 희생을 기리고 있다.

그들의 뜻은 높고 그 저항은 굳세었으나 봉기는 저항군 1만 5천 명을 포함한 15만~20만 명의 희생자를 남기고 처참한 실패로 돌아갔다.

전황이 어려워지자 런던의 폴란드 망명정부는 연합국에 지원을 요청했으나 지원은 즉각적이고 전면적이지 못했다. 망명정부는 소련의 간접적인 지원을 기대했다. 특히 1941년 6월 독일이 소련을 기습공격(바르바로사 작전)함으로써 독소불가침 조약이 자동 파기되었기에 소련이 가만히 보고만 있지 않을 것이라고 생각했다. 그러나 소련군은 바르샤바 근처에 주둔하고 있었음에도 팔짱을 낀 채 방관했다.

스탈린은 전후 폴란드와 동유럽을 소련의 세력권에 포함시키기 위해 폴란드 저항군이 나치 독일에 의해 철저히 진압되기를 원했다. 나치가 폴란드 저항을 완전히 억눌러 놓고 독일이 패퇴하고 나면 폴란드 해방군 자격으로 자신들의 통제 하에 새로운 정권을 세울 수 있을 것이라고 계산한 것이다. 폴란드는 이이제이(以夷制夷)를 의도했지만 소련은 어부지리(漁夫之利)를 노렸던 셈이었다.

폴란드인들의 저항을 무력화할 목적으로 내붙였던 나치 당국의 처형명령이나 사형을 알리는 포고문이 부착된 곳에는 서늘한 기운마저 느껴진다. 폴란드 국기 백적기가 게양된 건물 아래로 1열로 지나가는 저항군들의 표정이 비장하다. 저항군들이 입었던 군복과 외투, 각종 증명서가 실물 그대로 전시되어 있다.

허공에 매달린 구멍 난 셔츠는 이 셔츠의 주인이 복부에 심각한 총상을 입었음을 말해주고 있다. 그는 살아서 집으로 돌아갔을까. 가끔 복부의 총상을 통해 끔찍했던 시간들을 떠올릴까. 그러고는 나지막이 옛 전우들의 이름을 불러보며 긴 한숨을 내쉴까. 노병의 눈빛에는 아직도 그때의 결기가 서려 있을까.

생생한 교전장면을 찍은 사진과 즉결처형 당하는 저항군의 모습이 담긴 사진은 보는 이의 가슴을 아리게 한다. 당시 부서진 건물 조각들도 유리 진열장에 넣어 전시해 놓았다. 바르샤바를 파괴한 것으로 악명 높은 나치군의 급강하 폭격기 일명 '슈트카'(융커스 Ju 87 슈트카)가 공중에 떠 있는 모습은 보는 이들을 섬뜩하게 한다.

많은 자료들 중에서 가장 눈에 띄는 것은 독일군에게 체포된 저항군들

사진이다. 자세히 보니 모두 여성들만 모아 놓았다. 가로로 3줄로 길게 배열된 사진 속 48명의 여성 저항군들은 놀랍게도 거의 모두 미소 짓고 있다. 가슴 앞에 신원을 기록한 식별번호를 들고 찍은 일종의 머그 샷인데 머그샷이 저렇게 아름답고 감동적일 수 있다는 사실이 놀랍다. 자신의 소명을 다한 사람만이 보여줄 수 있는 평온함과 어떤 상황에서도 불의에 굴복하지 않겠다는 결의가 느껴지는 표정들이 가슴을 뭉클하게 한다. 조국을 위해, 자유를 위해 할 일을 다 했으므로 죽음도 자신을 굴복시킬 수 없으리라는 초연한 여유와 자신감이 생생하게 전해져 온다.

바르샤바 봉기 당시 저항군의 약 20% 이상을 여성이 차지했다는 기록은 놀랍다. 여성들은 다양한 역할을 맡아 활약했다. 그들은 간호사, 통신병, 심지어 직접 전투병으로 활동했으며 물자 운반, 정보 전달, 무기 운반 등 다양한 임무도 수행했다. 때문에 많은 여성 저항군들이 전투 중에 목숨을 잃거나 포로로 잡혀 처형당했다.

시인이자 간호사였던 크리스티나 크루차는 바르샤바 봉기 첫날에 저항군으로서 전투에 참가, 부상자들을 돌보던 중 총상을 입고 목숨을 잃었다. 그녀가 진중에서 쓴 저항의 시는 폴란드에서 가장 유명한 전쟁 시가(詩歌) 중 하나로 꼽힌다. 마리아 시보르스카는 봉기 당시 전투병으로 활약하다 부상을 입었지만 끝까지 후퇴하지 않고 싸웠다. 그녀는 자신의 부대원들에게 용기를 북돋으며 절망적인 상황에서도 끝까지 저항했다. 전투 중 포로로 잡힌 후에도 그녀는 모진 고문을 견디며 저항군의 정보를 누설하지 않았다. 이것은 용기만으로 가능한 것일까. 무엇이 그녀들로 하여 전사가 되게 하였을까. 미소 짓는 파란 눈, 죽음 앞에서도 흔들리지 않았던 전사의 눈. 저 뜨겁고 서늘한 눈빛은 쉽게 잊히지 않을 듯하다.

폴란드 여성 저항군 포로들의 머그 샷 앞 진열대에는 그녀들이 사용했던 물품들과 메달, 배지, 지폐, 등이 전시되어 있다. 주인을 잃은 물품들은 침묵 속에서 말하는 듯하다. 그들의 희생을 기억해 달라고, 나는 그날의 일을 아직도 잊지 않고 있다고.

바르샤바 봉기처럼 여성들이 저항의 최전선에 나선 사례는 세계 전투사에서 유례가 드문 일이다. 폴란드인들은 외세의 압박 속에서도 강한 민족적 자부심과 저항정신을 잃지 않았고, 이는 오늘날 폴란드의 정체성을 형성한 중요한 요소가 되었다.

그들의 저항, 그들의 희생도 무색하게 전후 폴란드는 소련의 영향력 아래 공산주의 체제로 돌아섰다. 1947년부터 시작된 공산 정권은 소련의 강한 통제 속에서 경제적 어려움을 겪게 된다. 특히 1970년대 들어 경제 위기가 고조되면서 국민들의 불만에 불을 지폈다. 이러한 상황에서 1980년 레흐 바웬사가 이끄는 자유노조 운동이 등장하면서 폴란드 내 반공주의 운동도 본격화되었다. 자유노조는 노동자 권리뿐만 아니라 민주화를 요구하며 국민적 지지를 얻었고, 1989년 결국 공산주의 체제에서 벗어나 민주주의로 이행하는 결정적인 역할을 하게 된다. 폴란드는 그 후 유럽 연합에 가입하고, 동유럽에서 중요한 역할을 하는 민주주의 국가로 성장하게 된다. 자유노조를 이끌며 폴란드 민주화에 혁혁한 공을 세웠던 바웬사는 1990년 제2대 폴란드 공화국 대통령에 당선되어 5년 동안 국정을 이끌었다.

이처럼 폴란드는 분할, 봉기, 전쟁, 독재, 민주화라는 극적인 과정을 거쳐 오늘날에 이르렀다. 이러한 굴곡진 역사를 통해 폴란드인들은 강한 민족적 자부심과 저항 정신을 형성해왔다. 억압과 불의에 대한 강한 저항정신은 폴란드인의 정체성을 잘 보여주는 핵심적인 요소이자 독재와 억압에 맞서 민주화를 이끌어내는 원동력이 되었다. 최근 대한민국으로부터 K9자주포 등 무기를 대량 수입해 간 것도 러시아의 우크라이나 침공을 보며 과거의 아픈 역사를 반복하지 않겠다는 의지에서 비롯되었다고 할 수 있다. 그들은 언제 어떤 침략을 받더라도 굳세게 저항할 준비가 되어 있다.

불의에 대한 저항정신이 지성의 핵심 요소라면 폴란드인들처럼 지성적 면모를 잘 드러낸 민족도 드물 것 같다.

## 젊은 지성인들의 초상

쇼팽 박물관 가는 길

봉기 박물관에서 쇼팽 박물관까지 약 2킬로미터의 거리는 바르샤바 로얄루트와 가까운 경로를 따라 이어졌다. 로얄루트는 크라코프스키 프셰드미에와 노비 시비아트를 포함한 바르샤바의 중심 거리로, 폴란드 역사를 간직한 핵심 장소들을 연결한다.

이 로얄루트는 폴란드의 주요 유적지를 따라 가며 특히 쇼팽의 숨결을 느낄 수 있도록 잘 조성되어 있다. 폴란드가 쇼팽을 얼마나 소중하고 자랑스럽게 여기는지 이 루트를 따라 걷다 보면 자연스럽게 알게 된다.

1830년 스무 살의 프레데릭 쇼팽은 오스트리아 빈으로 떠났다. 조국 폴란드를 뒤로하고 홀로 유학길에 오른 것이다. 빈은 유럽 음악의 중심지로 모차르트를 비롯하여 그에게 깊은 영향을 준 베토벤, 슈베르트 등 거장들이 활동했던 곳이었기에 젊은 쇼팽에게는 꿈의 도시였다. 그러나 그가 빈에 도착한 지 얼마 지나지 않아 폴란드의 애국 청년들이 러시아 제국의 지배에 맞서 일으킨 '11월 봉기'가 무력 진압되었다는 소식이 들려왔다. 봉기 발발 소식을 듣고 자신도 조국으로 돌아가 싸우고자 했으나 가족과 친구들의 만류로 뜻을 이루지 못한 쇼팽은 깊은 절망감과 함께 억누를 수 없는 슬픔과 분노를 느꼈다.

쇼팽은 1830년 초반부터 기침, 피로감, 체중 감소, 야간발한 등의 증세를 보였으나 이를 대수롭지 않게 여겼다. 그러나 증세는 점차 심해졌고, 11월 봉기 실패 소식을 접한 이후 정신적 충격까지 더해져 건강이 급격히 악화되었다.

이 무렵의 쇼팽은 자신의 병명을 알았던 것으로 보인다. 예민하고 감성적인 예술가들이 피해 갈 수 없는 병 폐결핵이었다.

이 때 탄생한 작품이 바로 〈혁명 에튀드, 작품 10-12〉였다. 이 곡은 쇼팽의 억눌린 감정의 폭발이자 조국에 대한 그의 비애와 저항 정신을 담은 선언문 같은 작품이었다.

이듬해 쇼팽은 빈을 떠나 프랑스 파리로 향했다. 이번엔 정치적 망명이었다. 조국 폴란드의 독립운동에 대한 그의 지지가 명확했기 때문에 결과적으로 그는 러시아 통치 하의 폴란드로 돌아갈 수 없는 상황이 되었던 것이다. 그는 이미 20대 초반부터 반체제적 예술가였던 셈이다.

1830년 7월 혁명 이후 파리는 자유와 혁신의 중심지로 떠올랐고, 폴란드 망명 정부도 파리에 자리 잡았다. 쇼팽은 자유와 혁신의 중심지인 파리에서 망명 공동체와 교류하며 조국의 비극을 음악으로 알렸다

그러나 불행한 조국의 현실은 그의 건강을 점점 더 갉아먹어 들어갔다. 결핵은 갈수록 악화되었다. 연인 조르주 상드와 요양 차 찾은 스페인 마요르카의 어느 집에서는 각혈하는 그를 보고 놀라 내쫓아버리기도 했다.

폐결핵과 함께 조르주 상드와의 관계도 악화일로에 놓였다. 상드는 늘 곁에서 그의 건강을 돌보며 지켜 주었지만 둘의 성격 차이와 예술적 갈등

은 점점 더 깊어졌다. 남성 편력이 심한 여걸풍의 페미니스트였던 그녀는 예민하고 감정적이며 비사교적인 쇼팽과는 사실 처음부터 많이 달랐었다.

불화와 건강의 악화 속에서도 쇼팽은 마지막 순간까지 창작 활동을 멈추지 않았다. 말년에 작곡한 작품들에는 그의 고독과 슬픔, 그리고 조국에 대한 깊은 애정을 담고 있다. 이 곡들은 모두 그의 유언과도 같은 작품들로 죽음 앞에서도 예술과 조국에 대한 사랑을 멈추지 않았던 위대한 예술가의 마지막 인사였다.

1847년 쇼팽은 연인 조르주 상드와 9년간의 동거 생활을 청산했다. 2년 후 그는 파리의 한 아파트에서 극심한 고통 속에 세상을 떠났다. 그의 나이 39세였다. 쇼팽의 누나, 제자들과 함께 임종을 지켰던 친구는 "고통스럽지만 존엄한 죽음이었다."라고 묘사했다. 생의 마지막 순간까지도 그는 조국 폴란드를 잊지 못했다. 쇼팽은 죽음을 앞두고 친구에게 이렇게 유언했다.

"내 시신은 프랑스에 묻히더라도 나의 심장만이라도 조국 폴란드로 보내 달라."

러시아 당국이 반러시아 인물인 쇼팽의 시신이나 유해조차 폴란드로 돌아가는 것을 결코 허용하지 않을 것이라는 사실을 쇼팽은 잘 알고 있었던 것이다. 죽어 심장만이라도 조국에 묻히고 싶어했던 쇼팽의 소망대로 그의 유해는 파리 페르 라셰즈 묘지에 안장되었으나, 심장은 방부 처리 과정을 거쳐 몰래 폴란드로 보내졌다. 쇼팽의 누나 루드비카의 노력으로 심장은 바르샤바 성 십자가 성당에 무사히 안치되었다. 1850년 그의 사후 약 1년이 지나서야 우여곡절 끝에 이루어진 귀국이었다. 그의 심장은 바르샤바의 성 십자가 성당 내부 기둥 아래 안치되었으며 이는 폴란드 민족에게 깊은 감동과 위로를 주는 사건이 되었다.

조국을 떠난 지 20여 년만에 이루어진 쇼팽의 귀환은 마치 폴란드 민족 영혼의 귀환과도 같았다. 누구보다 조국을 사랑하는 망명 음악가로서 음악을 통한 그의 저항은 억압받는 민족의 자부심을 되살리고, 자유를 향한 불굴의 의지를 드러내는 외침이었다. 그는 건반 위의 시인이자 건반 위의 레지스탕스였다.

쇼팽의 심장이 묻혀 있는 성 십자가 성당을 지나면 그의 아버지가 프랑스어를 가르치던 바르샤바 대학교가 나온다. 어린 쇼팽은 자연스럽게 이곳 주변을 자주 드나들었을 것이다.

길을 걷다 지치면 잠시 쇼팽 벤치에서 쇼팽의 피아노 선율로 피로를 풀고 가는 것도 이색적인 경험이다. 바르샤바 시내 곳곳에는 쇼팽 벤치가 설치되어 있어 버튼을 누르면 쇼팽의 음악이 흘러나온다. 쇼팽이 어린 시절에 살았던 곳과 그가 자주 다녔던 장소들이 이 루트에 포함되어 있어 그를 사랑하는 사람들은 〈녹턴 제2번 내림마장조, 작품 9-2〉나 〈환상즉흥곡, 작품 66〉을 들으며 깊은 사색을 즐기기 좋은 길이다.

쇼팽의 음악이 단순한 예술적 성취가 아니라 조국을 위한 지성적 저항의 수단이었음을 보여주는 한 장면은 실화를 바탕으로 한 영화 〈피아니스트(감독 로만 폴란스키)〉 속에서 더욱 극적으로 드러난다. 폐가에 숨어 있던 유대인 슈필만이 나치 장교 호젠펠트에게 발각되어 목숨이 경각에 달린 순간, 장교는 그가 피아니스트임을 알고, 폐가에 남겨진 피아노를 연주해 보라고 명령한다.

건반 앞에 앉은 슈필만이 독일 음악가 바흐가 아닌, 폴란드의 심장 쇼팽을 연주하는 장면은 소심하고 심약한 주인공이 보여주는 최고의 반전이었다. 더욱이 〈발라드 1번〉은 망명자 쇼팽이 조국에 바쳤던 곡이자 억압받는 폴란드 민족의 비탄을 담은 곡이었다. 절박한 순간 나치 장교 앞에서 유대인 슈필만이 연주하기에는 너무나 부적절한 곡이었다. 그럼에도 이 곡을 연주하기로 결심한 것은 그의 심장 속에 쇼팽이 들어 있었기 때문일 것이다. 슈필만은 〈발라드 1번〉을 연주하기로 결심한 순간 이미 이 곡을 가장 잘 해석하고 가장 잘 표현한 연주자가 되었던 셈이다.

호젠펠트는 슈필만을 구해준 실제 인물로 그는 일기와 기록을 통해 나치 체제의 비인간적인 행위에 대해 깊이 회의한 사람이었다. 바르샤바 게토에서 유대인들이 학살당하고 고통 받는 장면을 목격한 그는 독일 민족 전체가 이러한 비인간적 행위로 인한 오명을 영원히 씻어내지 못할 것이라고 개탄했다. 그는 슈필만 뿐만 아니라 여러 유대인과 폴란드인들을 구하려고 노력한 인물이었다.

전후 호젠펠트는 소련군에 체포되어 고문 끝에 감옥에서 생을 마감했다. 차가운 감옥 바닥에 쓰러져 마지막 숨을 몰아쉬었을 때, 두려움과 고통 대신 그의 귓가에 쇼팽의 〈발라드 1번〉 선율이 들려왔기를, 그 선율 속에서나마 평온했기를,

로얄루트와 인접한 곳에서 15세기 천문학자 코페르니쿠스 동상, 마리 퀴리 생가, 와지엔키 공원도 만날 수 있다. 와지엔키 공원에서는 쇼팽 동상 앞에서 그의 음악을 직접 감상할 수 있는 쇼팽 야외 콘서트가 매년 열려 방문객들에게 잊지 못할 경험을 선사한다.

이 콘서트는 5월부터 9월까지 매주 일요일에 열리며, 세계적인 피아니스트들이 쇼팽의 대표작들을 연주한다. 쇼팽의 선율이 공원의 고요한 자연 속에서 울려 퍼지는 이 공연은 관광객과 바르샤바 시민 모두에게 사랑받는

행사다. 와지엔키 공원에서 쇼팽 연주회를 감상했다면 평생 잊을 수 없는 최고의 순간을 맞이했을 텐데 그러지 못해 평생 잊을 수 없는 아쉬움으로 남게 되었다.

쇼팽 박물관은 대리석건물과 계단은 화려하지 않지만 개인 박물관이라고 믿기 어려울 만큼 웅장하다. 원래 이곳은 오스트로브스키 궁전이었으며 과거에는 귀족가문을 위해 지어진 저택이었다고 한다. 지금은 전혀 궁전 분위기는 없고 길을 걷다가 바로 만날 수 있는 곳에 위치하고 있다.

박물관 1층에는 쇼팽의 유년기에 관련된 자료, 가족의 초상화, 악보 등이 전시되어 있으며 2층에는 그의 자필 악보와 편지 사진 등이 전시되어 있다. 2층 입구를 들어서면 바닥에 클래식한 옛 세계지도가 펼쳐져 있다. 빼곡한 지명이 새겨진 세계지도를 밟고 들어서면 터널 같은 아치형 천장에도 동일한 형태의 지도가 머리 위를 덮고 있어 마치 쇼팽의 음악 세계와 내면으로 모험을 떠나는 듯한 느낌을 준다. 쇼팽의 음악이 전 세계에 영향을 미쳤다는 것을 시각화한 것 같다. 좌우의 진열장에는 쇼팽과 관련된 인물들의 초상화, 친필서신 등이 전시되어 있다.

그가 실제로 사용했던 피아노는 부끄러운 듯 조용히 앉아 옛 주인을 추모하고 있다. 내부로 더 들어가면 쇼팽의 음악을 감상할 수 있는 별도의 공간도 마련되어 있다. 쇼팽의 음악을 시청각적으로 체험할 수 있도록 디지털 화면이 설치되어 있고, 화면은 쇼팽과 관련된 이미지들로 가득하다. 쇼팽이 애용하던 파이프도 전시되어 있다. 옛날 우리네 긴 담뱃대와 비슷한 모양이다. 이런 형식으로 담배를 피우는 쇼팽의 모습이 잘 연상되지 않는다. 3D로 보는 쇼팽의 모습을 비롯한 다양한 초상화들을 지나면 쇼팽의 얼굴이 새겨진 주화, 지폐, 우표, 각종 메달 등도 보인다. 그가 차고 다니던 손목시계와 그의 두 손을 본뜬 석고 주조물도 방문객의 발길을 오랫동안 붙든다.

3층에는 쇼팽의 음악세계를 시각적으로 체험할 수 있는 디지털 인터랙티브 디스플레이가 설치되어 있다. 방문객들은 이어폰을 끼고 그의 악보를 터치스크린으로 넘겨보며 그가 작곡한 선율을 청각적으로 경험할 수 있다. 빈자리가 남아 있지 않을 만큼 많은 방문객들이 자리를 차지하고 앉아 시청각을 통해 쇼팽을 만나고 있는 모습이 이채롭다. 특히 어린 학생들이 많다. 미래의 쇼팽들이다.

지하 1층에는 말년의 쇼팽이 파리에서 살았던 방을 재현한 방이 그의 숨결을 그대로 느끼게 해 준다. 옆에는 몰입형 쇼팽음악 감상실이 자리 잡고 있다. 음악 감상실에는 터치스크린을 통해 쇼팽의 전 곡을 감상할 수 있게 해 놓았다.

쇼팽 박물관에는 쇼팽의 악보나 피아노, 유품만 있는 공간이 아니라 그에 대한 폴란드인들의 존경과 사랑이 가득한 공간이다. 그들은 지하 1층에서 지상 3층까지 그들의 존경과 사랑을 채우고도 부족했던지 박물관 출구 근처 로비 공간에 기념품 숍도 두어 아쉬움을 달래고 있었다.

쇼팽이 흰 손가락으로 피아노 건반만 두드렸다면 오늘날과 같은 존경과 사랑을 받지는 못했을 것이다. 그가 음악가로서의 욕망만 앞세워 고난에 처한 조국을 잊고 살았다면 아마 그의 박물관이 지금처럼 웅장한 대리석 건물로 옛 왕궁 안에 이렇게 서 있기는 어려웠을 것이다.

쇼팽은 부조리한 조국의 현실에 분노하고, 자신에게 불이익이 돌아올 수 있음에도 주저하지 않고 현실에 개입해 예술로 저항한 실천적 인물이었다. 오늘날 그의 음악은 여전히 억압받는 사람들에게 자유와 저항에 대한 영감과 함께 커다란 위안을 주고 있다.

## 낭만복원 프로젝트

바르샤바 구시가지

바르샤바는 전통과 현대의 콘트라스트가 강렬한 도시다. 제2차 세계대전 중 나치 독일의 폭격으로 바르샤바는 완전히 폐허가 되었고 도시는 잿더미 속에 파묻혔다. 그러나 전후 바르샤바 시민들은 상처를 딛고 새로운 미래를 건설하기 위해 노력했다. 그 결과 바르샤바는 현대적 건축물들이 줄지어 들어선 신시가지를 중심으로 빠르게 재건되었고 경제적 회복과 더불어 새로운 도약을 이루게 되었다.

현대적인 분위기가 물씬한 신시가에서도 유독 시선을 끄는 건물은 문화과학궁전이다. 1955년 스탈린의 선물로 지어진 문화과학궁전은 당시 소련의 정치적 영향력을 과시하며 사회주의 리얼리즘 양식의 웅장한 건축기법을 잘 구현해 냈다. 이 건물은 고딕적 요소와 신고전주의적 디테일이 혼합된 외관을 갖추고 있으며 대칭적 구도와 수직선이 강조된 디자인을 통해 체제의 질서와 규율을 시각적으로 잘 표현했다. 높이 237미터에 달하는 이 건물은 바르샤바 스카이라인을 압도하며 도시를 호령하고 있다. 궁전 내 약 3천 명을 수용할 수 있는 대형 강당 콘그레스 홀은 과거 롤링 스톤즈와 같은 유명 음악가들의 공연이 열리기도 했다. 문화과학궁전은 이름에 '과학'이 포함되어 있지만, 과학과 관련된 전시는 상대적으로 적다. 폴란드의 국가적 영웅인 천문학자 니콜라우스 코페르니쿠스와 관련된 공간도 없다. 다만 별도로 코페르니쿠스 과학 센터를 두어 그의 과학적 업적을 기리고 있다.

문화과학궁전과 더불어 바르샤바 스파이어와 즈워타 44 같은 현대적 고층 건축물들은 전쟁의 폐허 속에서도 새로운 도약을 꿈꾸며 미래를 향해 나아가려는 폴란드의 회복력과 의지를 잘 형상화했다. 바르샤바 스파이어는 커튼월 방식의 유리 외장을 사용하여 시간과 날씨에 따라 외관의 색감이 변화하며 도시의 생동감을 불어 넣었다. 부유층과 유명인사들이 거주하는 고급 아파트 즈워타 44는 비정형적 외관과 유려한 곡선이 특징이다. 금빛 장식은 폴란드의 과거 영광과 오늘날의 번영을 나타낸다. 이와 같은 현대적 건축물들은 과거의 상처를 극복하고 미래로 나아가려는 폴란드의 의지를 반영한 건축적 형태라 할 수 있다.

그러나 바르샤바의 영혼은 신시가지에만 깃들어 있는 것이 아니다. 바르샤바의 구시가는 제2차 세계대전 중 나치 독일의 폭격으로 완전히 파괴되었지만 전후 바르샤바 시민들의 의지로 하나하나 재건되었다. 구시가의 건축물들은 18세기 이탈리아 출신 화가 베르나르도 벨로토(카날레토)의 그림과 전쟁 전의 여러 사진을 참고하여 철저히 당시 모습으로 되돌려 놓았다. 구시가지 전체가 거대한 예술품이라 해도 전혀 과언이 아니다.

아치형 창문, 화려한 파사드 장식, 창문과 출입문 주변의 몰딩까지도 당시의 건축 양식에 맞추어 세심하게 재현되어, 보는 이들의 감탄을 자아낸다. 원래의 모습을 직접 보지 않아서 단정할 수는 없지만 이 정도라면 실제보다 못하지 않을 것이라는 생각이 든다. 뛰어난 기술력도 대단하지만 심혈을 기울여 옛 모습을 재현하려는 의지가 만들어낸 결과물이라 더욱 감동적이다.

그들은 건물의 높이, 형태, 색깔, 그리고 건물 간의 거리까지도 원래 모습대로 살려냈다. 한때 바르샤바가 유럽을 대표하는 아름다운 도시로 불렸던 이유를 설득력 있게 입증해 낸 것 같다. 이 과정에서 전국적인 모금운동도 벌어졌다. 시민들은 누구라고 할 것 없이 밖으로 나와 바르샤바 재건에 팔을 걷어붙였다. 바르샤바 사람들의 시민정신이 이 거대한 예술작품을 탄생시킨 셈이다.

대표적인 건물로는 왕궁, 시장광장과 주변건물들, 그리고 성 요한 대성당이 있다. 왕궁은 13세기부터 폴란드 왕들의 거주지이자 정치적 중심지로 기능했으며 전쟁 후 재건 작업을 통해 다시 그 화려함을 되찾았다. 시장광장은 중세 유럽의 번화했던 도심을 대표하는 장소로 전쟁 전 모습 그대로 재현되어 바르샤바의 수호신인 인어동상과 함께 시민들의 사랑을 받고 있다. 칼과 방패를 든 인어의 모습은 전형적이지 않아서 더 눈길이 간다. 전형적인 것은 진부한 것이고, 진부한 것은 상상력을 가두는 창살이다. 칼과 방패를 든 인어의 이미지는 낯설지만, 바로 그 낯섦이 신선함을 준다. 인어의 전형성을 깨뜨려준 바르샤바 인어의 참신성은 도시의 저항 정신과 강인함을 독특한 시각적 메시지로 전달한다. 자신을 지켜준 바르샤바 어부들에게 보답하기 위해 이 도시의 수호자가 되기로 했다는 인어의 전설을 알게 되면 인어동상의 낯섦은 금세 해소된다.

14세기 고딕 양식으로 건축된 성 요한 대성당은 전쟁 중 거의 전소되었으나 전후 철저한 복원을 통해 폴란드의 종교적 정체성과 민족적 자부심의 중심이 되었다. 1980년 유네스코는 복원된 구시가를 세계문화유산으로 지정했다. 전쟁의 상흔 속에서도 민족의 정신을 잃지 않은 폴란드에 대한 위안이자 찬사였다.

바르샤바 왕궁 광장은 생동감 넘치는 축제의 중심이다. 젊은 버스커들의 화려한 연주에 관객들은 박수와 환호로 화답한다. 아이들은 비눗방울을 쫓아다니며 웃음을 터트린다. 이 활기 속에서 바로크와 신고전주의가 조화를 이룬 바르샤바 왕궁이 위엄 가득한 눈으로 지켜본다. 붉은 외벽과 우아한 청동 지붕이 돋보이는 왕궁은 한때 폴란드 왕들의 공식 거처이자 국가적 의사 결정을 내리던 중심지였다. 그 화려함과 웅장함은 오늘날까지도 광장을 찾는 이들에게 깊은 인상을 남긴다.

광장의 또 다른 얼굴은 지그문트 3세 바사(Zygmunt III Vasa)의 기둥이다. 1644년에 세워진 이 기둥은 폴란드 수도를 크라쿠프에서 바르샤바로 옮긴 지그문트 3세의 업적을 기리기 위해 세워졌다. 높이 솟은 기둥 위의 동상은 칼과 십자가를 든 지그문트를 형상화한다. 칼은 폴란드 독립을 지키겠다는 의지를, 십자가는 기독교적 신앙을 대변한다. 전쟁의 상흔 속에서 독일군의 포격으로 크게 파손당하기도 했으나 전후 기둥은 석재로 바꾸는 대신 동상은 원래의 조각을 이어 붙여 완벽히 복원해 냈다. 이 지그문트의 기둥이 바르샤바는 물론 폴란드의 전후 재건의 표상이 된 배경이다.

구시가를 걷다 보면 문득 자신이 중세의 어느 도시에 와 있는 듯한 착각이 들기도 하고 어디선가 독일군이 불어대는 호루라기 소리와 긴박한 군화 소리가 들려 올 것 같은 느낌이 들기도 한다. 실제로 영화 〈피아니스트〉의 초반부는 이곳에서 촬영한 것으로 알려져 있다. 그 외에도 구시가는 여러 영화나 다큐멘터리에서 자주 등장한다. 중세 고딕 양식과 바로크 및 르네상스 양식이 조화를 이룬 클래식하고 정교한 장식들은 묵직한 주제의 흑백 영화에 어울리는 무게감을 제공한다. 구시가 건물들의 아치형 창문과 돌로



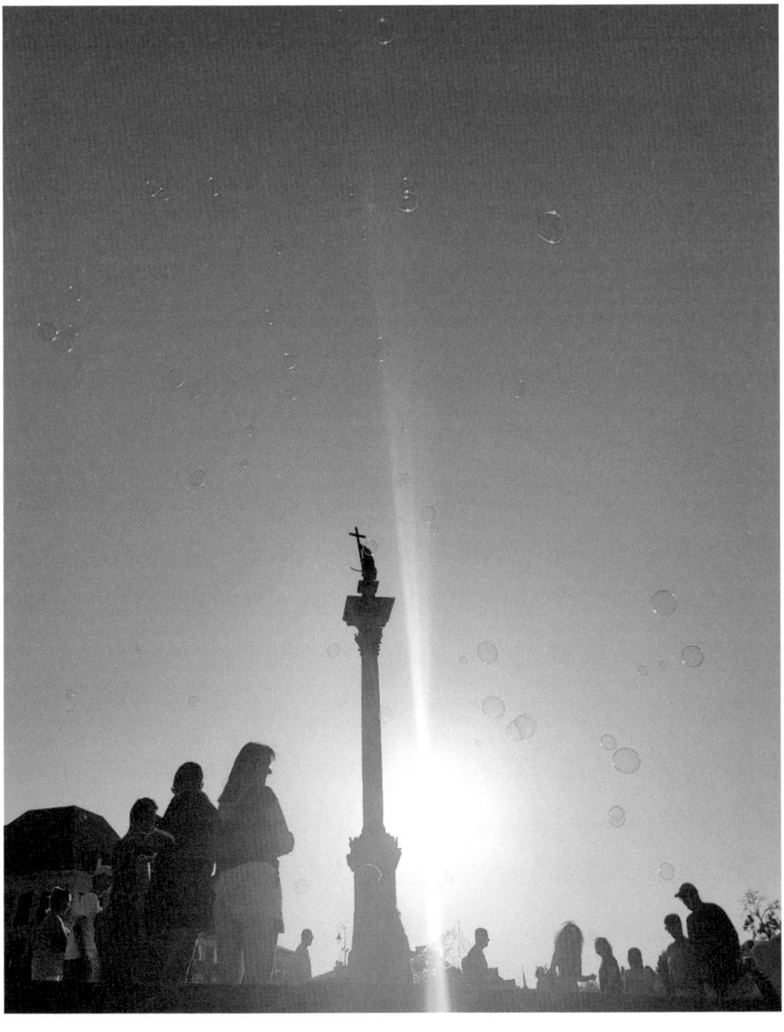

바르샤바의 랜드마크 지그문트 기둥

포장된 어둡고 좁은 골목길은 영화 속 인물들이 겪는 두려움과 불안을 사실적으로 묘사하는 데 제격이다.

구시가는 도시의 재건뿐만 아니라 인간성 회복이라는 더 깊은 차원에서도 의미를 지닌다. 구시가가 전쟁의 폐허 속에서 철저한 복원을 통해 민족적 자존과 정체성을 회복하려는 서사라면 영화 〈쉰들러 리스트(1994)〉에서 묘사된 오스카 쉰들러의 이야기는 상실된 인간성을 회복하려는 개인의 성장에 대한 서사를 보여준다. 초기의 쉰들러는 나치 체제와 협력해 값싼 유대인 노동력을 착취하며 자신의 이익을 극대화하려 했던 전형적인 기회주의적 군납업자였다.

그러나 유대인 학살을 목격한 후 그는 더 이상 현실을 외면할 수 없게 된다. 기회주의적 이익 추구를 당연하게 여겼던 쉰들러는 유대인들이 처한 상황에 윤리적 질문을 던지며 자신이 올바른 길을 걷고 있는지 반문한다. 그는 자신의 행동이 단순한 경제적 이익을 넘어 인간의 존엄성을 침해하는 폭력적 체제에 기여하고 있음을 깨닫게 된다.

그의 윤리적 판단은 결연한 행동으로 이어진다. 자신의 재산과 명예를 포기하고 더 많은 사람을 구하기 위해 아예 자신의 공장을 유대인 대피소로 활용한다. 그는 위험을 무릅쓰고 반인륜적이고 부조리한 현실에 저항한다.

바르샤바 구시가가 폐허 속에서 다시 태어난 것처럼 쉰들러가 잃어버렸던 인간성을 되찾는 모습은 감동적인 낭만성을 보여준다. 그는 더 이상 이익만 추구하는 자본가가 아닌, 지성적 인간으로 거듭난 것이다. 영화의 후반부에서 쉰들러가 자신이 구한 유대인 명단을 보며 "왜 더 많은 사람을 구하지 못했을까."라고 자책하는 장면이나 "반지와 자동차를 팔아 그 돈으로 한 명이라도 더 구했어야 했는데 왜 그러지 못했을까."라며 눈물 흘리는 마지막 장면은 그의 극적인 자기복원을 여실하게 보여준다. 바람둥이에다 속물적인 장사꾼 쉰들러의 이 같은 변화는 인간 본성의 가장 깊은 곳에 잠들어 있던 신성(神性)을 일깨운 대표적 사례였다.

바르샤바 구시가의 재건과 쉰들러의 변화는 인간의 존엄과 공동체적 연대의 회복이라는 더 큰 의미에서 맞닿아 있다. 도시의 복원이 파괴된 민족적 정체성과 자부심을 되찾으려는 과정이었다면 쉰들러의 자기복원은 상실된 인간성을 찾아가는 과정이었다. 둘 모두 상처를 딛고 다시 일어서려는, 파괴 속에서 새로운 희망을 발견하려는 복원의 과정이었다.

이처럼 바르샤바 구시가 복원과 쉰들러의 서사는 상실된 인간성과 공동체를 되찾기 위한 인류애적 지성의 투쟁을 보여준다. 이는 도시와 인간의 복원을 넘어 인류 전체의 존엄성과 자존을 되살리기 위한 의지의 표현이기도 하다.

유대인 구출에 전 재산을 다 소진한 쉰들러는 완전히 파산한 상태에서 패전국인 조국 독일로 돌아갔다. 이후 재기를 위해 백방으로 노력했지만 뜻대로 되지 않았다. 아내와 함께 아르헨티나로 이주, 농장을 운영하려 했으나 이마저도 실패로 돌아갔다. 11년 만에 홀로 독일로 귀국한 후 여러 사업에 손을 댔지만 모두 실패하고 그가 구한 유대인들과 유대인 단체의 지원으로 어렵게 생활을 이어갔다고 알려진다. 더욱 안타까운 점은 전후 그가 심각한 트라우마와 알코올 중독에 시달리는 등 만년이 순탄하지 않았다는 사실이다. 그는 자신이 목격했던 참혹했던 살육현장에 대한 기억, 자신이 구해내지 못한 유대인들에 대한 죄책감, 경제적 파산과 사업부진 등에 따른 정신적 고통 속에서 여생을 보내야 했다. 파산까지 겪고 재기불능의 상태에서 만년을 보내야 했던 쉰들러로서는 선의의 결과로 닥쳐온 고난 앞에서 깊은 혼란에 빠질 만도 했다.

그러나 그는 끝까지 일관된 태도를 보였다. 1974년 오스카 쉰들러는 자신의 바람대로 사후 이스라엘 예루살렘의 시온산에 있는 가톨릭 묘지에 묻혔다. 그는 저승에서도 유대인들과 함께 하기를 원했던 것이다. 쉰들러는 생전에 이스라엘 정부로부터 '의인' 칭호를 받았다. 돌아오지 않는 남편을 기다리다 아르헨티나에서 쓸쓸히 세상을 떠난 아내 에밀리는 사후에 공로를 인정받아 '의인' 칭호를 받았다.

바르샤바 구시가와 쉰들러의 복원은 상처받은 정체성과 인간성에 대한 깊은 성찰과 치유의 과정이다. 그들은 우리가 상실했던 낭만성을 되찾아가는 길을 제시한다. 원형대로 잘 되살려 놓은 바르샤바 구시가의 좁은 골목길을, 오스카 쉰들러가 잘 되찾은 인간애를 추억하며 걷다 보면 저만치에 우리가 가야 할 길이 보일 것 같다.

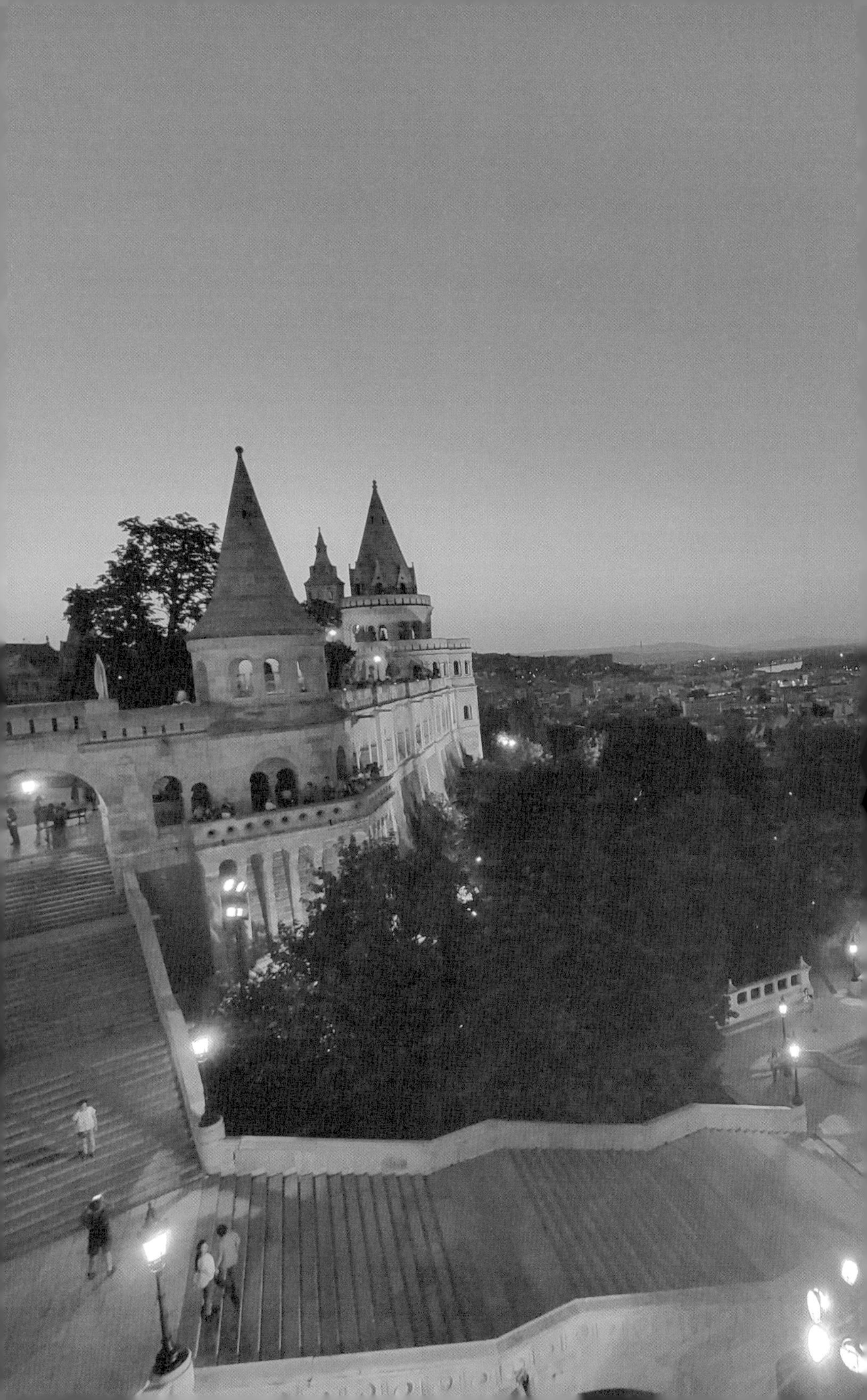

# Chapitre 5

# 오디세이 지성

헝가리

세르비아

튀르키예

정보가

물고기가 많은 위치를 아는 것이라면,

지식은

물고기를 잡는 방법을 아는 것이다.

지혜는

더 효율적인 방법을 찾아내는 능력이다.

반면 지성은

이 모든 것을 통합, 조정, 설계하는 힘이다.

<본문 P359 중>

## 농담 같은 야경

어부의 요새

어부의 요새로 가는 길목에서 만난 마차시 성당은 지금껏 보았던 성당 중 손꼽을 정도로 수려했다. 회색의 석회암과 벽돌로 이루어진 외벽은 성결한 신앙심을 저절로 일깨워 주는 듯하다. 외벽을 수놓은 정교한 세공과 섬세한 장식들은 오랜 시간 동안 바늘로 갈아내고 다듬은 듯하다. 정밀하게 조각된 돌기둥과 화려한 장식으로 둘러싸인 첨탑은 탁란(濁亂)한 지상의 소란과 성결한 천상의 평화를 이어주는 신성한 다리처럼 보인다. 첨탑 창문 주위를 감싼 조각들은 레이스처럼 정교하게 깎여 마치 누군가가 방금 손끝으로 빚어낸 듯한 느낌을 전해 온다.

마차시 성당 최고의 미덕은 여느 성당이나 교회처럼 압도적인 규모를 앞세우지 않는다는 점이다. 큰 규모는 권위와 힘을 앞세워 군림하려는 의도를 보이지만 마차시 성당은 자연스런 경외감을 안겨준다.

작지만 어느 하나도 버릴 게 없는 이 우아하고 단아한 성당은 보면 볼수록 그 매력에서 헤어나올 수 없게 한다. 전혀 화려한 느낌을 주지 않으면서도 어떤 화려한 건물에 못지않은 화려함이 엿보인다. 대개 화려한 것은 깊이가 없어 쉽게 가벼워지지만 마차시 성당은 보는 사람마저도 깊어지게 만든다. 난생 처음으로 종교건물을 보며 깊은 감동에 젖어 본다.

내부로 들어가면 화려한 스테인드글라스와 프레스코가 방문객을 맞이한다. 빛이 투과되어 만들어내는 눈부신 색의 경연은 하늘의 신비로움을 지

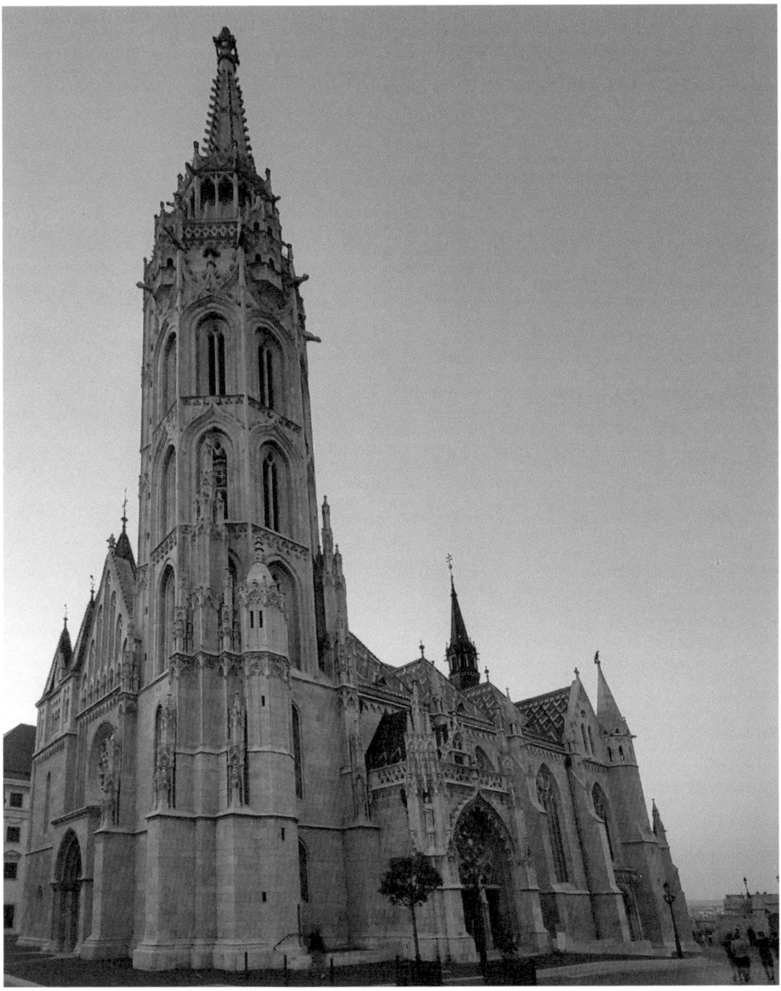

화려하고 깊은 매력 마차시 성당

상에 구현하려는 시도 같다. 성당의 스테인드글라스 창문은 각기 다른 성경 이야기와 성인을 묘사하며, 빛이 투과될 때마다 생명을 얻은 듯 색이 살아난다. 조각들은 단순한 장식이 아니라 헝가리의 신앙과 예술적 정체성을 형상화하고 있다.

오스만 제국의 점령과 그 이후의 해방 과정 속에서 성당은 파괴와 복원을 반복하며 헝가리의 굴곡진 역사를 그대로 반영해왔다. 전쟁과 억압의 흔적을 견디며, 성당은 마치 돌로 새겨진 역사의 연대기처럼 그 자리에 서 있다.

마차시 성당은 14세기에 건축된 이후 헝가리 왕들이 대관식을 거행하며 하늘과 땅의 축복을 받았던 장소다. 성당의 이름이 된 마차시(Mátyás) 1세는 15세기 르네상스 시대의 군주로, 헝가리 왕국의 독립과 번영을 대표하는 인물이다. 그는 예술과 학문을 후원하며 헝가리에 르네상스 문화를 꽃피웠고, 유럽 최초의 상비군인 흑군(Black Army)을 창설하여 국방력을 강화했다. 또한 중앙집권적 통치를 통해 헝가리를 정치적으로 안정시키고 행정 체계를 개혁한 위대한 군주로 평가된다. 그의 통치 기간은 헝가리 역사에서 황금기로 불린다.

어부의 요새에서 내려다보는 부다와 페스트의 전경은 숨을 멎게 할 정도다. 천상의 화폭이 따로 없다. 두나(Duna. 다뉴브 강의 현지 식 이름)를 사이에 두고 하나둘 집집마다 불을 밝히는 저녁 풍경에 고단한 이국의 나그네는 잠시 심신을 내려놓는다. 왜 부다페스트가 파리, 프라하와 함께 유럽 3대 야경으로 꼽히며 많은 젊은이들의 사랑을 받고 있는지 알 것 같다. 한국인들이 많이 찾는 이유가 부다페스트의 야경 때문이라는 말도 과장이 아니라는 생각이 든다. 오스트리아-헝가리 제국 말기에 지은 건축물들의 고딕, 바로크, 네오 클래식, 아르누보 등 다양한 양식이 조화를 이루고 있기 때문일 것이다. 실제로 이번 여행에서 찾은 유럽 어느 나라의 수도보다 특별한 건축미가 느껴진 도시가 부다페스트였다.

부다페스트는 두나를 기준으로 서쪽의 부다(Buda)와 동쪽의 페스트(Pest)로 나뉘며, 두 지역은 세체니 다리를 통해 하나의 도시로 묶인다. 부다는 헝가리 역사의 주요 사건들이 펼쳐진 중심지로, 왕궁과 중세 건축물들이 언덕을 따라 자리하고 있다. 오스만 제국과 합스부르크 제국의 통치 시기에도 부다는 헝가리 민족의 저항 정신을 담은 방어 거점 역할을 했다. 반면 페스트는 19세기 이후 경제적 · 정치적 중심지로 급성장하며 근대화와 변화를 선도했다.

부다 서쪽 언덕에 위치한 어부의 요새는 헝가리 건국 1,000주년을 기념해 1895년부터 1902년 사이에 지어진 건축물로, 고딕 리바이벌과 로마네스크 양식이 결합된 형태를 지닌다. 7개의 탑은 헝가리 민족의 기원을 나타내며 중세 시절 이곳에 거주하던 어부들이 전시에는 의병으로 도시를 방어한 데서 유래했다. 현재의 요새는 군사적 용도보다는 관광 및 기념 목적으로 설계되었으나 여전히 헝가리 민족의 저항 정신을 상징하는 기념물로 여겨진다.

16세기 헝가리는 오스만 제국의 침공에 맞서 끊임없이 저항했다. 1526년 모하치 전투에서 대패하고 국왕 라요시 2세가 전사한 후 헝가리는 합스부르크 왕가의 지배하에 놓였다. 이후 1686년 부다페스트를 오스만 제국으로부터 탈환했으나 자치권을 잃고 합스부르크 제국의 속국으로 전락했다. 19

세기 중반 헝가리 민족주의와 자주권 요구가 높아지자 1867년 오스트리아와 타협해 자치권을 회복했지만 완전한 독립에는 이르지 못했다. 이후 헝가리 민족은 오스만 제국과 합스부르크 제국의 지배에 맞서 싸웠던 저항 정신과 자주성을 기리기 위해 어부의 요새를 축성했다.

헝가리의 저항 정신은 19세기 헝가리 혁명에서 다시 한 번 발현되었다. 1848년 헝가리 민족은 오스트리아 제국에 맞서 자유와 독립을 외쳤으나 제국의 강력한 탄압에 직면하여 수많은 희생자를 남기며 참담한 실패를 맛보고 말았다. 혁명 지도자 라요시 코슈트는 부다페스트의 골목을 돌며 시민들을 일깨우고 독립의 염원을 고취시켰으나 결국 혁명은 좌절되고 헝가리는 제국의 통치를 다시 받아들여야 했다.

그로부터 100여 년이 지난 1956년 부다페스트의 거리는 다시 혁명의 물결로 요동쳤다. 이번에는 소련의 폭압적 통치에 맞선 봉기였다. 시민들은 거리 곳곳에 바리케이드를 세우고 어부의 요새와 부다페스트 거리를 가로막으며 탱크에 맞섰다. 소련군의 탱크에 맨몸으로 저항하던 시민들은 무참히 진압 당했다. 부다페스트의 거리는 학살당한 시민들의 피로 물들었고 소련군의 총성과 탱크의 굉음이 도시에 울려 퍼졌다. 혁명은 또다시 실패로 돌아갔고 헝가리 국민들은 큰 대가를 치러야 했다. 수천 명의 시민들이 학살되었고 수십만 명이 고향을 떠나야 했다. 그러나 헝가리의 저항 정신은 1956년의 혁명 이후에도 소멸하지 않았다.

요새의 성벽은 낮고 개방적이다. 우리의 한옥 담장처럼 낮아 시야를 가리지 않아서 성곽을 따라 발밤발밤 걷다 보면 이곳이 얼마나 친화적인 공간인지 실감할 수 있다. 애초에 군사적 방어를 위한 닫힌 공간이 아니라 관람과 산책을 위한 열린 공간으로 만들었다는 말이 와 닿는다. 성곽 안에는 헝가리 전통 요리를 현대적으로 재해석한 다양한 메뉴를 제공하는 고풍스런 레스토랑도 있다. 이런 분위기라면 레스토랑 메뉴에 '낭만'과 '추억'도 있을 것 같다. 창밖으로 저녁노을과 도시의 불빛에 물들어가는 두나 강변 풍경을 감상하며 즐기는 식사는 오감을 즐겁게 해줄 것이다. 붉은 와인 잔 너머에 함께할 누군가가 있다면 더욱 특별하겠지만 그렇지 않다 해도 평범해질 일은 없다. 두나강변의 영롱한 불빛들이 빈자리를 충분히 채워주기 때문이다.

어부의 요새 아치형 창밖으로 두나 건너편에 웅장하게 서 있는 국회의사당이 내려다보인다. 밤이 되면 더욱 매혹적이라더니 듣던 대로다. 하나 둘 불이 들어오기 시작하자 국회의사당이 황금빛으로 물들기 시작한다. 젊은 이들이 강변 풍경을 내려다보며 여기저기서 탄성을 지른다. 국회의사당은 19세기 말 헝가리가 오스트리아-헝가리 이중제국의 일부였을 때 건설되었다. 고딕 리바이벌 양식으로 설계된 국회의사당 내부에는 헝가리 왕권의 상징인 성 이슈트반의 왕관이 보관되어 있다.

하늘색 돔과 지붕이 눈에 띄는 부다 왕궁은 나지막한 부다 언덕 위에서 농염한 자태를 뽐내고 있다. 부다 왕궁은 헝가리 정치와 문화의 중심지이자 오랜 세월 동안 헝가리 역사의 증인이기도 하다. 1741년 신성 로마 제국 황제 카를 6세가 후계자 없이 사망하자 딸 마리아 테레지아가 오스트리아 왕위를 계승하게 되었다. 그러나 여성이 왕위에 오르는 것을 반대하는 유럽의 여러 강대국과 헝가리 내 세력은 그녀의 통치를 인정하지 않았다.

마리아 테레지아는 헝가리 왕위를 인정받기 위해 아기 요제프 2세를 안고 부다 왕궁에서 헝가리 귀족들을 상대로 눈물 어린 연설을 하게 되었다. 그녀는 헝가리의 자주성을 지키겠다는 강력한 의지를 피력하며 헝가리 민족의 지지를 호소한 끝에 헝가리 귀족들로부터 정당한 군주로 인정받았다. 오

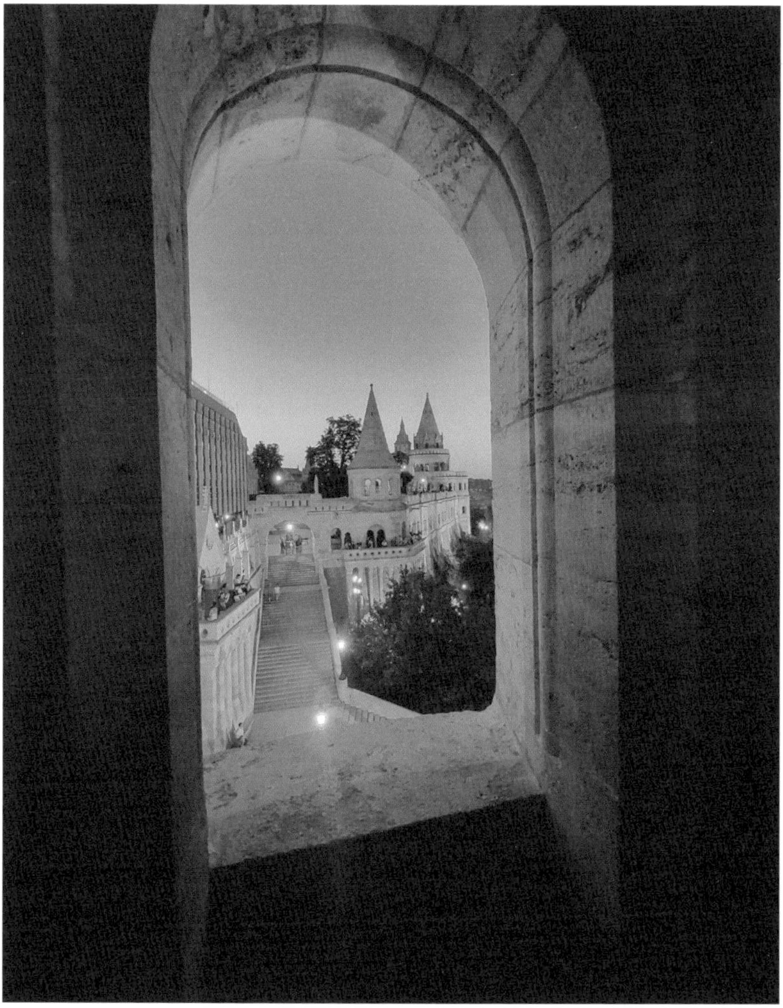

아치형 창문 밖으로 본 어부의 요새

늘날 부다 왕궁은 헝가리의 국립미술관과 역사박물관으로 사용되고 있다.

지금은 보수공사로 통행이 전면 차단된 세체니 다리는 헝가리의 근대화와 민족적 통합을 나타내는 중요한 건축물이다. 1849년 부다와 페스트를 영구적으로 연결한 이 다리는 헝가리 민족의 단결과 통합의 가교이기도 하다. 헝가리 민족 통합에 크게 기여한 세체니 다리는 개인적인 사건에서 탄생했다. 이슈트반 세체니는 19세기 헝가리의 정치가이자 근대화를 이끈 혁신가로 헝가리 민족의 자주성과 경제적 발전을 위해 헌신한 인물이다. 그는 헝가리의 여러 개혁을 주도하며 '현대 헝가리의 아버지'로 불렸다.

1820년대 세체니는 부친의 장례식에 참석하기 위해 페스트에서 부다로 가야 했지만 강이 얼어붙어 제때 도착하지 못한 일이 있었다. 이 일로 세체니는 큰 충격과 좌절감을 겪어야 했다. 그는 페스트와 부다를 연결하는 다리 건설의 필요성을 절감했고 자신의 전 재산을 기부하여 세체니 다리 건설을 추진했다.

세체니는 헝가리 민족의 자주성을 위해 정치, 경제, 사회 전반에 걸쳐 많은 개혁을 시도했으나 1848년 헝가리 혁명이 실패로 돌아가고 오스트리아의 지배가 강화되자 큰 상실감에 빠졌다. 그는 요양병원에 머물며 "내가 헝가리를 위해 아무것도 이루지 못했다."라고 깊이 자책하는 등 심한 우울증에 시달렸다. 그러다 창밖으로 보이는 세체니 다리를 보며 "내가 아무것도 이루지 못했다고 생각했는데 이 다리가 내 노력을 증명해 주는구나."라며 작은 위안을 얻었다고 전해진다.

세체니는 끝내 깊은 우울증을 극복하지 못하고 비극적인 죽음을 맞이했지만 세체니 다리는 그의 업적을 상징하는 기념비적 건축물로 남아 헝가리인들의 사랑을 받고 있다. 군데군데 노란 포장을 둘러쓰고 치료를 받고 있는 세체니다리 아래로 두나강물은 낮게 수런거리며 흘러간다.

어부의 요새 아치형 창밖으로 보이는 부다페스트의 화려한 야경은 헝가리인들이 고난의 역사를 견뎌내며 지켜온 정신의 사리(舍利)라 할 만하다. 어둠이 내려앉을수록 더욱 화려하게 타오르는 도시의 불빛은 역경 속에서도 꺼지지 않고 빛났던 그들의 정신을 대변하는 듯하다.

## 그리고 신발만 남았다

다뉴브강의 신발

페스트 쪽에서 두나(다뉴브 강의 헝가리 식 이름) 강물을 따라 남쪽으로 한 걸음씩 옮길 때마다 강 건너 부다 쪽 풍경이 조금씩 포즈를 바꿔가며 여행자의 시선을 즐긴다. 강변에 가까이 붙어 있는 칼빈광장교회 너머로 어부의 요새와 마차시 성당이 동화적 상상력을 자극하며 서있다. 왼쪽으로 조금 떨어진 곳에 부다 왕궁이 강물을 바라보며 명상에 잠겨 있다. 특히 어부의 요새와 마차시 성당에 조명이 들어오는 저녁이면 환상적이자 마술적인 리얼리즘의 세계가 펼쳐진다. 부다 왕궁까지 한 프레임에 넣어 셔터를 누르면 인생 최고의 걸작은 손쉽게 완성된다.

독일에서 발원한 두나는 이름을 바꿔가며 오스트리아, 슬로바키아를 거쳐 여기까지 왔다. 먼 길을 돌고 돌아오느라 조금은 지쳐 보인다. 오스트리아 빈에서 보았을 때 비교적 맑았던 강물은 연둣빛을 띄고 있다. 사람으로 치면 성년기에 접어들었으니 그럴 만도 하다. 사람이나 강물이나 갈수록 탁해지는 것을 피할 길은 없다. 그래도 인생은 지속되어야 하고, 강물은 흘러야 한다. 흐르고 흘러 마침내 바다와 한 몸이 되고나면 어떻게 굽이치고, 어떻게 탁해지며 흘러왔는지 따위는 아무도 알려 하지 않는다. 하지만 말

없는 저 강은 알고 있다. 자신이 무엇을 겪고 무엇을 보았는지를.

강 건너 부다성과 어부의 요새가 보이는 지점의  강변에 60여 켤레의 '죽은' 신발들이 늘어서 있다. 철로 만들어진 이 신발 조형물은 신사, 숙녀화, 아이 신발까지 다양하다. 갈색의 낡은 신발들 중에는 옆으로 쓰러진 것도 보인다. 당시 장면이 눈앞에서 펼쳐지는 느낌이다. 구두 안에는 추모의 흔적인 듯 아직 덜 탄 작은 초들이 남아 있다.

1944년 10월 헝가리에서는 극우 민족주의 정당인 화살십자당이 권력을 장악했다. 당시 헝가리는 이미 나치 독일의 괴뢰국으로 전락한 상태였다. 화살십자당은 집권하자마자 헝가리 내 유대인에 대한 강도 높은 탄압과 학살을 시작했다. 나치 독일의 정책에 협력한 그들은 헝가리 전역에 흩어져 있던 유대인들을 체포하고 강제 수용소로 보내거나 잔혹하게 살해했다. 그들은 명백한 민간인 신분이었지만 나치에 협력하며 유대인 학살에 가담한 무장정치집단이었다. 화살십자당은 헝가리 역사의 치욕적인 상흔이다.

1944년 말부터 1945년 초까지 화살십자당은 수천 명의 유대인을 이곳으로 끌고 와 학살을 자행했다. 그들은 사람들을 강변에 일렬로 세운 뒤 강을 바라보게 하고 명령을 내렸다

"모두 신발을 벗어라!"

사람들이 공포에 질려 신발을 벗었다. 무겁게 내려앉은 잿빛 하늘에는 검은 새들이 몰려가고 있었다. 강물은 푸르게 흘렀다. 아무 일도 없었다는 듯이, 아무 일도 없을 것이라는 듯이….

얼어붙은 바닥에 맨발로 서자 냉기가 뼛속까지 스며들었다. 그러자 더욱 살고 싶어졌다. 눈을 감았다. 낡은 갓 전등이 저녁 식탁을 비추는 따뜻한

집으로 가고 싶었다. 강물소리가 들려오고 강물냄새가 느껴졌다. 얼어붙은 공기를 찢는 총성이 들려 왔다. 사람들은 그 자리에 쓰러지거나 강물로 떨어졌다. 학살자들은 그 자리에 쓰러진 시신들을 강물에 던져 버렸다. 붉은 피가 강물을 물들였다. 오래지 않아 아무 일 없었다는 듯이 강물은 푸르게 흘렀다. 시신들도 푸르게 떠내려갔다.

그렇게 신발만 남았다.

지금 이 조형물들은 그렇게 스러져간 사람들을 추모하기 위해 조성된 기념물이다. 두나는 그날의 참상을 침묵으로 증언한다. 그리고 묻는다. 왜 그들은 죽어가야 했는지를, 왜 그들은 잔혹한 학살자가 되어야 했는지를.

강 건너편에는 어부의 요새와 마차시 성당, 그리고 부다 왕궁이 웅장한 자태를 뽐내고 있다. 강 이쪽에는 국회의사당, 성 이슈트반 대성당, 그리고 각종 신고전주의 건물들이 만들어내는 장엄한 풍경이 펼쳐져 있다. "저것 좀 봐. 어부의 요새야!" "저기, 위엄 넘치는 부다 왕궁이야!" 감탄하며 강변을 산책하는 수많은 신발들을 보며 주인 잃은 신발들은 이렇게 웅크린 채 망부석이 되었다.

한나 아렌트는 나치 전범 아돌프 아이히만의 재판을 지켜보며 그가 특별히 비정상적이거나 잔혹한 인물이 아니었음을 확인했다. 체제의 명령을 충실히 따랐을 뿐이라고 주장하는 아이히만을 보며 아렌트는 '악의 평범성(Banality of Evil)'이라는 개념으로 정리했다.

악은 특별히 비정상적인 사람들에 의해 자행되는 것이 아니라 평범한 사람들이 체제의 명령에 복종하며 도덕적 판단을 유예할 때 쉽게 발생할 수 있다는 것이 요지다. 그들은 체제의 명령에 순응하면서도 자신이 무엇을 하고 있는지, 그 행동이 윤리적으로 어떤 의미를 갖는지에 대해 고민하지 않았다. '왜?'라는 의문을 가지지 않을 때 인간은 누구나 아이히만이 될 수 있다는 사실을 아렌트는 말해 준다.

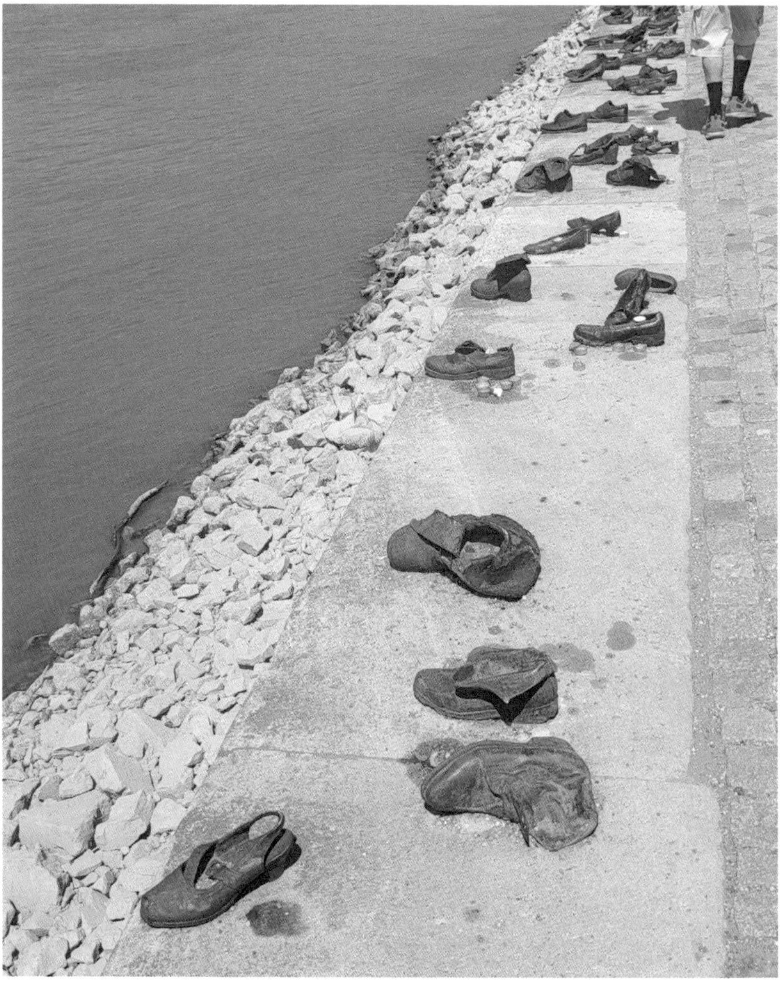

다뉴브 강의 신발

생각하지 않는 뇌, 의심하지 않는 뇌, 비판 의식이 결여된 뇌는 언제든지 거악(巨惡)의 원천이 될 수 있고, 누구든지 반지성적인 행위를 거리낌 없이 할 수 있게 한다.

부당해고 당한 직원에게 압박을 가하고 집단 따돌림을 하면서도 아무런 죄의식도, 가책도 느끼지 않는 평범한 이웃들을 우리는 한나 아렌트의 '악의 평범성'이라는 개념으로 충분히 설명할 수 있다.

우리 생활 주변에서 일상적으로 일어나고 있는 이러한 현상을 한나 아렌트가 아니었으면 도무지 이해하기 어려웠을 것이다. 그러니까 유대인 6백만 명을 학살한 나치 전범들이나 집단 따돌림 하는 내 직장의 동료들이나 그 심리적 기제는 동일하다는 것이 그녀의 이론적 골자이다.

화살십자당의 당원들도 마찬가지였다. 그들은 자신이 행하는 행위의 잔혹함을 체제의 명령 속에서 정당화했으며 스스로를 단지 명령을 따르는 기계로 간주했다. 이것이 바로 '왜'라는 의문과 지성의 부재가 초래하는 위험성이다. 지성이 결여된 사회에서는 개인이 체제에 의문을 제기하지 못하고 자신이 행하는 악행을 정당화하며 수행하게 된다. 권위와 권력에 약한, 평범하고 나약한 사람들이 맹목적인 복종을 통해 체제의 도구가 된다는 교훈을 다시 한 번 일깨워 준다,

에리히 프롬은 『자유로부터의 도피』에서 사람들이 자유에서 오는 책임과 불안을 권위에 복종함으로써 해소하려는 경향을 보인다고 설명한다. 그는 무한한 자유는 불안을 동반한다고 보았다. 자유는 인간으로 하여금 자신의 삶을 스스로 선택하고 책임질 수 있는 능력을 부여하지만 선택에 따르는 책임이 무거워지면 사람들은 심리적 불안을 느끼게 된다는 것이다. 프롬은 특히 현대 사회에서 인간이 자유의 확장과 함께 느끼는 불안이 고립감과

두려움으로 이어진다고 보았다. 프롬의 '자유에서 오는 불안' 은 인간이 종교를 찾는 심리와도 맞닿아 있다. 종교는 개인에게 명확한 규범, 의미, 그리고 안정된 질서를 제공해 준다. 무한한 자유에서 오는 불안감보다는 통제와 구속을 당하는 안정감을 선호하는 사람들이 종교를 찾는다. 프롬은 나치전범들의 행동도 이 같은 심리적 기제로 설명될 수 있다고 분석했다.

하지만 한나 아렌트의 '악의 평범성'이나 에리히 프롬의 '자유로부터의 도피심리'는 나치 전범들의 심리를 이해하는 데 도움을 주지만 동시에 비극의 재발을 막기 위한 구체적 해결책을 명시적으로 제시하지는 않는다.

그들에게 만약 '지성'의 첫 번째 덕목인 비판능력만이라도 있었다면 "내가 왜 저 무고한 생명들을 죽여야 하지?"라는 의문을 가졌을 것이고 그 비판의식은 도덕적 판단을 촉구했을 것이다. 비판정신이 결여된 사회주의 체제와 비판의식을 존중하는 민주주의 체제를 비교해 보면 비판의식을 가진 개인과 그렇지 않은 개인이 얼마나 다를지는 보지 않아도 알 수 있다. 인간에게 정말 필요한 것은 믿음이 아니라 불신과 의심인지도 모른다. 체제와 권위와 자신에 대한 믿음보다는 그것들에 대한 회의와 의심이 우리를 지성으로 이끌어 간다. 모두가 맹목적으로 믿었을 때, 소수의 사람들이 의심을 품고 진실을 밝혀낸 대표적인 사례로 드래퓌스 사건만 한 것도 없다.

1894년 프랑스 육군 포병장교 알프레드 드래퓌스는 군사 기밀을 독일에 넘긴 간첩 혐의로 체포된다. 반유대주의적 편견이 깊이 뿌리내린 프랑스 군부는 증거가 부족했음에도 유대계 프랑스인 드래퓌스를 국가 반역자로 몰아간다. 드래퓌스는 결백을 주장했지만 군부와 사회의 적대적 분위기 속에서 그는 유죄 판결을 받고 악명 높은 '악마의 섬'으로 유배된다.

사건의 진실이 드러난 것은 프랑스 육군 참모본부의 정보장교 조르주 피카르 중령 덕분이었다. 피카르는 에스테라지 소령이 진범이라는 것을 밝혀낸다. 피카르는 고위층에 진상을 보고했지만 상부는 오히려 사건을 덮기 위해 그를 튀니지로 좌천시킨다. 그러나 피카르는 굴하지 않고 언론에 사실을 폭로한다.

피카르 중령도 다른 군인들처럼 침묵할 수 있었다. 그의 일도 아니었고, 그가 나선다고 해서 세상이 달라질 것이라는 확신도 없었다. 오히려 부조리의 거센 파도가 그를 집어삼킬 수도 있었다. 군대라는 특수한 조직에서 일개 중령이 감당하기엔 벅찬 일이었다. 그러나 그는 진실을 밝히기 위해 주저하지 않았다. 자신에게 닥친 불이익에도 굴하지 않은 그의 용기 있는 행동은 프랑스 지식인 사회에 파장을 일으켰고 작가 에밀 졸라가 나서게 되는 계기를 마련한다.

졸라는 1898년 프랑스 신문 〈로로르(L'Aurore)〉에 대통령에게 보내는 공개편지 형식의 글 「나는 고발한다(J'accuse)」를 통해 군부와 정부의 부당한 행태를 정면으로 비판한다. 그는 드레퓌스가 유죄 판결을 받은 모든 증거가 조작되었음을 폭로하며 프랑스 사회를 발칵 뒤집어 놓는다.

그러나 이러한 행동은 고난의 폭풍을 몰고 왔다. 그는 명예훼손 혐의로 기소되어 유죄 판결을 받았다. 언론의 비난과 사회적 압박이 더욱 거세졌다. 프랑스의 배신자 취급을 받으며 졸라의 작품들은 금서로 지정되었다. 독자들은 그를 외면했다. 작가로서 감당하기 어려운 시련이 연이어 닥쳤다. 그는 영국으로 망명을 떠나야 했다. 프랑스 내에서 쌓았던 경제적 기반과 사회적 평판을 모두 상실한 그는 런던에서 경제적 어려움과 고립감 속에서 힘겨운 삶을 살아야 했다. 그럼에도 졸라는 뜻을 굽히지 않았다. 그는 계속해서 프랑스 군부와 정부를 비판하는 글을 발표하며 드레퓌스의 무죄를 주장했다.

사건발생 12년 만이자 졸라의 「나는 고발한다」 발표 이후 8년 만에 진실이 밝혀졌다. 피카르와 졸라의 용기 있는 행동이 프랑스 사회를 변화시키는 촉매가 되었고 드레퓌스는 1906년 마침내 무죄 판결을 받고 명예를 회복할 수 있었다.

졸라는 사건이 마무리된 뒤 다시 프랑스로 돌아왔지만 망명 생활 중 겪었던 정신적, 육체적 고통과 사회적 냉대는 그의 건강을 크게 악화시켰다. 위태로웠던 그의 삶은 1902년 그의 자택 안방에서 멈췄다. 의문의 가스 중독 사고로 갑작스럽게 생을 마감한 것이다. 그의 나이 62세였다. 그의 죽음이 사고였는지, 범죄였는지에 대한 의문은 남아 있지만 졸라는 생의 마지막 순간까지도 진실과 정의에 헌신한 지성인으로 기억되고 있다.

인간이 가장 위대해질 수 있는 순간은 자신의 불이익을 감수하면서 부조리에 맞서는 순간이다. 이 과정에서 드러나는 고결한 용기는 단순한 지식이나 판단을 넘어선다. 그런 순간 인간은 자신의 한계를 초월해 신에 가장 가까이 다가설 수 있게 되는지도 모른다.

부조리에 맞서 진실과 의로움을 선택하는 순간과 인간의 한계를 넘어선 윤리적, 정신적 고양을 이루는 이 숭고한 순간을 견인한 힘은 바로 지성이다.

피카르와 졸라는 이 사건을 통해 우리는 단지 진실을 아는 것에 그치는 것이 아니라 진실을 밝히기 위해 행동해야 한다는 것을 증명해냈다. 또한 의심하고 비판하는 능력, 윤리적인 판단, 용기 있는 행동(부조리에 대한 저항의지), 열린 태도와 자기 성찰을 통해 지성이 어떻게 사회를 변화시킬 수 있는지를 보여 주었다.

그러나 비상식적이고 비인간적인 나치 치하의 유럽과 헝가리에서 상식적이고 인간적인 현상이 일어날 리 없었다. 평범하고 무지성적 인간은 쉽게 그 환경에 편승해 버리기 때문이다.

그러한 결과는 비극적인 학살로 돌아왔다. 두나의 학살은 최소한의 비판의식조차 마비된 개인이 체제에 의해 얼마나 쉽게 악의 도구로 전락할 수 있는지를 보여준다. 이러한 절대화된 체제와 집단 아래에서 비극은 숙명처럼 반복된다.

두나의 신발 조형물 앞에서 인간을 생각하는 시간은 잔인하다. 하지만 우리는 이 잔인한 시간 앞에 서서 끊임없이 물어야 한다. "왜?"라고.

## 소통과 연대의 문화 속으로

그랜드 마켓홀

부다페스트에서의 마지막 일정이 다가오자 문득 지금이라도 유명한 세체니 온천을 찾아 여독을 풀고 갈까 하는 생각이 들었다. 바르샤바에서 부다페스트까지 약 700킬로미터를 10시간 넘게 달려 도착한 직후 온천을 가려고 했으나 어쩌다 보니 어부의 요새를 먼저 방문하게 되면서 자꾸 뒤로 미뤄진 과제였다. 이제 시간이 얼마 남지 않았다. 온천에 가려면 오후 4시 30분 출발하는 세르비아 베오그라드 행 버스를 타기 전에 다녀와야 했다. 그러나 점심을 먹고 온천을 즐기기에는 시간 맞추기가 쉽지 않아 보였다.

갈등 끝에 온천을 포기하고 부다페스트 그랜드 마켓(중앙시장)에서 점심을 해결하고 시장 구경을 한 뒤 터미널로 가기로 결정했다. 그러나 온천을 포기한 아쉬움은 생각보다 오래갔다. 헝가리의 온천 문화가 워낙 역사와 전통이 깊은 문화적 유산인 까닭이었다.

헝가리의 온천은 고대 로마 시대부터 시작되어 오스만 제국 통치시기에 발전했다. 그중 세체니 온천은 전통과 현대적 시설이 조화를 이룬 헝가리를 대표하는 곳이다. 세체니 온천의 온천수는 황, 칼슘, 마그네슘 등의 성분이 포함되어 있어 관절염이나 피부 질환 치료에 효능이 있는 것으로 알려져 있다.

헝가리의 온천 문화는 사회적 교류의 장으로서의 역할을 톡톡히 한다. 사람들은 온천에서 친구들과 우정을 나누고 물속에서 체스를 두며 서로 소통한다. 이러한 문화는 바쁜 일상에서 벗어나 정신적 여유를 찾아 주고 재충전의 기회를 제공하기도 한다. 우리의 찜질방 문화와 유사하지만 오랜 역사와 결합한 치유의 전통은 비교불가다.

젊은이들 사이에서도 온천은 휴식과 사회적 교류의 공간으로 점차 인기를 끌고 있다. 젊은 세대는 온천을 친구들과의 여가 활동이나 레저로 여기며 즐기는 편이다. 일부 온천에서는 야외 수영장과 같은 현대적 시설도 갖추고 있어 젊은 층에 특히 인기다.

헝가리에는 총 1,300개 이상, 부다페스트에만 약 100여개의 온천이 성업 중이다. 부다페스트는 아예 '온천의 도시'라는 별명을 가질 정도다. 오스트리아, 슬로바키아, 체코 등 인근 국가들에서까지 많은 사람들이 방문하는 이유이다.

세체니 온천 대신 선택한 부다페스트 중앙시장은 두나(다뉴브강), 그중에서도 자유의 다리와 가까운 곳에 위치해 있었다. 1897년에 설립된 이 시장은 헝가리의 전통 음식 문화와 사회적 교류를 상징하는 장소다. 입구에 들어서자 초대형 세트장 같은 분위기가 물씬 풍겼다. 높은 천장과 넓은 공간, 수많은 가게로 이루어진 시장은 시각적으로도 인상적이다. 네오 고딕 스타일의 건물은 철제 구조와 유리로 이루어진 큼직한 아치형 천장을 자랑하며 화려한 타일 장식과 조각상이 외관을 장식하고 있다. 복층 구조로 된 내부에는 다양한 상점과 음식점들이 입점해 있다. 현지인들과 관광객들로 북적이는 모습은 여느 나라 시장과 다를 바 없다. 시장 자체가 관광 상품인 탓에 물건들의 가격은 비교적 비싸 보였다.

1990년 이 시장을 방문한 영국의 다이애나 황태자비가 다양한 농산물을 구경하다가 한 가게의 자수를 놓은 부활절 장식용 달걀에 깊은 관심을 가졌으나 돈을 가지고 있지 않아 구입하지 못했다는 일화가 전해진다. 언론은 그런 그녀의 인간적인 모습을 대서특필했고 덕분에 중앙시장의 명성은 덩달아 높아지기도 했다.

시장에는 신선한 농산물, 육류, 치즈, 파프리카 등 헝가리 전통 요리의 핵심 재료들이 판매되고 있다. 오스만 제국 통치 시기에 도입된 파프리카는 헝가리 요리에서 빼놓을 수 없는 채소다. 파프리카는 강렬한 붉은색과 특유의 향으로 헝가리인의 민족성과 강인한 자립심을 대변한다.

헝가리 음식 문화의 특징은 그들이 겪은 역사적 사건과 밀접하게 연관되어 있다. 피에르 부르디외가 언급한 '문화자본'의 개념은 헝가리 음식이 단순한 식사가 아니라 사회적 지위와 민족 정체성을 강화하는 중요한 도구로 기능한다는 사실을 자연스럽게 설명해 준다.

헝가리의 대표음식 굴라쉬는 헝가리인의 민족적 자부심과 저항의 역사를 담고 있다. 비록 실패로 끝났지만, 1848년 합스부르크 제국에 항거했던 헝가리 혁명에서 굴라쉬는 민족의 연대와 결속을 다지는 민족음식으로 자리 잡았다. 굴라쉬는 목동과 농민들의 전통적 삶을 상징하며, 혁명군과 민중의 일상 속에 자연스럽게 스며들었다. 혁명의 현장에서 굴라쉬는 간단한 조리 방식과 높은 영양가 덕분에 야외에서 빠르게 준비하고 나눌 수 있는 실용적인 음식으로 활용되었다. 한 솥에서 끓여 함께 나누는 방식은 혁명군과 민중 사이의 결속을 강화하는 매개체가 되었다. 특히 파프리카가 가미된 굴라쉬는 헝가리만의 독창성을 드러내며 오스트리아와의 차별성을 보여주었다. 이후 굴라쉬는 헝가리인들에게 민족적 자부심과 연대를 대변하는 음식으로 자리 잡았다. 한 그릇의 음식은 단순히 허기를 채우는 것을 넘어, 사람과 사람을 연결한다. 굴라쉬는 바로 그런 음식이다.

헝가리의 토카이 와인도 문화 자본으로서 중요한 역할을 한다. 이 와인은 헝가리의 고유한 자연 환경과 역사적 전통이 어우러져 형성된 독특한 상품으로 귀족적 지위와 역사적 자부심을 반영한다. 과거 유럽 왕실에서도 높이 평가받았던 토카이 와인은 오늘날에도 헝가리인들에게 '잔에 담긴 품격'이다.

헝가리에서는 주말에 가족들이 모여 전통 요리를 함께 준비하는 문화가 있다. 라코트 크름플리와 같은 전통 음식은 사회적 의례의 일환으로 기능하기도 한다. 헝가리의 대표적인 전통 음식 중 하나인 라코트 크름플리는 주로 감자, 계란, 소시지, 그리고 사워크림을 층층이 쌓아 오븐에 구워 만든 가정식 요리다. 주말에 가족이 함께 단순하면서도 풍미 깊은 이 음식을 준비하고 나누는 문화는 헝가리인들의 소박하고 따뜻한 식사 문화를 잘 반영한다.

랑고쉬는 헝가리의 대중적인 음식으로 기름에 튀긴 밀가루 반죽 위에 크림을 발효시켜 만든 사워크림, 치즈, 마늘 등을 얹어 먹는 간식이다. 길거리 음식으로 인기 있으며 특히 축제나 시장에서 자주 볼 수 있다.

헝가리의 할라스레는 강에서 잡은 민물고기와 파프리카를 넣어 끓인 매운탕이다. 이 요리는 헝가리 어부들이 오랜 세월 동안 전통적으로 만들어 먹은 음식으로 그들의 생존 본능과 자립심을 담고 있다. 폴란드에도 즈레니차라고 하는 유사한 음식이 있다. 폴란드의 즈레니차는 강에서 잡은 생선을 넣어 만든 수프로, 헝가리의 할라스레와 유사하지만 더 순한 맛이 특징이다. 두 나라 모두 강과 호수가 많은 지형적 특성 덕분에 이러한 민물고기 요리가 발전했을 것이다.

굴라쉬 등 몇 몇 먹어본 음식을 피해 새로운 음식을 찾다 2층 푸드코트에서 고른 음식은 중동식 랩 샌드위치였다. 양상추, 당근, 양파, 토마토, 햄, 치즈, 소스 등 다양한 재료를 둥글납작한 피타빵으로 감싼 길거리 음식이다.

세르비아 베오그라드 가는 버스 안에서 먹을 '미래식량'까지 확보한다는 차원에서 네 개를 주문하자 대형 피자박스에 팔뚝만큼 굵은 랩 샌드위치를 담아 내놓는다. 복잡한 시장통이라 앉을 자리도 없어 한 쪽에 서서 먹자 아이들과 함께 식사 중이던 젊은 내외가 의자를 내어주며 앉으라 한다. 어느 나라나 시장에는 이런 정이 있어서 좋다. 부다페스트 최고의 레스토랑이라는 군델 레스토랑에서는 맛보지 못할 헝가리의 맛이다.

1894년에 설립된 군델 레스토랑은 헝가리 전통 음식을 현대적으로 재해석하여 제공하는 등 혁신적인 메뉴로 유명하다. 교황 요한 바오로 2세, 엘리자베스 2세 여왕, 빌 클린턴 전 미국 대통령, 안젤리나 졸리, 루치아노 파바로티 같은 세계적인 인사들이 이곳을 방문하여 헝가리 요리를 국제적으로 알리는 데 큰 기여를 했다. 세체니 온천에서 인생의 오랜 여독을 풀고, 군델 레스토랑에서 심발롬(헝가리 전통 현악기) 연주를 들으며 토카이와 굴라쉬를 즐긴 다음, 디저트로 군델 팔라친타까지 맛본다면 누구나 헝가리 문화의 정수를 만끽하게 되는 셈이다.

헝가리에는 음식과 관련된 속담도 많다. 예를 들어 "빵의 좋은 부분을 먹었다."라는 속담은 인생의 좋은 시기를 이미 보냈다는 의미를 담고 있다. 또 "요리사가 많으면 수프에 소금이 많이 들어간다."라는 속담은 우리의 "사공이 많으면 배가 산으로 간다."라는 속담과 같은 뜻으로 사용된다.

헝가리 사람들에게는 식사 전에 건배할 때 잔을 부딪치지 않는 문화가 있다. 이 전통은 19세기 오스트리아-헝가리 전쟁 당시 오스트리아 군인들이 승리 후 헝가리인들을 조롱하며 건배한 데서 비롯된 전통이다. 이로 인해 헝가리인들은 식사 시에는 잔을 부딪치지 않고 건배하는 문화를 발전시켰다. 이러한 전통은 공식적인 식사 자리에서만 지켜지며, 일상적인 술자리에서는 자유롭게 건배한다.

헝가리의 음주 문화에는 특히 와인이 중심에 있다. 헝가리는 유럽에서 가장 오래된 와인 생산국 중 하나로 토카이 와인과 같은 고급 와인은 헝가리 문화와 정체성의 중요한 부분을 차지한다. 젊은이들 사이에서도 와인 바에서 가볍게 와인을 마시거나 맥주를 즐기는 것이 일반적이다. 헝가리에서는 음주운전은 제로 톨러런스(무관용) 정책으로 엄격하게 다룬다.

처음 접해 보는 랩 샌드위치의 아삭한 채소들이 부드러운 소스와 어우러져 한입가득 상큼함을 안겨준다. 쫄깃하고 부드러운 피타빵의 질감이 채소와 햄의 질감과 조화를 잘 이루어 풍부한 식감을 제공한다.

심야에 장시간 버스로 이동하는 강행군에 따른 피로 해소를 위해 온천의 나라 헝가리에서 유명한 세체니 온천을 체험하려던 계획은 실현되지 못했다. 하지만 중앙시장을 둘러보며 헝가리인들의 일상을 엿보는 것으로 아쉬움을 달랠 수 있었다.

## 칼과 비둘기

칼레메그단 공원과 요새

베오그라드 요새(일명 칼레메그단 요새) 아래로 두 강이 흐른다. 두나브(다뉴브 강의 세르비아식 이름)강은 동쪽에서 서쪽으로 넓게 흐르고, 사바 강은 남쪽에서 북쪽으로 곧장 흘러내려 두나브와 합류한다. 두나브 강은 무게감 있는 물결로 도시를 감싸고, 사바 강은 상대적으로 빠르게 흐르며 두 물줄기가 만나는 지점에서 서로 섞인다.

두 강의 합류지점에 위치한 베오그라드 요새는, 사바 강의 동쪽에 자리한 구시가와 서쪽에 형성된 신시가를 말없이 내려다보고 있다.

베오그라드의 중심부에 위치한 요새는 세르비아 역사와 문화의 중심 공간이기도 하다. 이 요새는 두물머리에 위치한 지정학적 특성 덕분에 전략적 가치가 컸다. 강대국들은 발칸 지역에서의 영향력 확대를 위해 이곳을 전쟁의 주요 무대로 삼아 왔다. 오죽하면 이 요새를 품고 있는 공원 이름이 칼레메그단(Kalemegdan)공원이다. 튀르키예어 칼레(Kale)는 요새, 세르비아어 메그단(Megdan)은 전쟁터라는 뜻이다. 1세기경 로마 제국 시기부터 로마인들이 요새를 건설하기 시작했으며 본격적으로 군사 요새로 사용된 것은 2세기 하드리아누스 황제와 마르쿠스 아우렐리우스 황제 시기였다. 로마시대 싱

기두눔(Singidunum)이라는 이름으로 불렸던 이 요새는 이후 오스만 제국과 오스트리아-헝가리 제국 간의 충돌 속에서 파괴와 재건을 거듭해 왔다.

1389년 오스만 제국과의 코소보 전투에서 패배한 세르비아는 오스만의 지배하에 놓였다. 이 치욕적인 패배는 세르비아 민족의 자부심에 깊은 상처를 남겼지만, 동시에 맞서 싸운 세르비아인들의 용기와 희생은 민족주의의 불씨를 지피는 계기가 되었다.

20세기 초 오스만 제국의 영향력이 줄어든 이후에도 코소보 지역에서는 알바니아계 무슬림 인구가 더욱 증가했다. 그러자 세르비아 정부와 알바니아계 코소보인들 사이의 민족적 · 종교적 갈등이 본격화되기 시작했다. 갈등은 결국 1998년 코소보 분쟁으로 분수령을 맞이하게 된다. 이 분쟁 동안 세르비아의 대통령 슬로보단 밀로셰비치는 코소보에서 '인종 청소'를 자행하며 수많은 알바니아계 민간인을 학살하거나 강제 추방시켰다. 약 13,000명이 희생되고 수십만 명이 난민이 되었다. 이 과정에서 밀로셰비치는 '발칸의 도살자'로 악명을 떨쳤다.

1999년 나토(NATO)는 코소보에서의 인권 침해를 이유로 세르비아를 공습하며 개입에 나섰고, 이후 코소보는 국제 연합의 보호를 받는 특별 행정 지역이 되었다. 그리고 우여곡절 끝에 2008년 코소보는 독립을 선언하며 새로운 역사를 쓰게 되었다. 그러나 세르비아는 이를 인정하지 않았고, 양측의 갈등은 여전히 현재 진행형이다.

코소보의 독립은 민족적, 종교적 갈등뿐 아니라 강대국들의 정치적 이해관계가 얽힌 복잡한 문제를 내포하고 있다. 코소보의 독립과는 별개로 코소보와 세르비아 간의 긴장은 지속되고 있으며, 이 지역의 평화와 안정은 여전히 해결해야 할 과제로 남아 있다.

한편 크로아티아와의 갈등도 세르비아에 큰 상처를 남겼다. 유고슬라비아 해체 과정에서 1991년 크로아티아가 독립을 선언했으나 세르비아가 이를 받아들이지 않아 충돌하게 된 것이다. 밀로셰비치는 세르비아의 정체성을 내세우며 무력탄압을 감행해 수많은 희생을 초래했다. 특히 민족적 자부심과 종교적 차이가 결합된 복합적인 갈등 구조가 내전을 더욱 격화시켰다.

유고슬라비아 해체 이후 가장 비극적인 사건 중 하나는 보스니아 내전이었다. 세르비아인, 크로아티아인, 그리고 보스니아 무슬림 간의 충돌은 1995년 스레브레니차 학살과 같은 끔찍한 비극으로 이어졌다.

발칸 지역에서 벌어진 민족적 대립과 종교적 갈등, 그리고 외세의 개입이 남긴 상처는 아직도 깊게 남아 있다. 특히 도심 곳곳에 전쟁으로 파괴된 건물들이 당시의 고통을 증언하고 있다. 베오그라드 도심에서 우연히 목격한 전쟁 당시 파괴된 건물은 충격적이었다. 1994년 나토 공습 당시 피해를 입은 세르비아 국방부 건물도 파괴된 채 위태롭게 도시 가운데 서 있었다. 이에 대해 몇몇 상징적인 건물은 그대로 보존해 후대에 교훈으로 삼아야 한다는 의견도 있고 한편으로는 나토의 개입에 대한 반감과 결합된 피해자 코스프레로 보는 시각도 존재 한다. 어느 쪽이 되었건 세르비아의 현대적 도시 풍경 속에서도 전쟁이 남긴 흔적은 여전히 사라지지 않고 있다는 사실만은 분명할 것이다.

이러한 역사적 상처는 세르비아 문학에도 굵게 아로새겨져 있다. 이보 안드리치의 소설『드리나 강의 다리』는 발칸의 복잡한 민족적 갈등과 전쟁을 예리하게 묘사한 작품이다. 인간의 고통과 분열을 탁월한 문학적 재능으로 재현했다.『드리나 강의 다리』는 오스만 제국과 발칸 민족 간의 충돌을 배경으로, 세르비아인들이 겪은 고통과 희생을 담담하게 이야기한다.

안드리치는 작품에서 발칸의 갈등 속에서 인간성과 지성의 부재가 어떤 비극을 초래하는지 보여준다. 그는 민족 간 대화의 부재가 얼마나 큰 상처

1994년 나토 공습에 파괴된 당시 국방부 건물이 아직도 그대로 보존되고 있다.

를 남길 수 있는지를 묘사하며 세르비아와 발칸 전체의 비극을 세계에 알렸다.



1999년 나토의 공습 당시 베오그라드 시민들은 매우 특별한 행동을 했다. 그들은 다리 위에서 밤낮없이 파티를 열고 결혼식을 진행하며 나토군의 다리 폭격을 막는 인간방패로 나섰다. 평화를 지키기 위한 베오그라드 시민들의 행동에 나토군도 반응했다. 나토군은 민간인 피해를 최소화하기 위해 다리 폭격을 피할 수밖에 없었다. 이 사건은 반지성적인 전쟁 속에서도 인간의 지성은 언제든지 되살아나 작동할 수 있음을 보여주었다.

세르비아 시민들의 부조리에 대한 저항과 나토의 윤리적 판단이 결합된 이 사건은, 역사의 어두운 순간에도 지성이 작동하면 희망을 발견할 수 있음을 강력하게 시사한다. 그러나 그 지성이 진정한 의미를 가지려면, 외부의 부조리에 맞서는 것뿐 아니라 자신이 속한 공동체의 문제 역시 비판적으로 사고하고, 윤리적으로 판단하고, 부조리에 저항하며 자신을 성찰해야 한다. 나토 공습의 배경이 된 코소보 주민들에 대한 탄압은 세르비아 사회 내부에서 비롯된 부조리였다. 이러한 현실을 외면한 채 자신들이 겪는 외부적 위협에만 저항한다면, 지성은 불완전할 수밖에 없다. 코소보 분쟁에서 세르비아 시민들이 동일한 윤리적 기준과 열린 태도로 성찰했다면, 자신만의 정의에 갇히지 않고 타인의 고통을 이해하며, 현실의 부조리에 맞서 공존의 길을 찾았을 것이다.

베오그라드 요새는 과거의 상처를 간직한 채 오늘날 세르비아 민족의 저항정신을 기념하는 장소로 변모했다. 요새 내부에는 세르비아 군사 지도자들을 기리는 기념비와 피오베다니크(승리자)의 동상이 서 있다. 제1차 세계대전에서 세르비아의 승리를 기념하기 위해 1928년에 세워진 이 동상은 요새의 북서쪽 가장자리 높은 지대에 위치해 있다. 강과 도시의 멋진 전망을 바라보며 승리를 만끽하는 동상의 오른손에는 칼이, 왼손에는 비둘기가 들려 있다. 전쟁과 평화의 강렬한 메타포다.

완강하고 견고한 성곽과 대조를 이루는 세르비아 정교회의 루지카 교회(Ru ica Church)의 모습은 또 하나의 강렬한 인상을 남긴다. 교회는 요새의 성곽과 한 몸으로 붙어서 마치 칼과 비둘기의 조화처럼 전쟁과 평화의 모순적 공존을 드러낸다. 성곽과 자연스럽게 어우러진 교회의 존재는 과거의 상처 속에서도 평화를 기원하며 희망을 새겨 넣는 세르비아인들의 의지를 대변하는 듯하다.

루지카 교회는 원래 15세기에 건축된 이후 여러 차례 전쟁으로 파괴되었다가 1869년과 1925년에 복원되었다. 내부에는 전쟁에서 사용된 칼과 탄피 등으로 만든 독특한 샹들리에가 있다. 벽에는 안드레이 비첸코의 벽화가 장식되어 있다. 칼레메그단 요새와 루지카 교회는 세르비아의 전투적 강인함과 평화에 대한 염원이 혼재한 동화적 리얼리즘세계를 보여주는 듯하다.

전쟁과 평화, 이 두 개념만큼 모순적이고 부조리한 단어가 또 있을까.

– 평화를 원한다면 전쟁을 준비하라.

고대 로마의 군사 이론가 베게티우스의 이 말은 모순어법을 활용하여 인간세상의 부조리를 가장 핍진하게 반영한다.

평화는 지성의 산물인 반면 전쟁은 폭력과 혼돈에 휩싸인 반지성의 산물이다. 지성의 목표라 할 수 있는 평화를 이루기 위해서 반지성적인 전쟁을 준비해야 한다는 이 모순이야말로 인류가 직면한 가장 큰 딜레마 중 하나다. 인류는 끊임없이 지성과 반지성 사이를 오가며 역사를 써내려갔다. 그 중에서도 평화를 유지하기 위해 폭력을 사용하려는 시도는 반지성적 자기 모순을 보여준 대표적 사례이다. 평화를 위해 핵을 보유해야 한다는 논리 역시 이 범주에 속한다. 냉전 시대의 핵 억제 전략은 이를 극명하게 보여준다. 핵무기를 보유함으로써 상대의 공격을 억제하고 전쟁을 방지해 평화를 유지하겠다는 논리는 '공포의 균형' 또는 '상호확증파괴(MAD)'라는 이름으로 정당화되었다. 이는 '평화를 원한다면 전쟁을 준비하라'는 베게티우스의 말을 극단적으로 실현한 사례로, 전쟁 준비가 평화를 가져온다는 논리를 강화한다. 이러한 모순은 인류가 피할 수 없는 현실이자 동시에 해결해야 할 과제이기도 하다.

그렇다면 평화를 유지하기 위해 반지성적인 수단을 사용해야 하는 현실을 받아들여야 할까. 아니면 모든 전쟁과 폭력은 반지성적이라는 전제에 오류가 있음을 인정해야 하는 걸까. 지성은 평화를 위해 때때로 폭력을 정당화하지만 이는 폭력이 지성적일 수 있느냐는 복잡한 윤리적 문제를 제기한다.

공리주의적 관점에서는 최상의 결과를 위해 비윤리적 선택과 수단도 정당화될 수 있다고 말한다. 가령 전쟁을 통해 얻은 평화가 더 큰 이익을 가져온다면 그 과정에서의 희생도 불가피하다고 주장할 수 있다는 것이다.

이러한 주장은 어디까지 허용되어야 하는가. 공리주의가 결과만을 중시하는 것과 달리 칸트는 수단의 도덕성을 중시하며 '목적이 수단을 정당화할 수 없다'고 주장한다. 평화를 위한 전쟁이라는 수단은 칸트의 관점에서는 결코 정당화될 수 없는 것이다. 이는 인간이 평화를 바라면서도 동시에 무력과 폭력을 선택할 수밖에 없는 딜레마를 다시 한 번 직면하게 한다. 지성과 반지성, 평화와 전쟁 사이의 이 모순은 인류가 치열하게 성찰하고 풀어야 할 과제다.

양손에 칼과 비둘기를 들고 서있는 승리자의 동상을 바라보며 오랫동안 생각에 잠겼다. 그래도 군사시설인 요새 내 · 외부에 다양한 문화시설이 들어서 있다는 점이 작은 희망을 말해 주는 듯해서 위안으로 삼아 본다.

요새에는 발칸 전쟁, 양차(兩次) 세계대전과 관련된 역사적 유물과 무기들을 전시한 군사박물관이 있다. 요새 내에서 발굴된 유적과 유물들이 전시된 구역도 있다. 또한 현대미술 전시가 열리는 아트 파빌리온이 있으며, 요새 곳곳에 서 있는 조각상들도 눈에 띈다. 마치 철모에 코스모스를 꽂은 병사의 모습을 보는 느낌이다.

특히 여름철에는 야외 음악회와 문화축제가 열린다고 하니 베오그라드 요새가 '평화의 요새'로 탈바꿈이라도 한 것 같다. 전쟁과 평화는 모순적 개념이 아니라 상호공존의 개념인 것일까. 너무나 상반된 두 개념이 실은 샴쌍둥이 같은 것은 아닐까. 많은 상념을 불러일으킨다.

발칸 반도는 인류 역사의 복잡한 갈등이 압축된 무대라 할 수 있다. 다양한 민족, 종교, 그리고 외세의 이해관계가 얽히면서 갈등이 격화되어 온 이 지역은, 민족적 자존심, 종교적 대립, 외세의 개입, 그리고 지성의 결여가 주요 요인으로 작용해왔다. 이는 인류 역사에서 여러 번 반복된 문제들이기도 하다. 그런 점에서 발칸의 문제는 유럽을 넘어 인류 전체의 문제다. 발칸의 갈등과 문제해결은 오랜 갈등과 대립을 이어가고 있는 인류에게 영감을 제공할 것이다.

## 신성을 향한 첨탑

성 사바 성당

유럽 성당 건축 양식의 차이는 종교적 특성을 잘 드러낸다. 로마 가톨릭 성당은 고딕과 르네상스 양식을 통해 높은 첨탑과 뾰족한 아치형 구조로 신의 절대적 권위와 초월성을 강조한다. 반면 동방정교 성당은 돔 중심의 수평적 구조로 하늘과 지상의 조화를 나타내며, 공동체적 연대와 영적 교감을 강조한다. 이처럼 두 성당은 각기 다른 신학적 관점을 건축을 통해 표현한다. 유럽의 여러 성당들을 둘러보면 건축은 교감이자 메시지라는 것을 실감하게 된다.

80미터에 이르는 높이와 3,500평방미터에 이르는 내부면적을 자랑하는 베오그라드의 성 사바 성당은 세계에서 두 번째로 큰 동방정교 성당으로 알려져 있다. 그런데도 그렇게 거대하다는 느낌을 주지 않는다. 크기와 높이로 압도하는 것은 또 다른 형태의 폭력일 수 있는데 성 사바 성당은 그런 점과는 거리가 있어 보였다.

성 사바 성당은 세르비아 정교회의 창시자인 성 사바(Saint Sava)를 기리기 위해 1935년에 착공되었으나 제2차 세계대전과 유고슬라비아 내전 등으로 인해 완공까지는 수십 년이 걸렸다. 성당의 외관은 1980년대 후반에 완성되었으나, 내부의 모자이크 장식과 기타 예술 작업은 최근까지도 진행되었다.

성 사바는 세르비아 정교회를 창립한 인물로 그의 신앙과 업적은 세르비아 민족의 종교적 자부심과 깊이 연결되어 있다. 그는 중세 세르비아 왕국의 왕자로 태어났으나, 세속적인 삶을 포기하고 아토스 산에서 수도승의 길을 걸으며 세르비아 정교회의 기틀을 다졌다. 이후 그는 첫 번째 세르비아 대주교로서 세르비아 정교회를 확립하고, 세르비아 정체성과 독립성을 지키는 데 큰 역할을 했다. 그는 불교의 창시자 고오타마 시타르타와 유사한 궤적을 보인 수행자였다. 성 사바와 시타르타는 각각 세르비아와 고대 인도의 왕자로 태어났음에도 보장된 세속적 삶을 비판적으로 성찰하고, 윤리적 판단을 통해 자신과 타인을 위한 더 높은 가치를 추구했다. 이들은 왕좌와 같은 기득권을 포기하고, 현실적 불이익을 감수하며 결연한 행동으로 고행과 헌신의 삶을 살았다. 더 나아가 끊임없는 자기성찰을 통해 스스로를 성장시키며, 각각 세르비아 정교회와 불교라는 위대한 유산을 남겼다. 이들의 생애는 지성의 4대 요소인 비판적 사고, 윤리적 판단, 결연한 행동, 자기성찰을 완벽하게 구현한 놀라운 사례라 할 수 있다.

오스만 제국은 1235년 성 사바가 사망한 후 그가 안장된 수도원을 공격하여 시신을 불태우는 만행을 저질렀다. 성 사바가 세르비아인들의 민족적, 종교적 단결과 저항의 구심점이 될 것을 우려한 행위였다. 그러나 이 사건은 세르비아인들의 민족적 결속을 더욱 강화시키는 계기가 되었다.

성당이 세워진 이곳이 바로 성 사바의 시신이 불태워진 곳이다. 유해조차 수습하지 못한 세르비아 사람들은 상실감과 슬픔을 다져 터를 삼고 그 위에 이렇듯 곱고 성스러운 성당을 지어 올렸으니 슬픔이란 얼마나 위대한 건축가인가.

성 사바 성당의 건축 양식은 비잔틴 양식과 세르비아 전통 건축을 결합한 독특한 모습이다. 성당의 외부는 고전적인 비잔틴 양식을 따르면서도 세르비아 전통 문양과 장식을 함께 사용해 독특한 분위기를 자아낸다.

성당 내부를 들어서면 돔 천장에서 두 팔을 벌린 자세를 취한 예수의 상반신 모자이크(판토크라토르)가 가장 먼저 눈에 들어온다. 마치 "무겁고 짐 진 자들아, 어서 오너라." 하며 금방이라도 따뜻한 포옹을 건넬 것 같다.

성당내부로 한두 발 더 걸어 들어가면 더 높은 돔 천장이 조금씩 모습을 드러내면서 또 하나의 예수 모자이크상이 나타난다. 가장 높은 메인 돔 천장에 묘사된 예수 그리스도는 천사들과 성모 마리아, 열두 제자들의 에움을 받으며 중앙에 자리 잡아 온 우주를 다스리는 주재자 같은 위엄을 뿜어낸다. 돔의 아치형 창문을 통해 쏟아져 들어오는 푸른빛과 내부의 황금빛 모자이크가 조명에 반사되어 현실과 초현실의 경계를 부드럽게 녹여내고 있다. 직관적이지는 않지만 이 장면은 예수 그리스도의 승천장면을 묘사한 성화이다.

이처럼 성스러운 분위기의 성 사바 성당도 발칸 반도 전체의 관점에서 보면 문명충돌의 또 다른 한쪽 축이기도 하다.

사실상 세르비아가 발칸의 화약고라는 별명을 얻게 된 이면에는 여러 종교 간의 갈등이 있다. 동방정교, 로마 가톨릭, 그리고 이슬람이라는 이 세 종교가 발칸 반도에서 서로 부딪히며 복잡한 갈등구조를 형성해 왔기 때문이다. 이 가운데 세르비아는 동방정교회의 일원으로서 다른 민족 및 종교 공동체와 끊임없이 대립하며 종교 갈등의 중심에 놓여 있었다.

세르비아가 속한 동방정교회는 1054년의 동서 교회 대분열을 통해 로마 가톨릭과 등을 졌다. 이 분열은 필리오케(Filioque) 논쟁과 같은 신학적 갈등이 원인이었지만 그 배경에는 문화적이고 정치적인 요소들이 깊숙이 자리하고 있었다. 필리오케 논쟁이란 로마 가톨릭은 성령이 성부와 성자로부터 나온다고 믿는 반면 동방정교는 성령이 성부로부터만 나온다고 주장함으로써 촉발된 논쟁을 말한다. 양측의 신학적 입장 차이는 두 종교 간의 긴장을 고조시켰다. 더 심각한 것은 교황의 절대적 권위를 둘러싼 정치적 갈등이었다. 로마 가톨릭이 교황 중심의 중앙집권적 체제를 확립하는 반면 동방정교는 각 지역의 총대주교들이 자치권을 행사하며 각 민족의 정체성을 존중하는 입장을 취했기 때문이다.

이러한 대립은 세르비아가 발칸의 종교적 갈등의 중심에 서게 한 단초가 되었다. 세르비아 정교회는 민족적 긍지와 정체성을 결합하여 다른 종교 공동체와의 충돌에서 정교회 신앙을 중심으로 저항을 선택했다. 특히 크로아티아의 가톨릭과 보스니아의 이슬람 신앙은 세르비아 정교회와 대립하면서 발칸 지역의 민족적, 종교적 갈등을 증폭시켰다.

세르비아는 오랜 기간 오스만 제국의 지배를 받은 탓에 이슬람과의 종교적 갈등도 깊었다. 오스만 제국은 발칸 반도에서 이슬람 개종을 강요했다. 그들은 개종한 세르비아 귀족층에게 정치적 특권을 부여하는 한편 정교회 신자들에게는 차별과 억압을 가했다. 특히 오스만 제국의 데브시르메(Devshirme)제도는 세르비아 정교를 억압하는 대표적인 정책이었다. 이러한 사회적 차별과는 별개로 1389년 코소보 전투의 패배는 정교회를 중심으로 한 민족의 저항의지를 더욱 고취시켰다.

성 사바가 세운 세르비아 정교회는 세르비아 민족의 저항 정신을 고취하며 연대를 강화하는 데 중요한 역할을 했지만 민족주의와 결합하면서 종종 다른 종교 및 민족 공동체와 갈등을 빚었다. 이러한 갈등 양상은 종교적 정체성이 민족적 분쟁의 중심에 놓이는 이스라엘-팔레스타인 분쟁과 일부 유사한 점을 보여준다.

끝이 보이지 않는 이스라엘과 팔레스타인의 분쟁을 보면 신과 인간의 본질에 대하여, 인간을 위한 신이 아니라, 신을 위한 인간이 되어버린 그들의 도치된 관계에 대하여 묻고 싶어진다. 인간을 위한 신, 평화를 사랑하는 신은 대체 어디에 있냐고.

유대인들은 과거 반지성적 폭력의 최대 희생자였지만 오늘날 이스라엘은 또 다른 형태의 종교적 갈등을 만들어내고 있다. 디아스포라와 홀로코스트라는 아픔을 겪었던 유대인들이라면 적어도 지금보다는 더 열린 태도를 보여야 하지 않을까. 반지성의 가장 큰 피해자가 반지성의 가해자가 되어서는 안 될 일이기에 말이다.

모든 재산을 털어 유대인 구출에 앞장섰던 오스카 쉰들러가 생존해 있다면 그는 지금 가자지구에서 죽어가는 사람들을 구조하려 동분서주하고 있을 것이다. 제2차 세계대전 당시 폴란드에서 1,200여 명의 유대인들을 구하고도 "이 자동차와 반지를 팔아서 한 사람이라도 더 구했어야 했다."라며 뜨거운 자책의 눈물을 흘렸던 그는 다시는 그 같은 후회를 되풀이 하지 않기 위해 모든 것을 내던질 것이다. 예루살렘 시온산에 잠들어 있는 쉰들러의 눈에서 또 다시 눈물이 흐르는 일은 없어야 한다.

종교적 갈등은 전 세계 주요뉴스를 수시로 장식한다. 미얀마에서는 로힝야족이 불교 신앙을 가진 미얀마 정부로부터 탄압을 받고 있으며 인도에서는 힌두교와 이슬람 간의 갈등이 지속적으로 발생하고 있다. 이러한 갈등은 종교적 신념이 반지성과 결합하면 어떤 결과를 초래하는지를 실증적으로 드러낸다.

종교는 지성에 대한 억압에도 앞장섰다. 대표적인 사례가 17세기 갈릴레오 갈릴레이의 재판이다. 갈릴레오는 코페르니쿠스의 지동설을 지지했다가 로마 가톨릭 교회의 반발을 사 연구 결과를 철회하라는 강요를 받았다. 갈릴레오는 지동설을 철회하는 조건으로 목숨을 부지하는 대신 평생 가택 연금 상태로 지내야 했다. 중세와 르네상스 시기, 교회는 자신의 권위에 도전하는 사상가들을 철저히 탄압했다. 수많은 철학자와 과학자들이 이단으로 몰려 처벌받았고, 마녀 사냥과 같은 극단적인 형태의 탄압도 자행되었다. 이들은 종교적 교리와 맞지 않는다는 이유만으로 생명을 잃거나 추방당했다. 이처럼 종교는 때로 인간의 지성과 자유로운 사유를 억누르며 진리 탐구를 막아왔다. 종교가 전쟁을 일으키고 종교가 살육과 억압을 자행하는 이 인류의 뿌리 깊은 어리석음은 언제쯤 극복될 수 있을까.

우리가 진정으로 섬기고 의지해야 할 대상은 하늘에 있는 초월적 존재가 아니라 우리 내면에 깃든 지성이다. 지성은 인간에게 비판적 사고와 성찰을 가능하게 하며 종교적 신념이 폭력과 억압으로 변질되는 것을 막아준다. 성 사바 성당의 신비롭고 성스러운 모자이크와 벽화들을 바라보며 진정한 종교와 지성의 관계를 생각해 본다. 지성은 신성을 향한 첨탑이다.

## 커피 한 잔

스카다를리야 카페거리

무거운 배낭을 메고 몸으로 길을 내며 걷는 여행자에게 무더위는 자비를 베풀지 않았다. 바르샤바와 부다페스트의 30도 초중반대의 기온도 감당하기 쉽지 않았는데 이 날 베오그라드의 기온은 섭씨 39도였다. 7월 평균 기온이 30도인 이 도시에서는 이례적인 고온이었다. 마치 살바도르 달리의 그림 속 시계처럼 거리의 풍경이 금방이라도 녹아내릴 것만 같았다. 3개월 가까이 여행하면서 아무 데도 가지 않고 쉬었던 단 하루를 제외하고는 양말이 벗겨지도록 누비고 다녔던 체력도 난생 처음 겪는 39도라는 고온 앞에서는 한계를 드러내었다.

세르비아 독립의 주역인 미하일로 왕의 기념 동상이 우뚝 선 공화국 광장을 지나 국립 박물관과 국립극장을 뒤로하고 카프탄 미하일로바 거리에 들어서자 베오그라드의 매력이 서서히 드러난다. 세련된 부티크, 아기자기한 카페, 갤러리, 기념품 가게들이 즐비한 이 거리는 19세기와 20세기 건축물이 어우러져 전통과 현대의 분위기를 동시에 느끼게 해준다.

광장의 끝에서 칼레메그단 공원 쪽으로 발길을 옮기며 만나게 되는 대형 석조건물인 성 마르코 성당은 중세적 고즐미를 뽐내고 있다. 과학의 선구자인 니콜라 테슬라의 발자취를 기리는 박물관을 지나고 현지 농산물과 향신료로 가득한 재래시장 바지타르를 지나쳐 갈 때쯤 무엇보다 강렬하게 내리쬐는 태양의 열기에 온몸이 익어버리는 기분이다. 섭씨 39도의 폭염은 기후 위기가 더 이상 먼 미래가 아닌 우리의 일상이 되었음을 보여준다.

스카다를리야 카페거리로 들어서자 무성한 나무들이 그늘을 만들어주어 더위가 조금은 가신다. 잠시 쉬어가고자 야외 테이블에 자리를 잡고 앉았다. 스카다를리야는 베오그라드의 깊은 역사와 문화가 녹아 있는 예술지구다. 오스만 제국 시절에는 튀르키예풍 건축물들로 가득했지만 독립과 근대화 과정을 거치며 세르비아화된 지역이다. 특히 19세기 후반부터 20세기 초반까지 수많은 예술가와 작가가 이곳에 모여들며 활발한 창작의 장이 되었다.

오늘날 스카다를리야는 '세르비아의 몽마르트르'라 불리며 전통과 현대가 어우러진 독특한 카페 문화를 간직한 곳이다. 거리에 늘어선 카페와 레스토랑, 세르비아 민속 예술과 벽화로 장식된 건물들은 옛것과 새것이 서로 팔짱을 낀 듯 정겹고 조화롭다.

창문마다 전등을 밝히는 저녁이면 거리 한쪽에는 악사들이 세르비아 전통 음악을 즉흥적으로 연주한다. 과거 보헤미안 예술가들이 모이던 지역답게 여전히 그 감성을 간직하고 있다. 낡은 나무 의자와 촛불 아래 반짝이는 유리잔들 속에서 세르비아 사람들은 천천히 시간을 마신다.

세르비아의 카페 문화는 여타 유럽 국가와 다른 점이 많다. 오스만 제국의 긴 지배는 세르비아에 튀르키예식 커피를 전파했고, 오늘날에도 이 커피가 삶에 여유를 주는 음료로 인식되고 있다. 튀르키예식 커피는 커피 가루가 여과되지 않은 채 작은 잔에 담겨 제공된다. 튀르키예식 진한 향과 깊은 맛을 즐기려면 시간을 들여 천천히 음미해야 한다. 세르비아의 카페에서는 튀르키예식 커피 한 잔을 사이에 두고 오랜 시간을 보내는 것이 일상이다. 그들은 오랫동안 대화를 나누기 위해 카페를 찾는다고 할 수 있을 정도로 긴 대화를 즐긴다.

세르비아가 유고슬라비아 사회주의 연방의 일원이던 시절, 사람들은 서로의 교류와 대화를 특히 중요한 가치로 여겼다. 카페는 정치, 예술, 철학에 대한 의견을 나누는 사회적 공간이었다. 오늘날에도 이들은 거대담론뿐만 아니라 미시적 일상사까지 거리낌 없이 나눈다. 한 잔의 커피를 앞에 놓고 삶에 대하여, 사람에 대하여, 사랑에 대하여 시작도 없고, 끝도 없고, 답마저 없지만 마음을 풍성하게 해주고 관계를 두텁게 하는 대화를 이어간다. 삶은 사람들 속에서 사랑하며 살아가는 것이라고 세르비아 사람들은 말해 주고 싶기라도 한 것 같다.

오늘같이 체감온도 42도의 무더운 날씨에 그들의 대화거리로는 자연스레 날씨 이야기가 오르내릴 것이다. 이례적인 고온은 곧바로 기후 변화에 대한 성찰로 이어질 것이다. 이러한 변화는 이제 개인의 문제가 아닌 전 지구적 과제로서 인류가 공유해야 할 문제이다. 기후변화와 환경 파괴가 가속화되면서 인류는 자연 재해와 생태계 위협에 직면해 있다. 새롭게 부각된 미세플라스틱 문제는 이미 돌이키기 어려운 수준으로 생태계를 심각하게 위협하고 있다. 전문가들은 기후변화와 환경파괴로 인한 6차 멸종의 중심에 인간이 있다고 경고하고 나선지 오래다. 이 문제가 일상 속 대화의 주제로 다뤄지는 것이 더는 낯선 일이 아니다.

기후변화와 환경문제를 넘어 인공지능 시대에 인간의 역할과 정체성도 새로운 고민거리로 떠올랐다. 스카다를리야의 한적한 카페에서든, 서울의 작은 선술집에서든 노동과 창의성, 윤리와 책임에 대한 질문이 오가야 한다.

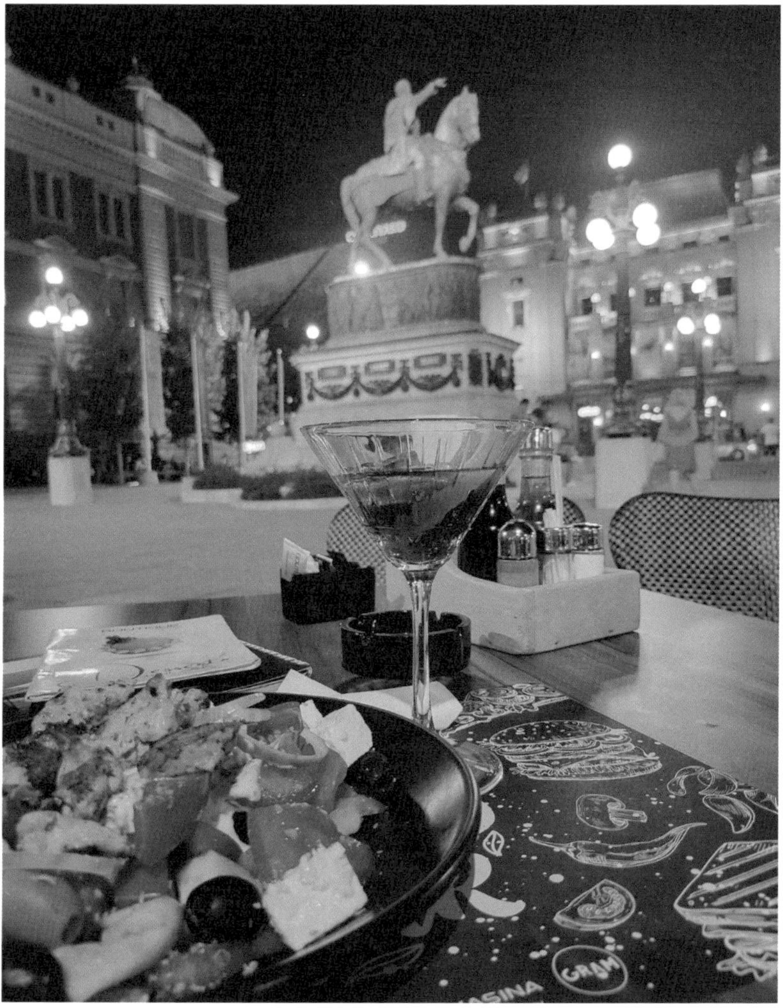

공화국 광장 카페 겸 레스토랑에서 바라본 미하일로 왕 기마동상

인공지능이 인간을 대체하게 되는 시대에 우리는 무엇으로 인간의 본질을 지켜나갈 것인지, 인간이란 무엇인지를 진지하게 물어야 할 때가 되었다.

생명공학과 윤리 문제에 대한 대화도 이루어져야 한다. 유전자 편집과 생명 연장 기술이 인간의 본질을 해치지는 않는지, 생명의 경계를 침해하지 않는지를 심각하게 고민해 보아야 한다. 사회적 불평등과 인류의 연대 문제도 중요한 화두다. 자연재해와 경제 위기, 팬데믹 상황에서 드러나는 사회적 불평등은 계층 간 격차를 심화시키며 연대의 필요성을 절감하게 만든다.

이제 우리는 퇴근길 지하철에서 기후와 환경문제를 토론해야 하고, 저녁 식탁에서 인공지능과 생명공학 문제에 대한 진지한 대화를 나눠야 한다. 무엇이 잘못되었는지, 이제라도 어떻게 바로잡아야 할지를 명확히 판단하고 신속히 행동할 때다.

베오그라드의 폭염은 아시아에서 온 여행자가 골목에 앉아 지구와 인류의 미래를 고민하게 만들었다. 이러한 고민과 대화는 중요한 질문으로 귀결된다. 누구도 피해갈 수 없고, 아무도 예외일 수 없는 전 지구적 위기 앞에서 우리는 무엇을 해야 할까. 우리는 어떻게 이 거대한 전환의 시대를 맞아 인간성과 지속 가능성을 지켜낼 수 있을 것인가. 여기서 우리는 지성이라는 도구에 주목해야 한다.

정보가 물고기가 많은 위치를 아는 것이라면, 지식은 물고기를 잡는 방법을 아는 것이다. 지혜는 더 효율적인 방법을 찾아내는 능력이다. 반면 지성은 이 모든 것을 통합, 조정, 설계하는 힘이다. 우리가 직면한 네 가지 과제에서 지성이 어떻게 작동하는지 생각해 보자.

기후변화, 인공지능, 생명공학, 사회적 불평등이라는 네 가지 큰 과제는 기존의 도구만으로는 해결할 수 없는 복잡한 문제를 안고 있다. 이때 비판적 사고와 윤리적 판단, 결연한 행동과 열린 태도 및 자기 성찰 등 4대 구성요소를 갖춘 지성은 매우 중요한 역할을 한다.

비판적 사고로 문제의 핵심을 꿰뚫고, 윤리적 판단으로 방향성을 제시하며, 결연한 행동으로 실행력을 부여하고, 열린 태도와 자기 성찰을 통해 지속적으로 조정하는 힘을 제공한다. 지성은 이 네 가지 기제를 통해 인류와 지구 모두가 공존할 수 있는 지속 가능한 미래를 설계한다.

과거 인류는 '불'이라는 도구를 통해 문명을 일구었다. 오늘날 우리는 과거의 불이 남긴 유산인 기후변화, 사회적 불평등 문제와 함께 인공 지능, 생명 공학이라는 또 다른 형태의 불을 다룰 준비를 해야 한다. 이 불은 기술적 진보를 담보하지만, 동시에 윤리적 딜레마와 사회적 혼란을 동반하는 양날의 검이기도 하다.

이 불을 어떻게 다룰 것인지는 인류의 지성에 달려 있다. 지성은 방향을 제시하고, 행동을 이끌며, 변화 속에서도 중심을 잡아주는 정교한 방향타이다.

이제 우리는 한 잔의 커피를 마시며 인류의 미래와 지성의 역할에 대해 이야기해야 한다. 어쩌면 지금 나누는 작은 대화가 인류의 나아갈 방향을 결정하는 시금석이 될지도 모른다.

## 신들의 지성

아야 소피아 성당

이스탄불은 기원전 7세기에 그리스인들이 도시를 세우며 비잔티움이라 불렀고, 서기 330년 로마 황제 콘스탄티누스 1세가 수도로 삼으면서 콘스탄티노플로 개칭했다. 이후 1453년 오스만 제국이 정복한 뒤 점차 이스탄불로 불리기 시작해 오늘에 이르고 있다. 로마 제국과 동로마 제국(비잔틴 제국), 오스만 제국의 수도로서 각각의 시대와 지배자에 따라 독특한 문화와 종교적 색채가 가미되었다.

아야 소피아는 그런 이스탄불에서도 가장 융·복합적인 역사를 품고 있는 건축물이다. 이 건축물은 시대마다 각기 다른 종교적, 문화적 역할을 맡으면서도 본래의 가치를 잃지 않고 변화와 변신을 거듭해 왔다. '신성한 지혜'를 뜻하는 아야 소피아(Hagia Sophia)라는 이름처럼 시대정신에 맞게 지혜롭게 적응해 왔다.

비잔틴 양식의 정수를 보여주는 걸작이자 콘스탄티노플 영광의 중심이었던 아야 소피아는 서기 537년 동로마 황제 유스티니아누스 1세에 의해 기독교 성당으로 건축되었다. 당시 세계 최대 돔을 갖춘 장엄한 구조는 하늘과 땅을 잇는 신성한 공간으로 여겨지기에 모자람이 없었다.

높이 약 55미터, 직경 약 31미터의 중앙 돔은 우아한 곡선을 그리며 하늘로 솟아 있다. 이 돔은 내부 공간을 빛으로 가득 채우며, 천상의 신비와 초월적인 분위기를 연출한다.

아야 소피아의 벽면과 천장은 비잔틴 양식 특유의 모자이크 성화로 장식되어 있다. 섬세한 대리석 기둥과 아치형 구조는 비잔틴 제국의 기독교적 예술과 신앙의 절정을 보여준다. 대형 돔이 뿜어내는 초월적 신성함이 모자이크에 반사된 자연광과 어우러지며 영적 고양감을 안겨준다.

1453년 오스만 제국의 술탄 메흐메드 2세가 콘스탄티노플을 정복하면서 아야 소피아는 운명의 전환기를 맞이한다. 기독교와 이슬람 간의 갈등은 오랜 세월 지속되어 왔고, 두 문명이 만날 때마다 종종 파괴와 살육이 뒤따

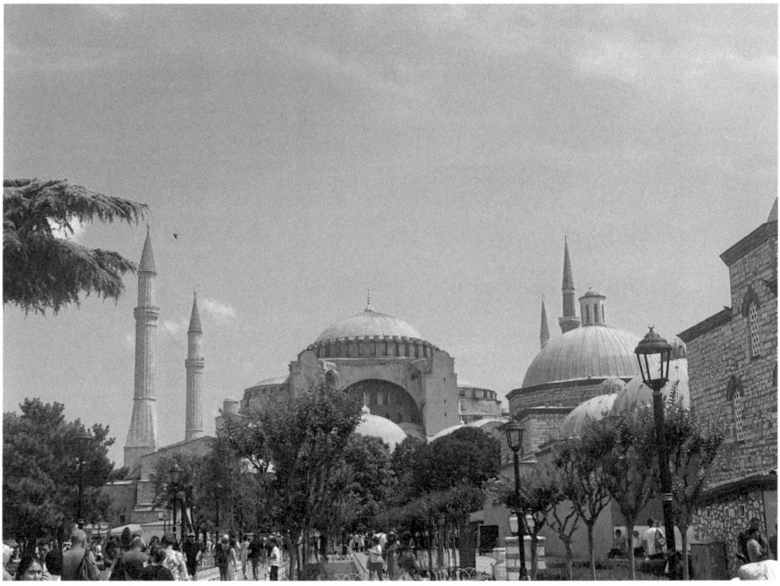

아야 소피아 성당

랐다. 이처럼 두 종교 간의 파괴와 분쟁의 역사를 돌이켜 보면, 아야 소피아의 운명은 누구도 장담하기 어려웠다.

하나님의 은총이었을까, 알라의 자비였을까. 아니면 두 신들이 오랫동안 상실했던 지성을 잠시 되찾아 잠정합의라도 한 것일까. 아야 소피아는 오스만 제국의 충분한 존중을 받으며 비잔틴의 영광을 온전히 보존할 수 있었다.

메흐메드 2세는 다른 정복자들과는 달랐다. 그는 콘스탄티노플을 이슬람 제국의 중심지로 삼으면서도 기독교적 유산을 파괴하지 않고 보존하기로 결정한다. 그는 이 도시를 동서양 문명의 교차로이자 새로운 문화의 중심지로 만들려는 이상을 품고 있었다. 그는 아야 소피아를 모스크로 전환하면서 메카의 방향을 가리키는 미흐라브(Mihrab)를 설치하고, 첨탑(미나레트, Minaret)을 추가했으며, 내부에는 코란 구절을 새겨 넣어 이슬람적 정체성을 부여했다.

그러나 이 과정에서 그는 매우 특별한 선택을 한다. 이전까지 두 문명이 만났을 때 보여준 모습들과는 전혀 다른 모습이었다. 그는 예수 그리스도와 성모 마리아를 비롯한 여러 성인들과 콘스탄티누스 대제 등 비잔틴 황제들을 묘사한 성화를 지키기로 한다. 또한 기독교사의 주요 장면인 최후의 심판을 묘사한 황금 모자이크도 보존하기로 했다.

그는 기독교의 성화와 모자이크를 석고로 덮고 그 위에 이슬람 성구를 장식한다. 석고를 제거하면 언제라도 원래 모습을 되찾을 수 있도록 한 것이다. 그가 칼리프(종교 지도자)의 역할을 겸하는 술탄(정치 지도자)이라는 점에서 이러한 결정은 놀라운 일이었다. 적대적 관계의 종교를 향한 그의 열린 태도는 지금도 상상하기 어려운 파격이었다.

메흐메드 2세는 정복자이면서도 문명 간 융합을 꾀한 점에서 알렉산드로스 대왕과 닮았다. 광활한 제국을 거느린 정복자면서도 정복한 지역의 문화를 존중하고 문명 간 융·복합을 꾀한 점 등은 대표적인 유사점이다. 한 사람의 결정 덕분에 600년이 지난 지금도 이곳을 찾은 수많은 사람은 대립과 갈등 속에서도 조화와 공존을 향한 용기 있는 탐색을 주저하지 않을 것이다.

로마 가톨릭 성당으로 지어졌다가 이슬람 사원으로 변모한 아야 소피아는 다시 한 번 새로운 변화를 맞이한다. 1923년 터키 공화국 수립과 함께 전개된 무스타파 케말 아타튀르크의 세속주의 개혁은 아야 소피아 운명의 변곡점이 되었다. 동서 문명의 교차로로서 세계사적 의미를 상징하기에 아야 소피아만 한 곳이 없었다. 1935년 오랜 세월 석고에 덮여 있던 기독교 성화와 모자이크가 드러나면서 아야 소피아는 두 문명의 조화와 공존이라는 메시지를 전하며 박물관으로 다시 태어났다. 일부 강성 무슬림들의 반발도 거센 개혁의 물결 앞에서는 큰 힘을 발휘하지 못했다.

아야 소피아의 변신은 계속되었다. 2020년 터키 정부는 아야 소피아를 모스크로 재전환하기로 결정한다. 아야 소피아의 모스크화로 종교적 정체성을 강화하고자 하는 보수적인 유권자들의 표심을 잡기 위한 결정이었다. 아야 소피아의 모스크 재전환은 터키 국민들 사이에서 오스만 제국 영광의 재현으로 여겨진 것이다.

모스크로 재전환되는 과정에서도 기독교 문화는 충분히 존중받았다. 단 하나의 성화나 모자이크도 훼손되거나 제거 되지 않았다. 예수 그리스도의 성화와 코란의 성구가 같은 공간에 내걸린 역사상 유례가 없는 이슬람 사원이 된 것이다. 다만 예배는 기독교 성화와 모자이크에 가림막을 설치한 후 올리고 예배가 끝나면 가림막이 제거되면서 두 문명의 공존을 이어가는 방식이다. 그러니까 아야 소피아는 가림막을 치면 이슬람 사원이 되고 가림막을 제거하면 박물관이 되는 셈이다. 그러면서 이름은 또 아야 소피아 성당이다. 서로 다른 종교적 상징을 지우지 않고 한 공간 안에서 조화를 이루는 방식은 관계 속에서 존재하며 고정된 실체를 부정하는 불교의 공성(空性)을 떠올리게 한다. 변화와 조화를 통해 정체성을 만들어가는 이 모습은 아야 소피아가 단순한 건축물을 넘어선 이유를 잘 보여준다. 여러 세기를 거치며 기독교 성당에서 이슬람 사원, 박물관, 그리고 다시 모스크로 변신해 온 아야 소피아 성당은 또 언제 어떤 모습으로 우리를 찾아올지 모른다.

아야 소피아는 웅장한 규모와 화려한 내부 장식으로 사람들을 감동시키지만 진정한 감동은 적대적인 두 종교가 함께 어우러지는 장면 자체에 있다고 할 것이다. 피라미드, 마추픽추, 앙코르와트, 파르테논 신전, 타지마할 등 기념비적 건축물은 많지만 가장 위대한 건축물 하나를 꼽으라 한다면 아야 소피아가 아닐까. 타 종교의 색채를 지우지 않고 가림막 하나로 가린 채 예배를 하는 아야 소피아 성당의 무슬림들의 열린 태도는 이 건축물의 감동을 완성시켜 준다.

이 건축물은 서로 다른 문화와 종교가 어떻게 존중과 이해로 어우러질 수 있는지, 우리가 직면한 사회적 갈등과 차별 문제를 어떻게 바라보고 풀어가야 할지에 대해 깊은 통찰을 제공해 준다.

## 광장 – 그 텅 빈 충만

탁심 광장

탁심 광장 한쪽 모퉁이에서 다양한 인종의 사람들과 케밥 냄새, 차량 소음, 뜨거운 햇빛이 뒤섞이는 모습을 지켜보며 이스탄불이라는 도시에 대해 생각했다. 이스탄불은 케밥처럼 다채롭고, 케밥처럼 겹겹이 쌓인 문화가 독특한 향을 발산하는 곳이다.

동서양의 교차로라는 표현처럼 이스탄불은 모든 것, 심지어 질서와 무질서까지 뒤섞어 놓은 듯한 도시다. 이스탄불에서 질서는 무질서 속에 스며들어 있고 무질서는 질서 속에 녹아들어 있다. 혼돈과 무질서가 질서와 조화를 끌어당겨 튀르키예 전통춤 할라이(Halay)를 추는 곳이 이곳 이스탄불이다.

탁심 광장 주변에는 오스만 제국과 현대 튀르키예의 흔적이 남아 있는 건축물과 상업 시설들이 빼곡히 들어서 있다. 광장에서 시작하여 갈라타탑까지 이어지는 이스티클랄 거리는 19세기와 20세기의 건축물들이 어우러져 자유롭고 예술적인 풍경을 펼쳐 보인다. 밤낮을 가리지 않는 인파는 시대처럼 도도하다.

에르도안 대통령이 튀르키예 국부 아타튀르크의 유산인 세속주의를 벗어나고자 2021년에 완공한 탁심 모스크는 대형 돔과 미나레트(첨탑)를 앞세워 고요하고 신성한 분위기를 자아낸다. 다양한 백화점, 쇼핑몰, 레스토랑, 카페, 갤러리, 고급호텔들이 즐비한 탁심 광장 주변 풍경은 혼돈과 무질서가 빚은 풍요로운 상업적 활기라 할 만하다.

광장 중앙에는 터키 공화국의 독립을 기리는 공화국 기념비가 서 있다. 이 기념비는 무스타파 케말 아타튀르크와 동지들이 군복 차림으로 서 있는 모습을 묘사하고 있다. 주변에는 터키의 국기 알 바이라크(Al Bayrak, 붉은 깃발)가 휘날리고 있다.

광장 한쪽에 자리한 게지 공원에는 수목이 우거져 있어 잠시나마 녹음과 휴식을 제공한다. 상업 지역과는 대조되는 평온한 분위기다. 그러나 이 평온한 공간이 뜨거운 갈등의 중심에 놓인 적이 있었다. 2013년 당시 튀르키예 정부가 게지 공원을 철거하고 그 자리에 오스만 시대 병영을 재건하는 등 대규모 재개발을 추진했다. 공공녹지를 없애고 상업화하려는 이 계획은 큰 논란을 일으키며 탁심 광장은 시민들의 정치적, 사회적 불만이 모이는 집회와 시위의 장소로 떠올랐다.

시위 첫날은 비교적 평화로웠다. 소수의 환경운동가와 시민들이 모여 게지 공원에 텐트를 치고 오스만 병영 재건에 반대하는 구호를 외쳤다. 시민들은 서명대를 설치하고 친환경 피켓을 들었다. 가족 단위 방문객들과 젊은 대학생들이 잔디밭에 앉아 공원의 소중함을 되새기며 대화했다. 이 평화는 경찰의 최루탄과 물대포에 날아갔다.

경찰의 강경 진압이 시작되자 시민들은 공원 안으로 밀려들어가며 혼란에 휩싸였다. 최루탄 연기가 공원을 뒤덮었다. 매운 연기 속에서 시민들은 서로를 부축했다. 시위 소식은 마치 튀니지의 자스민 혁명 때처럼 SNS를 통해 빠르게 확산되었다. 전국 각지에서 시민들이 탁심 광장으로 몰려들었다. 시위는 다양한 계층이 참여하는 새로운 저항 운동으로 발전했다.

수만 명의 시민들이 탁심 광장과 게지 공원으로 몰려들었다. 시위는 공원 보존 운동을 넘어 표현의 자유, 경찰 폭력 반대, 권위주의 청산을 요구하는 목소리로 이어졌다. 환경운동가, 대학생, 직장인, 예술가, 노년층까지 다양한 배경의 시민들이 함께했다. 시민들은 피켓을 들고 목청 높이 공원 보존과 민주주의의 가치를 외쳤다.

역사적으로 많은 나라에서 광장은 민주적 변화를 촉발하는 공론장이 되기도 했고 때로는 선동과 폭력의 무대가 되기도 했다. 흥미롭게도 광장은 민주주의와 사회주의 체제 모두에서 중요한 장소로 여겨지지만 그 결은 크게 다르다. 민주주의는 광장을 시민들이 자율적으로 모여 소통하고 문제를 논의하는 열린 공간으로 활용한다. 광장의 시초인 고대 그리스 아고라의 당초 기능도 그랬다. 이와 달리 사회주의는 집단 결속과 이념 선전의 도구로 삼아 체제의 통일성을 강화하는 공간으로 사용한다. 그렇다고 체제에 따라 광장의 속성이 달라진다고는 할 수 없다. 민주주의 사회의 광장에서도 얼마든지 사회주의적 광장의 속성을 보일 수 있고, 사회주의 체제에서도 민주주의적 광장의 속성을 보일 수 있다. 단지 광장에서 울려 퍼지는 목소리의 성격과 그에 반응하는 방식에 따라 광장은 자유와 소통의 장이 되기도 하고 억압과 선동의 공간이 되기도 할 뿐이다. 광장은 비어 있는 공간처럼 그 성질 또한 일정하게 고정되어 있지 않은 공(空)한 존재다.

이렇게 광장은 본질적으로 극단적이며 이중적이다. 민주적이면서도 반민주적이고, 자유로우면서도 억압적이며, 열려 있는 동시에 폐쇄된 공간이다. 그래서 광장은 다양한 문학적 상상력의 층위를 담아내는 공간이기도 하다.

최인훈의 소설『광장』은 이러한 광장의 이중적 함의를 잘 보여준다. 소설에서 '광장'은 개인과 사회, 이념과 현실 사이의 갈등을 의미하는 핵심적인 공간이다. 주인공 이명준은 남한과 북한이라는 상반된 이념 체제 속에서 진정한 자유를 추구하지만 양쪽 모두에서 실망을 경험한다. 이 과정에서 '광장'은 사회적 삶의 공간으로서 공동의 이념을 중시하는 장소로, 이에 대비되는 '밀실'은 개인의 내밀한 삶의 공간이자 개인적 행복을 중시하는 장소로 나타난다.

이명준은 '밀실'만 존재하고 '광장'이 부재한 남한의 현실과 '광장'만 존재하고 '밀실'이 부재한 북한의 현실을 경험하고 두 체제 모두에서 인간다운 삶의 균형을 찾지 못한다. 결국 그는 남북한의 이념적 대립을 넘어선 제3의 공간을 선택하지만 그곳에서도 진정한 삶의 가치를 발견하지 못하고 바다로 투신해 생을 마친다.

소설『광장』에서 광장은 개인과 사회, 이념과 현실 사이에서 인간이 겪는 갈등과 고뇌를 나타내며 진정한 인간다운 삶의 공간을 의미한다.

조지 오웰의 소설『1984』에서 광장은 권력의 철저한 감시와 통제가 이루어지는 억압의 장소로 나타난다. 시민들의 일거수일투족이 감시받는 광장은 오웰의 작품에서 억압과 통제의 은유적 공간이자 전체주의 체제를 비판하는 장치로 작용한다.

체코 프라하의 바츨라프 광장은 프라하의 봄과 벨벳 혁명을 통해 시민들의 자유와 민주주의에 대한 열망이 표출된 곳으로 평화적 변화를 이끌어낸 광장의 순기능을 보여주는 사례다. 반면 1930년대 독일의 뉘렌베르크 광장은 광장의 역기능이 어떤 형태로 나타날 수 있는지에 대한 경고를 일깨워준다. 나치는 대규모 집회를 열어 군중을 선동하고 철저히 통제하는 공간으로 활용했다. 이곳에서의 집회는 토론과 의견 교환이 아니라 일사불란한 복종과 이념의 주입으로 일관했다. 비판적 사고와 자율성이 배제된 광장에는 폭력과 선동의 구호만이 울려 퍼졌고 대중은 체제에 대한 맹목적 충성을 강요받았다. 광장이 억압의 도구로 변질될 때 어떤 위험이 따르는지를 보여준 대표적 사례다.

광장의 메타포가 가장 극적으로 표현된 곳은 프랑스 콩코르드 광장이다. 그곳은 왕정에 맞서 자유와 평등의 함성이 울려 퍼지던 곳으로 왕정 몰락과 시민 권리의 상징으로 떠올랐다. 그러나 광기에 사로잡힌 혁명 지도부에 의해 자유와 평등의 광장은 억압과 선동의 광장으로 탈바꿈해 버렸다. 광장이 민주적 변화를 이끄는 열린 공간이 될지 선동의 장이 될지는 그 안에서 어떤 목소리가 울려 퍼지는지에 달려 있다.

탁심 광장 또한 광장의 이중적 속성에서 예외가 아니었다. 게지 공원 시위에는 환경 운동가, 젊은이, 직장인, 상인, 정치인 등 각계각층이 참여하며 다양한 목소리가 모였다. 환경 운동가들은 공원 보존을, 젊은이들은 표현의 자유와 경찰 폭력 문제를, 직장인과 상인들은 재개발의 경제적 영향을 우려했다. 진보 성향의 정치인들은 튀르키예의 민주주의와 권위주의 문제를 제기했다. 시위 초기에는 환경 보호가 중심 이슈였으나 점차 표현의 자유, 경찰 폭력, 권위주의 청산 등 더 넓은 사회적 문제로 확장되었다. 탁심 광장은 이러한 목소리들이 모여드는 동시에 갈등의 온상으로 변할 위험성도 함께 안고 있었다.

그러나 시민들은 각기 다른 의견을 열린 마음으로 수렴하며 성숙한 방식으로 의견을 조율해 나갔다. 시위대 내부의 다양한 갈등들도 이성적이고 합리적으로 조정되었다. 일부 급진적 요구가 제기될 때마다 평화를 고수하자는 목소리가 지지를 얻었다. 한 사회의 건강성과 지성을 알려면 그 사회의 광장을 보면 알 수 있다. 탁심 광장에서 벌어진 게지 공원 관련 시위는 특정 지역 개발 문제를 넘어 튀르키예 사회의 건강성을 유감없이 보여준 사례로 기억되기에 충분하다.

민주주의 국가와 사회주의 국가에서 동시에 사랑받는 공간인 광장은 때로는 순기능을 보여주기도 하고 때로는 잔인한 역기능을 보여주기도 한다. 그 둘은 단 하나의 차이에서 비롯된다. 광장에 지성이 함께할 때는 열린 공간이 되지만 그렇지 않을 때는 폐쇄된 밀실이 되고 만다. 이것은 고대 아고라에서 비롯되었던 광장에 대한 의미와 본질에 대한 질문을 던지게 한다.

인파 속에서 탁심 광장을 서성이며 이 광장은 이스탄불이라는 도시와 많이 닮았다는 생각을 했다. 다양한 계층의 요구와 주장을 열린 태도로 수렴하고 끝까지 민주적인 방법으로 게지 공원을 지켜낸 탁심 광장. 동서양의 수많은 문화를 거부하지 않고 받아들이며 독특한 정체성을 쌓아온 이스탄불. 두 공간은 서로를 닮아 있다. 이들은 질서와 무질서가 뒤섞이고, 다양한 목소리들이 어우러져 새로운 조화를 만들어낸다. 이스탄불과 탁심 광장이 함께 추는 할라이 춤의 리듬을 느끼며 나는 이스티클랄 거리의 인파 속으로 흘러 들어갔다.

## 숟가락 세 개

톱카프 궁전

종교시설이나 궁전을 둘러보는 것은 진부하고 재미없는 일이다. 그들은 대개 근엄하고 고집스럽다. 게다가 뻔하고 경직되어 있다. 왠지 모르게 사람을 주눅 들게 하고 체계처럼 완고하게 군림하려드는 느낌을 준다. 하지만 톱카프 궁전은 그런 상투성을 보기 좋게 거부한다. 톱카프 궁전은 전형적인 궁전의 틀을 벗어던진 공간이다. 오스만 제국 권력의 발원지 톱카프 궁전은 제국의 힘과 정체성을 집대성한 곳이다. 그럼에도 권위보다는 신비로움을 유지하는 데 중점을 두어서인지 거부감 없이 다가가게 만든다. 어떤 대상이 상투적이지 않을 때 설레게 되고 통속적이지 않을 때 다시 보게 되는 것은 당연한 현상이다.

톱카프 궁전 첫 번째 문인 바비 후마윤(황제의 문)을 들어서자 단정하게 다듬어진 제1중정(第一中庭)이 맞이한다. 톱카프 궁전의 4개 중정들은 궁전의 주요 구역을 연결하는 중앙 정원들로, 각 중정들은 각기 다른 기능을 가진다. 제1중정은 외부와의 연결을 담당한다. 한 때 오스만 제국의 정예 부대였던 예니체리(야니차리)들이 머물던 장소이기도 하다. 그들의 병영이 자리했던 특별한 흔적은 보이지 않지만 당시 강성했던 오스만 제국의 군사력을 상상해 볼 수 있는 역사적 공간이다.

제1중정을 지나면 오스만 제국 초기의 종교적 다양성을 보여주는 아야 이리니 교회가 눈에 들어온다. 콘스탄티노플 시절의 이 성당은 오스만 제국이 정복 이후에도 보존한 기독교 유적이다. 이 교회는 아야 소피아 성당과 함께 오스만 제국의 관용과 너그러움을 보여주기에 부족함이 없다. 궁전 전체가 품고 있는 다양한 역사적 맥락을 상징하기도 한다.

정원의 끝에는 두 번째 관문인 평화의 문이 아치형 입구를 열고 서있다. 양쪽의 원추형 기둥이 대칭을 이루며 전형적인 이슬람 건축양식을 선보이고 있다. 제국의 황제이자 술탄의 거처라고 하기엔 지나치게 동화적인 분위기다. 황제의 문이나 평화의 문뿐만 아니라 톱카프 궁전 전체가 제국의 화려한 위상에 비해 질박하다. 총면적 231만 제곱미터를 자랑하지만 화려함과는 거리가 멀다. 대개 궁전은 웅장하고 압도적인 규모로 위용을 과시하는 데 반해 톱카프 궁전은 자신을 드러내기보다는 우리의 궁궐처럼 주위의 배경과 어우러지며 고즈넉하게 펼쳐져 있다.

15세기 중엽부터 19세기 중엽까지 약 4세기 동안에 걸쳐 술탄과 제국의 정치, 문화, 종교, 군사 등 모든 권력이 여기서 흘러 나왔다. 궁전의 내부는 높은 성벽의 외호를 받으며 화려한 장식과 정교한 조각 등으로 마음껏 멋을 부렸다.

제2중정은 궁전의 주요 공간을 연결하는 중심지이자, 외전(비룬)과 내전(엔데룬)으로 이어지는 중요한 구역이다. 이곳은 술탄과 고위 관료들이 드나들며 오스만 제국의 정치 · 행정을 주관하던 공간이다.

술탄과 고위관리들이 사용하던 사적 공간인 내전, 국정을 논의하던 외전, 정교한 장식으로 가득 찬 보석 박물관과 무기고, 술탄과 가족, 후궁들의 생활을 엿볼 수 있는 하렘 등 여러 구역은 제국의 권력과 일상을 보여준다.

특히 외전의 디반 홀은 제국의 운명이 결정되던 장소로, 푸른 타일과 금장 장식이 가득한 천장이 제국의 권위와 위엄을 한껏 드러내고 있다. 이곳에서 술탄과 그의 고위 관리들은 제국의 대소사를 논의하고 결정했다.

외전에서 제4중정으로 들어가면 술탄의 개인적인 정원과 별채가 나온다. 이곳은 궁전의 가장 사적인 영역으로 술탄과 그의 가족들이 거주하던 공간에 가까운 구역이다. 우아한 정원과 화려한 별채들은 궁전의 전반적인 분위기와 조화를 이루며 권력자의 사적 영역과 일상을 엿볼 수 있게 해준다.

보석 박물관에는 86캐럿의 초대형 다이아몬드가 옛 제국의 영광을 추억하듯 반짝이고 있다. 커다란 다이아몬드를 49개의 작은 다이아몬드들이 에워싸고 있는 이 보석의 이름은 스푼메이커 다이아몬드다. 숟가락과 맞바꾼 다이아몬드라는 뜻이다.

전설에 따르면 17세기 말에서 18세기 초 이스탄불의 한 걸인이 쓰레기 더미에서 이 다이아몬드를 발견했다고 한다. 걸인은 근처의 보석상이나 골동품 수집가로 추정되는 사람에게 숟가락 세 개를 받고 이 다이아몬드를 건네주었다고 한다. 그에게 식솔이 둘이나 딸려 있었던 걸까. 왜 하필 숟가락 세 개와 바꿨을까. '반짝이는 돌맹이'보다 숟가락 세 개를 더 유용하다고 여긴 그 걸인의 '실용적'인 선택이 짠하면서도 통쾌하다. 이 거대하고 화려한 다이아몬드가 쇠숟가락 세 개와 등가관계를 형성했다는 것에서 짓궂으면서도 묘한 쾌감이 느껴진다. '숟가락보다 못 한 다이아몬드'라는 것을 직접 드러내 보인 걸인의 선택이 통쾌함의 근원일 것이다. 잠깐이지만 다이아몬드를 쓸모없는 돌멩이 취급하는 데서 오는 쾌감은 참신하다. 이후 다이아몬드는 여러 경로를 통해 궁전의 보물 창고에 들어가게 되었다고 한다.

초대형 다이아몬드가 숟가락 세 개와 맞바뀐 이야기는 한때 화려했던 제국이 종말 후 초라한 유물로 남은 시간을 떠올리게 한다. 제국의 화려한 옛 영광을 뒤로 하고 톱카프 궁전은 호기심 어린 관람객들을 맞이하고 있다.

오스만 제국과 톱카프 궁전의 흥망성쇠를 가장 극적으로 보여주는 인물은 압둘하미드 2세다. 그는 1876년에 오스만 제국 제34대 술탄으로 즉위했다. 당시 그는 제국의 쇠퇴를 막고 근대화를 추진하기 위해 헌법을 제정하고 서구 열강과의 외교를 통해 제국의 주권을 지키려 했다. 집권 초기의 그는 전면적인 개혁을 통하여 오랫동안 제국의 영광을 이어가고자 하는 명확한 소명의식을 가지고 있었다.

그러나 크레타 섬의 상실과 발칸 반도에서 연이어 발생한 독립 운동들은 제국의 통합에 심각한 위협으로 다가왔다. 압둘하미드의 심리적 엔트로피가 치솟았다. 그는 제국의 내부 통제에 더욱 집중하는 과정에서 독재적이고 강압적인 통치자로 변모하기 시작했다. 민족 간, 종교 간 갈등이 격화되자 그는 폭력적인 방식으로 이를 진압했다. 정치적 반대파와 소수 민족을 탄압하는 정책도 주저하지 않았다. 압둘하미드는 제국의 안정을 위협하는 모든 세력을 잠재우려 했고, 가장 손쉬운 방법은 폭력적 진압이라고 판단했다. 그는 스스로를 제국의 마지막 수호자로 여겼다. 압둘하미드는 독립을 요구하는 아르메니아인과 아시리아인들을 대량 학살하고 정적들은 무참히 암살했다. 이런 그를 서구에서는 '붉은 술탄'이라 불렀다.

압둘하미드의 강압적 통치는 그의 고립을 더욱 깊어지게 했다. 그의 폭압적 통치 방식에 저항하는 청년 튀르크당이 자유와 헌법의 부활을 요구하며 혁명을 일으켰다. 혁명은 그의 권력을 크게 위협했다. 1908년 청년 튀르크당의 요구로 헌법이 부활했다. 1909년 그는 군사 쿠데타로 인해 결국 폐주가 되어 테살로니키로 보내져 감금된 채 고립된 삶을 보내야 했다. 아시아와 유럽, 아프리카 3개 대륙에 걸친 광대한 영토를 다스리는 절대 권력으로 33년간 군림했던 황제는 나약하고 무력한 노인으로 전락했다.

튀르키예의 작가 쥴퓌 리바넬리는 그의 소설『호랑이 등에서』를 통해 압둘하미드의 몰락과 내면의 갈등을 생생하게 묘사한다. 그는 권력을 잃고 고립된 압둘하미드의 내면을 세밀하게 그려냈다. 리바넬리는 한때 제국의 절대 권력이었던 황제가 저택에 갇혀 점차 나약한 늙은이로 변해가는 모습을 통해 권력의 덧없음을 현실감 있게 그려낸다. 끝까지 자신을 자비로운 통치자라고 믿었던 압둘하미드는 고립된 생활 속에서 불안과 무력감으로 무너져 간다.

톱카프 궁전의 고요하고 텅 빈 돔 아래 서면 한때 3개 대륙을 달리던 제국의 말발굽 소리가 들려오는 듯하다. 그러나 권력자들로 가득했던 이 궁전은 이제 정적 속에서 제국의 영광과 번영이 어떻게 사라졌는지를 침묵으로 증언하고 있다. 33년간 절대 권력을 누렸던 제국의 마지막 술탄의 가슴에도 한 줄기 바람이 불어 왔을까.

톱카프 궁전에서 오스만 제국의 옛 영화와 마지막 황제 압둘하미드를 생각하면 그 어떠한 제국도, 그 어떠한 절대 권력자도 영원할 수 없다는 진부한 클리셰를 떠올리게 된다. 역사의 긴 수레바퀴 속에 존재했던 숱한 제국과 영웅들도 상투적 종말을 피해 가지 못했다.

제국과 술탄의 몰락만 그런 것은 아니다. 권력과 영화의 정점에서 스러질수록 그 무상함은 더욱 신랄하다.

톱카프 궁전의 돔 아래 서서, 사라진 제국의 영화와 권력을 떠올린다. 한 줄기 바람결에 흩어진 번영과 권위 속에서 남은 것은 단지 '비어 있음'의 정적뿐이다. 텅 빈 돔을 가득 채운 정적은 어디서 와서 어디로 가는 것이며 공허는 모든 것의 끝일까.

초대형 86캐럿 다이아몬드가 숟가락 세 개가 되듯이 화려했던 제국의 번영도, 위엄 넘치던 술탄의 권위도 창졸간에 스러지고 나면 남는 것은 저 돔과 같은 공허뿐인 것을.

저 공허 너머로 역사가 남길 숟가락은 무엇인가. 다이아몬드와 숟가락을 맞바꾼 걸인에게 그 숟가락은 어떤 의미로 남는가. 그 숟가락이 주는 공허 너머에는 무엇이 있는가.

에필로그

# 공(空) 너머 색(色)을 향한 지성의 돛

이번 기행에서 불교의 '공(空)'이라는 개념을 새롭게 이해하게 된 것은 뜻밖의 수확이었다.

나는 공(空)을 수행자들의 목적지 정도로 여겼다. 그러나 이번에 공은 그 너머를 향해 나아가기 위한 과정이라는 것을 알게 되었다.

『반야심경』의 '색즉시공 공즉시색(色卽是空 空卽是色)'이라는 구절에서 사람들은 흔히 '공(空)'을 핵심 키워드로 생각한다. 오해다. 핵심은 '색(色)'이다. 그것도 앞에 나오는 색이 아니라, 뒤에 나오는 색이다.

화법이 동일한 이순신 장군의 "생즉필사 사즉필생(生卽必死 死卽必生)"이라는 말을 놓고 보자. 이 말에서 핵심은 죽음(死)인가? 아니다. 앞에 나오는 생(生)이 아니고 뒤에 오는 생(生)이 핵심이다. 앞의 '생'은 오로지 살기 위해 발버둥쳐서 얻는 생이지만 뒤에 나오는 '생'은 죽기를 각오한 이후에 얻는 생이다. 둘이 같을 수가 없다.

'색즉시공 공즉시색(色卽是空 空卽是色)'에서도 공(空)은 과정일 뿐이며, 그 너머에서 드러나는 색(色)이야말로 궁극적인 목적이다. 앞의 색과 뒤의 색은 전혀 다른 색이다. 변증법적으로 말하면 앞의 색은 정(正)으로서의 색이지만 뒤의 색은 합(合)으로서의 색이다.

따라서 뒤에 나오는 저 색은 단순한 존재가 아니다. 그것은 공(空)을 거친 이후에 드러나는 색, 진정한 공을 이루고 나서야 비로소 드러나는 색이다. 이것이 바로 진공묘유(眞空妙有)의 색(色)이다. 진공묘유란 진정으로 공해졌을 때 비로소 드러나는 새로운 존재와 가치를 이른다. 공은 그것으로 끝나는 것이 아니라, 새로운 존재와 현실(色), 즉 진공묘유를 위한 준비와 과정이다.

길 위에서 만난 많은 장면들이 이 작은 깨달음을 도왔다. 과거의 제국들과 영웅들은 화려한 유산 속에 공허를 남겼지만 아크로폴리스의 젊은 근위병, 베사 정신을 일상에서 실천하는 알바니아 사람들, 바르샤바 봉기에 가담한 젊은 여성들, 그리고 쇼팽의 삶과 음악은 모두 공허를 넘어 새로운 존재와 가치를 만들어 내었다. 그들은 스스로를 버리고 비움(空)으로써 끝내 무언가를 남긴(色) 이들이었다. 그들은 '색즉시공 공즉시색'의 의미를 실천적으로 보여준 사람들이었다.

공은 단지 비움이 아니라 그 너머의 색(存在)을 위해 필요한 과정이다. 공을 거친 뒤에야 비로소 드러나는 색, 그것이 불교 철학의 진정한 메시지다. 불교에서 우리에게 요구하는 것은 "모두가 공하니 아무것도 집착하지 말라."는 것이 아니다. 인간과 문명의 가치를 지키기 위해 에고(ego)를 버리고(空), 타인과 세상에 기여하며 자신과 타인의 성장(色)을 도모해야 한다는 것이다.

저자가 이번 길 위에서 주목했던 '지성'이란, 공허를 넘어 존재를 드러내는 힘이자, 그 안에서 새로운 가치를 만들어내는 능력이다. 공허를 과정으로 삼고, 그 너머에서 색(色)을 찾는 것이야말로 인간 지성의 본질이다.

포르투에서 이스탄불까지 11개국을 누빈 이번 기행의 끝은 오스만 제국의 톱카프 궁전이었다. 궁전의 텅 빈 돔 아래 서서 제국의 영광과 영화가 얼마나 공한지, 이번 기행 역시 결국은 얼마나 공할지를 생각하며 한참을 머물렀다.

그러나 공을 두려워할 이유는 없다. 공 너머에는 우리가 추구해야 할 더 큰 가치가 있기 때문이다.

깊은 공의 바다를 건너게 하는 힘은 지성에서 나온다. 지성이 작동하지 않는 역사와 삶은 공과 공허에서 끝나버리지만 지성이 작동하는 역사와 개인은 공 너머를 향해 돛을 올리고 한 발 앞으로 나아간다.

이번 기행은 공에서 머무는 것과 공을 넘어서는 것의 차이가 무엇인지를 선명히 보여 주었고, 그 발견은 이제 나의 다음 항해를 예고한다.

지성의 힘을 보여준 대한민국의 2024년 12월 어느 날
공 너머를 향한 세계일주를 준비하며
강재승 합장.

## 참고도서


광기와 우연의 역사 -슈테판 츠바이크

권위에 대한 복종 -밀그램

군중심리 -귀스타프 르 봉

고대 그리스사 -토마스 R 마틴

그리스 로마 신화 -마이클 메크론

그리스 로마 신화 -토마스 불빈치

그리스 로마 신화 -이윤기

그리스 로마 신화사전 -M 그랜트 外

그리스 문학의 신화적 상상력 -김헌

그리스 산책 -안영집

그리스 유적지를 돌아보며 -윤재영

그림 속 숨겨진 이야기 -박홍순

기독교 죄악사 -조찬선

늑대의 시간 -하랄트 얘너

두 길 서양음악사 -홍정수

문명의 붕괴 -조지프 A. 테인터

문명의 충돌 -새무엘 헌팅턴

미술로 보는 20세기 -이주헌

복종할 자유 -요한 샤푸토

불안의 서 -페르난두 페소아

쁘리모 레비를 찾아서 -서경식

서양사 총론 -차하순

서양사와 함께 알아보는 서양음악사 -정봉교

서양 중세 문명 -자크 르 고프

세계사에 균열을 낸 결정적 사건들 -김형민

역사 -헤로도토스

역사로 본 동유럽의 정치와 경제 -김광수

유럽의 문화통합 -김용민

유럽:하나의 역사 -노먼 데이비스

유럽 현대사 -리히트 하임

예루살렘의 아이히만 -한나 아렌트

이슬람 -이희수, 아원삼 외

인간이해 -알프레드 아들러

자유로부터의 도피 -에리히 프롬

잔인한 국가 외면하는 대중 -스탠리 코언

중세 유럽의 성채도시 -가이 하쓰샤

중세유럽 천년의 역사 -김태훈

지식의 미술관 -이주헌

펠로폰네소스 전쟁사 -투퀴디데스

플루타르크 영웅전 전집 -플루타르크

프랑스 근대사 연구 -김경근

현대 유럽의 역사 -엘버트 S.린스먼

히틀러를 선택한 나라 -벤저민 카터 헷

2차세계대전사 -존 키건

TAKEOUT 유럽역사문명 -하광용

기타